LIBERTÉ
DE TUER

PAUL LINDSAY

LIBERTÉ
DE TUER

Traduit de l'américain
par Isabelle Chapman

ÉDITIONS DU
ROCHER
Jean-Paul Bertrand

Titre original : *Freedom to Kill*, Villard Book, a division of Random House, New York.

© Paul Lindsay, 1997

© Éditions du Rocher, 1999, pour la traduction française.

ISBN 2 268 029352

À mes enfants, Larisa et Erik

« L'homme est condamné à être libre. »

Jean-Paul Sartre

1

Comme toute les agences gouvernementales, en temps de crise, les centres de Sécurité sanitaire américains opéraient avec la plus grande discrétion. Ainsi, depuis quarante-huit heures, sans rien laisser paraître, elles menaient des recherches intensives sur la disparition de Nate Walker, un de leurs assistants de laboratoire, et les deux fioles du virus mortel Lassa, qui s'étaient volatilisées en même temps que lui.

S'il y avait un endroit au monde où personne n'aurait imaginé les trouver, c'était bien à Disney World.

Le technicien qu'ils recherchaient était affalé, ou plutôt pétrifié, dans un fauteuil roulant. La paupière en berne, il ne pouvait même plus battre des cils. Nate Walker supposait qu'on lui avait administré une dose massive d'un tranquillisant pour animaux. Sa tête pendait, inerte, sur la droite, son cou s'allongeait démesurément. Il sentait la bave lui rafraîchir le coin inférieur de sa bouche. L'homme qu'il connaissait sous le nom de William Blake le poussait tranquillement à travers le plus animé de tous les parcs d'attraction, en sifflant d'un air dégagé. Dans la tiédeur et la grisaille de la fatigue qui engourdissait ses sens, Walker reconnut les accords héroïques de *La Marche des Walkyries*.

Un des Sept Nains, sans doute Dormeur, avança à sa rencontre en agitant la main très gentiment. Walker fixa son regard vide sur la gigantesque tête bariolée de dessin animé. Son expression était aussi impassible que la sienne. Mais à l'intérieur, lui semblait-il, il y avait un être qui devait l'examiner et se demander quelle maladie avait pu le diminuer de façon aussi tragique. Il avait envie de lui hurler en guise d'avertissement : la gourmandise, merde ! LA GOURMANDISE !

Quelque part, du tréfonds du puits atrophié de sa conscience,

Walker entendit monter comme l'écho d'un rire sardonique : *Tout aurait dû se passer si facilement*. Maintenant, à mesure que le cercle de sa vie se rétrécissait, il comprenait enfin la leçon : *ç'avait été trop facile*.

Il avait rencontré William Blake un mois plus tôt, à Washington, lors d'un séminaire sur les maladies transmissibles. Après une de ces pénibles sessions qui durent des journées entières, il s'était rendu au bar de l'hôtel. Il y éclusait une deuxième double vodka lorsque ce type s'était assis auprès de lui et, après s'être présenté, lui avait proposé un troisième verre. Ensuite Blake avait aimablement insisté pour payer chaque tournée. Devant tant de générosité, Walker s'était dit que l'homme avait droit à de confortables notes de frais. Cela ne pouvait pas mieux tomber : tant pour ses repas que pour sa consommation d'alcool, Walker avait mis sur sa note tout ce qu'il consommait au restaurant et au bar de l'hôtel. Il espérait qu'au moment de régler, par quelque miracle informatique, sa carte de crédit insolvable serait autorisée.

Le lendemain matin, dans les vapeurs du premier réveil, en dépit de cette faculté qu'a la vodka de vous brouiller la mémoire des faits comme des conversations, Walker se rappela l'histoire de Blake à propos d'un certain pays du Moyen-Orient. Ce pays, qu'il représentait, avait découvert grâce à ses services de renseignements qu'un de ses voisins et ennemis avait réussi à obtenir le virus Lassa et projetait de développer un programme d'armes biologiques. Et il cherchait coûte que coûte à se procurer ses propres échantillons pour lancer un programme de contre-offensive. Un quart de million de dollars, c'était le chiffre avancé, et Walker avait la nette impression qu'il avait accepté de leur donner un coup de main. Il bondit hors de son lit et se rua sur sa veste. Il y avait cinquante billets de cent dollars dans sa poche.

Une semaine plus tard, il avait reçu plusieurs appels téléphoniques de Blake. Puis, il ne se souvenait plus très bien si c'était la veille ou l'avant-veille, Blake lui avait ordonné d'apporter deux fioles d'un produit de niveau 4 en sécurité biologique dans un laboratoire à moitié désaffecté des environs d'Atlanta. Là, des techniciens du Moyen-Orient, avec toutes les précautions d'usage contre les risques biologiques, prélèveraient de minuscules échantillons du tissu contaminé. Après quoi Walker les rapporterait aux centres de Sécurité sanitaire sans qu'on s'aperçoive de rien. Les deux cent quarante-cinq mille dollars restants l'y attendraient.

Mais la seule chose qui l'attendait était Blake, un pistolet dans une main et une seringue dans l'autre.

Dormeur était parti maintenant et Blake poussait l'assistant de laboratoire dans des toilettes. Une fois à l'intérieur de la spacieuse cabine pour handicapés, Blake verrouilla la porte et après avoir fait pivoter le fauteuil de Walker vers lui, enfila des gants en latex jetables. Doucement, il souleva la tête de Walker de façon à voir ses prunelles au regard vide.

– T'es un sacré veinard. Dans ce pays géré par des criminels, on a rarement l'occasion de mourir pour une grande cause historique. Ta mort sonnera le glas du pays de la Liberté.

Sur ces paroles, avec un soin méticuleux, il abaissa la tête de Walker et lui déboutonna sa chemise. Puis il sortit un mince poignard à double tranchant et lui fit une incision d'une dizaine de centimètres juste au-dessus de la ceinture. Comme le cœur de Walker battait au ralenti sous l'effet de la drogue, le sang s'écoula lentement. Blake reboutonna la chemise.

Il tira de derrière le fauteuil roulant le petit récipient de refroidissement dont Walker s'était servi pour voler les échantillons mortels. Sur les deux fioles en plastique blanc qu'il avait extraites de la glace carbonique était inscrit : LASSA OB-5. Les étudiant d'un air satisfait, Blake déclara :

– Une pour moi…

Il en remit une dans le récipient, et ajouta :

– … et une pour toi.

Blake décapsula la fiole congelée et la laissa tomber sur le ventre de Walker.

La terreur vrilla le technicien comme une pointe chauffée à blanc. D'ici une heure environ, le tissu infecté décongelant, il allait contracter la fièvre hémorragique. Une destruction étendue des tissus et des organes s'ensuivraient, provoquant un suintement sanglant par tous les orifices de son corps.

Sauf qu'il savait quelque chose que Blake semblait ignorer : les statistiques montraient que le virus Lassa, contrairement à l'Ébola, tuait seulement trois fois sur cent. Même s'il était bon pour un cauchemar biologique, il avait quatre-vingt-dix-sept pour cent de chances de s'en sortir.

Blake fit faire volte-face au fauteuil roulant et, par-derrière, glissa doucement sa main gauche autour de la gorge de Walker, jusqu'à ce que son index pressât contre la carotide. Il sentit son pouls, lent, épais.

– Oh ! tu crois avoir de bonnes chances de t'en tirer…

Il sentit le pouls de Walker s'accélérer et ajouta avec un sourire :

– … dommage que tu puisses m'identifier…

Le cœur de Walker fit un nouveau bond dans sa poitrine. Le même sourire plissa les lèvres de Blake :

– Bon, je vois que tu as compris.

Walker sentit sa peur lutter désespérément contre les effets du tranquillisant. Mais au bout du compte, en guise de résistance, seule une larme roula lentement sur sa joue.

Avec la patience et la précision d'un tailleur de diamant cherchant à déterminer par où il va attaquer sa gemme, Blake étudia le point de jonction entre la nuque et le crâne de Walker. Puis, avec beaucoup de précaution, de la main droite, il planta profondément la lame effilée de son couteau sous la base du crâne, tranchant net le tronc cérébral de l'assistant de laboratoire. Il continua pendant encore vingt secondes à presser le doigt de sa main gauche contre la carotide de sa victime, guettant le prochain battement. Qui ne se produisit jamais. Il releva le col de chemise de Walker afin de dissimuler la plaie, déverrouilla la porte des toilettes et ôta ses gants en latex.

– Maintenant, Nate, on va sortir te balader au milieu de cette bande de gros cons. Tu vas pouvoir répandre ton parfum très spécial. Et moi je vais commencer à mettre l'Amérique face à sa mollesse et à son impuissance.

2

Mike Devlin surveillait l'armurerie de Downriver. La brigade antigang du FBI, au complet, se tenait tout près, mais hors de vue, l'ayant laissé seul dans la planque. Ils attendaient une bande de braqueurs de la région de Detroit, Les Skieurs de Jacktown. Ce genre de sobriquet servait seulement s'ils ne parvenaient pas à identifier les malfaiteurs, ce qui n'était guère au goût du Bureau, qui répugnait à admettre que des gangsters à la petite semaine étaient en train de battre à plate couture ses professionnels purs et durs.

Les attaques à main armée étaient en général du style fermez-les-yeux-et-couchez-vous, mais celles des Skieurs étaient froides et brutales. Ils procédaient systématiquement de la même manière : vêtus d'une cagoule, d'une combinaison de parachutiste et de gants, ils ne s'attardaient jamais plus de cinq minutes dans la place et nettoyaient systématiquement la chambre forte. Ils devaient leur surnom à leur allure vestimentaire et aux vagues tuyaux d'un informateur ; à en croire ce dernier, tous ceux de la bande auraient à un moment ou un autre été détenus dans la prison de Jackson, que ses pensionnaires désignaient nostalgiquement par un nom qui évoquait les temps héroïques de la conquête de l'Ouest : Jacktown.

Ils choisissaient toujours leur cible dans quelque coin assoupi des faubourgs de Detroit dont la banque, à cause de la proximité d'une zone commerciale, gardait dans ses coffres quelques centaines de milliers de dollars. Ils jetaient aussi leur dévolu sur les petites villes où la police locale ne pouvait dépêcher sur les lieux qu'une ou deux voitures avec à l'intérieur un malheureux flic plus rompu aux plaintes contre les aboiements de chiens qu'à la lutte antigang.

Le gang s'était déjà mis plus d'un million de dollars dans les poches et, jusqu'à la semaine dernière, le FBI n'avait pas eu la moindre idée de l'identité de ceux qu'ils poursuivaient. Puis un inculpé dans une affaire de stups avait décidé de les balancer, pour reporter sur les Skieurs une partie de sa peine de prison ferme. Il ne savait pas grand-chose sinon que le chef s'appelait Frank Butler : il lui avait vendu les armes qui avaient servi lors de quatre précédents braquages. Il savait aussi que, juste avant un coup, le gang au complet se retrouvait toujours à l'armurerie de Downriver. Celle-ci était tenue par un gars qui avait été en taule avec Butler et l'informateur. Car Butler ne faisait confiance qu'aux anciens de Jacktown. L'armurier recevait mille dollars pour fermer boutique, ce qui permettait au gang de procéder aux préparatifs de dernière minute et d'essayer leurs pistolets. Ils les abandonneraient dans la voiture volée qui leur servirait à prendre la fuite.

Au cours de la semaine écoulée, les agents antigang s'étaient succédé pour surveiller le magasin et guetter la camionnette des Skieurs. Aujourd'hui, c'était au tour de Devlin. À l'instant même où il soulevait le couvercle de son gobelet pour boire son premier café de la journée, elle arriva. D'après leur informateur, la présence du véhicule devant chez l'armurier signifiait qu'une nouvelle banque était sur le point d'être braquée – la neuvième en cinq mois. Les hommes de la brigade de Devlin avaient réagi rapidement. Ils étaient sur le qui-vive, vérifiaient nerveusement pistolets et M-16.

Dans le sous-sol de l'armurerie avait été aménagée une petite salle de tir. Les quatre Skieurs s'y trouvaient seuls. Frank Butler s'appuya contre la cloison d'un stand et, d'un regard hargneux, toisa Benny Wilson, le nouveau chauffeur du gang. En prison, ce dernier avait été à plusieurs reprises témoin du besoin qu'avait Butler de recourir à la violence comme pour se prouver à lui-même qu'il avait raison. Il remua sur sa chaise pliante, mal à l'aise, et afin de couper court aux idées paranoïaques qui s'amoncelaient derrière les pupilles rétrécies par la haine, avança avec une nonchalance forcée :

– Tommy dit que ça assure un max.

Convaincu que Wilson tremblait plus devant lui qu'à l'idée des risques encourus par la bande pendant le hold-up, Butler continua à le fixer durement pendant une quinzaine de secondes. Wilson ne savait plus que faire de ses mains. En fait, Butler s'apercevait qu'il lui suffisait de bouger légèrement la tête pour que Wilson agite nerveusement les mains et les pieds. Comme s'il tirait les fils d'une marionnette. La brutalité de la taule lui manquait : le doux parfum de la peur. Dehors, ces procédés d'intimidation se révélaient beaucoup moins payants.

Butler détendit ses sourcils, si froncés qu'ils formaient une barre au-dessus de ses yeux : c'était sa manière à lui de sourire.

– Ouais, répondit-il d'un ton plein de mépris, parce qu'on est les meilleurs. Braquer une caisse pour se ramasser juste quelques milliers de dollars, on laisse ça aux minables. Nous, ce qu'on vise, c'est le coffre, et puis en route pour Las Vegas !

– Alors, comme ça, vous aimez Las Vegas ? avança Wilson. Moi, le jeu, c'est pas tellement mon truc.

– Et les filles, c'est pas ton truc non plus ? T'aurais peut-être rien dans la culotte non plus ?

Les deux autres s'esclaffèrent.

Wilson s'efforça de les imiter :

– Non, non, au contraire, les mecs, seulement…

Comme s'il ne l'avait pas entendu, Butler ajouta :

– Il y en a une l'autre fois qui m'a dit qu'elle en avait jamais vue d'aussi grosse.

– Ce qu'elle a dit en fait, rectifia Tommy Nolo avec un sourire, c'est qu'elle en avait jamais vue d'aussi grosse… chez un Blanc.

Butler laissa échapper le grognement sec et sans joie qui lui tenait lieu de rire. Quand il s'était soudain retrouvé, à dix-huit ans, plongé dans le milieu de la prison d'État du Michigan du Sud, il s'était dit que pour survivre à sa peine de quinze ans pour attaque à main armée, il devait prendre une double résolution : faire tous les jours des haltères et entretenir constamment des idées de violence. La valeur de la méthode était indiscutable. Nolo avait un jour comparé cette haine immodérée à un bolide conduit le pied au plancher, avec de temps en temps un coup de frein brutal. Butler laissait à sa haine la bride sur le cou et, à la moindre anicroche, le chef de gang perdait toute retenue pour se transformer en bête dangereuse.

Nolo était le seul que Butler autorisait à le charrier. Ils avaient été codétenus pendant huit ans à Jackson. Dès la première année, Nolo avait prouvé sa loyauté en prenant pour lui un coup de couteau qu'un musulman noir destinait à Butler. Pendant que Nolo se rétablissait à l'hôpital de la prison, Butler lui avait rendu la politesse en coinçant son agresseur et en le battant à mort, méthodiquement, pendant vingt minutes.

Même s'il tremblait devant Butler, Wilson admirait son audace effrénée. Cette volonté farouche de vivre comme bon lui semblait l'épatait. Wilson savait qu'il n'aurait jamais ce courage. Pourtant, à cet instant, il avait l'impression que cette vie était à sa portée. Avec un aplomb qui le surprit lui-même, il déclara :

– J'suis prêt !

Mais Butler vit briller au fond de ses yeux une minuscule lueur de réticence. Il lui parla en pesant ses mots, tranquille, menaçant :

– Si t'es là aujourd'hui, c'est seulement parce que notre chauffeur est retourné en taule. Alors tu t'enfonces bien ça dans le crâne. C'est du sérieux. Quand on va rentrer dans cette banque, nos vies ne vont plus peser lourd. C'est pas un rodéo, on n'a pas besoin de guignols.

– Tu sais que je suis un as du volant, c'est bien pour ça que tu m'as engagé ?

– J'ai engagé un gars qui aura le cran de rester debout pendant que tous ces cons vont se dégonfler comme des trous-du-cul. Et je suis pas sûr que c'est de toi que je cause, tu vois.

Si la prison avait appris une chose à Wilson, c'était à ne pas laisser transparaître sa peur dans sa voix. Pourtant, là, il la laissa volontairement se glisser entre les mots. Il pensait que Butler serait rassuré de sentir la crainte qu'il inspirait.

– Voyons, Frankie, tu me connais. Je suis un dur.

– Si jamais à cause de toi on se retrouve au trou, devine ce que je ferai ?

– C'est mon premier coup.

– C'est justement ça qui m'inquiète.

Wilson promena un regard affolé autour du stand de tir. Il respirait tout à coup plus profondément que d'habitude. L'odeur de cordite laissée par les tireurs précédents lui chatouilla soudain les narines. Il se rappela la sinistre raison de leur présence dans cette cave. Il avait commis une erreur. Il n'était qu'un voleur de bagnoles ; un toxicomane comme tant d'autres qui avait besoin d'argent pour acheter sa came. Mais ceux-là, c'étaient des durs de durs. Des truands dans l'âme depuis le berceau jusqu'à la tombe. Ils étaient persuadés que les pilleurs de banque étaient les guerriers de la société moderne. Wilson considéra les quatre armes sur la banquette. Hélas, il était trop tard pour reculer. Puis il risqua un coup d'œil dans la direction de Butler, dont le regard perçant le vrilla sur place. Pour se défendre, Wilson lança d'une traite :

– Puisque je ne rentre pas dans la banque, est-ce que je suis obligé de porter un masque ? C'est désagréable, ça gratte.

Avec la rapidité de l'éclair, Butler se rua sur lui et le renversa. Il tomba avec la chaise pliante.

– Imbécile ! Tu ferais bien de faire marcher ta cervelle de singe. Qu'est-ce que tu crois ? Qu'il n'y aura pas de témoin dans le parking ?

Wilson entendait à peine ce que lui disait Butler. Il se releva en chancelant. Des ronds blancs flottaient dans tous les sens devant ses yeux. Son instinct de survie prit le dessus.

– 'Scuse-moi, Frankie, j'avais pas réfléchi.

Butler se détourna et fixa, comme hypnotisé, les quatre cibles noires suspendues au fond du stand. Au bout de quelques secondes, il se tourna de nouveau vers Wilson. Il venait de prendre deux décisions. La première à propos de la banque : à cause du dépôt par fourgon blindé, on ne pouvait pas remettre l'opération au lendemain ; il était obligé de se servir de ce chauffeur. Sa seconde décision concernait Wilson : au moindre faux pas, il lui logerait une balle dans le crâne. Très calmement, il dit :

– Raconte-moi encore une fois ce que tu feras pendant qu'on sera dans la banque.

– J'écouterai le scanner.

– C'est ça. Tu seras notre ligne de vie pendant qu'on opérera dans la banque. Tu restes dans la bagnole et tu écoutes. Si tu flaires quoi que ce soit qui ressemble à des emmerdes, tu nous préviens par talkie-walkie. Et si les flics se ramènent, tu nous couvres jusqu'à ce qu'on soit dans la bagnole.

Butler s'interrompit pour le dévisager d'un air féroce. Puis il ajouta :

– Tu crois que t'es capable de faire ça ?

– Frankie, j'aurai autant envie que vous de me tailler.

– Fais gaffe qu'on soit bien dans la bagnole avant de démarrer.

Butler ramassa une arme, un pistolet automatique .45 ACP. Il la jeta sur les genoux de Wilson.

– Tu vas me prouver que tu sais te servir d'un flingue.

Le voleur de voitures savait charger un automatique et tirer, mais il savait aussi que Butler n'admettrait plus la moindre erreur de sa part. Avec des doigts gourds et malhabiles, il poussa les grosses balles dans le chargeur. Quand, enfin, le magasin fut chargé, Wilson le glissa avec précipitation dans l'arme. Pour montrer qu'il connaissait son affaire, il tira la culasse vers l'arrière et la relâcha, faisant rentrer la balle dans le canon. Puis il présenta l'arme à Butler dans sa paume ouverte, comme si ce dernier avait été un instructeur.

– Ça ira, approuva Butler d'un air sarcastique, mais en principe faut tirer sur quelque chose.

Wilson se tourna vers la cible. Il prit des oreillettes, mais au moment où il allait les mettre, Butler lui ordonna :

– Sans oreillettes. Il faut t'habituer au bruit.

Wilson dirigea la mire de l'automatique sur la silhouette humaine en papier. Butler lui fit une ultime recommandation :

– Si ça tourne au vilain, n'oublie pas de descendre le plus de passants possible. Rien de tel pour occuper les flics.

Les autres membres du gang éclatèrent d'un rire complice. Wilson retint un instant son souffle. Il avait du mal à maîtriser le tremblement qui agitait le cran de mire.

Une demi-heure plus tard, Butler sortit de l'armurerie et inspecta la rue. Le chef de gang repéra la voiture de Devlin garée un bloc plus loin. Il l'examina attentivement pendant un quart de seconde. Mais il était trop loin. Il ne vit pas le conducteur à l'intérieur. Vite rassuré, il se détourna.

Tassé sur son siège, Devlin observait Butler à la jumelle. Dès le premier coup d'œil, il avait conclu qu'il n'avait pas besoin de la vieille photo de prison attachée par un élastique au viseur pour savoir à qui il avait affaire. Butler se déplaçait avec la souplesse et la majesté d'un poids moyen. Et il avait beau être bronzé, son teint avait cette pâleur grisâtre dont les taulards, après un certain nombre d'années, ne semblent jamais se débarrasser. Butler se retourna vers la porte. Il fit signe que la voie était libre.

Rapidement, les quatre membres du gang se dirigèrent vers la camionnette. Ils chargèrent deux sacs pesants puis s'engouffrèrent dans le véhicule. Devlin prit son micro.

– On les tient ! Ils sont quatre, commença-t-il tandis que la camionnette remontait la rue à reculons pour prendre vers l'ouest. C'est parti ! Quelqu'un peut venir me remplacer ? Le numéro un m'a lancé un sale coup d'œil en sortant.

– La 41 et la 46 sont en route. Tu peux le tenir encore une minute ?

– Ouais, mais faites vite ; le chauffeur a le pied au plancher.

La camionnette roulait à vive allure. Devlin la vit bifurquer vers la bretelle I-75 nord.

– Il y a douze voitures devant moi.

La 46 passa en trombe devant Devlin.

– Tu peux lâcher le pied, Mike. Je les tiens.

Devlin ralentit et laissa passer le flot des voitures de l'équipe antigang. La camionnette dépassait largement la limitation de vitesse, mais sur la voie rapide de Detroit, c'était monnaie courante.

Butler avait ajusté le rétroviseur du côté du passager pour surveiller les voitures de derrière. Se tournant brièvement vers le chauffeur qui conduisait l'œil braqué devant lui, il aboya :

– Putain d'enfoiré, tu vois pas qu'on est suivis ?

Le chauffeur regarda dans le rétroviseur d'un air paniqué.

– Où ça ?

Butler ne répondit pas tout de suite : il étudiait ce qui se passait derrière la camionnette.

– La Chevrolet Lumina bleu foncé et la Pontiac Grand Am grise, finit-il par indiquer.

– Je les sème ?

Butler ignora la question.

– Tommy, tu as planqué les flingues ?

– Dans les sacs, sous la banquette. Il leur faudra un mandat pour les trouver.

– Ils n'en ont sûrement pas, sinon ils nous seraient tombés dessus devant l'armurerie. Ils nous filent le train, c'est tout. Au cas où on serait sur un coup. Quelqu'un nous a balancés.

Wilson suggéra en serrant nerveusement son volant :

– On pourrait peut-être attendre pour le hold-up, le temps que les flics nous oublient.

Butler le dévisagea avec dégoût. Puis il s'aperçut qu'ils ralentissaient à cause d'un accident qui bloquait les quatre voies.

– La voie de dégagement ! Grouille-toi !

Wilson obéit sans réfléchir. La camionnette fit une brusque embardée, manquant d'emboutir les voitures qui ralentissaient dans les trois voies de droite. Butler vit que les véhicules qui les suivaient avaient disparu, engloutis par les embouteillages. Dès qu'ils se trouvèrent sur la voie de dégagement, Butler s'écria :

– Fonce !

Wilson roulait à près de cent kilomètres à l'heure au bord de l'autoroute. Un kilomètre plus loin, ils dépassèrent le lieu de l'accident : un semi-remorque était en travers de la chaussée. Il n'y avait plus de circulation. Ils accélérèrent à fond.

– Bon, au boulot maintenant, déclara Butler.

Quarante-cinq minutes plus tard, une berline quatre portes, volée, surgit de nulle part devant l'entrée de la banque de White Lake. En sortirent trois hommes en combinaison de parachutiste bleu marine et cagoule noire. Deux d'entre eux étaient armés de carabines à canon scié, et le troisième, Butler, d'un 9 mm automatique. Wilson, déguisé comme eux, resta nerveusement au volant et augmenta le volume du scanner de la police, son automatique posé à portée de main sur le siège du passager.

Les trois hommes entrèrent dans la banque. Immédiatement, Butler fit entendre un hurlement :

– Tout le monde par terre !

Puis, pour appuyer cet ordre, comme une notation chorégraphique, les trois hommes tirèrent plusieurs coups de feu en l'air. Au murmure de panique succéda le bruit sourd d'une douzaine de corps se jetant au sol.

Une semaine plus tôt, Butler avait attendu le fourgon blindé qui venait, comme chaque semaine, déposer des espèces à la banque. Il était rentré à l'instant même où le directeur de la banque signait l'accusé de réception. Butler s'était fait donner la monnaie sur un billet de cent dollars, puis il était parti.

À présent, son regard cherchait parmi les corps allongés. Le directeur était étendu près d'un bureau. Butler l'obligea à se lever. Ensuite il jeta un coup d'œil à ses complices pour s'assurer qu'ils maîtrisaient la situation.

L'épaisse porte blindée du coffre était ouverte. Mais une seconde porte en acier, verrouillée, barrait encore l'accès aux liasses de dollars attachées avec des élastiques. Sans effort, Butler plaqua brutalement le banquier contre le mur à côté du coffre. Il lui enfonça le canon de son automatique dans l'œil gauche. Et avec un calme terrifiant, il prononça :

– On te paie pour prendre des décisions. En voilà une facile : si je dois repartir sans l'argent qui se trouve dans ce coffre, il y en a trois qui vont y passer, toi et deux de tes clients.

Une main serrée autour de la gorge du banquier, Butler se retourna pour braquer son arme sur la personne la plus proche.

– Cinq, quatre, trois…

Le directeur de la banque plongea fébrilement ses deux mains dans ses poches. Il venait de trouver la clé, quand les trois malfaiteurs entendirent en même temps dans leur écouteur quelque chose qui les figea sur place.

Une voix déformée par la peur s'était écriée dans leur oreille :

– Ils l'ont dit sur le scanner ! L'alarme a été donnée ! Les flics !

C'était la première fois qu'ils étaient surpris à l'intérieur d'une banque. Mais ils savaient exactement quoi faire. Sans un mot, ils se précipitèrent de concert vers la sortie. Dehors, ils virent la tête encagoulée de leur chauffeur qui se tournait tour à tour vers l'entrée de la banque et celle du parking. Le moteur de la voiture vrombissait d'impatience.

Les trois hommes s'empilèrent dans la berline. Les portières n'avaient pas encore claqué qu'elle démarrait dans un crissement de pneus. Ils quittaient le parking quand les sirènes de la police déchirèrent l'air. Butler se retourna : ils étaient suivis de près par une voiture de la police de White Lake.

– Gardez vos cagoules. Il est assez près pour nous identifier.

Puis se tournant vers le chauffeur :

– Le moment est venu de nous montrer ce que tu sais faire : tu vas me semer cet enculé !

Butler fut étonné par l'assurance qui étincelait dans les yeux du chauffeur. En guise de réponse, ce dernier appuya à fond sur l'accélérateur.

Le bolide dérapa dans le virage, puis reprit la ligne droite à une vitesse vertigineuse. Mais la voiture de police ne se laissait pas pour autant distancer.

– Putain de merde ! Il nous tient ! brailla Tommy Nolo à l'arrière.

Butler descendit sa vitre en ordonnant :

– Garde le cap, je m'occupe de lui.

Le chef de gang s'agenouilla sur le siège du passager. Puis il sortit presque tout son torse par la portière. À l'instant où il allait tirer sur leur poursuivant, la berline tourna brusquement à gauche. Pour ne pas se trouver éjecté, Butler banda tous les muscles de son corps. Ils avaient pénétré dans la cour déserte d'une entreprise en bâtiment. Comme un fou, Butler pressa son arme contre la mâchoire du chauffeur.

– Qu'est-ce que tu fous, connard ? vociféra-t-il.

Imitant son chef, Tommy Nolo planta le canon de sa carabine dans la nuque de l'homme qui les conduisait.

– Frankie, dit-il à Butler. Si ce fils de pute s'avise encore une fois de faire joujou avec le volant, descends-le. On se charge du flic.

Pendant que les deux passagers à l'arrière baissaient leurs vitres et se penchaient à la portière avec leur carabine, Butler inspecta plus attentivement son voisin. Il se demandait pourquoi il ne l'avait pas entendu prononcer un mot depuis le départ.

— Dis quelque chose, merde !

Le chauffeur se tourna alors vers lui et lança :

— Tu devrais boucler ta ceinture.

Devant l'incongruité de ce conseil, Butler resta un instant interloqué.

— Ma ceinture ? répéta-t-il.

Puis il se rendit compte que cette voix n'était pas celle de Benny Wilson. D'un geste prompt, il lui arracha sa cagoule et resta stupéfait : il avait devant lui le visage d'un parfait inconnu.

Mike Devlin lui adressa un sourire diabolique. Et Butler n'eut pas le temps de dire ouf ; Devlin écrasa la pédale de frein tout en donnant un violent coup de volant. La berline effectua plusieurs tête-à-queue avant de se planter dans un monticule de sable. Les deux hommes à l'arrière furent éjectés tandis que Butler allait s'écraser tête la première contre le pare-brise. Profitant de l'étourdissement de son passager, Devlin lui arracha son revolver des mains en disant :

— Tu connais la loi, Frankie, c'est obligatoire.

3

La secrétaire annonça immédiatement à Devlin qu'Eric Bolding, l'agent spécial adjoint – autrement dit le bras droit du chef de la direction régionale, que les agents du FBI appelaient familièrement l'ASA – l'attendait dans son bureau. Bolding se leva vivement et lui tendit la main. Le chef d'équipe de Devlin, Jim Harrison, était assis sur le canapé. Bolding déclara :

– Jim me faisait son rapport sur l'arrestation d'hier. Sacré boulot !...

Comme toute l'équipe avait participé à la souricière et qu'il était le seul à avoir été convoqué, Devlin se doutait bien que l'agent spécial adjoint n'avait pas l'intention de lui présenter ses félicitations.

– Mais... ?

Bolding contourna son bureau pour se rapprocher de lui. Il ignora le ton circonspect de Devlin.

– Asseyez-vous, Mike.

Il s'installa dans un fauteuil et Devlin sur le canapé, entre lui et Harrison.

– Plusieurs points de détail ne me paraissent pas très clairs, continua Bolding.

Maintenant, Devlin en était sûr, les ennuis commençaient. Quand vos supérieurs se mettaient à évoquer des « points de détail », c'est que vous étiez dans le collimateur.

– Quand vous les avez perdus dans les embouteillages, comment les avez-vous retrouvés ensuite ?

– Vous avez vraiment envie de savoir ? lança Devlin d'un ton faussement menaçant.

Au FBI, cette question comportait toujours un sous-entendu : si vous tenez à votre carrière, vous n'avez pas envie de savoir. Utilisée habilement, elle avait le pouvoir de faire évacuer un bureau plus vite qu'un colis d'Unabomber.

– Je veux savoir exactement ce qui s'est passé, allons, faites-moi un peu confiance. Croyez-moi, personne ne vous veut de mal.

Bolding était prévenu, mais il tenait quand même à avoir une réponse. Devlin hésitait encore à la lui donner et à admettre ce qu'il avait fait. Pour lui, c'était une simple entorse au règlement ; mais pour le département de la Justice, sans doute un vice de procédure. Il interrogea du regard Jim Harrison, qui l'avait déjà à plusieurs reprises épaulé dans des circonstances semblables. À son expression, il comprit qu'il pouvait se fier à la parole de l'ASA.

– Quand j'ai repéré la camionnette devant l'armurerie, elle était vide. J'ai pu lui coller un émetteur.

– Je suppose que vous n'agissiez pas sous décision judiciaire, fit remarquer Bolding.

C'est alors que Devlin répéta, cette fois avec plus d'insistance :

– Vous avez vraiment envie de savoir ?

Il lui tendait une perche : du moment que ces messieurs les fonctionnaires demeuraient dans l'incertitude quant à la légalité de l'émetteur, on pouvait tout au plus les accuser de mauvaise gestion du personnel. Cela n'avait jamais été un crime dans l'administration américaine.

– Bon, nous n'insisterons pas là-dessus pour le moment. Décrivez-moi un peu ce qui s'est passé dans la banque.

– À notre arrivée, il y en avait déjà trois à l'intérieur. Le chauffeur était tellement concentré sur le scanner qu'il ne nous a même pas vus venir.

– Ils connaissaient notre fréquence ?

– Je n'en sais rien, de toute façon ça n'aurait rien changé, nous l'avions brouillée. On voulait d'abord appréhender le chauffeur. Mais si on attendait qu'ils sortent de la banque, on était sûrs qu'ils allaient y retourner en courant. Et la banale attaque à main armée risquait de se transformer en une de ces prises d'otages sanglantes que l'on raconterait encore aux nouveaux agents dans cent ans. Quelqu'un a eu l'idée de déguiser l'un d'entre nous en chauffeur. Ça nous permettait d'emmener le reste du gang dans un lieu suffisamment écarté pour procéder aux arrestations sans mettre d'autres vies en danger. Je…

– Qui exactement a eu cette idée, Mike ? interrompit Harrison.

Devlin eut un moment d'hésitation avant d'avouer :

– Eh bien… moi, je crois.

Harrison lança à l'agent spécial adjoint un regard qui voulait dire : vous voyez, nous ne nous étions pas trompés !

Sur quoi, Bolding laissa tomber un :

– Bon, continuez.

À voir les signes de connivence échangés par ses deux chefs, Devlin eut l'impression de s'enfoncer. Il esquissa un sourire résigné.

– Dites, qu'est-ce que vous voulez que je vous avoue exactement ?

Bolding eut un rire bon enfant.

– Allons, Mike. On vous a demandé de nous faire confiance.

– Très bien. Comme j'avais le même gabarit que le chauffeur, je me suis porté volontaire. J'ai enfilé son accoutrement. Puis je me suis servi de leur talkie-walkie, je leur ai dit que quelqu'un avait déclenché le signal d'alarme. Ils sont sortis en trombe, ils se sont engouffrés dans le véhicule et je les ai emmenés à l'endroit où nous avons procédé aux arrestations.

– Et l'officier de police qui poursuivait la voiture en fuite ? s'enquit Bolding. Parlez-moi un peu de lui.

– Dès qu'on les a vus sortir de la camionnette en combinaison de parachutiste pour monter dans la voiture, on a compris que le braquage était dans le coin. On a tout de suite appelé la police locale pour qu'elle nous file un coup de main. Ce flic a conduit comme un vrai champion.

– Nous avons eu un entretien avec lui. Il dit que vous lui avez sans doute sauvé la vie, que sans votre intervention ces salopards de braqueurs lui tiraient dessus. Il pense que vous devez être… dingue, prononça Bolding avec un sourire, comme pour atténuer la violence du mot.

Devlin ne voyait toujours pas où Bolding voulait en venir. Mais il savait une chose : ce genre de compliment (s'il s'agissait d'un compliment), au milieu de ce genre de conversation devait être traité avec la plus grande circonspection. Il haussa les épaules, évasivement.

– Encore deux petites questions. Quand vous vous êtes porté volontaire pour remplacer le chauffeur, vous avez eu l'impression de faire quelque chose de dangereux ?

– Je n'ai pas vraiment eu le temps de réfléchir.

– Prenez-le maintenant, alors. Vous avez eu l'impression d'avoir fait quelque chose de dangereux ?

– C'est possible. Mais sur le moment, ça m'a paru le seul moyen d'appréhender ces trois ordures sans risquer de blesser personne.

27

— Sauf vous, fit observer Harrison.

Devlin plongea la main dans la poche de sa veste pour en sortir sa carte du FBI. Il l'ouvrit et lut à haute voix :

— « Michael Devlin, dont la signature et la photographie figurent ci-contre, est agent spécial du FBI. En cette qualité, il a le droit et le devoir d'enquêter sur toute violation de la loi à l'intérieur du territoire des États-Unis. »

Puis il leva les yeux et sourit :

— C'est bien ma chance. J'ai justement choisi un métier qui ne me permet pas de refuser de prendre des risques sous prétexte que ça pourrait être dangereux.

— Mike, je sais qu'on nous paie en partie pour prendre des risques, mais vous semblez avoir un besoin compulsif de vous mettre en danger.

Deux ans plus tôt, Devlin rentrait chez lui après une enquête dans le quartier sud-est de Detroit. Il avait aperçu de la fumée qui sortait du deuxième étage d'un immeuble d'habitation. Il avait prévenu la police et les pompiers par radio, puis s'était précipité vers le bâtiment. Au même moment, un grand Noir d'une cinquantaine d'années était aussi sorti de son véhicule. Ils avaient échangé un regard entendu avant de se ruer à l'intérieur. Devlin s'était chargé des portes de droite ; l'autre homme, de celles de gauche. Ils avaient cogné à chacune d'elles et donné l'alarme aux occupants. À mesure qu'ils montaient, la fumée s'épaississait. Dix minutes plus tard, une fois tout le monde prévenu, les deux hommes s'étaient retrouvés dehors. Seuls quelques locataires étaient sortis. Le grand Noir avait alors promené autour de lui un regard dégoûté. Puis il avait déclaré :

— Putains de camés. Il ne leur reste même plus assez de bon sens pour fuir les flammes.

Devlin savait qu'il avait raison. C'était une de ces bâtisses vétustes dont les fenêtres n'allaient pas tarder à être barricadées. Personne ne l'entretenait depuis des années. Les seuls êtres humains capables de survivre dans un cadre pareil semblaient être les toxicos. Ils sonnaient le glas de ce genre d'immeuble. Ils étaient son cancer. Et ils cultivaient une méfiance absolue à l'égard de tout ce qui provenait de l'extérieur. Devlin avait pénétré dans des centaines d'immeubles vétustes. Il y avait entendu des centaines de mensonges. La plupart du temps, ces camés n'avaient aucune raison de mentir, mais c'était devenu chez eux comme une seconde nature :

dès qu'ils voyaient un insigne, ils mentaient. On aurait dit qu'ils avaient prêté serment, par une sorte d'esprit de corps.

Les portes auxquelles il avait cogné s'étaient ouvertes sur des visages apathiques et soupçonneux. Les camés comprenaient tout de suite à qui ils avaient affaire. Et jamais ils n'auraient cru un flic, même quand celui-ci criait au feu !

Les sirènes des pompiers avaient retenti soudain. Devlin et le grand Noir avaient échangé un long regard. Ils avaient cherché des mots pour donner un sens à leur action. En vain. Après s'être adressé un sourire sardonique, ils avaient regagné en silence leur voiture.

Devlin ne voulait pas raconter sa mésaventure à sa femme. Mais il n'avait pas plus tôt franchi la porte qu'elle avait flairé l'odeur de fumée qui imprégnait ses vêtements. Il lui avait seulement dit qu'il y avait eu un incendie et qu'il était entré dans l'immeuble pour prévenir les locataires.

Elle l'avait emmené en haut, dans la salle de bains, et lui avait ôté tous ses vêtements. Puis elle s'était déshabillée à son tour et l'avait attiré contre elle sous la douche pour que l'eau brûlante chasse la puanteur du feu. Elle lui avait même lavé les cheveux.

— À force d'entrer dans toutes les maisons qui brûlent, un jour ou l'autre, il y en aura une dont tu ne sortiras pas.

— Et lesquelles dois-je éviter ?

— Celles dont tu ne peux pas sortir en courant.

À présent, Devlin contemplait l'ASA d'un air imperturbable. Il rétorqua :

— Je vais très bien.

Bolding le dévisagea quelques instants, puis reprit :

— Je suis désolé, Mike, mais je ne suis pas d'accord avec vous. Jim et moi nous inquiétons à votre sujet. Vous prenez trop de risques.

Il ramassa un fax et poursuivit d'un ton officiel :

— Le quartier général a une mission spéciale à vous proposer. Ça vous reposera un peu. Vous avez entendu parler de ce cinglé à Disney World avec ses virus mortels ?

— Un gentil p'tit gars, en effet.

Bolding eut un rire bref.

— Vous n'avez pas gagné le Super Bowl. Ce n'est pas un voyage à Disney World que je vous offre. Mais un séjour dans nos dossiers à Washington.

– Des dossiers ? Washington ? Dieu soit loué ! Pendant une seconde, j'ai cru que vous alliez me punir.

– J'ai longuement réfléchi. Sincèrement, c'est pour votre bien. Essayez de vous détendre un peu. C'est une affaire de deux semaines. Dites-vous qu'on vous paie des vacances.

Comme Devlin gardait le silence, Bolding ajouta :

– Mike, nous ne vous voulons que du bien, croyez-moi. Ne nous rendez pas la tâche impossible.

Puis, après une nouvelle pause, il conclut :

– Je n'aime pas lancer des ultimatums, mais c'est ça ou une autre section, une section où vous aurez beaucoup plus de responsabilités administratives.

On le mettait au pied du mur. Devlin n'avait pas le choix. Il lui faudrait une fois encore quitter sa famille. Knox comprendrait ; elle comprenait toujours. Il ne lui avait pas parlé des arrestations de la veille. Elle l'aurait accusé de s'être une fois de plus précipité dans une maison en feu. Mais s'il estimait vraiment ne rien risquer, pourquoi le lui cacher ? Il y avait peut-être du vrai dans ce que disait l'agent spécial adjoint. Peut-être se croyait-il un peu… que disait déjà sa femme ?... un peu trop immortel. Washington pourrait lui permettre de réfléchir.

– Deux semaines ?

Bolding eut soudain l'air moins inquiet.

– Promis.

Devlin se leva et serra la main des deux hommes tour à tour. Il était sur le point de sortir, quand Bolding lui dit à brûle-pourpoint :

– Mike, encore une petite question, mais je suis curieux. Où avez-vous trouvé le matériel électronique pour pister la camionnette ?

Certains agents avaient monté un réseau clandestin au sein du FBI. Ils s'épaulaient dans les cas où il fallait employer des moyens illégaux. Ces agents n'avaient pas oublié les raisons qui les avaient poussés à présenter leur candidature au FBI. Devlin avait obtenu l'émetteur grâce aux bons soins du chef du service technique de sa section. Mais il existait aussi un accord tacite, une règle d'or : personne ne dénonçait personne. Aussi Devlin répondit :

– Encore une fois : vous avez vraiment envie de savoir ?

L'ASA lui sourit amicalement. Et Devlin se rappela qu'il y a bien longtemps, Eric Bolding avait été, lui aussi, un de ces agents.

– Bon séjour à Washington, Mike.

4

— Washington ? Pourquoi toi ?

Elle ne protestait pas vraiment, mais il voyait bien qu'elle était soupçonneuse. C'était chaque fois la même histoire : dès que son mari se voyait assigné un brusque changement de mission, il rechignait à lui donner une explication claire. À force de lui poser des questions, elle découvrait toujours qu'il avait fait une entorse au protocole du FBI. Il ne lui mentait pas vraiment, mais ne reculait pas devant de petits arrangements avec la vérité. Surtout quand il disait que c'était « pour son bien ». Ses yeux bleu marine ne le quittaient pas, d'une infinie patience. Et ils guettaient ceci : le point faible de sa défense.

Devlin, dont ce n'était pas le premier interrogatoire conjugal, en reconnut les signes précurseurs. Les dents serrées, elle s'apprêtait à passer dans le camp ennemi. Naturellement, il n'avait pratiquement aucune chance de réussir à lui cacher les faits, mais en restant dans le vague, il retarderait peut-être l'heure de vérité.

— On a eu une arrestation un peu mouvementée hier. Pas tellement au goût de l'ASA.

— « On » ? Tu ne serais donc pas le seul à être envoyé à Washington ?

Inutile. Il était trop maladroit pour mentir. Mieux valait battre en retraite tout de suite.

— Tu sais ce qui me pousse à raconter des histoires, pas vrai ? Je pense avant tout à toi…

Sur le même ton tout à la fois encourageant et méfiant qu'au début de la conversation, elle lui jeta :

— Et pourquoi toi ?

— Tu ne vas pas aimer la réponse.

— En voilà une surprise !

– D'accord. Bolding pense que j'ai pris trop de risques pendant l'arrestation.

Elle continuait à le dévisager, avide de ces détails qu'il s'ingéniait à taire. Les yeux où il avait si souvent trouvé un havre au cœur des petites tourmentes que vous ménage l'existence le fixaient à présent d'un air dur, inquisiteur. Il lui avoua le rôle qu'il avait joué dans la capture des braqueurs de banque.

– Et Bolding estime que c'était dangereux ? ironisa-t-elle.

– C'est vrai, moi aussi je trouve sa réaction exagérée, dit-il en riant.

– Tu ne comprends donc rien.

– Quoi ?

– Tout le monde voit que tu as un problème.

– Un problème ?

– Tu ne vas quand même pas me faire croire que pour toi, prendre le volant d'une voiture pleine de types qui viennent de braquer une banque et conduire comme un fou, c'est un jour comme les autres au bureau !

– Quelqu'un devait y aller.

– Vraiment ? Tu es sûr que c'était indispensable ? Ou bien c'était une bonne occasion pour Mike Devlin d'avoir sa dose d'adrénaline ? Ne se seraient-ils pas fait coincer de toute façon ?

Comme Devlin ne répondait pas, elle insista :

– Hein ?

– C'est possible.

– Possible ? Tu ne vois vraiment pas où est le danger. Je pensais que tu en avais besoin comme d'un shoot d'adrénaline, mais je commence à me dire que ce n'est pas ça. Car seule la peur peut mettre ces petites glandes en marche. Non, c'est autre chose qui te pousse, et ça me fait froid dans le dos.

– Ce que je vais te dire ne va pas te faire plaisir, mais je pense que tu prends tout ça un peu trop au sérieux.

Elle se détourna un moment. Puis elle le dévisagea de nouveau avec attention.

– Si seulement tu disais vrai.

– Tu es pourtant bien placée pour le savoir : on ne se débarrasse pas de moi aussi facilement…

Elle hocha la tête en réprimant le sourire qui montait à ses jolies lèvres.

– … Je vais passer deux semaines enfermé dans un bureau à

Washington à consulter des dossiers, si ça peut te rassurer. Je finirai peut-être par y prendre goût, qui sait ?

– C'est là que je commencerai à m'inquiéter sérieusement, répondit-elle. Mais puisque tu auras le temps, réfléchis donc à tout ça. Assure-toi que tu as raison et que j'ai tort…

– Je te le promets. Autre chose ?

– Tu me portes jusqu'au lit.

– C'est un ordre ?

– Mmm.

– Ce qui est bien avec nous autres, gratte-papier, c'est qu'on est des mecs dociles.

5

Devlin remonta Pennsylvania Avenue et passa la Sécurité du FBI à l'entrée de l'Edgar Hoover Building. Dans le froid sec de ce matin de janvier, une file de touristes étonnamment longue attendait la visite de huit heures. En entrant par la porte de la Dixième Rue, il tomba sur un agent féminin de la Sécurité en blazer bleu et pantalon gris. Elle lui demanda s'il avait besoin d'aide. Devlin lui présenta sa carte du FBI en déclarant :

— Je viens de Detroit, en mission spéciale.

La jeune femme étudia la photo, puis le visage de l'homme qui se tenait devant elle. Elle l'interrogea du regard, visiblement moins intéressée par la question de son identité que par la raison de sa présence entre ces murs.

— Vous prévoyez des ennuis ? s'exclama-t-il d'un ton mi-badin mi-sérieux.

Satisfaite de sa réponse, elle sourit et ajouta dans un murmure de conspiratrice :

— On n'est jamais trop prudent. On a seulement le droit de laisser passer un ou deux cinglés par jour.

— Alors j'ai bien fait d'arriver tôt.

Elle lui adressa un sourire aimable et recopia le nom inscrit sur sa carte. Puis elle le pria d'attendre son laissez-passer.

Quelques minutes plus tard, on lui tendit un badge en lui indiquant la salle 621. Il s'attendait à se retrouver parqué dans une de ces boîtes à chaussures sans fenêtre que l'administration réservait en général à ses sous-fifres. Selon la coutume de la maison, ceux qui quittaient le « vrai » FBI pour devenir administrateurs ne méritaient guère mieux que ces locaux sinistres.

La salle 621 portait l'inscription : CHEF DE SECTION : SECTION DES CRIMES DE SANG ET DES DÉLITS MAJEURS.

Devlin fut accueilli par la secrétaire.

— Bonjour, lui lança-t-elle d'un air enjoué.

Les secrétaires, aux yeux de Devlin, étaient les instruments méconnus de bien des succès de la maison. D'ordinaire, elles étaient au départ engagées comme sténos ou dactylos. Mais si elles se révélaient d'une efficacité à toute épreuve en dépit de la grossièreté des agents, des horaires invraisemblables et des salaires de misère, elles se hissaient au rang de secrétaire du FBI, titre auquel, curieusement, elles tenaient énormément. Ainsi, pendant que « leurs » agents s'employaient à rechercher n'importe quoi depuis des gangsters jusqu'à des balles de golf mal coupées, elles veillaient jalousement sur la réputation du Bureau. Qu'elles passent leur heure de déjeuner à taper un rapport en retard ou à persuader un fugitif de se rendre, elles faisaient flèche de tout bois pour préserver le mythe. Dehors, dans le « vrai » monde, elles auraient pu doubler leur salaire et diminuer de moitié leurs heures de travail. Mais elles restaient et, même si cela ne faisait pas partie de leurs attributions, elles rappelaient à tous et à toutes ce qu'était le dévouement.

— Bonjour, je m'appelle Mike Devlin. De Detroit. On m'a dit de venir ici.

— Moi c'est Sharon. Soyez le bienvenu, monsieur Devlin.

Devlin baissa d'un ton :

— Sharon, sur le terrain, où personne n'ignore que ce sont les secrétaires qui font la pluie et le beau temps, on appelle les agents par leur prénom.

La secrétaire feignit l'étonnement :

— Pas possible. La prochaine fois que je serais à Detroit, je vous appellerai Mike.

Devlin rit de bon cœur et hocha la tête en admirant une fois de plus la ténacité des secrétaires. Elle souleva le combiné de son téléphone.

— Mike Devlin est ici.

Presque aussitôt, la porte du chef de section s'ouvrit pour, à la stupéfaction de Devlin, laisser le passage à Tom O'Hare.

— Mike, comment vas-tu, vieux renard ?

Quelques années plus tôt, O'Hare avait été agent spécial adjoint à Detroit. Il n'avait pas changé — grand, mince, élancé, le regard sombre et réfléchi. Il se coiffait toujours de la même manière, mais à présent ses cheveux longs détonnaient dans l'ambiance conventionnelle du Hoover Building. Cela rappela à Devlin que son chef pour deux semaines n'était pas du style à se conformer aux opinions, règles et convenances. Devlin avait pu lui-même le constater au cours de la seule et unique arrestation qu'ils avaient effectuée ensemble. Une histoire que Devlin avait juré ne jamais raconter. Car O'Hare avait violé la règle d'or de tous les services de police : ne jamais abandonner son arme.

Ils menaient une enquête sur un dangereux criminel, évadé d'une prison de l'Alabama où il purgeait une double peine à perpétuité pour deux meurtres. Pour une chasse à l'homme aussi médiatisée, la politique du Bureau exigeait la présence sur le terrain d'un directeur ou d'un ASA. En général, les fonctionnaires manifestaient peu d'enthousiasme à l'idée de se mêler d'une situation déjà difficile. Mais O'Hare avait passé dix ans dans les tranchées, à Philadelphie. La rue n'avait guère de secrets pour lui. À Detroit, où il était agent spécial adjoint, ses subordonnés avaient pu apprécier sa générosité. Il agissait toujours dans leur intérêt. Il était, avaient-ils décidé, l'un des leurs.

Au moment de distribuer à chacun son rôle avant le coup de filet, le chef d'équipe avait hésité : qui allait couvrir l'arrière de la maison ? Les agents de terrain adorent l'action. Ceux-là n'avaient aucune envie de se voir privés du plaisir d'une éventuelle bagarre. O'Hare, qui comprenait le problème, s'était porté volontaire. Il n'était pas plus tôt arrivé à la porte de derrière que les autres avaient enfoncé celle de l'entrée. Après dix minutes de recherches infructueuses, l'équipe se mit à paniquer. Ils avaient l'impression que leur homme leur avait glissé entre les doigts.

C'est alors qu'ils entendirent frapper à la porte de derrière. Des coups calmes, réguliers. Ils ouvrirent. O'Hare poussa devant lui le fugitif, menottes aux mains. Tous deux étaient à bout de souffle, leurs vêtements couverts de boue, déchirés. O'Hare expliqua :

– Dès que la porte d'entrée a cédé, je n'ai pas eu le temps de dire ouf, qu'il est sorti en trombe.

Regroupés autour de O'Hare, les agents fusillaient du regard le prisonnier qui n'avait pas eu la courtoisie de se laisser arrêter dans les règles. Mais ils lançaient aussi de brefs coups d'œil admiratifs aux vêtements déchirés de l'ASA.

Au moment de partir, O'Hare s'était tourné discrètement vers Devlin :

– Tu peux attendre une minute ?

Une fois tout le monde parti, il l'avait conduit derrière la maison.

– Tu vas m'aider à retrouver mon flingue.

– Tu l'as perdu dans la mêlée ?

En grimaçant un sourire, O'Hare avait répondu :

– Que ça reste entre nous...

Devlin avait hoché la tête en signe d'acquiescement.

– ... Quand il s'est rué dehors, je l'ai plaqué au sol et j'ai hurlé « Pas un geste ! » Mais il m'a regardé droit dans les yeux et m'a dit : « Vas-y, tue-moi, salope, parce que je retourne pas en taule. » J'avais le choix entre le refroidir, ce qui ici dans le Michigan m'aurait sans doute valu, à *moi*, la taule, ou me débrouiller pour lui passer les menottes. Il y avait une troisième possibilité, mais elle me plaisait encore moins : il pouvait me piquer mon flingue. Alors que faire ?

– Je n'en sais rien.

– J'en savais rien non plus. J'ai à peine réfléchi, j'ai lancé mon flingue le plus loin possible et je me suis jeté sur lui à bras raccourcis. C'est stupide, je sais, mais...

– Je dirais plutôt que c'est inventif, avait interrompu Devlin en riant.

O'Hare avait ri à son tour, manifestement soulagé par la réaction de Devlin, lequel avait ajouté :

– Mais par pure curiosité, Tom, qu'aurais-tu fait s'il t'avait échappé ?

– La même chose que toi... je me serais écrasé.

– Et qu'aurais-tu fait si, une fois ton flingue jeté aux orties, il avait sorti une arme ?

O'Hare avait alors retrouvé son revolver derrière un buisson. Il l'avait remis dans son étui puis avait rétorqué :

– J'aurais montré à cet enfant de salaud ce que c'est que de courir vite !

À présent, Devlin suivait O'Hare dans son bureau. Il ne pouvait s'empêcher de regarder du coin de l'œil ses cheveux trop longs. Ces deux prochaines semaines, se disait-il, n'allaient peut-être pas être si ennuyeuses que ça, après tout.

Une fois assis, Devlin fit remarquer :

– Chef de section. Impressionnant. Ça signifie, je suppose, que tu es officiellement devenu l'un des leurs.

– Tu sais ce qu'on dit : « À Washington tout n'est que façade, l'architecture comme les gens. » Surtout n'accuse personne. C'est en grande partie à cause de toi que j'ai eu ce poste.

– Alors comme ça, je ne suis pas arrivé depuis un quart d'heure qu'on a déjà quelque chose à me reprocher.

– D'accord, c'est toi qui as résolu les meurtres du quartier du Puget Sound à Detroit. Mais quand j'ai confié au Bureau que c'était grâce à mon encadrement bien inspiré, ils m'ont donné du galon.

– Tu ne peux t'en prendre qu'à toi-même, mon vieux, c'est toi qui nous as permis de commettre tous ces forfaits.

– Il paraît que tu en commets toujours.

– On dirait que tu as causé avec Detroit.

– En effet, mais je ne fais pas référence à ta nouvelle carrière de chauffeur de malfaiteurs… je parle du *Gentkiller*.

O'Hare faisait ici allusion à une autre affaire élucidée par Devlin, au cours de laquelle il avait réussi à neutraliser un meurtrier en série dont les victimes étaient des agents du FBI.

L'étonnement se peignit sur le visage de Devlin.

– Allons, Mike, poursuivit O'Hare, tu croyais peut-être que personne n'allait s'apercevoir de ton rôle dans cette affaire qui a coûté la vie à quatre agents ? J'ai su tout de suite que c'était toi : on y voyait tes empreintes partout.

O'Hare s'appuya au dossier de son fauteuil, curieux de voir comment Devlin réagissait.

– Le meurtrier est mort mystérieusement, ajouta-t-il.

Devlin soutint son regard d'un air grave :

– Detroit est une drôle de ville.

– Si tu veux dire drôle dans le sens impitoyable, d'accord. Surtout dans les affaires dont tu t'occupes. C'est incroyable, la Justice semble être ton bras droit.

– Continue comme ça et tu vas voir à quoi il ressemble vraiment, mon bras droit.

O'Hare répondit par un sourire.

– Eric Bolding m'a en effet téléphoné pour m'annoncer ta venue. Il pense que tu pousses le bouchon un peu trop loin.

– De toute façon, je vais passer deux semaines dans la paperasse, ça lui fera des vacances. Sauf s'il s'inquiète pour la vie de ses dossiers.

– Tranquillise-toi, je lui ai rappelé que nous sommes très fiers de notre lâcheté, ici à Washington.

– Il espère peut-être qu'elle va déteindre sur moi ? lança Devlin en riant.

– Ne le prends pas pour un imbécile. C'est un fait, trop de courage nuit parfois, reprit O'Hare. Un jour, je me souviens, c'était au Viêt-nam. On me colle ce chef de peloton à moitié noir. Vingt ans, vingt et un tout au plus, avec le grade d'adjudant, ce qui est rarissime à cet âge-là. Ça faisait un mois que j'étais sur place quand une nuit, en haut d'une colline, voilà qu'on se prend des tirs de mortier. Tu as connu ça ?...

Devlin fit oui de la tête.

– ... Alors, tu sais à quel point c'est effrayant. J'étais recroquevillé dans mon trou individuel, la peur au ventre. Et quand je lève la tête, qui est-ce que je vois là-haut ? Mon salopard, armé d'une boussole et d'une radio, en train de chercher à situer les mortiers et d'ordonner des tirs de barrage, aussi tranquillement que s'il vérifiait la direction du vent. Si je ferme les yeux, je le revois debout devant moi, indifférent aux impacts d'obus. Je n'ai jamais vu un type aussi courageux. Jamais je ne reverrai une chose pareille. Deux mois plus tard, j'ai dû l'obliger à partir en perme. Je l'ai même menacé de la cour martiale. Deux jours après, j'ai appris par des gars de l'arrière qu'il avait fait une tentative de suicide. D'après les psys, il se sentait coupable d'être né de parents de races différentes. Alors j'ai compris pourquoi il était si courageux : il essayait de se tuer.

– Tu sais, s'ils se mettent à bombarder Washington, il ne faudra pas trop compter sur moi pour me lever et observer la direction des bombes.

– Tu vois, ici la lâcheté est contagieuse. Tu as lu la presse ce matin ? s'enquit O'Hare en lui tendant le journal. Lis seulement « Le Communiqué ».

En première page, la une annonçait : LA DERNIÈRE DANSE DE LA LIBERTÉ. À côté était encadré un article intitulé « Le Communiqué ».

La démocratie a une espérance de vie de 300 ans ; 100 ans pour se construire, 100 ans pour en profiter, et 100 ans pour se détruire. Les États-Unis, qui ont largement dépassé les 300 ans, sont effroyablement en retard. Cela est arrivé parce que vous êtes à tel point immunisés contre la liberté que vous êtes aussi incapables d'en jouir que d'en déplorer la perte. La démocratie n'existe pas sans la liberté pour chaque homme. Puisque vous n'êtes plus capables ni de maintenir ni de mériter une telle indépendance, il faut que quelqu'un prenne la tête des opérations. Il est de mon

devoir de provoquer un retournement de l'Histoire. J'utiliserai toutes les tactiques nécessaires pour remplir cette mission. Arrêtez-vous
un instant pour regarder la dernière danse de
la liberté. Vous avez deux semaines pour vous
soumettre.

Devlin leva les yeux du journal.
— Soumettre à quoi ?
— Dieu seul le sait, mais la deuxième fiole de virus manque toujours à l'appel. Tout le monde ici tremble à l'idée que si nous ne
nous « soumettons » pas, il va la planter ailleurs, dans un endroit où
elle fera encore plus de dégâts.
— Pourrait-il, en la faisant décongeler, fabriquer d'autres virus ?
— Bon sang, Mike, comment veux-tu qu'on sache ? Mais tu as
raison, il pourrait parfaitement continuer à régénérer ce truc indéfiniment. En inonder le pays. Voilà pourquoi il faut qu'on l'arrête et
qu'on récupère la fiole le plus vite possible.
— Une piste ?
— Un employé de Disney qui se promène avec un déguisement
des Sept Nains l'a bien regardé quand il poussait le fauteuil roulant
du technicien de laboratoire. Notre meilleur artiste est en train de
travailler avec lui sur le portrait-robot. Mais comme il portait un
chapeau et des lunettes noires, ça ne donnera pas grand-chose.
— C'est tout ?
— Le service technique d'Atlanta s'occupe de passer le voisinage
au crible pour voir si on peut identifier notre homme en retrouvant
des gens qui l'ont connu.
— Des contaminations au Parc ?
— Heureusement, notre homme connaissait mal la méthode
Disney. Tu y es déjà allé ?
— Non.
— La sécurité est incroyable. Ils sont constamment à l'affût du
moindre problème. Une fois que ce salaud a tué sa victime, il a
glissé la fiole dans sa chemise. Puis il a laissé son œuvre au milieu
de la rue. Mais un des gars de la sécurité l'a tout de suite repéré et a
su qu'il était mort. Comme la compagnie Disney voit d'un mauvais
œil la présence de cadavres sur son territoire, le gars l'a poussé
jusqu'à une infirmerie et a appelé les urgences. Ils ont commencé
par lui ouvrir sa chemise, et ils ont trouvé la fiole… avec le nom du

virus dessus : ils savaient exactement à quoi ils avaient affaire. Comme elle n'avait pas encore décongelé, ils pensent qu'il n'y aura aucun problème. Ils se sont contentés de mettre le gars de la sécurité et les deux infirmiers en quarantaine.

— Un coup de bol.

— Tu peux le dire. Espérons qu'on lui mettra la main dessus avant qu'il ne comprenne son erreur.

— Et le fauteuil roulant ? s'enquit Devlin.

— Le labo nous le dira, mais il a été stérilisé.

— Tu veux donc que je…

— Sais-tu qui est le Dr Murray Craven ?

— Le conseiller en psycholinguistique ?

— Je veux que tu ailles le voir à l'université de Syracuse. Il est averti de ta visite.

— Qu'attends-tu de lui ?

— Il nous a déjà aidé dans des affaires plutôt ardues. Tu vas être étonné, je crois, par ce qu'il est capable de raconter. Mais précise-lui bien qu'on ne cherche pas à attaquer en justice, on veut seulement des éléments qui nous permettraient d'ouvrir une piste. Tout nous est bon.

— Il voudra peut-être examiner le document original ?

— Ça, c'est un autre problème. Notre homme l'a envoyé par courrier électronique au *Real Deal*, le magazine télévisé. Il n'existe pas de document original. Un autre problème, c'est que leurs locaux sont à New York. Quand on leur a parlé de mettre leurs lignes sur tables d'écoute, ils nous ont demandé une décision judiciaire.

— Une décision judiciaire ?

— Ils profitent de la situation. Tant que ce type leur accorde l'exclusivité, tu crois qu'ils veulent qu'on mette la main dessus ?

— Combien ont-ils de lignes téléphoniques au journal ?

— Je n'en sais rien, mais j'ai donné au conseil de sécurité de New York jusqu'à cinq heures ce soir pour les identifier toutes. Le procureur s'occupe aussi de nous obtenir des décisions judiciaires pour les tables d'écoute.

— Ça sera facile, si c'est un appel local.

— Je sais, je sais. S'il appelle d'un autre État, on n'aura jamais le temps de le repérer. Mais c'est tout ce qu'on peut faire.

— Ce qui veut dire que je suis obligé d'aller à Syracuse.

— Comment va Knox ?

— Je pense qu'elle est contente de ne plus m'avoir dans les pattes pendant une ou deux semaines.

Quelqu'un frappa doucement à la porte. Sharon entra avec un fax, qu'elle tendit à O'Hare. Pendant qu'il lisait, elle l'observait avec une attention curieusement soutenue. Cela intrigua Devlin. Il n'avait pas encore pris le temps de l'étudier : c'était une jeune femme très séduisante. Un teint de pêche, des pommettes saillantes à l'arrondi velouté, un visage à l'ovale parfait. Sa bouche, légèrement entrouverte, était large, pulpeuse, voluptueuse. Des cils épais et noirs ombrageaient ses yeux immenses et vigilants. Elle se tenait debout devant le bureau de O'Hare, dans une pose gracieuse. On aurait dit une danseuse. Ses jambes étaient fines mais musclées, sa silhouette souple, élancée et ses formes voluptueusement féminines. O'Hare termina sa lecture et lui donna ses instructions. Elle le dévorait des yeux. Elle buvait chacune de ses paroles. S'il arrivait souvent à une secrétaire d'être pleine d'admiration pour son patron, et parfois même d'entretenir à son égard des pensées impures, il y avait, dans la façon dont Sharon le regardait, quelque chose de plus intime, de plus spontané. Quand O'Hare eut terminé, ses yeux s'attardèrent sur son visage un peu trop longtemps, comme si elle cherchait à communiquer en silence avec lui. Puis elle sortit.

Une fois la porte refermée, Devlin lança :

— Tu es un fichu veinard, Tom. Un bureau avec une fenêtre et une secrétaire bien roulée.

— Sharon est une femme formidable.

— Une *femme* ? On dirait que t'as attrapé la langue de bois de la maison.

— C'est une longue histoire.

— Qui a un titre banal. Tu es encore marié, non ?

— Ça ne va pas très fort avec Susan.

— Comment ça ?

— Il y a mille manières, peut-être ?

— Susan est-elle au courant que ça ne va pas très fort ?

O'Hare jeta un bref coup d'œil à Devlin puis se détourna sans répondre.

— Alors comme ça, poursuivit Devlin, tu fais marcher un peu Sharon pour voir ce qu'elle donne ?

— Tu m'emmerdes.

— Dois-je comprendre que c'est oui ?

— Ce n'est pas si simple, répondit O'Hare. La vérité, c'est qu'entre moi et Susan, ce n'est plus le grand amour. Elle est géniale, mais ça ne fonctionne plus, voilà tout.

— Tu t'en es rendu compte avant ou après Sharon ?

— Comme la poule et l'œuf, impossible de séparer l'effet de la cause.

— J'ai découvert que ce genre de raisonnement est très pratique quand on cherche à se justifier.

— Vraiment ? s'exclama O'Hare en croisant nonchalamment les bras sur sa poitrine. Alors dis-moi : qui vient en premier, la poule ou l'œuf ?

Devlin se carra dans son fauteuil et enfonça ses mains dans ses poches. Après un moment de réflexion, il déclara :

— Sans doute la poule. Si l'œuf venait en premier, il n'y aurait personne pour le couver.

— C'est très mignon, Mike, ironisa O'Hare. Je ne veux peut-être pas savoir à qui la faute, mais une chose est sûre et certaine : entre Susan et moi, la passion, c'est fini.

— Deux femmes. Tu es plus ambitieux que moi.

— À chacun son vice, Mike. Au moins le mien me tuera lentement.

Devlin éclata de rire.

— Qui sait ? Je crois que Sharon aurait de quoi me donner une attaque !

— La séance de conseil matrimonial est terminée ?

— C'est toi le patron.

— J'aimerais bien avoir un dollar pour chaque personne que tu as entubée avec tes belles paroles. Voilà aussi pourquoi je me suis arrangé pour que tu n'aies à prendre d'ordre que de moi. Je connais presque tous tes tours. Tu vas prendre un peu de distance pendant ces deux semaines. Tu vas me mener une ou deux enquêtes. On va rigoler un peu et peut-être que tu finiras par voir les choses sous un autre angle.

— Quelque chose comme une permission ?

— Ouais, un truc dans le genre.

6

Il entendit la clé tourner dans la serrure de la porte d'entrée ; un bruit qu'il avait appris à détester. Son espace vital allait de nouveau être envahi. En dépit des objections qui lui avaient été adressées à plusieurs reprises, son père invoquait toujours la même excuse : tant qu'il l'entretenait, il avait un droit « de regard » sur son fils. Et puis, il prévenait toujours avant par téléphone. Mais cet appel ressemblait plus à une confirmation qu'à un geste de politesse. Se sentir chez soi relevait de la dignité de la personne humaine. Tout homme avait droit à une solitude méritée. Hélas, c'était un luxe que son père ne lui accorderait jamais. Pourtant ce n'était pas l'aspect le plus pénible de ses « visites » ; ce qu'il haïssait le plus était l'inévitable conversation. Un échange de propos dans la lignée de trois générations de méfaits et de culpabilité.

– Bonjour, fils !

Fils. Son père ne l'appelait jamais par son prénom et il avait toujours cette manière presque accusatrice de prononcer *fils*. Invariablement le signe annonciateur d'un sermon, l'étendard de son échec inavoué. La brûlure au laser de la déception paternelle. Cela lui rappelait les *Monsieur* condescendants que consentaient avec mépris aux gens du commun les grands bourgeois. Ils vous le crachaient à la figure autant de fois qu'il le fallait pour prouver moins leur propre valeur que votre infériorité.

– Père, répondit-il d'une voix neutre.

– Comment vas-tu ?

Avec la même hypocrisie, il répliqua :

– Très bien, père.

La visite allait certainement être brève : son père n'avait même pas pris le temps de s'asseoir ; quelque part à Washington, l'heure d'une réunion d'affaires approchait. Tant mieux. Ce soir il aurait droit à la formule abrégée. La seule variable étant le temps que mettrait son père, qui se figurait qu'il pouvait motiver tout le monde, pour lancer le mot *échec*, comme si cette seule incitation remettrait automatiquement son fils dans le droit chemin. Ce mot, son père avait sans aucun doute l'impression de le prononcer comme un murmure subliminal mais, pour son fils, il claquait comme un coup de fusil.

— Où en es-tu de tes recherches d'emploi ?

— J'ai décroché un entretien la semaine prochaine dans une société d'ingénierie de Baltimore.

Il mentait, tout en sachant parfaitement que son père, de nature pourtant soupçonneuse, ferait fi de la logique pour éviter d'affronter la vérité sur son rejeton. La dénégation avait fini par se graver dans le code génétique familial.

En fait, il avait bel et bien un emploi. Subalterne, mais ce n'était pas pour cette raison qu'il tenait à le lui cacher. Il réprima une folle envie d'éclater de rire. Il était tenté d'emmener son père dans sa chambre et de sortir son uniforme, soigneusement dissimulé parmi ses autres vêtements dans le placard. Son père serait-il capable d'oublier un moment sa déception et de remarquer que le badge accroché à la poche, avec sa photo, était enregistré sous un autre nom que le sien ? Mais il n'en ferait rien, bien sûr ; trop de choses étaient en jeu. Son père sortit un chèque et le lui tendit.

— C'est bien, fils, mais tu ferais mieux d'avoir plus d'un fer sur le feu. Trouve d'autres entretiens. Dans la vie, il n'y a rien de plus tragique que de voir l'espoir mis en *échec*.

Le voilà ! Le fameux mot... *échec*... grimé, mais c'était lui quand même. Cela signifiait heureusement que la séance de clôture se préparait. Il n'en entendrait plus parler pendant une semaine. Son père s'en servait comme d'un marteau-pilon. Il avait l'impression de mieux surmonter aujourd'hui les ravages que ce mot laissait dans son sillage. Pourtant, à Disney World, il n'avait pas pu aller jusqu'au bout de son projet. C'était en partie un échec : l'épidémie prévue n'avait pas eu lieu. Et il avait rêvé de morts par milliers. Personne n'allait le prendre au sérieux avant que cela ne se réalise. Mais l'erreur est instructive. Il pouvait dorénavant regarder son père dans les yeux ; il n'était plus un raté. Il brûlait de lui dire que les États-Unis ne se permettraient plus de l'ignorer. Cette fois, le succès était assuré – et beaucoup de gens étaient sur le point de mourir.

— Au revoir, père.

7

Le bureau du Dr Murray Craven était encombré de tout un bric-à-brac d'objets hétéroclites qui, à la connaissance – certes limitée – de Devlin, semblaient n'avoir aucun rapport avec la psycholinguistique. Sur la même étagère, devant une rangée d'ouvrages sur des sujets aussi variés que l'égyptologie ou la façon de cuisiner les champignons, trônait un microscope. À côté on voyait une clarinette et une demi-douzaine de CD de jazz. Devant la fenêtre, dans une lumière tamisée, somnolait un merveilleux bonsaï. Posées auprès de lui, plusieurs sécateurs miniatures. Sur une autre étagère s'entassaient, apparemment oubliés, des diplômes sans cadre. Au sommet d'une longue et étroite bibliothèque presque collée à sa table de travail étaient disposés deux projets en cours : une montre à gousset en or très ancienne, à moitié démontée, et la partie inférieure d'un crâne humain complétée de radios dentaires. Le seul objet décoratif accroché au mur, presque entièrement tapissé de rayonnages où s'amassaient les livres, était un tirage au format géant d'une photographie de la célèbre maison de l'architecte Frank Lloyd Wright, *Falling Water*, tout en angles mystérieux et recoins sombres, en surplomb d'un torrent sauvage et impétueux.

Tout d'un coup, sans prévenir, une imprimante se mit à crépiter dans un coin. On aurait dit un signal d'alarme protestant contre la présence de Devlin. Il se dirigea vers la machine et pencha la tête de côté pour tenter de déchiffrer, à mesure que le papier se déroulait, l'obscur jargon scientifique du psycholinguiste.

Sur le bureau se trouvaient deux photographies encadrées, la première d'une femme et de trois enfants, l'autre d'un homme, sans doute le professeur lui-même, dans un kayak bleu d'azur, coiffé d'un casque jaune vif et d'un gilet de sauvetage assorti. L'embarcation semblait comme suspendue au-dessus d'une montagne d'écume blanche qui s'élevait au beau milieu d'une rivière en furie. La pagaie du professeur fouettait inutilement l'air. Après un examen attentif, Devlin conclut qu'il avait bien sous les yeux le même morceau de bois aujourd'hui relégué, brisé, dans un coin de la pièce, poussiéreux trophée d'une époque révolue.

La porte du bureau s'ouvrit tout d'un coup pour laisser le passage à un homme que Devlin identifia aussitôt comme le pagayeur. Il lui sourit :

– Agent Devlin ?

En dépit de ses soixante ans, Craven se déplaçait avec une assurance et une souplesse d'athlète. Une calvitie lui dégageait le haut du crâne mais, sur les côtés, des cheveux abondants et vigoureux équilibraient noblement son visage. Si Devlin n'avait pas su à qui il avait affaire et si on lui avait demandé de deviner qui était cet homme, il aurait répondu : un aristocrate du tournant du siècle, peut-être membre d'une famille royale privée de son trône, contraint de gagner sa vie par la seule grâce de son élégance et de son charme.

– Appelez-moi Mike.

Ils se serrèrent la main.

– Désolé, je suis en retard. C'est mon match de basket-ball hebdomadaire.

– Vous avez gagné ?

– On ne compte pas les paniers ; ça permet de mentir plus facilement, déclara-t-il à un Devlin souriant. Mais vous êtes ici pour me parler de… comment l'appellent déjà les médias… Tueur de la Liberté ? Intéressant oxymore, vous ne trouvez pas ?

– Rien de tel pour faire vendre les journaux que deux mots contradictoires accolés à un meurtre inexplicable, acquiesça Devlin.

Comme s'il venait de voir tomber le dernier chiffre du numéro gagnant du loto, Craven s'écria :

– Chicago !

Un instant décontenancé, Devlin répondit avec un temps de retard et un sourire ébahi :

– Mes compliments, d'autant qu'entre les Marines et le Bureau, c'est à peine si j'ai mis les pieds à Chicago depuis vingt ans.

– Et vous êtes à Detroit depuis… ?

– Vous avez aussi repéré Detroit ? Quinze ans…

– C'est ce qui m'a trompé au début. Le Michigan a adouci la dureté de vos *t*.

47

– Stupéfiant. Maintenant, si vous pouvez me dire qui est le meurtrier…

– Si je le pouvais, votre boulot ne serait plus du tout aussi passionnant, j'en ai peur. Mais je suis peut-être en mesure de vous préciser une ou deux choses sur la personne que vous recherchez.

Craven sortit d'un tiroir plusieurs feuillets de notes. Après les avoir brièvement consultés, il prit un livre à la couverture d'une couleur bizarre et se mit à le feuilleter. Devlin en lut le titre imprimé en travers des rayures orange et jaune phosphorescentes : *Psycholinguistique et analyse de la menace*. L'auteur n'était autre que le Dr Murray I. Craven lui-même.

– Primo, c'est un homme de race blanche.

– J'ai lu et relu ce communiqué une douzaine de fois. Comment pouvez-vous affirmer une chose pareille ?

– N'oubliez pas que nos conclusions ne sont que le résultat d'un savant jeu de devinettes ; les sciences sociales ne sont pas autre chose que ça. Vous êtes un enquêteur avec beaucoup d'expérience ; il vous suffit d'étudier un cas pour dire dans quelle direction il faut chercher le coupable. C'est la même chose pour nous, en psycholinguistique. Nous étudions différents modèles de langage et nous sommes capables de deviner quelle est la psychologie de ceux qui l'utilisent. Prenez notre homme – cet individu est non seulement psychotique mais il est révolté par les manques de notre société. Il ne fait aucune allusion à la question raciale ; elle n'est de ce fait pas importante pour lui. Un homme de race noire, au même degré de dérèglement psychique, mettrait à coup sûr ce problème sur le tapis, sinon directement, du moins au tournant d'une phrase, dans une de ces expressions courantes qui expriment les frustrations d'ordre historique de sa race : « le pouvoir au peuple », « oppresseurs » ou même « exploitation ». Depuis des générations, les Noirs s'en servent entre eux pour se communiquer leurs sentiments ; on ne voit donc pas comment cet homme, s'il est noir, pourrait éviter de s'en servir dans une tirade pareille. De la même manière, l'ampleur mégalomane et l'agressivité de la menace est sans aucun doute de nature masculine. Sa syntaxe et ses procédés stylistiques, ainsi que la complexité de son interprétation de la notion de liberté le désignent comme un Américain éduqué. Et vu l'absence de rhétorique prolétarienne, on déduira qu'il appartient à la classe moyenne ou, du moins, qu'il y a grandi. Maintenant pour la question de son âge… On a l'expression « retournement de l'Histoire » qui correspond à des idées de la jeunesse actuelle. À quoi on peut ajouter la question des « 300 ans » et l'absence des lieux communs utilisés par les générations précédentes. Je lui donnerais vingt-cinq à trente ans. Difficile d'être plus précis sans entendre le son de sa voix. En outre, certains choix de phrases me poussent à croire qu'il pourrait être originaire de la côte est des États-Unis.

— Je comprends que vous ne veuillez pas trop vous avancer dans ce rébus, mais ce que nous cherchons, ce sont des pistes pour l'enquête. Auriez-vous un point de départ à me suggérer ?

— Eh bien, examinons encore ce communiqué : nous parviendrons peut-être à comprendre ce qu'il essaie de nous dire. On peut sans doute le soumettre à plus d'un niveau d'interprétation. Il est en fait composé de trois parties distinctes : la partie historique, l'acte d'accusation et la description de son rôle d'exécutant militaire. Dans la première, il parle de la durée de vie d'une démocratie et de la façon dont nous avons réussi à saboter ce calendrier, pourtant pessimiste. Ce qui nous amène à l'accusateur « cela est arrivé parce que *vous*… ! », qui entend non seulement désigner des coupables, mais les humilier. Si cet élément lui tient tellement à cœur, c'est parce qu'en rabaissant l'autre, on le domine. Vous avez compris que tout ça tourne autour de la problématique de la domination et du contrôle d'autrui ?

Devlin acquiesça d'un signe de tête.

— C'est toujours la même histoire avec ces psychopathes, poursuivit le psycholinguiste. Ce qui nous amène à la phrase suivante : « La démocratie n'existe pas sans la liberté pour chaque homme. » À mes yeux, c'est la plus révélatrice. Si vous relisez le communiqué en entier un certain nombre de fois, vous constaterez que ces quelques mots ne « coulent » pas comme le reste du texte. Il y a là quelque chose de heurté qui tranche avec le style mesuré et les transitions délicatement ménagées de l'ensemble. Le stress qui a fait basculer cet homme dans la folie est révélé par cette phrase. À mon avis, la clé se trouve dans l'adjectif indéfini *chaque*. La Constitution parle de liberté pour « tous les hommes », et je crois que c'est ce que diraient quatre-vingt-dix-neuf pour cent des gens. En écrivant « chaque homme », je crois qu'il se réfère à quelqu'un en particulier. Il s'indigne contre le fait qu'une certaine personne se voit privée de sa liberté, sans doute la sienne propre.

— Et que penser du passage concernant… comment avez-vous dit déjà ? son rôle d'exécutant militaire ?

— Il ne faut jamais perdre de vue qu'un individu avec cette structure psychologique considère toujours la classe dirigeante non seulement comme son ennemi mortel, mais comme l'agresseur dans une véritable guerre. Il se sert d'une identité, ou d'un fantasme militaire, pour se placer dans un certain contexte. À partir de là, il se sent autorisé à tenir tête à la classe dirigeante qui le menace, lui, personnellement. Cette pose de soldat est une insulte qu'il jette à la face du gouvernement et surtout de l'armée. C'est aussi une façon d'humilier son adversaire. En d'autres termes, il dit : Puisque vous n'êtes pas capable de m'arrêter, je suis un meilleur guerrier que vous. Je suis le plus fort.

— Pensez-vous qu'il aurait été renvoyé de l'armée ? s'enquit Devlin.

— C'est tout à fait possible. Ou il a passé quelque temps dans une prison militaire.

— Va-t-il se contenter de menaces ou va-t-il commettre un nouveau crime ?

— Sur ce point, il est un peu vague. La plupart du temps, la menace suffit à ce genre d'individu pour alimenter son sentiment de pouvoir. Mais lui a déjà goûté au vrai pouvoir, au pouvoir sur la vie et sur la mort, en tuant ce technicien de laboratoire. Voici ce qu'il écrit : « Vous avez deux semaines pour vous soumettre. » On a l'impression qu'il ne fera rien d'ici là ; mais comme il ne nous précise pas ce que nous sommes censés faire pour nous soumettre, et vu la duplicité vicieuse de son premier geste, je pense qu'il y aura d'autres épiphénomènes avant l'expiration du délai.

— Des épiphénomènes ?

Craven eut un instant d'hésitation, comme s'il redoutait, en l'exprimant de façon claire, de faire s'accomplir sa prédiction.

— Pendant les deux prochaines semaines, il va encore tuer beaucoup de gens.

8

Devlin raccrocha le téléphone et jeta un coup d'œil à sa montre. Il avait tout juste le temps d'attraper son vol pour Dulles, le grand aéroport international de Washington. En traversant à pied l'aéroport de Syracuse, il observa les gens qui se dépêchaient, obnubilés par leur emploi du temps. Que disait déjà le sinistre communiqué ?... qu'ils étaient « immunisés » contre leur propre liberté ? Et il constatait sans étonnement que les Américains traitaient avec la même indifférence leur propre indépendance et les menaces vagues du tueur contre ceux qui refusaient de se « soumettre ». Devlin se rappela les prévisions de Craven et se demanda si le psychopathe ne comptait justement pas sur cette indifférence pour perpétrer ses meurtres.

Craven venait de téléphoner à O'Hare. Il lui avait rapporté les propos du Dr Craven. À quoi le chef de section avait répondu :

– C'est un peu mince comme piste. Enfin, ces indices se révéleront peut-être utiles au cours de l'enquête. À Dulles, tu loueras une voiture.

– Pourquoi, je vais où ?

– J'ai pris rendez-vous pour toi au département des Sciences comportementales. Tu connais Bill Hagstrom ?

– Je l'ai rencontré une fois à Detroit.

– Parfait. Il t'attend vers 7 heures. Je veux que tu lui dises ce que t'a raconté Craven. À vous deux, vous finirez bien par trouver quelque chose. Ce département n'est plus à Quantico. Si tu as un crayon, je vais t'indiquer la route.

Devlin nota l'itinéraire, puis interrogea :

– Rien de neuf ?

– On a le portrait-robot de l'employé de Disney. Il sera diffusé dans les journaux télévisés ce soir et demain matin dans la presse écrite. Mais je n'en attends pas grand-chose… il est plutôt quelconque. Je dois te quitter maintenant. Le directeur attend mon rapport. Je te vois demain.

Le crépuscule capitulait dans de sombres lueurs. Devlin sortit de l'autoroute pour entrer presque directement dans le parc de stationnement d'un petit immeuble de bureaux insignifiant non loin de Quantico : le nouveau Q.G. du Groupe d'intervention d'urgence du FBI.

Devlin frappa à la porte. Bill Hagstrom en personne lui ouvrit :

– Mike Devlin ! Espèce de vieux braqueur de banque ! Comment vas-tu ?

– Y a-t-il quelqu'un au FBI qui ne soit pas au courant ?

– J'en sais rien. En tout cas, moi, j'ai téléphoné à tous les potes !

– Je te revaudrai ça.

En traversant les bureaux déserts, Devlin se dit que, dans un endroit pareil, il n'était pas possible de faire autre chose que de travailler. Il n'y avait ni réception, ni musique douce, ni pile de magazines, ni salle de repos pour les employés, ni posters accrochés au mur – seulement des tables grises qui avaient vu des jours meilleurs, tapissées de dossiers ouverts et de bloc-notes à moitié noircis de griffonnages. Des stylos avaient été abandonnés sans capuchon et des tiroirs laissés négligemment ouverts ; les corbeilles à papier débordaient de théories rejetées, chiffonnées. Rien n'avait été rangé, les agents ayant travaillé jusqu'à la dernière minute, jusqu'à ce qu'il n'y ait plus rien à tirer de leurs cerveaux pressés comme des citrons. Ils étaient partis brusquement, histoire de se changer un peu les idées avec des choses sans importance, frivoles, thérapeutiques.

Tout ce désordre ne fit que rappeler à Devlin la pénible réalité du travail de ce groupe. Les hommes et femmes de l'unité des enlèvements d'enfants et des meurtres en série ne pouvaient se payer le luxe de soigner les apparences. Leur entreprise était constamment guidée par une double et impitoyable exigence : d'un côté, la qualité de leur travail pouvait sauver une vie, mais, hélas, d'un autre côté, leur rendement n'avait aucune chance d'égaler celui des criminels qu'ils traquaient.

La première chose que Devlin remarqua en entrant dans le bureau de Hagstrom fut un grand tableau où étaient punaisées des photographies d'enfants par douzaines. La plupart étaient dans le style des affiches de recherche : posées, formelles et légèrement floues à force d'avoir été reproduites. D'autres en revanche étaient des clichés originaux, brillants, vivants, l'appareil ayant su fixer la spontanéité et la joie d'un instant privilégié. De toute évidence il s'agissait d'enfants retrouvés grâce aux efforts de l'unité de Hagstrom.

– Bill, pourquoi les avoir mélangées ?

Hagstrom se retourna pour regarder les photographies.

– C'est mon « tableau de réalité ». Si je ne gardais là-dessus que les enfants disparus, je crois que je finirais par désespérer. En les mélangeant aux photos de nos victoires, je sais pourquoi on se bat.

Devlin remarqua aussi que les enfants de Hagstrom n'étaient visibles nulle part. Vu le cauchemar auquel le profileur était confronté chaque jour, il lui eût été trop facile, chaque fois qu'ils rentraient en retard de l'école, de faire mentalement passer leurs photos de son bureau au macabre tableau.

Cela faisait près de deux ans que Devlin ne l'avait vu. Depuis, Hagstrom avait pris la tête de l'unité. Il avait les traits tirés, le teint gris d'épuisement, mais son regard étincelait, et, comme toujours, paraissait sommer son interlocuteur de confesser la vérité. Ce regard était à présent fixé sur lui.

– La dernière fois que nous nous sommes vus, tu cherchais ce pourri qu'on avait surnommé le *Gentkiller*. Il paraît qu'il est mort, avança Hagstrom sur un ton invitant à la confidence.

– Tôt ou tard la justice a toujours le dernier mot.

– Et maintenant tu vas m'interroger sur le Tueur de la Liberté. Tu crois que la justice aura aussi le dernier mot ?

– L'espoir fait vivre, répondit Devlin. Mais c'est toi le spécialiste. C'est toi qui vas me dire comment je peux l'avoir.

Devlin s'exprimait d'une voix neutre et peu amène.

Percevant sa réticence, Hagstrom prit son exemplaire annoté du communiqué et le relut avant de se prononcer :

– Manifestement, c'est une histoire de domination. Il faut que tu comprennes pour quelle raison ce genre d'individu a un besoin maladif de dominer. Tout vient de son sentiment d'impuissance. On connaît tous cette frustration à un moment ou un autre. Je sais que ça m'arrive chaque année, tous les 15 avril : quoi que je fasse, il faut que j'envoie ma foutue déclaration d'impôts ! Mais au bout d'un certain temps, comme toute personne normale, je me ressaisis. Je me raisonne : « Tout le monde paie ses impôts et personne n'en meurt. Moi aussi j'y arriverai. Ils ne sont pas si forts que ça ! »

Mais avec ces gens-là, c'est différent. Pour une raison inconnue enfouie dans leur passé, ils n'ont pas conscience de leur propre valeur et sont donc incapables de voir le monde normalement. Tout leur paraît dirigé contre eux, pour les rabaisser. Ce qui accroît leur sentiment d'impuissance. Ils ne font jamais partie d'un réseau affectif qui pourrait les aider. Ils n'ont ni identité sociale ni soutien familial ou amical, personne pour leur dire : « Nous devons, nous aussi, payer nos impôts. » Notre tueur est convaincu que la société conspire sa destruction. Il va laisser libre cours à sa colère. Il va s'affirmer par des actes destructeurs. Il cherchera à prouver qu'il n'est pas impuissant, ce sentiment d'infériorité étant, je le répète, à la base de tous les problèmes de pouvoir. En ce qui concerne ses méthodes, plus il générera la mort et la destruction à grande échelle, plus il se sentira rassuré sur sa propre valeur.

— Tu veux savoir ce que pense le Dr Craven ? déclara Devlin en sortant ses notes.

Quand Devlin eut terminé sa lecture, Hagstrom énonça :

— Je suis tout à fait d'accord, surtout pour l'expression « chaque homme ». C'est là qu'il faut chercher ce qui a déclenché tout ça. Et dans la phrase précédente, il écrit que nous sommes incapables d'en « déplorer la perte ». Ce qui indique que quelqu'un a bel et bien perdu sa liberté, sans doute lui. Ce qu'il veut maintenant, c'est que nous perdions la nôtre. Non seulement pour nous faire comprendre sa souffrance, mais surtout pour nous punir. Il commence par décrire ce qui ne va pas en Amérique pour terminer en proclamant qu'il n'a pas le choix, qu'il doit prendre les choses en main. Bref, il voudrait nous faire croire qu'il ne cherche pas à faire la loi, qu'il se contente d'accomplir son « devoir ».

— Il rationalise.

— Exactement. Et quel que soit l'événement qui l'a déclenché, il a laissé un vide qui ne peut être rempli que par la violence. C'est courant avec ce genre de criminel. Mais lui est différent. Quoi qu'il lui soit arrivé, en ce qui le concerne, c'est irréparable. Ses actes prétendent non seulement être une démonstration de son importance, mais aussi un moyen de punir ses ennemis.

— Quel rôle l'armée a-t-elle là-dedans ?

— Nul doute qu'il a une dent contre elle. Il s'est fait renvoyer, ou bien ils ont refusé de l'engager. N'oublie pas qu'il n'a pas besoin d'avoir une raison tangible, rationnelle. Tout se joue dans sa tête. Son système de perception est complètement déréglé. Mettons que son problème vienne du fait que, d'une façon ou d'une autre, on lui ait refusé de servir la patrie. Maintenant il veut montrer à tout le monde quelle énorme erreur a été commise. Pour ce faire, il n'y a pas de meilleur moyen que de confisquer la chose même sur laquelle il aurait veillé s'il avait été soldat : la liberté de l'Amérique. En d'autres termes, sans lui, notre indépendance disparaît... alors qu'en réalité, c'est lui qui s'efforce de nous la voler.

— Pense-t-il vraiment qu'il est capable d'anéantir notre liberté ?

— Non seulement l'anéantir, mais l'anéantir dans les...

Hagstrom s'interrompit pour regarder le calendrier.

— ... dans les douze jours qui viennent. Et ça nous amène à ce qui rend son communiqué unique : le délai de deux semaines. Ce genre d'individu se classe parmi les obsessionnels. Ils ne peuvent pas s'arrêter. Lui prétend le faire dans deux semaines. C'est autant une histoire de vengeance que de pouvoir.

— On a douze jours pour se *soumettre*. Qu'est-ce que ça veut dire, à ton avis ? s'enquit Devlin.

— Je crois qu'il veut qu'on l'autorise à nous prendre notre liberté. Il veut qu'on lui offre notre liberté.

— De quelle manière ?

— Pour répondre à cette question, je pense qu'il faut se pencher sur le seul crime qu'il ait commis jusqu'ici. Où la liberté de l'Amérique est-t-elle plus éclatante qu'à Disney World ? Pourquoi essayer de contaminer des innocents, dont de nombreux enfants, avec un virus mortel ? Qu'est-ce qu'il essaie de faire vraiment ?

Après un instant de réflexion, Devlin avança :

— Je suppose qu'en s'attaquant à des enfants, il tente de nous convaincre que rien ne l'arrêtera dans sa « mission ».

— C'est ça. Et il a pris soin de demander à l'assistant de laboratoire de voler *deux* fioles du virus pour qu'on s'angoisse à la perspective d'une récidive.

— Il veut décourager les gens de fréquenter le parc, fit observer Devlin.

— Exactement, et en volant le virus à Atlanta pour le répandre en Floride, il nous signale aussi qu'il est mobile et capable d'en semer dans d'autres parcs, zoos, musées, bref dans tous les endroits où les gens vont se distraire en masse. Il ordonne à l'Amérique d'arrêter de s'amuser.

— Jusqu'où ira-t-il ?

— Comme tous les criminels en série, aussi loin que son intelligence le lui permettra. Et ne le sous-estime surtout pas. Il a l'air bien plus malin que tous ceux à qui nous avons eu affaire jusqu'ici.

– Tu crois qu'il se serait donné un délai parce qu'il compte inclure sa propre destruction dans le bouquet final ?

– Il est trop narcissique. À mon avis, cette idée ne lui a même pas traversé l'esprit. Mais si son grand projet échouait, ce qui prouverait finalement son impuissance, il pourrait devenir suicidaire.

– Pourquoi est-il aussi radical ?

– Je craignais un peu que tu me poses cette question. Je n'ai jamais vu une chose pareille. Je vais devoir me servir de ma boule de cristal… D'après l'organisation et l'exécution du meurtre, la précision de ses exigences, et son intolérance du style obéissez-ou-vous-serez-puni, je pense qu'on a affaire à un individu singulièrement discipliné. Ce qui indiquerait qu'il aurait passé sa jeunesse, au moins son adolescence, dans un établissement de type carcéral ou militaire. En subissant ces années de discipline, sa haine de soi a bouillonné, jusqu'au bord de l'explosion. Alors, écartelé entre ces deux forces opposées, son esprit a dû s'adapter. Il a muté et, comme dans toutes les mutations, son psychisme est désormais en accord avec son nouvel objectif : le meurtre de masse. Mais le véritable but de toute mutation, c'est la survie individuelle, dans notre cas, la preuve en est le délai qu'il s'est fixé. Normalement, plus ils sèment la mort et la destruction, plus ces gens-là en paient le prix psychologiquement. Lui a réussi à désamorcer ces sentiments en fixant une date butoir. S'il se montre aussi violent, c'est parce qu'il sait que ça ne va durer que deux semaines.

– Il remet son sentiment de culpabilité à la date d'expiration du délai qu'il s'est lui-même fixé.

– Oui, c'est mon avis.

– C'est un fou ?

– Il n'est pas possible de le juger en ces termes. Il se situe au-delà de ce que connaît la psychologie actuelle. Un narcissisme pernicieux lié à un profond désordre de la personnalité ont engendré chez lui des idées de grandeur paranoïaques d'une brutalité inouïe. Saddam Hussein serait ce que nous avons de plus proche. Il considère les êtres humains comme quantité négligeable. Des choses dont il tire ce qu'il veut, ou bien des obstacles à éliminer. Il ne songe qu'à satisfaire ce qu'il considère comme ses besoins vitaux. Et ce qui lui est nécessaire, c'est de dominer. Un tueur en série commet ses meurtres pour exercer un pouvoir total sur ses victimes, mais celui-là est unique dans la mesure où il tente de dominer non seulement les individus mais notre société tout entière.

— Tu sais ce que je trouve curieux ? Tous les communiqués que j'ai vus jusqu'à présent étaient signés par une sorte de double symbolique, genre « Armée de libération symbiotique » ou « le Tueur du zodiaque ». Mais pas dans son cas.

— Tu as raison. Ils veulent tirer profit de leurs méfaits. C'est pour eux une façon d'affirmer leur identité, de devenir des personnalités de premier plan que l'on écoute et que l'on respecte. En ne signant pas son communiqué, notre tueur nous signale que dans deux semaines, tout sera effacé, lui et sa destruction. Il a, en fait, développé un autre mécanisme de défense. C'est l'aspect « filet de sécurité » de sa mutation.

— Qu'est-ce qu'il va faire maintenant, à ton avis ?... Encore le virus ?

— Il est pratiquement impossible de le prévoir. Le virus serait bien sûr le moyen le plus commode, mais il n'y fait aucune allusion dans son communiqué. Il a peut-être autre chose en tête. Même s'il ne se sert pas du virus, il sait que nous nous sentons toujours menacés. C'est ce qui compte pour lui.

— Il ne nous reste donc plus qu'à attendre la suite des événements ?

— N'oublie jamais une chose, Mike, déclara Hagstrom en souriant. Quand je théorise trop, il m'arrive de perdre de vue la réalité. Je peux voir du noir là où il y a seulement du blanc. Avec un peu de chance, on n'entendra plus jamais parler du Tueur de la Liberté.

Devlin observa attentivement le sourire qu'esquissait Hagstrom comme pour teinter d'optimisme ses dernières paroles. Mais à force de côtoyer le mensonge sous toutes ses formes, Devlin avait compris qu'un sourire, pour être sincère, devait non seulement transparaître dans le mouvement des yeux et de la bouche, mais aussi rabaisser légèrement les sourcils. Les sourcils de Hagstrom étaient restés totalement immobiles. L'indice était subtil, mais probant. Devlin se carra dans son fauteuil et pencha la tête légèrement de côté, pour montrer au chef d'unité qu'il n'était pas dupe.

Hagstrom se rendit aussitôt compte de son erreur.

— C'est les sourcils, hein ?

Devlin laissa échapper un rire bref en guise d'acquiescement.

— Tu vois, quelquefois, j'essaie de me montrer optimiste même si mes tripes me crient le contraire, expliqua Hagstrom ; ce à quoi il ajouta après avoir pris une profonde et prudente inspiration :

– Tu sais ce que je crois ? On ne va pas tarder à réentendre parler de lui. Et cette fois ce sera quelque chose d'encore plus *cataclysmique*.

Hagstrom regarda un instant dans le vide, puis un sourire satisfait abaissa cette fois ses sourcils et il ajouta :

– Puisqu'il s'agit d'un nouveau type de comportement antisocial, nous aurons besoin d'une nouvelle catégorie. Que penses-tu de cataclysmiste ?

– Le Cataclysmiste ? Tu n'aurais pas pu trouver quelque chose de plus difficile à prononcer ? Tu sais, il va falloir que tu commences par apprendre à l'épeler avant d'accepter le prix Nobel !

– Tu n'aimes pas ? Alors c'est bon : le Cataclysmiste !

– Et que dirais-tu de : le Folie-des-Grandeuriste ?

– La définition est trop restreinte pour lui.

– Ce n'est pas de lui que je parlais.

Hagstrom rit de bon cœur.

– Tu sais, Mike, tu ferais un sacré bon profileur !

– Je le prends comme une insulte. Cela dit, ma boule de cristal à moi me dit que nous sommes sur le point de faire la rencontre de deux verres de bière.

– Deux seulement ? C'est peu pour un Folie-des-Grandeuriste.

Trois heures plus tard, Devlin entra dans sa chambre d'hôtel pour trouver la lumière rouge de son téléphone en train de clignoter. Il composa le numéro de la messagerie.

– Mike, ici O'Hare. Sois dans mon bureau à 6 heures demain matin. Il a encore frappé.

9

La lumière de l'aube cuivrait les murs du couloir au sixième étage du siège du FBI. Devlin se dirigeait vers la salle 621. Ses pas résonnaient désagréablement dans le silence matinal. Sharon ne se trouvait pas à son bureau. Il entra sans s'annoncer. O'Hare était déjà au téléphone.

— Je m'en contrefous si tu dois réveiller le pape en personne ! Et je me contrefous encore plus de l'heure qu'il est chez toi. Je ne voudrais pas gâcher ta journée, mais les gens crèvent comme des mouches dans tout le pays ; et si on ne trouve pas où sont allés tous ces médicaments, ça va être pire. Rappelle-moi dans une heure. Tu n'as pas intérêt que ce soit moi qui rappelle !

O'Hare raccrocha d'un coup sec.

— Tu as entendu la nouvelle ?

— Oui. Huit morts…

— Treize maintenant, et Dieu sait combien n'ont pas encore été signalées.

— Des médicaments contre l'insuffisance cardiaque ?

— Oui, dans tous les cas. Tout ce qu'on sait pour le moment, c'est qu'il est entré par effraction dans l'entrepôt d'un laboratoire pharmaceutique à Kansas City et a empoisonné des médicaments sur le point d'être distribués aux quatre coins du pays. Maintenant on a des millions de gens qui ont peur d'avaler leurs comprimés, quand ils n'ont pas une attaque à la seule idée de ne pas pouvoir les prendre. Les hôpitaux sont débordés, et je suppose que le téléphone n'a pas laissé les médecins fermer l'œil de la nuit.

— Combien de temps les labos pharmaceutiques vont-ils mettre pour remplacer les médicaments empoisonnés ?

— Un jour et demi, au moins. Mais le problème, c'est la paranoïa. Tous ceux qui ont un traitement médical à suivre, quel qu'il soit, sont inquiets. Je les comprends. Ce qui me fait peur, c'est que ce type est vraiment inventif. Ses deux crimes sont tellement différents qu'il va nous être impossible d'anticiper sur les suivants.

– On a une piste ?

– Juste ça.

O'Hare tendit à Devlin une feuille de papier.

– C'est arrivé il y a deux heures dans le courrier électronique du *Real Deal*.

Devlin lut le communiqué.

La liberté ne se gagne ni ne se conserve sans verser de sang. Il semble que, sans guerre, l'Amérique a trop tendance à oublier cette évidence. Je vous déclare donc la guerre afin de vous rappeler l'importance de la liberté. J'espère que vous respecterez votre liberté pendant que vous l'avez encore. Je ne suis pas optimiste. Soumettez-vous ou vous en supporterez les conséquences. Il vous reste onze jours.

– Qu'est-ce qu'il veut, exactement ? interrogea O'Hare.

– D'après ce que m'ont dit Craven et Hagstrom, je crois qu'il a l'intention de boucler le pays. De priver tout le monde de liberté.

– La société la plus puissante et la plus libre de tous les temps ? En voilà un mégalomane !

– Il faut avouer qu'il n'a pas loupé sa première semaine.

Il avait visé juste. O'Hare fronça les sourcils.

– Qu'avaient-ils d'autres à dire ?

– Ce serait un homme de race blanche, âgé de vingt-cinq à trente ans, éducation supérieure, mais peut-être pas de diplôme. Un QI élevé, méticuleux au travail comme dans la vie. Sans doute un obsessionnel qui tient un journal détaillé de tout ce qu'il fait. Quand on le trouvera, il y aura des piles de documents sur tout ce qui le concerne, depuis ses habitudes jusqu'à ses crimes en passant par sa philosophie. Il a sans doute été dans l'armée et, si oui, s'est sûrement fait virer. Originaire de l'est des États-Unis. Classe moyenne…

Soudain, le téléphone se mit à sonner.

– Tom O'Hare à l'appareil, oui… très bien, monsieur Jackson…

O'Hare regarda Devlin en roulant des yeux.

60

– … Et comment ça se passe à la Maison-Blanche ?… Bien sûr, nous nous occupons en ce moment même d'identifier et de saisir tous les médicaments… Aussi vite que possible… Non, c'est vrai ? Le Président s'intéresse personnellement à l'affaire ? Ça c'est fantastique ! En général on préfère laisser monter le nombre des morts jusqu'à deux ou trois douzaines avant de nous remuer le cul, mais si le Président s'intéresse à l'affaire, alors on va se mettre en quatre tout de suite… Je suis susceptible, vous trouvez ? Le Président sait-il à quel point vous êtes nuls ?… Vous allez appeler le directeur ? Ne quittez pas, je vais vous transférer moi-même.

O'Hare passa l'appel au secrétariat du directeur et raccrocha. Devlin s'exclama avec un sourire :

– Je suppose qu'après ça, il n'y aura plus d'obstacle à ta promotion !

– Ce crétin dit que le Président va tenir une conférence de presse aujourd'hui. « Pour rassurer la nation » ! J'espère qu'il ne va rien dire qui risque de provoquer à nouveau notre tueur !

– Je crois que personne ne le provoque. Je pense qu'il a tout planifié soigneusement à l'avance. Prends cette histoire de médicaments pour le cœur… Il l'a forcément préparée il y a je ne sais combien de jours, peut-être même avant Disney World ! Jusqu'ici, il nous devance, et de loin.

– J'espère que tu te trompes.

– Je suppose que Kansas City enquête sur ce qui s'est passé au labo pharmaceutique ; ça nous permettra peut-être d'identifier le…

Devlin se rappela alors le mot inventé en guise de plaisanterie par Hagstrom, le Cataclysmiste, et se demanda combien de temps cela prendrait pour qu'il passe du bureau d'O'Hare à la conférence de presse de la Maison-Blanche. Washington raffolait de ces accroches qui permettaient de focaliser l'attention sur autre chose que les vraies questions. En outre, il avait une revanche à prendre après la remarque sarcastique de Hagstrom sur l'affaire de la banque.

– Le quoi ? s'impatienta O'Hare.

– Hagstrom dit que ce type appartient à une nouvelle catégorie de la criminologie. Il l'a qualifié de Cataclysmiste.

– *Le* Cataclysmiste… Très joli… Ça va les occuper. Ils vont peut-être nous lâcher la grappe et nous laisser faire notre travail.

Devlin prit garde de ne pas sourire : ça marchait déjà.

O'Hare poursuivit :

– Oui, Kansas City enquête sur l'infraction.

– Et ils vont se procurer la liste des employés : mécontents, licenciés, et cætera ? s'enquit Devlin.

– J'y veillerai. Tu as quelque chose en tête ?

– Tu pourrais envoyer quelqu'un au Pentagone pour confronter le profil psychologique du Cataclysmiste avec leur banque de données, avança Devlin en s'apercevant qu'il commençait à vraiment aimer ce vocable, qui roulait bien sous la langue. Ensuite, on pourrait comparer ce qu'on a sorti avec la liste de Kansas City. On obtiendrait deux solides bases de données utilisables.

– Bonne idée. Je connais un type au service du personnel. Un commandant. Il va te procurer un passe.

– À moi ?

– L'idée vient de toi, non ?

– Mais je ne comprends rien à l'informatique !

– Je vais te trouver quelqu'un qui s'y connaît.

– Ah, d'accord, je vois. Tu as changé d'avis. Maintenant tu veux que ce soit moi qui me suicide !

O'Hare ne trouvait visiblement pas cela drôle.

– On t'a mis sous mes ordres, tu n'as pas à discuter. En descendant, tu t'arrêteras au service de documentation pour voir s'il y a quelqu'un pour t'aider. Tu me donneras son nom, et je m'arrangerai pour lui avoir un passe.

Devlin s'abstint de protester. Après tout, il l'avait bien cherché, avec sa blague sur le Cataclysmiste !

10

Le temps que Devlin trouve le service de documentation, il était presque 7 heures du matin. Une énorme salle divisée en de multiples alvéoles où chaque employé devait travailler seul devant son ordinateur. L'endroit paraissait désert. Pourtant il y résonnait le cliquetis obstiné d'un clavier d'ordinateur. Laissant son oreille le guider, il se dirigea vers l'un des compartiments du fond. Un jeune homme, vingt-cinq ans environ, le cheveu noir et la mâchoire crispée, saisissait un texte à une vitesse extraordinaire, avec une sorte de frénésie. Les yeux fixés sur son écran, il ne remarqua pas la présence de Devlin.

— Excusez-moi, je m'appelle Mike Devlin.

Le jeune homme dévisagea l'intrus d'un air interloqué, puis retourna à son ordinateur.

— Tony Bonelli, énonça-t-il en faisant de nouveau courir ses doigts longs et vigoureux sur les touches.

— Je suis de Detroit, en mission spéciale.

— Le Tueur de la Liberté ? questionna Bonelli sans lever les yeux.

— Oui. Vous êtes au courant pour les empoisonnements ?

Bonelli acquiesça d'un signe de tête sans interrompre sa tâche.

— Je travaille avec Tom O'Hare, continua Devlin. Il m'envoie au Pentagone pour extraire une liste de suspects de leur système informatique. Et comme je suis handicapé de ce côté-là, on m'a autorisé à embarquer un informaticien valide.

Bonelli suspendit aussitôt son geste et leva un regard quelque peu hostile vers Devlin :

— Et vous pensez que je pourrais être votre homme, c'est ça ?

— Vu la façon dont vous maniez le clavier, c'est ce que je me suis dit. Et puis vous êtes là avant tout le monde, ça me plaît. Ça m'étonnerait que vous touchiez des heures supplémentaires.

Bonelli éteignit son ordinateur.

– Non, en effet. Si j'arrive tous les jours en avance d'une heure, c'est pour leur montrer que je n'ai pas été embauché parce que…

Le jeune homme sortit alors de sous son bureau une paire de béquilles en métal, les fit glisser sous ses bras aux muscles hypertrophiés et se hissa sur des jambes raides et inertes.

– … je suis atteint d'une dystrophie musculaire progressive. Heureusement pour moi, vous avez besoin d'un homme *valide*. Je n'aurai pas besoin d'y aller.

Le sourire de Devlin laissa Bonelli stupéfait. Il ne s'était pas attendu à cette réaction après son petit numéro.

– Non, non, au contraire. J'étais justement à la recherche de quelqu'un qui serait le cerveau de l'histoire. Vous ne pouvez pas savoir comme c'est fatiguant de faire les jambes.

Bonelli ne trouva pas ça drôle. Il rétorqua :

– Je passe.

Puis il se détourna. Devlin le regarda s'éloigner. Chacun de ses pas, ponctué d'un laborieux repositionnement de béquilles, semblait exiger des efforts surhumains. Sept mètres plus loin, le jeune homme se remplit un gobelet de café. Puis il s'assit.

– J'ai besoin de quelqu'un qui aime bosser, reprit Devlin.

– Est-ce que vous vous rendez compte à quel point c'est dur pour moi de me traîner jusqu'ici tous les matins ? Et le Pentagone est cent fois plus grand !

– Je parie que ce bâtiment-ci vous a paru cent fois plus grand le premier jour.

– Dites, j'ai mérité qu'on me fiche un peu la paix. Je suis tranquille ici. J'aime mon travail.

– J'espère que vous mentez, Tony. Parce qu'un type qui travaille à la doc et qui aime ça, il a vraiment besoin d'un psy.

– Alors j'ai besoin d'un psy, parce que c'est vrai : je suis content.

Devlin n'en croyait pas un mot. Ce jeune homme allait vite regretter son mouvement d'humeur. Alors il se rendrait compte qu'il avait laissé échapper l'occasion de se sortir de la routine étouffante de ces bureaux.

– Je vais chercher la voiture, ajouta Devlin. Quand vous verrez un informaticien valide, dites-lui que je l'attends devant l'entrée du bâtiment.

Quinze minutes plus tard, Devlin, au volant de sa voiture de location, regardait Tony Bonelli approcher, ou plutôt traîner péniblement ses jambes inertes dans sa direction. Il le laissa ouvrir lui-même la portière et attendit patiemment qu'il ait jeté un sac à dos contenant son ordinateur portable sur le siège arrière. Quand le jeune homme fut enfin assis, il se tourna vers Devlin qui arborait un sourire plein de nonchalance.

D'un air boudeur, Bonelli se détourna et regarda droit devant lui. D'une voix vibrante de colère, il lâcha :

– Quelqu'un t'a déjà dit que t'étais un emmerdeur de première ?

Devlin se faufila dans le trafic automobile.

– Tu es le deuxième aujourd'hui.

Bonelli continua à fixer le pare-brise d'un air furieux.

– Et il n'est pas encore 7 h 30 du matin.

11

Le Pentagone abrite l'ensemble des départements des forces armées américaines – terriennes, navales et aériennes. C'est, paraît-il, le plus vaste complexe administratif de la planète. Une superficie de 13,8 hectares, quarante-cinq mille postes téléphoniques, et une bureaucratie tout aussi labyrinthique. Devlin mit plus d'une heure à localiser le contact d'O'Hare au service du personnel. Le commandant assigna ensuite aux deux hommes du FBI un de ses sergents pour leur servir tout à la fois d'escorte et de guide.

Le sergent, qui connaissait un peu les ordinateurs de l'armée, leur apprit qu'en effet les listes des soldats rendus à la vie civile étaient disponibles. Mais chaque section avait son propre système. Il fallait les consulter séparément. Devlin et Bonelli se mirent à l'ouvrage.

Au bout d'une journée, ils avaient mis au point une procédure. Bonelli se basait sur l'âge estimé du tueur. Il procédait année par année pour dresser une liste de soldats rendus à la vie civile dans des conditions peu honorables. Il indiquait leur date de naissance et leur numéro de sécurité sociale et résumait brièvement les faits qui leur étaient reprochés. Ensuite Devlin étudiait soigneusement cette liste. Dès qu'un individu avait l'air de correspondre au profil psychologique, il transmettait son nom au sergent, qui téléphonait à Saint Louis, où se trouvaient les archives de l'armée, afin qu'ils envoient le dossier en question par télécopie au Pentagone. Après quoi, Devlin l'analysait. Si le dossier collait au profil dans les grandes lignes, on prévoyait d'envoyer un agent de terrain pour l'interroger. Pendant ce temps, Bonelli construisait sa propre base de données en entrant dans son ordinateur portable les noms des suspects sélectionnées par Devlin.

Mais plus les noms défilaient, plus Devlin avait l'impression qu'ils travaillaient pour rien. Des milliers de soldats rendus à la vie civile correspondaient au profil de celui qu'ils recherchaient. Il ne tarda pas à conclure que cette enquête ne menait nulle part.

À 17 heures, Devlin alla trouver Bonelli, qui ne semblait pas s'apercevoir que les bureaux se vidaient.

— Tony, il est 17 heures. On peut arrêter si tu veux.

— Ça va, je peux continuer. Mais il faudra que tu me raccompagnes chez moi.

— Tu ne conduis pas ?

— C'est plus facile de se payer un chauffeur.

Bonelli s'était exprimé précipitamment d'une voix neutre, presque sèchement, pour couper court à la conversation.

Devlin se demanda comment lui-même aurait répondu à cette question s'il avait été atteint de la même maladie. Non seulement le jeune homme devait littéralement se battre contre chacun des effets de la dégénérescence physique, mais il lui fallait aussi défendre sa fierté d'homme contre des attaques d'une autre nature.

— À ton avis, on fait des progrès ? interrogea Devlin.

Bonelli arrêta de taper sur son clavier pour regarder Devlin, l'air étonné qu'on lui demande son avis.

— En fait, je n'y ai pas réfléchi. On me paie pour rentrer des données, c'est tout.

— Ce n'est pas la première fois que je me lance dans ce genre d'opération, et je crois que mon idée est mauvaise. Il y a beaucoup trop de soldats retournés à la vie civile pour qu'on ait une chance de tomber dans le mille. Alors si tu veux lever le pied une minute, pas de problème.

Bonelli fit un signe d'acquiescement, puis se remit à taper sur le clavier à son rythme habituel, c'est-à-dire effréné. Devlin resta un moment à l'observer. Il se disait que si le Tueur de la Liberté se définissait par des actes terroristes, Bonelli, lui, s'exprimait par son travail.

— Un café ? reprit Devlin.

Sans lever les yeux, Bonelli répliqua :

— Non merci.

Dans la salle de repos, une télévision accrochée au mur, dans un coin surélevé de la pièce, diffusait le journal télévisé du soir. La présentatrice commentait l'intervention que le Président avait faite plus tôt dans la journée. Il avait qualifié le tueur de « psychopathe » et de « lâche ». Il avait garanti au peuple américain que tous les médicaments avaient été saisis ; les malades pouvaient reprendre leur traitement ; les Américains pouvaient dormir tranquilles. Elle conclut ainsi : « Le Président a décrit le tueur comme un forcené qui ne tardera pas à être mis sous les verrous et à recevoir la peine la plus sévère prévue par la loi. »

Les menaces, les insultes, les garanties du Président étaient en quelque sorte prévisibles. Devlin savait que s'il avait ce sentiment, le tueur, dont les meurtres avaient été minutieusement organisés, les avait sans doute anticipées, lui aussi.

Venaient ensuite des images du Président passant le micro au procureur général chargé de répondre aux questions de la presse. Devlin sirota son café en écoutant d'une oreille distraite jusqu'à ce qu'un des journalistes pose la question suivante : est-ce que le FBI avait un profil du tueur ? Le procureur lut ses notes : « L'individu responsable de ces actes serait un homme de race blanche âgé de vingt-cinq à trente ans, d'une intelligence supérieure, issu d'une famille de classe moyenne de la côte est des États-Unis. Il aurait fait des études supérieures et sans doute passé quelque temps dans l'armée. C'est un homme méticuleux, qui note tout ce qu'il fait, et s'il a été soldat, comme on le suppose, il est fort probable qu'il ait été renvoyé de l'armée. Le département des Sciences comportementales pense que le dénommé Tueur de la Liberté entre dans une nouvelle catégorie de la criminologie, celle de Cataclysmiste. »

Le procureur général marqua une pause, comme pour bien appuyer ses paroles. Un murmure joyeux bourdonna dans la salle. Un mot tout neuf, et d'un éclat spectaculaire, venait de tomber dans l'escarcelle de la presse.

Une journaliste commença en bredouillant, comme si elle avait du mal à prononcer ce mot merveilleusement barbare :

– Quelle est la différence entre un… un…

Puis, se reprenant, elle énonça clairement :

– … un cataclysmiste et un tueur en série ?

Le procureur général répondit :

– Un tueur en série cherche à exercer une domination totale sur ses victimes, tandis que cette personne tue en masse et n'hésitera pas à provoquer un cataclysme pour exercer sa domination sur la société entière.

La présentatrice du journal télévisé revint à l'antenne.

– Maintenant les suites du meurtre du Cataclysmiste…

Le Cataclysmiste ! Devlin aurait voulu voir la tête de Bill Hagstrom.

– ... La compagnie Disney a annoncé que le taux de fréquentation de Disney World, à Orlando, en Floride, a baissé de soixante pour cent depuis le meurtre de l'assistant de laboratoire, Nathan Walker. Ils pensent que cette baisse est due à la tentative faite par le Cataclysmiste de contaminer les touristes avec le virus Lassa et aux menaces qui ont suivi. Les rares touristes que l'on rencontre encore dans le parc seraient en général étrangers.

Défilèrent ensuite des images du parc d'attraction désert hormis un groupe de touristes japonais embarquant à bord du *Nautilus*, sans file d'attente.

L'Amérique commençait à se soumettre.

William Blake coupa la télévision et s'assit à son bureau. Sur le mur juste en face de lui était accrochée la photographie encadrée d'un soldat en uniforme. Le cliché jauni, la coupe de l'uniforme, tout indiquait qu'elle datait de la Seconde Guerre mondiale. L'homme sur la photo affichait un sourire suffisant, presque méprisant ; à croire qu'il était en possession d'un secret d'importance capitale. Blake adorait ce sourire, parce qu'il connaissait son secret. Et maintenant il en avait un à lui.

– Cataclysmiste. Je crois que grand-père aurait été content de voir que mon crime a créé une nouvelle pathologie. C'est très flatteur.

Il alluma une petite bougie blanche à sa gauche. Puis, d'un sac posé par terre, il sortit seize petits flacons en plastique identiques et les aligna soigneusement sur la table. Un mot lui vint tout d'un coup à l'esprit – L-U-P-I-N : *Plante herbacée aux fleurs disposées en grappe, en cinq lettres*. Il ramassa les mots croisés qu'il n'avait pas encore terminés et y calligraphia les cinq lettres. Il lui manquait encore trois mots.

Ensuite il retourna à ses flacons. Ils étaient fermés par un bouchon à vis doublé d'un compte-gouttes en caoutchouc protégé par une capsule transparente, et cette fermeture était emballée sous film plastique. Précautionneusement, il ouvrit une bouteille marron foncé. Du tétrachlorure de carbone, un solvant industriel – cinq milligrammes suffisaient à tuer un homme de quatre-vingts kilos en moins d'une minute. Puis il plongea une seringue dans le liquide et la remplit.

É-C-L-A-T. Il posa la seringue pour remplir plusieurs carrés supplémentaires. *Morceau de pierre en cinq lettres*. Ce mot partageait le L avec LUPIN.

Il prit le premier flacon compte-gouttes, le mit la tête en bas, puis chauffa l'aiguille au-dessus de la flamme de la bougie. Doucement, il enfonça l'aiguille de la seringue à la base du flacon, à l'endroit du scellé. En tenant toujours le flacon à l'envers, il déposa une minuscule goutte d'époxyde sur le trou gros comme une tête d'épingle. Trente secondes après, le tout était sec, et indécelable. Il remit le flacon à l'endroit et l'essuya à l'aide d'une serviette en papier brune, attentif à la moindre tache qui indiquerait une fuite. Il n'y en avait pas.

Blake renouvela l'opération avec sept autres bouteilles avant de trouver – *Coquille de perle en cinq lettres* : N-A-C-R-E. Il ne lui en restait plus qu'un seul mot : cinq lettres, commençant par N, pour *Gouverneur indien*. Il injecta les huit derniers flacons et les testa ; un seul fuyait. Il n'essaya même pas de le réparer, car une autre goutte d'époxyde aurait risqué de rendre l'opération visible.

Après avoir soufflé la bougie, il se carra dans son fauteuil et contempla un moment la photographie de son grand-père. Puis il remit les flacons dans leurs petites boîtes en carton et colla méticuleusement les couvercles qu'il avait ouverts au rasoir. Une fois les boîtes refermées, il les rangea dans une valise posée par terre. N-A-B-A-B, bien sûr. Il remplit les dernières cases vides.

Blake ferma sa valise et mit son manteau.

– Bon, dit-il à voix haute, c'est la saison des rhumes, les enfants ont besoin d'aspirine. Cataclysmiste… ce n'est pas mal du tout.

Bonelli habitait à Hyattsville, dans le Maryland, au nord de Washington. Un de ces petits immeubles datant d'une époque où les plafonds des appartements étaient trop hauts et les fenêtres perméables aux courants d'air. Devlin arrêta sa voiture tout au bord du trottoir. Sans même le regarder, son compagnon articula un « merci » bourru. Ce n'était pas de l'ingratitude de sa part mais, presque plus que de la maladie – qu'il acceptait finalement comme faisant partie de l'ordre des choses – il souffrait d'avoir à dépendre des autres. Une absence totale d'autonomie qui vous empêchait d'agir sans l'aide d'un tiers, voilà quelle était la vraie signification du handicap. Il redoutait jusqu'aux plus simples gestes de politesse à son égard. Il avait l'impression qu'en laissant les gens l'assister – même un chauffeur de taxi qu'il payait – il les dérangeait, comme si son infirmité leur faisait perdre leur temps, à eux aussi. Le pire, dans cette maladie, c'était qu'elle le diminuait très progressivement. Elle resserrait inéluctablement sur lui l'étau de la dépendance jusqu'à étouffer son esprit. Alors qu'il s'employait à s'extraire de la voiture, Devlin lança :

– J'ai la gorge sèche à force de respirer de la poussière d'ordinateur. Tu n'aurais pas une petite bière dans ton frigo ?

Bonelli se sentit gêné. Il se tenait sur ses gardes. Personne n'était jamais entré chez lui, hormis ses parents. Il avait envie de dire non.

– Bien sûr, monte donc.

Lui qui savait si bien déceler toutes les formes de pitié dans les expressions et les sourires de ceux avec qui il entrait en contact, ne cessait de s'étonner de la réelle sympathie qu'il avait l'air d'inspirer à Devlin.

Devlin suivit Bonelli au troisième étage.

– Pas mal, fit Devlin.

– Je n'ai sans doute pas besoin de tant d'espace. Mais mes parents viennent me voir tous les deux week-ends. Ma mère m'apporte des provisions et du linge propre. Sinon je crois que je prendrais quelque chose de plus petit et de plus facile à entretenir.

Bonelli se débarrassa de son sac à dos et indiqua un fauteuil à son invité. Devlin s'assit, pendant que son hôte se traînait péniblement jusqu'au réfrigérateur et en sortait deux canettes. Il revint vers lui, lui tendit une bière et s'assit à son tour.

– Tu es de quel coin ? s'enquit Devlin.

– Baltimore. Mes parents y vivent toujours.

– Ce n'est pas loin de Washington. Tout s'arrange pour le mieux.

Bonelli esquissa un sourire en coin.

– Oui, sauf le service de documentation.

– Si tu ne t'y plais pas, pourquoi rester ?

– Ils m'ont embauché. Je suis du genre fidèle.

– Tu y es depuis combien de temps ?

– Sept ans.

– Sept ans ! Je crois que tu as franchi la frontière qui sépare la fidélité du masochisme. Il y a sûrement un autre poste au FBI qui te plairait.

– Bien sûr, sourit Bonelli, au Centre de formation des nouveaux agents.

En guise de réponse, Devlin se contenta d'avaler une gorgée de bière. Bonelli poursuivit :

– C'est drôle, il y a un mois, ma mère rangeait mes vieilles affaires de l'époque où j'étais en primaire. C'était en CE2, et à l'occasion d'une journée d'orientation, on m'avait demandé d'écrire une rédaction sur ce que je voulais faire plus tard. J'ai choisi agent du FBI. Je n'ai jamais voulu faire autre chose. J'étais en sixième quand ils ont diagnostiqué ma dystrophie musculaire. Une fois le premier choc passé, je me suis rendu compte que la vie allait continuer, que je le veuille ou non. Après l'université, j'ai présenté ma candidature au Bureau. Ils ont des emplois administratifs plutôt bien payés. Comme j'avais un diplôme d'informatique, ils m'ont offert un poste à la condition que je vienne m'installer à Washington. Tout bien considéré, ça en valait la peine.

– Je ne pourrais pas m'imaginer dans l'administration du siège du FBI. Les agents eux-mêmes se prennent pour des bureaucrates là-bas. Ça doit être vraiment dur pour toi !

– Des fois, j'ai l'impression qu'on me paie pour ne pas penser. Ce qui me manque le plus, c'est de faire travailler mon imagination : on ne me demande pas de me creuser la tête pour trouver un fil conducteur, ni de résoudre des affaires insolubles. Ce doit être génial d'être agent et d'avoir la bride sur le cou.

– Oh, tu sais, on donne surtout dans la saucisse : tu fourres tout ça à un bout et à force de tourner la manivelle, hop ! ça sort de l'autre côté tout emballé. Sauf que de temps en temps, soudain il se passe quelque chose, je ne sais pas, une sorte de petit miracle ; tous tes efforts aboutissent et l'affaire que tu pensais impossible à résoudre trouve sa solution toute seule. C'est une sensation inouïe. À ces moments-là, tu te dis : « Je sers à quelque chose ! »

Bonelli le contemplait, fasciné ; il buvait littéralement ses paroles.

– Désolé, je me laisse parfois aller au lyrisme, s'excusa Devlin.

– Ne va pas croire que je n'aime pas mon travail. Je ne me plains pas. Seulement, quand j'entends ça, je suis un peu jaloux. C'est tout.

Devlin se sentit soudain gêné. Il se mit à promener les yeux autour de lui en quête d'un autre sujet de conversation.

– Tiens, tu as un clavier électronique. C'est pour la déco ?

– Ma mère m'a fait donner des leçons de piano depuis que je suis tout petit. Quand je n'ai plus pu me servir des pédales, mes parents m'ont acheté ce clavier.

– Tu me jouerais quelque chose… si je te le demandais ?

Bonelli se hissa sur ses béquilles et se traîna jusqu'à l'instrument.

– En général, on me demande surtout d'arrêter. Tu aimes le style Motown ?

Il se mit à jouer *I Heard It Through the Grapevine* de Marvin Gaye.

Devlin l'observa attentivement. Ce n'était pas un musicien de premier ordre, mais il y mettait tout son cœur. Respectueusement, il effleurait les touches dont il tirait des sons doux, comme s'il voyait apparaître un à un des caractères sur l'écran d'un ordinateur. Chaque note imprimait un peu plus la marque d'une existence qui s'étiolait et qui, autrement, serait restée ignorée.

Devlin vida d'un trait ce qui lui restait de bière et alla en chercher deux autres dans le frigo. Après avoir posé la canette de Bonelli sur la table à côté du clavier, il se dirigea vers la fenêtre. En contemplant la rue en contrebas, il se dit que quelque part dans la nuit un détraqué s'employait à confisquer à la nation sa liberté – une liberté que tout un chacun, y compris lui-même, prenait pour argent comptant jusqu'au moment où l'on rencontrait quelqu'un comme Tony Bonelli.

14

Le lendemain après-midi, le FBI de Kansas City télécopia à Devlin la liste des anciens employés du laboratoire pharmaceutique. Bonelli mit moins de trois heures pour rentrer les noms dans les ordinateurs du Pentagone. Aucun fichier ne correspondait. Devlin téléphona à O'Hare pour lui annoncer qu'ils ne trouvaient rien. Le chef de section soupira :

– Je suppose que ç'aurait été trop facile.

– De bons tuyaux sur la ligne ouverte ?

– De *bons* tuyaux ! Tu veux dire que depuis la diffusion du portrait-robot et de la fiche de recherches criminelles, la ligne est prise d'assaut ! Je les échangerais volontiers tous contre un seul super tuyau ! Comment ça se passe de ton côté ?

– Si tu veux mon avis, on perd notre temps.

– Bon, alors continuez.

Et il raccrocha sèchement.

Manifestement, O'Hare avait bien trop de problèmes. Savoir Devlin coincé au Pentagone lui en faisait déjà un de moins.

Le troisième jour, Devlin et Bonelli avaient, par la force des choses, mis au point une méthode de travail. Leurs recherches de fichiers aboutissaient parfois au nom d'un individu qu'il semblait utile de faire interroger par quelqu'un du Bureau. Mais jamais de « grand » suspect. Un début d'après-midi, le sergent qui leur avait été assigné vint dire à Devlin :

– Monsieur, il faut que vous appeliez l'agent spécial adjoint O'Hare.

Quelques minutes plus tard :

– Tom, ici Mike. Laisse-moi deviner : tu as notre homme en garde à vue et je vais pouvoir me tirer d'ici.

– Viens immédiatement. Cette fois, il a tué des enfants.

76

Devlin entra dans le bureau d'O'Hare. Sharon s'y trouvait seule. Elle lui annonça que le chef de section n'allait pas tarder à revenir et lui tendit un fax. Celui-ci émanait du bureau du directeur et était adressé à toutes les directions régionales du FBI sous le titre « Tuberté », nom de code du Tueur de la Liberté. D'après le communiqué, un inconnu avait injecté du poison dans des flacons de solution d'aspirine pour enfants à Dallas, Detroit, San Francisco et Washington. Quatre enfants étaient déjà morts. Devlin laissa tomber la feuille.

— Sharon, je peux téléphoner ?

Sans lui laisser le temps de répondre, il composa le numéro de chez lui. Première sonnerie. Personne. *Putain de Pentagone ! Le monde pourrait s'écrouler et on n'en saurait rien là-dedans !* Deuxième sonnerie. Devlin essayait de se rappeler le numéro de leurs voisins quand sa femme décrocha.

— Knox, tu es au courant pour l'aspirine ?

— On ne parle que de ça aux journaux télévisés depuis ce matin. Qu'est-ce qu'il y a ?

Devlin s'assit.

— Désolé, je viens de l'apprendre et... les enfants, ça va ?

— À part que Patrick a hérité de l'esprit rebelle de son père, ils vont très bien.

À cet instant, O'Hare entra, le visage sombre. Devlin souffla :

— Dis-leur qu'ils me manquent. Je rappelle ce soir.

— Tu vas être absent plus de deux semaines, n'est-ce pas, Mike ?

— Pas si j'ai mon mot à dire.

Sur quoi, il raccrocha et suivit O'Hare dans son bureau.

— Tu as lu le fax ? interrogea O'Hare.

— Il est allé à *Detroit* !

— Mike, j'ai assez d'hystériques comme ça sur les bras. Notre détraqué compte sur ce genre de réaction. Comme il comptait sur le discours du Président. Il savait que le Président aurait l'air d'un imbécile après la seconde vague d'empoisonnements. Il ne peut pas réussir sans l'hystérie collective. Pour le moment, c'est son arme la plus efficace.

— Quand j'ai vu Detroit, je n'ai pensé qu'à une seule chose : mes enfants !

— C'est ce qu'il cherche. Tes enfants vont bien, non ? interrogea O'Hare. Comme Devlin acquiesçait, il ajouta, conscient de la colère qui bouillonnait encore chez son collaborateur :

– Tu crois en être capable ? Mettre de côté tes émotions ?

Devlin songea aux quatre enfants morts en sachant qu'il ne le pourrait jamais.

– Oui.

O'Hare l'examina un moment en silence.

– Tu mens ?

– Tu as déjà suivi une affaire difficile – je veux dire vraiment difficile, le genre qui t'arrache les tripes – sans t'impliquer émotionnellement ?

O'Hare resta un instant muet, puis déclara :

– Tu as beau être notre meilleur enquêteur, je te jure que je n'avais pas l'intention de t'embarquer dans cette affaire en te faisant venir ici. Mais ces pauvres gosses...

– Tom, on est au siège du FBI. Est-ce que ça peut devenir dangereux ?

– C'est aussi Washington. Et si quelqu'un veut paralyser le pays, c'est un bon endroit où commencer.

Devlin hocha les épaules en signe d'acquiescement.

– On sait comment il a empoisonné les flacons ?

– Le labo est en train de plancher là-dessus, mais à première vue, il aurait injecté du poison industriel à la base des flacons avant de les distribuer. On est en janvier. Les enfants sont souvent malades. Il a sans doute calculé que ces médicaments seraient vite sur le marché.

– Un joli coup après le discours du Président. Je parie que cette fois il ne s'est pas introduit dans les entrepôts du laboratoire pharmaceutique. L'aspirine est en vente libre. Il l'a probablement distribuée lui-même.

– Tu as raison. Une des pharmacies venait d'ouvrir. Ça faisait un mois qu'elle avait ses stocks. Le tueur a forcément déposé les flacons empoisonnés dans les rayons ces deux derniers jours.

– Et du côté des caméras de surveillance ?

– Toutes les pharmacies sont situées dans des quartiers sûrs où il n'est pas nécessaire de surveiller les magasins. Ce n'est certainement pas non plus un hasard. Il ne néglige rien.

– Pourquoi Detroit, Dallas, San Francisco et Washington ? interrogea Devlin. Il existe des villes plus grandes où son crime aurait fait plus de victimes. Et pourquoi seulement quatre villes ?

– Je n'en sais rien. Tu crois qu'il existerait un lien entre lui et ces villes ?

— Peut-être.

— Nous avons saisi des milliers de flacons pour analyse. Parmi les invendus, nous n'en avons trouvé que onze empoisonnés. On est en train d'examiner les empreintes. Un vent de panique souffle chez tous les grossistes en pharmacie des États-Unis. Ils appellent leur direction régionale du FBI et demandent que des agents viennent inspecter les produits qui présentent la moindre bosse ou encoche.

— Si je comprends bien, nos agents sont occupés à tout sauf à chercher le tueur, laissa tomber Devlin.

— Il sait ce qu'il fait, ça c'est sûr. Une partie de la presse est déjà en train de mettre ça sur le dos du Président.

— Il divise pour mieux régner.

— On dirait, approuva O'Hare.

— A-t-il envoyé son communiqué par courrier électronique comme les deux premières fois ?

— Non. On pourrait croire qu'il sauterait sur l'occasion pour se vanter d'avoir berné tout le monde, surtout la Maison-Blanche. Mais maintenant qu'on a enfin réussi à mettre ces fichues lignes sur écoute, pas de message : il y a des chances pour qu'il ait prévu ça aussi ! Tu n'aurais pas une petite idée, toi ?

Devlin perdit soudain toute concentration. Son cerveau ne fonctionnait plus sur un mode logique : il ne cherchait plus à suivre pas à pas la piste du tueur. Le long et fastidieux sentier que la raison était normalement forcée d'emprunter, circulant méthodiquement entre les bornes de la logique, se trouvait soudain court-circuité par une force supérieure qui provoquait chez lui une sorte de vision télépathique. L'espace de quelques secondes, il eut l'impression de voir se déployer sous ses yeux le plan du Tueur de la Liberté. Ce genre de chose ne lui était arrivé qu'à deux reprises. Il ne savait pas très bien d'où cela lui venait, mais il était certain de ceci : ce qu'il apprenait par cette voie se révélait toujours juste. Tout ce que le tueur avait fait jusqu'ici visait un double objectif. Chacun de ses crimes, destiné à priver autrui de sa liberté, préparait le terrain psychologique pour le prochain.

— Je vais avoir besoin de Bonelli jusqu'au bout.

— Pas de problème.

— Et d'une pièce pour travailler, avec des téléphones, un télécopieur et un terminal d'ordinateur. Plus les photocopies de tous les fax qui arrivent.

O'Hare eut soudain l'air méfiant en voyant la lueur qui brillait dans les yeux de Devlin.

– Si tu me promets de ne pas prendre de risque.

– On a déjà parlé de ça.

– Dans ce cas, une promesse ne te coûtera rien.

– Tu veux que je te mente ?

– S'il le faut.

– Je te le promets.

O'Hare laissa échapper un soupir presque inaudible.

– Je vais m'occuper de Bonelli. Sharon se chargera du reste.

O'Hare fut pris d'une surprenante impression d'optimisme. Mais en relisant le fax qui décrivait l'impitoyable efficacité avec laquelle le Tueur de la Liberté avait ôté la vie à quatre enfants innocents, cela disparut aussitôt.

15

Deux heures plus tard, Devlin et Bonelli étaient installés dans un bureau au septième étage du Hoover Building. Tout ce qu'avait demandé Devlin, ils l'avaient obtenu, plus trois lignes téléphoniques.

— Alors, Tony, des idées ?

— Je ne saurais pas par où commencer.

— Tu as déjà vu un agent du FBI recevoir le prix Nobel pour ses enquêtes ?

— Jamais, gloussa le jeune homme.

— On ne fait pas quelque chose de si difficile que ça. Il suffit d'un peu de logique, d'un brin de chance, et le tour est joué. Bon, que sait-on exactement ?

— Ce serait un homme de race blanche, âgé de…

— Oublions le profil pour l'instant. Parlons concret. Voyons, par où est-il passé ?

— Ah, d'accord… Atlanta, puis Kansas City, Detroit, Dallas, San Francisco, et Washington.

— Très bien. Les dates ?

— Eh bien, il a tué l'assistant de laboratoire, voyons… le 14 janvier. Mais nous pensons qu'il l'a enlevé la veille au soir, le 13, à Atlanta.

— Bon, maintenant, essayons de voir à quelle date il s'est trouvé à Kansas City. On nous a précisé que les médicaments pour le cœur ont été distribués le 10 janvier. Le seul endroit où il aurait pu les empoisonner est l'entrepôt de la compagnie pharmaceutique. Ils y avaient été stockés deux jours plus tôt, le 8 janvier…

— Donc il se trouvait à Kansas City le 8 ou le 9 janvier, interrompit Bonelli.

— Exact. Maintenant, essayons de voir son emploi du temps pour l'empoisonnement de l'aspirine. À Dallas, une des pharmacies était nouvelle et n'a ouvert que le 16 janvier, la veille du discours du Président. Il n'a donc pas pu agir avant cette date. Je suis prêt à parier qu'il attendait ce discours : il voulait être certain que son plan marchait. Mais pour plus de sûreté, incluons le 16.

— Ce qui signifie qu'il a dû les empoisonner le 16 ou le 17 janvier.

— En sachant qu'une fois la cause de l'empoisonnement connue, en quelques heures, tous les flacons d'aspirine seraient retirés de la vente. C'est pourquoi, en s'introduisant dans les pharmacies, il a dû les mettre en évidence, pour qu'il soient vendus rapidement. Ça lui garantissait un maximum de morts en un minimum de temps. Cela dit, il a sans doute mis plus d'une journée à circuler de ville en ville. Nous ajouterons donc un jour, ce qui nous amène à inclure aussi le 18. Qu'est-ce que ça nous révèle ?

Bonelli le considéra sans mot dire. Devlin se contenta de le dévisager patiemment. Bonelli se carra dans son fauteuil, ferma les yeux pour les rouvrir une minute plus tard et déclarer en se redressant vivement :

— S'il est allé dans ces quatre villes en si peu de temps, il a pris l'avion.

— Je t'avais dit que ce n'était pas si difficile que ça.

— L'ennui, c'est que des dizaines de milliers de gens ont pris l'avion à cette période.

— Combien y en a-t-il qui ont fait à la fois Detroit, Dallas, San Francisco et Washington ?

— Sans doute une poignée.

— Une poignée.

— C'est quand même chercher une aiguille dans une botte de foin.

— Exact. Mais maintenant au moins on a la botte. Et personne n'y cherche si bien les aiguilles que le FBI. La bonne nouvelle, c'est qu'au siège, nous sommes reliés à l'ensemble des compagnies aériennes. Bien, il faudra que tu les trouves et que tu leur téléphones.

— Moi ?

— Qui d'autre ?

— C'est toi l'agent.

— C'est bien le rôle des agents. C'est moi qui lance les idées stupides, et ce sont les administratifs qui suivent la piste. Tu fais partie du Bureau depuis combien de temps ?

– D'accord, mais si quelqu'un me demande si je suis un agent ?

– Personne ne m'a jamais posé ce genre de question.

– Oui, mais toi, tu es vraiment agent.

– Mens.

– Je n'ai jamais été très doué pour le mensonge.

– Alors qu'est-ce qui t'a donné l'idée de devenir agent ?

Bonelli esquissa un pâle sourire.

– Je ne sais pas si j'en suis capable.

– Tout est une question d'attitude, tu le sais ?

– Je crois.

– Si tu *crois*, tu ne le *sais* pas. Ça signifie que Tony Bonelli est aussi bon qu'un autre. Sans doute meilleur. Tout ce que tu as à dire, c'est : « Bonjour, je m'appelle Tony Bonelli, du FBI. Je travaille sur l'affaire du Tueur de la Liberté. Je me demandais si vous pouviez nous aider. » Mettons que tu t'adresses à un employé d'une compagnie aérienne, il va être tout excité de participer à une « affaire ». Une fois que tu as prononcé le mot magique « FBI », tu peux leur raconter n'importe quoi, que tu gardes le bétail pour le Bureau, ça n'a aucune importance. Mets de l'assurance dans ta voix. Tu es Anthony Bonelli ; ce que tu as vécu, ils n'oseraient même pas l'imaginer !

– Je vais essayer.

Il sentit la détresse de Bonelli à l'idée de jouer l'agent du FBI en sa présence. Devlin prit un dossier et déclara :

– Je te laisse, je suis débordé.

Bonelli le regarda d'un air méfiant. Devlin sortit alors sa carte du FBI qu'il posa sur la table devant le jeune homme.

– Pose ta main gauche dessus, ordonna Devlin.

Bonelli obtempéra tandis que Devlin levait la droite.

– Tu jures de défendre notre honneur contre tous nos ennemis jusqu'à ce que la mort nous sépare ?

Bonelli ne put s'empêcher de rire. Se prêtant au jeu avec enthousiasme, il leva à son tour la main droite et prononça :

– Je le jure.

– Tu es désormais le chargé de mission de Mike Devlin. Que Dieu te garde !

Puis, reprenant son dossier, il fit de nouveau mine de sortir :

– Appelle la secrétaire d'O'Hare. Elle te dira qui est en liaison avec les compagnies aériennes.

– Je m'en occupe.

– Ah, voilà ce que j'entends par une « question d'attitude » !

Déjà Bonelli décrochait le combiné. Devlin ajouta :

– Tony, ce fumier, on n'est pas prêt de mettre la main dessus. Si tu ne perds pas de vue les raisons pour lesquelles on fait tout ça, tu tiendras le coup.

Il était sur le point d'enchaîner avec un sermon sur la réussite et la volonté, quand il aperçut les béquilles du jeune homme posées contre le mur : ce n'était pas nécessaire.

16

Devlin passa près de trois heures à lire et à relire les télécopies classées sous le nom de code « Tuberté ». Comme toujours, ces textes étaient rédigés dans le langage neutre que les agents surnommaient « FBI » : un style sec, chronologique, factuel, dont le Bureau était coutumier depuis l'époque où John Dillinger avait braqué ses premières banques. Théories, suppositions, hypothèses… tout cela, jamais évoqué, restait à la discrétion des lecteurs. Certes, aucun de ces rapports n'était digne d'entrer dans les annales de la littérature, mais ils n'en étaient pas moins riches en précisions.

Dans une petite pièce isolée, Devlin s'efforçait de trouver dans quelle ville le tueur avait débuté et terminé sa mortelle randonnée. Cela lui permettrait peut-être, par déduction, de déterminer la région où il habitait. Kansas City était dans l'ordre des possibles. Y vivait-il ? Y avait-il été employé par une compagnie pharmaceutique ? Cela expliquerait comment lui était venue l'idée d'empoisonner les médicaments. Mais ce n'était pas forcément la solution. Ayant choisi un produit bien spécifique, ce ne lui aurait pas été difficile de localiser le laboratoire qui le fabriquait.

L'enquête de la direction de Kansas City avait conclu que le tueur s'était introduit dans l'entrepôt en passant par les bureaux de la compagnie : l'entrepôt était protégé par un système d'alarme, mais pas les bureaux. Ils avaient constaté la présence de deux petits trous dans la vitre d'une porte de service, détail qui indiquait que le criminel avait testé la présence d'une alarme à l'aide d'un pistolet à air comprimé. Il se serait alors caché à une certaine distance et aurait attendu tranquillement. La police ne venant pas, il en aurait déduit que les locaux n'étaient pas protégés et aurait forcé la porte. Si par la suite, pendant qu'il se trouvait à l'intérieur, la police était venue patrouiller dans le voisinage, elle n'aurait certainement pas remarqué les deux trous dans la vitre. Devlin avait maintenant la certitude que le tueur n'était pas un ancien employé : un ancien employé aurait su quelles parties du bâtiment étaient sous surveillance.

Dans les quatre villes où avait été distribuée l'aspirine empoisonnée, Devlin ne voyait rien qui puisse le guider. Bonelli avait peut-être eu plus de chance avec les compagnies aériennes...

Les seuls cas sur lesquels on possédait des indications précises, en lieu et heure, étaient Atlanta et Disney World. Le tueur avait de toute évidence pris une voiture pour aller d'Atlanta jusqu'en Floride, pour la bonne raison qu'il devait transporter l'assistant de laboratoire préalablement drogué. Peut-être opérait-il à partir d'Atlanta ? La direction du FBI de cette ville avait interrogé tous les amis, voisins et collègues de travail du technicien. Ils n'avaient pas découvert un seul indice qui pourrait leur révéler l'identité du tueur.

Devlin referma son dossier. Les télécopies, quoique fourmillant d'informations, n'étaient finalement que des résumés de l'enquête. Il y avait des chances pour que le dossier d'Atlanta contienne des détails qui n'avaient pas été transmis au siège du FBI. Il se demanda si O'Hare l'autoriserait à se rendre là-bas pour jeter un coup d'œil dessus.

Bonelli, absorbé par sa conversation téléphonique, n'entendit pas venir Devlin.

— Oui monsieur, vous êtes la troisième personne qu'on me passe... Je m'appelle Anthony Bonelli, du FBI à Washington. Nous travaillons sur l'affaire du Tueur de la Liberté et nous avons besoin de votre aide. Je cherche les listes de passagers pour tous les vols...

Devlin nota que le jeune homme s'exprimait avec une assurance naturelle. Après avoir donné son numéro de fax et demandé à ce que les listes soient aussi transmises à l'ASA, Bonelli raccrocha.

— Alors, tu t'en sors ? lança Devlin.

— De quoi ? s'exclama le jeune homme, soudain sur la défensive.

— De cette question d'attitude. Je comprends maintenant ce que ressentait le Dr Frankenstein, répliqua Devlin en riant.

— Désolé, fit Bonelli en se détendant. J'étais sur un truc important. En fait, je ne m'en sors pas mal du tout. J'ai parlé à presque toutes les grosses compagnies. Elles me faxent leurs listes de passagers. Mais comme nous ne connaissons ni son point de départ ni dans quel ordre il s'est rendu de ville en ville, leurs ordinateurs ne peuvent pas traiter l'information. En plus, il a très bien pu choisir une compagnie différente pour chaque vol.

— Si c'est comme ça, à quoi vont nous servir leurs listes ?

— Je vais les charger dans mon ordinateur pour les mettre en interface. S'il y a une personne qui se trouvait sur plus d'un vol, elle finira bien par sortir.

Devlin approuva d'un signe de tête : il était content de voir que Bonelli travaillait avec fougue.

— Très intelligent.

— Merci.

— Je vois que tu es très occupé, alors je vais en profiter pour faire un saut à Atlanta demain. Ça te pose un problème ?

— Aucun. Je tiendrai la place.

La *place*… La *place forte*… Devlin ne put s'empêcher de se dire que le jeune homme dressait sans cesse autour de lui des barrières. Lors de leur première rencontre, il l'avait trouvé replié dans le coin le plus reculé du bureau, au milieu des machines, réfugié derrière des montagnes de dossiers. Bonelli avait beau avoir rêvé autrefois d'être un jour agent spécial du FBI, Devlin avait eu toutes les peines du monde à l'extraire de sa sacro-sainte routine. Et son appartement… Devlin avait presque dû le menacer de son 9 mm pour qu'il le laisse monter. De la même manière, il exhibait vis-à-vis de ceux qu'il ne connaissait pas un comportement volontairement asocial. Devlin comprenait que c'était son handicap et ses conséquences sur son affectivité qui le poussaient à se réfugier derrière ces murs. Mais il savait aussi que les forteresses qui vous assurent la sécurité vous privent du même coup de votre liberté.

17

À l'aéroport d'Atlanta, Devlin scruta la foule des gens venus chercher les passagers fraîchement débarqués. O'Hare, qui au profond étonnement de l'agent avait trouvé son idée excellente, lui avait assuré que quelqu'un du Bureau serait là pour l'accueillir.

– Il doit bien exister un lien quelconque entre le tueur et cet assistant de laboratoire. Essaie de le trouver.

– Je serai de retour demain soir.

– Et du côté de Kansas City et de Disney World ? Tu ne crois pas que ça vaudrait le coup d'aller voir ?

– J'y ai pensé, mais il a peut-être pris contact avec quelqu'un à Atlanta. Voyons déjà si je trouve quelque chose là-bas.

– Mike, il nous faut absolument du nouveau. Tu as mon feu vert. Tu sembles avoir le chic pour lever des lièvres.

Devlin remarqua un jeune Noir d'une trentaine d'années en costume-cravate. Il examinait patiemment le flot des passagers qui franchissaient la porte. Son regard croisant celui de Devlin, il fit un signe de tête et s'avança à sa rencontre :

– Devlin ?

À la froideur du ton, Devlin fut immédiatement édifié. Il aurait aussi bien pu lui dire : *On n'a pas besoin qu'un salopard du siège vienne jouer au plus malin avec nous.* Devlin jugea que c'était bon signe. Plus les agents du FBI prenaient leur travail au sérieux, plus ils se montraient jaloux de leur territoire, et plus ils avaient peur qu'un tiers vienne se faire mousser à leurs dépens.

Devlin lui tendit la main.

– *Mike* Devlin, rectifia-t-il.

– Nelson Roberts, répondit l'agent d'Atlanta.

Et il lui tendit une main volontairement molle, comme pour lui signifier qu'à moins de lever ce regrettable malentendu, Devlin devait s'attendre à endurer une longue journée improductive.

— Nelson, commença Devlin, je voudrais que les choses soient claires entre nous. Je suis un agent de terrain, tout comme vous. Je viens de Detroit. On m'a parachuté à Washington pour cette mission particulière. Ce n'est pas dans mes intentions de venir renifler sous vos jupes pour voir si vous avez tout ce qu'il faut. Je cherche seulement à me mettre à la place de ce fumier pour voir si je peux prévoir son prochain crime. Naturellement, je n'y arriverai pas tout seul. Quelqu'un doit me donner un coup de main. Est-ce que vous voudriez être ce quelqu'un ?

Après un instant de réflexion, l'agent Roberts eut un sourire en coin.

— C'est possible.

Devlin lui rendit son sourire.

— Parfait. J'ai besoin de voir trois choses : l'appartement de Nate Walker, les centres de Sécurité sanitaire et votre dossier de l'affaire.

Une fois dans la voiture, en route pour l'appartement où avait logé l'assistant de laboratoire, Devlin interrogea :

— Vous êtes depuis combien de temps sur l'affaire ?

— Depuis le début.

— Pourquoi, à votre avis, Walker a-t-il volé ces fioles ?

— D'après tous ceux qu'on a interrogés, ce type avait les poches percées. Qu'il soit ou non en fonds, il ne pensait qu'à claquer du fric. Il empruntait, et apparemment ne reculait pas devant le vol.

— Vous pensez qu'il se serait fait acheter ?

— Ça colle avec nos théories.

— Son compte en banque ?

— J'ai assigné le banquier à comparaître ce matin avant de passer vous prendre. Il sera là quand on retournera au bureau.

— Parfait, en attendant, allons voir ce que M. Walker faisait de son argent.

L'assistant de laboratoire n'aurait guère pu choisir un immeuble d'habitation plus terne et plus modeste. Un gigantesque cube en béton marron clair en modules, si standardisé qu'il était impossible de dire s'il avait été construit il y a cinq ou vingt-cinq ans. La pelouse n'était pas entretenue, et le bâtiment était entouré de deux douzaines d'arbustes malingres.

En sortant de la voiture, Devlin lança à l'agent Roberts :

– Vous êtes déjà venu ?

– Moi, non. Quand l'affaire a éclaté, le chef m'a envoyé illico aux centres de Sécurité sanitaire. On voulait avant tout remettre la main sur la fiole de virus qui avait disparu. Mais une autre équipe a perquisitionné. D'après eux, le gérant est un sale con. Il a voulu un mandat de perquisition avant de les laisser entrer.

– Des pièces ?

– Rien de probant. Vous croyez qu'on a besoin d'un mandat ?

– Pas le temps. Je ne veux pas rater le dernier vol pour Washington. Et puis je pense que deux mecs avec des tronches aussi sympas que les nôtres n'auront aucun mal à persuader ce brave citoyen qu'il a tout intérêt à servir sa patrie.

Son compagnon ajusta coquettement sa cravate avec un sourire moqueur.

– Bien dit, l'ami.

Roberts examina le nom des locataires inscrits sur les boîtes aux lettres individuelles et à côté de l'interphone, jusqu'à ce qu'il trouve ce qu'il cherchait : E. WARD – GÉRANT. Il appuya sur le bouton. Pas de réponse. Une seconde fois.

– Il n'est pas là.

– Attendez-moi une minute, je vais vérifier quelque chose, dit Devlin.

Il se rendit derrière l'immeuble. Des sacs-poubelle noirs et verts, gonflés comme des ballons géants, débordaient du bac à ordures et s'amoncelaient pêle-mêle à ses pieds. Devlin compta dix-huit emplacements de parking, dont cinq occupés. Sur le mur du premier était inscrit : GÉRANT. Devant, un vieux coupé à la couleur indéfinie, entre le vert bouteille et le bleu marine, semblait pourrir sous une épaisse couche de crasse. L'habitacle était jonché de papiers gras et de gobelets de soda. Le cendrier, ouvert, vomissait ses mégots. Devlin revint sur ses pas.

– Alors ? fit l'agent Roberts.

– Il est là.

Devlin poussa fermement le bouton de l'interphone et ne le relâcha pas.

Une minute plus tard, une voix furieuse grésilla dans l'appareil :

– Hansen, si c'est encore toi, gare à tes fesses !

Devlin pesait toujours de tout son poids sur la sonnette. Quelque part à l'intérieur, une porte claqua. Devlin lâcha finalement le bouton en déclarant :

90

– Vous aimez le rodéo ?

Le sourire de l'agent Roberts s'effaça d'un seul coup quand la porte s'ouvrit brusquement.

– Qui êtes vous ? fulmina le gérant.

Ou fallait-il dire le *géant* ? Une masse de chair pesant bien deux cents kilos et culminant à un mètre quatre-vingt-dix, chaussée de tongs et vêtue d'un pantalon kaki et d'un débardeur orange où était imprimé en lettres blanches : VEILLER C'EST SURVEILLER. Devlin leva sa carte du FBI à la hauteur de ses petits yeux porcins, puis la fit tout doucement pivoter sur le côté, se délectant de voir le gérant la suivre stupidement du regard. Finalement il grogna :

– Ouais, et alors ?

– Alors on veut seulement visiter l'appartement de M. Walker.

Le gérant renifla d'un air méprisant :

– C'est pour cette connerie que vous m'avez tiré du plumard ? Vous avez pas des tronches de mandat de perquisition.

Roberts s'interposa entre lui et Devlin.

– Tu serais pas un de ces rigolos qui se prennent pour des docteurs en droit ? Comme si le pays avait besoin de ça ! Parce que tu y tiens vraiment, à ton putain de mandat ?

Robert sortit une carte de visite et un stylo. Il écrivit quelque chose à l'envers du carton qu'il ficha ensuite dans la plaque de la boîte aux lettres où s'inscrivait le nom du gérant.

L'agressivité de l'agent Roberts plut à Devlin, mais pas au gérant. Sa méthode habituelle n'avait pas l'air de marcher avec ces deux-là. Leur assurance déjouait toutes ses tactiques d'intimidation. Il avait visiblement peur de trahir son sentiment d'infériorité en regardant cette carte de visite, un peu comme s'il s'agissait d'un objet magique qui allait lui ôter sa force et le livrer, pieds et poings liés, au bon vouloir de l'agent noir. Mais il la surveillait néanmoins du coin de l'œil sous le regard patient de Devlin et Roberts : ils savaient d'expérience qu'un individu aussi inspiré par la haine de soi ne pouvait qu'être attiré irrésistiblement par un message forcément rédigé à son désavantage.

Finalement, il se pencha et déchiffra l'écriture précise de Roberts : FAIRE SUIVRE MON COURRIER À LA PRISON DE FULTON. Sa respiration devint sifflante et, d'une voix qui avait monté d'une octave, il prononça :

– Vous croyez que vous pouvez me foutre en taule rien que parce que je vous ai empêchés de fourrer illégalement votre sale pif dans un de mes appartements ? Vous voulez rire !

Roberts se rapprocha encore de lui et baissa le ton comme s'il voulait lui confier un secret :

— Tu lis pas les journaux ? On est le FBI. Kennedy et Martin Luther King, c'est nous. Tu crois qu'on va hésiter à foutre au trou une enflure dans ton genre ?

Le sourire forcé du gérant vacilla sous l'effet de l'incertitude, tandis que le visage de Roberts restait de marbre. Le gérant jeta un coup d'œil à Devlin comme pour se prouver que l'agent noir bluffait. Devlin secoua la tête d'un air navré :

— Je me trompe peut-être, mais j'ai l'impression que le régime en taule conviendrait pas tellement à ton tempérament : jambon-beurre et café froid.

Le gérant regarda tour à tour les deux agents : il commençait à se rendre compte que sa bravade pouvait lui coûter très cher. La tension était à son comble, son courage flanchait nettement.

— Ne bougez pas, je reviens, ordonna l'obèse, sans doute dans une ultime tentative pour sauver la face.

Une minute plus tard, il reparut avec la clé de l'appartement de Walker.

— Vous la glisserez dans ma boîte à lettres en partant.

Le deux-pièces se trouvait au quatrième étage. Roberts déverrouilla la porte et passa devant. Excepté quelques assiettes sales qui s'empilaient dans l'évier, la kitchenette était immaculée. Le réfrigérateur était pour ainsi dire vide, hormis une bouteille de ketchup, un pot de moutarde, de la sauce de soja et trois bières. Devlin déclara :

— Il devait souvent dîner dehors.

Un petit canapé, un téléviseur et un fauteuil inclinable meublaient la salle de séjour. Le lit était défait et une serviette de toilette gisait en boule par terre, à l'endroit même où elle devait avoir été jetée négligemment par Walker, une semaine plus tôt.

Roberts trouva les papiers de Walker dans un grand secrétaire blanc imitation ancien qui trônait dans le coin de la salle à manger. Il se mit tout de suite à les éplucher pendant que Devlin visitait la chambre, aussi impeccable que le reste de l'appartement.

Comme il ne trouvait rien d'intéressant, Devlin se mit à aider Roberts.

— L'équipe qui a fouillé cet appart avait le sens de l'ordre, c'est sûr.

Une heure plus tard, ils terminaient sans avoir rien découvert qui soit susceptible d'éclairer les relations de Nate Walker avec le tueur.

92

En partant, Devlin déposa la clé de l'appartement dans la boîte à lettres du gérant. Les deux agents sourirent en constatant que la carte de visite de Roberts s'était volatilisée.

Les centres de Sécurité sanitaire se trouvaient à une demi-heure en voiture. Roberts s'y était déjà rendu plusieurs fois pour interroger les collègues de Walker. Il présenta Devlin à un agent de la sécurité qui leur offrit son aide. Ce dernier leur raconta de quelle façon il pensait que Walker avait eu accès aux deux fioles de virus conservées dans leurs supercongélateurs, qui maintenaient les échantillons de ce type à une température de − 70 °C. Enfin, il leur fit un véritable cours sur les nouvelles consignes de sécurité destinées à prévenir toute récidive de ce regrettable incident. Le tour guidé prit en tout et pour tout moins d'une heure.

Quatre heures et demie après avoir accueilli Devlin à l'aéroport, l'agent Roberts gara sa voiture de fonction au sous-sol de l'immeuble de la direction régionale du FBI. Ils prirent l'ascenseur. Tout en guidant son compagnon vers les bureaux, Roberts lança :

— On n'a rien laissé passer ?

Devlin examina le visage détendu de l'agent d'Atlanta et conclut avec satisfaction que sa question n'était pas à double sens.

— Rien, affirma-t-il, rien du tout.

— Très bien, dit Roberts en indiquant sa table d'un signe de tête.

Les trois énormes dossiers sur l'affaire « Tuberté » formaient une pile sur laquelle s'entassaient un amas de feuilles volantes.

— C'est ce dossier que je cherchais. La secrétaire n'a pas encore eu le temps de classer tous les rapports. Vous avez besoin d'autre chose ?

— Seulement de quelques heures pour lire.

Il était presque 5 heures de l'après-midi lorsque Devlin leva le nez de la masse de papiers. Il se mit debout et s'étira. Roberts se rapprocha :

— Alors ?

— Rien qui puisse éclairer ma lanterne. Et du côté des 1-A ?

— J'ai travaillé d'arrache-pied, pour essayer au moins d'y mettre un peu d'ordre.

La section 1-A d'un dossier du FBI comprenait toutes les pièces jugées secondaires et qui avaient peu de chance d'être utilisées au cours du procès. Elle se composait de photographies, de carnets d'adresses, de cartes d'identité, les uns et les autres numérotés et classés dans de petites enveloppes qui étaient ensuite rassemblées dans des enveloppes d'un format supérieur, rangées à l'arrière du dossier. Roberts alla chercher une trentaine de petites enveloppes qu'il disposa sur le bureau devant Devlin.

— Vous cherchez quelque chose de précis ?

— Les relevés de compte de Walker.

Roberts éparpilla les enveloppes sur la table avant de trouver celle qu'il cherchait.

— La voilà. Je viens de la regarder. Il y a cinq semaines de ça, il a déposé quatre mille dollars sur son compte.

Devlin feuilleta les papiers.

— Et il a presque tout retiré avant sa mort.

— Vous pensez que ce pourrait être une avance de paiement ?

— Sinon, d'où viendraient ces quatre mille dollars ? Il n'a pas eu beaucoup de rentrées d'argent auparavant.

— Nous devrions reprendre les interrogatoires, peut-être avait-il gagné au loto ? répliqua Roberts.

Devlin feuilleta les 1-A, lisant rapidement la description du contenu inscrite sur chacune des enveloppes.

— Est-ce que tu as une idée de ce qu'il fabriquait au moment de l'encaissement ?

— Non, mais c'est une question à poser.

— Bonne idée, approuva Devlin en continuant de consulter les enveloppes jusqu'à ce qu'il tombe sur celle qu'il cherchait. Tu as regardé ses cartes de crédit ?

— Il n'en possédait qu'une, et il avait dépassé le plafond autorisé.

Devlin examina une petite liasse de photocopies.

— D'après ce bout de papier, le week-end avant la remise des quatre mille dollars, l'hôtel Raintree de Duke Street à Alexandria a interrogé le service de sa carte de crédit et n'a rien encaissé.

Roberts se pencha par-dessus l'épaule de Devlin.

— Je vais noter l'adresse. J'y enverrai quelqu'un.

Devlin ne répondit pas. Il pensait aux empoisonnements à l'aspirine. Une des quatre villes visées était Washington, et maintenant on avait un indice qui menait à Alexandria, en Virginie, sur l'autre rive du Potomac. Coïncidence ? Sans doute. Mais dans la plupart des affaires, la solution commençait souvent par prendre la forme d'une simple coïncidence. Devlin feuilleta de nouveau les enveloppes à la recherche de photographies de Nate Walker. Il en prit une, qu'il glissa dans la poche de son manteau.

— Pas la peine, Nelson. Je m'en occuperai demain.

18

Dès 8 heures du matin le lendemain, Devlin fit un saut dans le bureau de l'agent spécial adjoint pour le mettre au courant des résultats de son voyage à Atlanta. Mais O'Hare était, d'après sa secrétaire, déjà en réunion chez le directeur. Elle promit à Devlin de lui faire signe dès qu'il serait de retour.

Devlin trouva Bonelli exactement là où il l'avait laissé, occupé à entrer des données dans son ordinateur.

— Comment ça s'est passé à Atlanta ? interrogea le jeune homme quand il se fut aperçu de la présence de Devlin.

— Si tu t'attends à ce que je réponde qu'on a identifié le tueur, tu peux continuer à pianoter sur ton clavier.

Il était près de 11 heures quand Sharon téléphona pour annoncer à Devlin que son chef de section désirait le voir.

— J'aurais loupé quelque chose pendant que j'étais à Atlanta ? s'enquit Devlin.

— J'en sais trop rien. Tu as rencontré beaucoup d'emmerdeurs, là-bas ? répliqua O'Hare.

— À ce point ?

— Pire ! Le directeur gobe toutes les conneries de ces petits génies de la Maison-Blanche. Et il est tellement réglo qu'il ne laisse rien filtrer... ça me met en rage ! C'était déjà pas marrant quand ils téléphonaient toutes les demi-heures. Maintenant, tous les jours, à chaque réunion, ils envoient un clown différent. Tu te demandes peut-être ce que sont devenus tous ces maniaques au lycée qui prétendaient que le meurtre en série, c'était ringard, comme trip de pouvoir... Eh bien, va voir un peu du côté de la Maison-Blanche.

— Je parie qu'ils savent mieux que nous ce qu'il faudrait faire.

— Bien entendu. Le « cerveau » du jour voulait offrir une récompense de deux millions de dollars… comme si quelqu'un savait qui c'était, le Tueur de la Liberté !

– Les directions régionales ont trouvé quelque chose ?

– Entre les dénonciations et les flacons à vérifier, nos collègues sont débordés. Personne n'a le temps de faire autre chose que d'éteindre les feux de brousse. Aucune investigation en profondeur n'est possible.

– Tu sais que ce type est vraiment fort, dit Devlin. Non seulement il a trouvé des moyens nouveaux de commettre des meurtres de masse, mais il se débrouille en même temps pour nous empêcher d'enquêter.

– Je crois que le directeur a trouvé la solution à ce problème. Il envoie une circulaire à chacune des directions régionales pour leur demander de former un détachement spécial affecté au Tueur de la Liberté et de s'assurer la collaboration de toutes les polices fédérales, régionales et locales. C'est la première fois que le Bureau est obligé de mobiliser autant de forces.

– Notre tueur va aimer ça… il est devenu une priorité nationale.

– Il faut faire tout ce qui est en notre pouvoir pour l'arrêter. Tu as trouvé quelque chose à Atlanta ?

– Pas vraiment. Ils avaient à peu près tout ratissé.

– Qu'est-ce que c'est que ce « pas vraiment » ? s'enquit O'Hare, et devant l'hésitation de Devlin, il ajouta :

– Allons, Mike, j'ai besoin d'un petit rayon de soleil.

– C'est sans doute sans importance, mais Nate Walker avait de graves problèmes d'argent. Un mois environ avant d'être tué, il a déposé quatre mille mystérieux dollars dans son compte en banque. D'après sa carte de crédit, le week-end avant que cette manne lui tombe du ciel, il se trouvait à Washington.

– Pourquoi est-ce qu'Atlanta a omis de nous le signaler ?

– Ils n'ont eu le relevé de la carte de crédit qu'hier.

– On sait ce qu'il fabriquait, ici à Washington ?

– Atlanta va refaire des interrogatoires, on verra ce qui en sortira.

– Ses dépenses ?

– Juste un hôtel.

O'Hare le fixa attentivement.

– *Juste* un hôtel ? Tu m'inquiètes.

– Je voulais aller voir de quoi il en retournait avant de t'embêter avec ça.

– Vas-y, tu peux m'embêter tout de suite.

– Ce n'est pas grand-chose. En fait, l'hôtel n'a rien encaissé, mais il a vérifié si la carte de crédit était autorisée. J'ai fait la même chose ce matin et, après m'avoir fait poireauter deux bonnes heures, ils m'ont dit qu'il avait séjourné à l'hôtel Raintree à Alexandria et qu'il avait mis toutes ses consommations sur sa chambre. En partant, il avait essayé de présenter sa carte. Mais son plafond était dépassé.

– Comment a-t-il réglé sa note ?

– C'est justement ce que je vais essayer de savoir.

– Donne-moi l'adresse de cet hôtel, je vais y envoyer quelqu'un.

– J'aurais aimé le faire moi-même.

– On t'a dit de ne pas jouer les musclés sur ce coup-là, prévint O'Hare.

– Pas besoin. J'y vais, je coince la réceptionniste, et je la caresse dans le sens du poil jusqu'à ce qu'elle me donne les infos. Au pire, je cuisine le groom. Je serai de retour avant que t'aies trouvé un pauvre bougre à envoyer là-bas.

– L'hôtel et rien d'autre alors !

– À vos ordres, patron !

– Garde ces conneries pour ceux qui ne te connaissent pas !

– À vos ordres, chef !

En arrêtant sa voiture à la hauteur de l'hôtel Raintree, Devlin présenta rapidement sa carte du FBI au portier.

– Je suis désolé, monsieur, mais c'est payant.

– Je veux seulement parler à votre directeur.

– Je n'ai pas envie de me faire renvoyer. Désolé, c'est trois dollars.

– Ne vous excusez donc pas tant, fit Devlin en lui glissant quatre dollars dans la main.

Le portier nota son numéro d'immatriculation sur le ticket de parking, qu'il tendit à Devlin en le remerciant pour le pourboire.

Devlin n'eut aucun mal à trouver le bureau du directeur. Il frappa à la porte. Un bourdonnement lui signala qu'il pouvait entrer. La secrétaire, à qui il montra immédiatement sa carte du FBI, l'introduisit dans un petit bureau et le présenta au directeur, un Noir à la peau très sombre, vêtu d'un élégant costume droit, et qui s'exprimait avec un accent d'Afrique du Sud.

– Comment puis-je être utile au FBI ?

– Vers le 13 décembre, vous avez eu un client du nom de Nate Walker. Je voudrais consulter tout ce que vous avez gardé sur son passage chez vous.

Le directeur baissa le ton pour répliquer :

– À la condition que notre établissement soit garanti contre une éventuelle plainte de M. Walker.

– Votre établissement connaît peut-être un moyen de rattacher le cerveau de M. Walker à sa colonne vertébrale. Je suis à la recherche du chirurgien.

Devlin avait volontairement décrit en termes crus la mort de Walker. Trop de braves gens pensaient à tort que le FBI, sans doute parce qu'il n'avait rien de mieux à faire, passait une bonne partie de son temps à fourrer son nez dans la vie privée des simples citoyens. D'après sa réaction, Devlin vit que le directeur de l'hôtel avait saisi le sérieux de la situation.

– Dans ce cas, suivez-moi.

Il emmena Devlin dans un second petit bureau, équipé d'un ordinateur. Il tapa sur le clavier, patienta une minute, puis appuya sur la touche IMPRIMER. Ils attendirent que cesse le crépitement électronique de l'imprimante. Puis le directeur tendit à Devlin la note d'hôtel de Nate Walker.

Devlin y jeta un bref coup d'œil.

– Comment a-t-il réglé tout ça ?

Le directeur consulta l'écran de l'ordinateur.

– D'après les codes de transaction, il a présenté sa carte de crédit et se l'est fait refuser. Il a payé en espèces.

Manifestement, Walker était extrêmement dépensier. Il n'était resté que trois jours, mais il avait doublé sa note rien qu'en parking, minibar, portier, garçon d'étage, location de films, bar, restaurant, même en articles de la boutique de souvenirs. Curieusement, il n'y avait pas un seul appel téléphonique longue distance. Devlin fit un rapide calcul mental pour conclure que Walker avait dissipé plus de cent dollars au bar de l'hôtel.

– Y a-t-il un moyen de savoir ce qu'il était venu faire à Washington ?

– On a tellement de congrès ici ! Vous connaissez sa profession ?

– Il était assistant de laboratoire aux centres de Sécurité sanitaire à Atlanta.

Le directeur entra les dates dans l'ordinateur.

– Il y avait un séminaire de trois jours sur les maladies transmissibles.

Le tueur, après avoir eu l'idée de répandre cette maladie mortelle, devait trouver le moyen de mettre la main sur le matériel biologique indispensable à son plan. Devlin se demanda s'il ne s'était pas rendu à Atlanta avec l'intention de forcer la porte des centres de Sécurité sanitaire comme il l'avait fait à Kansas City. Mais comme il s'agissait d'un bâtiment public, le système d'alarme se serait avéré trop sophistiqué pour lui. Graisser la patte à un employé lui était peut-être apparu comme la meilleure solution. Mais quel employé ? D'une façon ou d'une autre, le tueur avait découvert l'existence de ce séminaire. Peut-être sur Internet ? Ne se servait-il pas d'un ordinateur personnel pour envoyer ses messages au courrier électronique du *Real Deal* ? Et puis lors des congrès, c'est bien connu, les gens se laissent un peu aller et dévoilent leurs faiblesses. Tout le monde parle à tout le monde sans se connaître, et l'alcool achève de délier les langues. Il n'a pas tardé à découvrir les problèmes d'argent de Walker.

— Plutôt salée, fit remarquer Devlin.

Le directeur examina la note :

— Plutôt, mais il n'a pas battu les records, loin de là.

— Pouvez-vous me dire qui travaillait au bar ces jours-là ?

— L'après-midi ou le soir ?

— Je sais que certaines personnes viennent à ces séminaires sans jamais assister à la moindre conférence, mais disons qu'il y était pendant la journée. Qui était de service le soir ?

Le directeur s'empara d'un bloc sur la table à côté de l'imprimante et feuilleta les emplois du temps.

— Les serveuses, Sandy Morton et Barbara Dalton. Le barman, Rodney Harris.

— Ils sont là ce soir ?

— Les serveuses commencent dans une heure.

— Et Harris ?

— Ah, non. On a dû se passer de ses services.

— Pour… ?

— Il avait une manière un peu fantaisiste de rendre la monnaie aux clients.

— Il a une adresse ?

Le directeur frappa de nouveau sur quelques touches, puis recopia l'adresse de son ancien barman sur un bout de papier.

— Il ne sera peut-être pas facile à dénicher. Je crois que la police a un mandat d'arrêt contre lui. Quand il est parti, il manquait aussi pour deux mille dollars d'alcools.

Devlin le remercia, passa à la boutique de souvenirs acheter les journaux et prit le chemin du bar.

Une heure plus tard, comme prévu, les deux serveuses firent leur apparition. Devlin leur présenta la photographie de Nate Walker et leur demanda de se rappeler ce qui s'était passé lors de son séjour à l'hôtel. Ni l'une ni l'autre ne se souvenait de lui.

À la vue de Devlin, sans se faire prier et sans réclamer son sacro-saint ticket de parking, le portier se dépêcha d'amener la voiture de l'agent devant la porte. Une fois au volant, Devlin lui montra l'adresse écrite par son directeur.

– Je sais que vous êtes de la police, mais à votre place j'irais pas dans ce quartier seul.

Devlin sentit grimper son taux d'adrénaline.

– Quel est le chemin le plus court ?

19

La grâce de carte postale des rues de Washington s'évanouissait à mesure que Devlin se rapprochait de l'adresse supposée de l'ancien barman de l'hôtel Raintree, Rodney Harris. L'architecture n'était peut-être pas la même qu'à Detroit, mais le délabrement et le désespoir, si. Les murs tapissés de graffiti semblaient signaler à celui qui viendrait à s'aventurer dans cette zone et qui saurait déchiffrer ce langage codé, que la politesse et la diplomatie étaient ici aussi inutiles que les cours du Dow Jones. Sur les trottoirs défoncés, bordés de devantures de magasins barricadées avec des planches, d'immeubles en ruines, de carcasses de voitures, des hommes et des femmes déambulaient, apathiques, indifférents au chaos des alentours.

Deux hommes se querellaient devant une boutique de vins et de spiritueux, rappelant à Devlin que la bagarre constituait dans ce coin le principal mode de communication, et que ceux qui cherchaient à s'y soustraire ne s'en sortaient en général pas. *Enfin, ici, on respirait !* se dit-il. Pas comme au siège du FBI... Ici, au moins, il connaissait les règles. Il s'arrêta à l'adresse indiquée : une maison de brique rouge divisée en deux logements dans le sens de la hauteur. Devlin poussa le bouton de la sonnette. Un Noir d'une soixantaine d'années, vêtu d'une salopette d'ouvrier grise sans un pli, immaculée, lui ouvrit la porte. Devlin lui présenta sa carte du FBI.

– Si c'est Rodney que vous cherchez, il est pas là.

– Je peux entrer ?

– Vous pouvez entrer, vous pouvez fouiller la maison si ça vous chante, mais mon fils n'est pas là.

Devlin le suivit dans la salle de séjour. Ils s'assirent tous les deux.

– D'abord, monsieur Harris, je veux que vous sachiez que je ne suis pas venu fouiller votre maison. J'ai seulement une petite question à poser à Rodney au sujet de quelque chose qu'il aurait peut-être remarqué quand il travaillait au Raintree. Je sais qu'il a des démêlés avec la justice, mais moi je m'en contrefiche s'il a fauché une tonne de gnôle, du moment que ce n'est pas la mienne.

Le vieil homme esquissa un sourire poli.

– Vous savez, j'ai fait de mon mieux pour l'éduquer. Je me suis mis avec sa mère, j'ai pris un boulot régulier. Mais quand elle est morte il y a huit ans, Rodney a mal tourné. J'ai fait de mon mieux, mais je suppose que ça ne suffisait pas.

Le vieillard serra les lèvres en hochant tristement la tête.

– Quel âge a Rodney ?

– Trente ans.

– Je ne laisserais pas encore tomber, si j'étais vous. Il ne se conduit peut-être pas comme vous le souhaitez, mais les enfants s'imaginent toujours que c'est leur rôle, non ?

Le vieil homme eut l'air de croire en la sincérité de Devlin. Il fit un signe de tête, comme pour dire qu'il trouvait le conseil judicieux.

– Qu'est-ce qui vous amène ?

– Vous avez entendu parler du Tueur de la Liberté ?

– Bien sûr, c'était aux nouvelles. Et puis la gamine noire qui a été empoisonnée, elle est de chez nous, ses parents vivent dans le quartier où je bossais.

– C'est pourquoi j'ai besoin de parler à Rodney. L'homme qui est responsable de ces morts serait venu boire un verre au Raintree.

Devlin vit à son expression que le vieil homme était toujours réticent. C'était toujours la même histoire quand il demandait à des parents de voir leur fils ou leur fille.

– Très bien, vous ne voulez pas me dire où je peux le trouver. Pourtant ça ne le concerne pas, c'est à propos de ce tueur.

– Le *Purple Camel* [1].

– Qu'est-ce que c'est que ça ?

– Un bar où il traîne le jour comme la nuit. C'est sans doute là qu'il a écoulé sa gnôle. Sûr qu'à cette heure vous le trouverez. Il joue et traîne avec toute une bande de minables qu'il appelle ses amis.

– Comment y arrive-t-on ?

– Vous y allez seul ? s'étonna Harris. C'est pas prudent pour un Blanc. FBI ou pas FBI.

– Ne vous inquiétez pas pour moi. Jouer les idiots, c'est ma spécialité ; et c'est la meilleure des protections.

---

1. Le Chameau Violet. (*N.d.T.*)

20

Devlin gara sa voiture non loin du *Purple Camel*. Les bars étaient pour lui des lieux familiers depuis l'âge de neuf ans. Chaque semaine, le jour de la paye, sa mère l'y envoyait à la recherche de son maçon de père et de son insaisissable salaire. Quand Devlin avait la chance de le dénicher, c'était toujours au bar, assis sur un tabouret près du barman, sa casquette d'ouvrier crâneusement repoussée en arrière. Pour écarter tout doute éventuel au sujet de sa solvabilité, il avait pris soin d'entasser les billets sur le zinc devant lui. Il y avait souvent une femme perchée sur le tabouret voisin. Son père, plus l'argent, plus la poule, cela ne pouvait dire qu'une chose : plus un sou pour la maison. Mais s'il n'arrivait jamais à persuader son père de rentrer chez eux, il s'employait du moins à lui soutirer le maximum d'argent, se disant que c'était déjà mieux que rien. À force de cajoleries, sous l'œil noir de la voisine de bar de son père, il parvenait en général à se faire confier la plus grande partie de ce qui restait. Il rentrait le poing serré dans sa poche autour de la liasse pour la donner à sa mère, sans préciser en quelle compagnie il avait trouvé son père.

Depuis quinze ans, des mandats d'arrêt prononcés à l'encontre d'hommes comme Rodney Harris avaient amené Devlin à franchir le seuil de douzaines de bars de Detroit. Il en connaissait à fond les us et coutumes, et savait ménager son entrée. Car les seules lois en vigueur chez ces affranchis étaient celles qu'ils décrétaient eux-mêmes. Devlin avait cependant un atout de taille : la crainte qu'il inspirait, lui, un Blanc, flic par-dessus le marché, en envahissant leur sanctuaire – les clients pensaient tout de suite à un piège.

La porte se referma derrière lui. La seule source de lumière provenait d'une rangée d'enseignes publicitaires pour de la bière, alignées derrière le bar. Devlin se tint parfaitement immobile jusqu'à ce que ses yeux se soient accoutumés à la pénombre.

Il n'y avait qu'une seule personne présente, le barman. Debout derrière le comptoir, ce dernier continua à lire son journal en ignorant ostensiblement l'homme qui venait d'entrer, de toute évidence un représentant de l'ordre. Devlin se planta devant lui et attendit. Une minute s'écoula, personne n'esquissa un geste. Finalement, le barman leva vers le nouveau venu un regard étincelant.

– Rodney Harris, prononça Devlin sans ciller.

– Connais pas.

– Tu le connais peut-être sous un autre nom.

Le barman fit la grimace.

– Je le connais pas sous ce nom-là non plus.

Devlin perçut dans le visage du barman une tension qu'il connaissait bien : il y avait bien anguille sous roche.

– Voilà à quoi il ressemble : noir, trente ans ; il t'a vendu de la gnôle qu'il a fauchée à l'hôtel Raintree.

Le barman le mitrailla littéralement du regard. Son expression retrouva soudain sa brutalité naturelle.

– Vous voulez dire Tombo. Il est dans l'arrière-salle.

Il s'exprimait avec une lenteur calculée, mauvaise, insolente. Sous-entendu : j'espère que tu es assez bête pour y aller.

Devlin opta pour la bêtise. La main sur la poignée de la porte, il marqua une pause pour écouter le brouhaha joyeux des voix masculines. Il jeta un coup d'œil au barman qui ne s'était pas départi de son sourire sadique :

– Allez-y ! Qu'est-ce qui vous retient ?

Devlin attendit que la peur lui ait suffisamment noué les tripes pour ouvrir la porte d'un geste sec.

L'arrière-salle était vaste, résonnant d'une musique rap à vous broyer les tympans. Un bar de fortune avait été aménagé le long du mur du fond. De langoureuses volutes de fumée bleue allaient se perdre dans les rayons de lumière de six projecteurs encastrés dans le plafond qui éclairaient seulement le milieu de la pièce. Les murs et les coins restaient noyés de ténèbres. Quelques douzaines d'hommes formaient un ovale autour de deux individus qui se tenaient debout à six mètres l'un de l'autre, face à face. En équilibre sur leur tête était posée une canette de bière non décapsulée. À la ceinture de celui qui se trouvait devant lui, Devlin distingua la crosse d'une arme à la forme singulière : un pistolet à gaz carbonique. Plusieurs participants se disputaient bruyamment à propos des paris. Un gros type d'une cinquantaine d'années, vêtu d'un costume en soie grise, posa la main sur l'épaule du concurrent qui se trouvait en face de Devlin et déclara :

– Deux cents dollars sur Tombo ! Allez, qui prend le pari ?

Il leva son autre main en l'air. Plusieurs billets étaient entortillés autour de ses doigts.

Quelqu'un brailla :

– Dis donc, T-Bone [1], tu nous lâches un peu. Pourquoi pas à deux contre un ?

Tout le monde attendit la réponse. Le gros type esquissa un sourire nonchalant qui découvrit une double rangée de dents d'une blancheur éclatante, à l'exception d'une canine du haut, en or massif et enchâssée d'un diamant d'un demi-carat.

– Où tu te crois, misérable cloche de mes deux, dans un restau du cœur ? Et au cas où tu le saurais pas : j'accepte pas les biftons de bouffe !

S'ensuivit un éclat de rire général, auquel se joignit l'individu que T-Bone venait d'insulter. Devlin y vit un signe favorable : ces hommes étaient trop absorbés par l'effervescence du pari pour se montrer susceptibles. En fait, les vrais joueurs, qui chaque jour se trouvent confrontés à leur propre faiblesse, ont en général plutôt tendance à se montrer tolérants. Apparemment, le gros T-Bone fixait non seulement la mise mais aussi les règles du jeu. Devlin conclut qu'il était leur chef.

– Je mets dix dollars, T-Bone ! s'écria finalement un deuxième parieur.

Le diamant disparut et le visage poupin prit une expression déconfite tout à fait comique.

– Merde, tu ferais mieux de ramener ça à ta meuf pour qu'elle se paye de nouveaux dessous, parce que t'as tout l'air de lui avoir piqué les siens.

Nouvel éclat de rire général. Mais cette fois suivi d'un silence ponctué seulement par le rythme du rap : qui serait la prochaine victime de T-Bone ? Personne n'osait plus engager de pari. Devant cette soudaine vague de réticence, le gros homme reprit :

– Alors, bande de SDF, on n'arrive pas à rassembler deux cents malheureux dollars ?

Devlin referma la porte d'un coup sec et entra dans le cercle de lumière. Sans le tintamarre de la musique, on aurait entendu voler une mouche. Des dizaines de regards hostiles le jaugèrent.

---

1. Côte-de-Bœuf. *(N.d.T.)*

– Je prends toute la mise, T-Bone.

Tous attendirent la réaction du gros homme en costume de soie grise. Il se demandait ce que Devlin pouvait bien venir faire là. Manifestement un type du FBI, et seul. D'habitude, les fédéraux ne s'intéressaient guère aux cercles de jeu minables comme le sien. En tout cas, quelles que soient ses intentions, elles étaient sur le point de coûter à l'État deux cents dollars. Son diamant étincela dans la direction de Devlin :

– Enfin, voilà ce qu'il me fallait… un bon paquet d'oseille bien blanche.

Devlin s'avança vers lui et sortit deux cents dollars.

– Je les donne à qui ?

T-Bone tira quatre billets de cinquante dollars d'entre ses doigts et les tendit à un homme décharné qui devait bien avoir soixante-dix ans ; costume noir, chemise blanche, cravate.

– Digger est notre arbitre.

Devlin confia son pari au vieillard. Le brouhaha des voix reprit de plus belle.

Finalement, Digger regarda le jeune homme au milieu du cercle.

– Tombo, t'es prêt ?

Celui auquel il s'adressait acquiesça. Le vieux se tourna vers le second concurrent.

– R.J., t'es prêt ?

Le dénommé R.J. hocha à son tour la tête, et Digger recula de deux pas. Le reste des spectateurs l'imita. L'ovale s'élargit autour d'eux.

Devlin avait beau de pas avoir demandé la notice, il comprenait plus ou moins le mode d'emploi. De toute manière, peu lui importaient les subtilités du jeu, il n'était pas là pour se faire de l'argent.

À mesure que se rapprochait le moment du combat, l'ambiance se réchauffait dans la salle. On faisait çà et là de petits paris sur les favoris. Digger leva finalement la main. Il regarda tour à tour R.J. et Harris. Tous deux hochèrent la tête. Alors il abaissa doucement la main. Les protagonistes se crispèrent.

– Dégainez !

R.J. tira le premier, mais trop vite, et trop bas : il entailla profondément le front de Harris. Sur le crâne de celui-ci, la canette n'avait pas bougé d'un millimètre. Harris prit tout son temps. Il leva lentement son arme et visa R.J. en plein milieu du visage. Puis il la redressa légèrement et appuya sur la détente. La détonation, d'une force inattendue, fit exploser la canette de bière. La moitié de la salle poussa des vivats, l'autre moitié des jurons.

R.J. serra la main de Harris en s'excusant de lui avoir tiré dessus. Harris éclata d'un rire bon enfant. T-Bone fit étinceler son diamant dans la direction de Devlin tout en prenant les quatre cents dollars que Digger lui tendait. Puis il l'interpella :

— Tu veux remettre ça ?

Devlin lui rendit son sourire :

— Pas tout de suite.

Un autre homme pénétra dans le cercle de lumière avec deux canettes. Il en tendit une à Harris. Les paris étaient de nouveau ouverts. Devlin se dirigea vers le bar et commanda une bière. R.J. le rejoignit et dit d'un ton sarcastique :

— Moi qui pensais qu'on était futé au FBI.

— Vous avez appris quelque chose.

— Ce pari était perdu d'avance.

Devlin commanda une autre bière pour lui et laissa tomber :

— Pourquoi ?

R.J. parut décontenancé par cette offre venant d'un homme qu'il cherchait à provoquer. Du coup, son ton s'adoucit.

— Quand Tombo sait qu'un type est plus rapide que lui, il le laisse tirer le premier même s'il risque d'être blessé à la tête.

À cet instant, l'arbitre, Digger, recula de deux pas et leva la main en l'air.

Devlin répondit :

— Si vous saviez qu'il attendrait, pourquoi ne pas avoir pris une seconde de plus pour mieux viser ?

R.J. éclata de rire.

— C'est plus facile d'en causer ici à froid que de le faire.

Digger abaissa lentement sa main.

R.J. reprit :

— Regardez bien Tombo, cette fois. Il est plus rapide que l'autre type et il va le gagner de vitesse.

Le vieil arbitre hurla :

— Dégainez !

Et, tout comme l'avait prédit R.J., Harris tira si vite que son adversaire eut à peine le temps de se mettre en position.

L'assistance l'acclama ou le hua, selon. Harris prit la canette sur sa tête et la leva à la santé de ceux qui avaient parié pour lui. R.J. lança à Devlin :

– Je vous l'avais bien dit.

T-Bone demanda s'il y avait un autre candidat. Comme personne ne se portait volontaire, il s'assit à une table avec Harris et se mit en devoir de lui verser sa part des gains. Devlin commanda une seconde bière et déclara à son voisin :

– Excusez-moi, il faut que j'aille travailler.

Il se dirigea droit vers la table occupée par T-Bone et Harris. Il prit une chaise. Harris le toisa un moment, puis avança :

– J'espère que ce n'est pas pour moi que vous êtes là.

– Justement, si.

– Et vous croyez que vous pouvez me faire sortir d'ici ?

– C'est pas pour ça que je suis ici.

– Alors pourquoi moi ?

– Je voudrais vous parler.

– À propos… ?

– Du Tueur de la Liberté.

– Ça, c'est un problème de Blanc.

– Parce que pour toi, la mort d'une petite Noire de trois ans, c'est un problème de Blanc ?

– Sur les quatre victimes, c'était la seule Noire. De toute façon, ça m'est égal de quelle couleur elles étaient, puisque *vous* êtes blanc.

– Ce type veut détruire le pays et ça t'est égal ?

– Regardez un peu autour de vous. Vous trouvez que ça ressemble à un pays d'avenir ? Combien de vos copains blancs risqueraient de se prendre une balle dans le crâne rien que pour une poignée de dollars ?

– Vous refuserez donc toujours de collaborer ?

– Exact. Parce que vous autres Blancs, vous n'avez pas le courage de vous plonger là-dedans, énonça Harris d'un ton plein de mépris. Ou est-ce que vous voudriez vous mesurer à moi, espèce de richard ?

Devlin voyait très bien où Harris voulait en venir : la population blanche des banlieues résidentielles aisées ne pouvait imaginer ce qui se passait dans les quartiers délabrés du centre de Washington. Et ce n'était pas avec des paroles que Devlin pouvait le faire changer d'avis. C'est alors qu'une idée germa dans son esprit. Une nouvelle poussée d'adrénaline fit bouillir son sang.

– Pourquoi pas ? Mais puisqu'on joue sur ton terrain, je voudrais que tu m'accordes deux choses.

Harris s'était déjà levé d'un bond.

– Tu peux avoir ce que tu veux.

– Je veux le double ou rien sur les deux cents dollars. Et si tu perds, ton aide pour les meurtres.

– C'est pas vrai, je rêve ! Tu paries contre ton propre fric. Je ne peux pas perdre. J'espère que je ne te tirerai pas entre les deux yeux. Un accident est si vite arrivé.

Devlin savait qu'Harris ne se permettrait pas de perdre volontairement, quoi qu'il arrive ; cela faisait partie du rituel d'intimidation qui précédait tout combat. Les deux hommes se mirent face à face au milieu de l'ovale de lumière. Digger tendit à Harris un pistolet à gaz carbonique. Au moment où il offrait l'autre à Devlin, Harris interrogea :

– Quelle est ta seconde condition ?

Devlin refusa le pistolet et sortit son 9 mm.

– On se bat comme des hommes.

Comme tout à l'heure, tout le monde s'était tu et on n'entendait plus que la musique dans la salle. Devlin rangea son arme dans son étui.

– Tu bluffes, dit Harris.

Devlin laissa ses bras pendre de part et d'autre de son corps.

– Je sais qu'il y a un autre pistolet quelque part. Tu es d'accord, non ?

Le visage brun de Harris se plissa pour esquisser une grimace de frayeur. En fait, il se sentait pris entre deux peurs : celle de s'affronter à l'agent du FBI, et celle de perdre la face devant ses amis.

– Digger, file-moi ton flingue.

– T'es sûr ? demanda le vieillard.

– Donne-le-moi !

À contrecœur, Digger sortit un revolver chromé de la poche arrière de son pantalon. Puis il le tendit à Harris. Ce dernier plongea son regard dans celui de Devlin. Les yeux de l'agent brillaient d'un éclat qui lui était hélas trop familier : l'éclat de la folie.

– Je veux d'abord boire un coup.

Devlin savait à quoi s'en tenir : il s'agissait d'une nouvelle entreprise d'intimidation. Mais ce n'était pas un verre qui allait l'empêcher de viser juste.

– J'en prendrai un moi aussi, déclara-t-il, relevant le défi.

Le barman leur versa à chacun un cognac. Harris but le sien d'une traite. Devlin, qui détestait cette liqueur, l'imita. Il adressa un sourire en coin à Harris :

– Quand faut y aller, faut y aller !

Harris retourna sans enthousiasme au milieu de l'ovale de lumière. Quelqu'un dans la foule, devinant son appréhension, brailla :

– Allez, Tombo ! Te laisse pas impressionner.

Un véritable chœur de voix masculines s'éleva pour l'encourager.

Le combat prenait un tour barbare, dangereux. Jamais le frisson du jeu n'avait été à la fois aussi effrayant et aussi séduisant. Personne n'avait envie de voir la suite, et pourtant tout le monde restait cloué sur place. Devlin se sentait invulnérable. Le branle-bas de toutes les substances chimiques d'autodéfense que contenait son corps enflammait ses sens. Sa vision avait gagné en acuité, mesurant les choses avec une plus grande rapidité, une plus grande fréquence. Les images se présentaient à lui comme au ralenti ; il pouvait voir plusieurs choses en même temps : Digger discutant avec T-Bone ; R.J. en train de commander un autre verre ; deux hommes plaçant un pari. Il voyait maintenant dans le noir le long des murs et dans les coins. Son audition s'était intensifiée. Il entendait simultanément plusieurs conversations menées à voix basse : Digger veut que T-Bone arrête le combat ; R.J. commande du cognac au lieu de bière ; un parieur réclame une cote s'il mise sur Devlin. Il lisait les plus microscopiques nuances d'expression de leurs visages : T-Bone tient coûte que coûte à voir ça ; R.J. est fasciné mais content de ne pas être de la partie ; Harris a peur. Mais, malgré son euphorie, Devlin restait calme. Il avait l'impression de pouvoir maîtriser tout ce qu'appréhendaient ses sens. Il se sentait invincible.

Devlin enleva sa veste, exposant son revolver. Il arma le chien du 9 mm.

Harris, comme en réponse au geste provocateur de Devlin, ouvrit son revolver pour vérifier s'il y avait des balles dans le barillet. Puis il le referma et le glissa dans sa ceinture. Chacun des deux hommes posa une canette de bière sur sa tête. L'assistance au complet recula jusqu'au mur, loin des combattants.

Devlin mit tranquillement les mains dans ses poches et dit à Digger :

– Quand t'es prêt.

Un bruit de pieds frottant le sol se fit entendre tandis que le public se tassait contre le mur.

Harris passa sa vie en revue. Il n'y avait pas de quoi se vanter. Mais sans le respect de ses amis, elle ne valait carrément plus rien.

– Bon, je suis prêt.

110

Devlin se balança nonchalamment sur une jambe sans sortir ses mains de ses poches. Au fond de la salle, contre le mur, Digger abaissa doucement sa main.

Allant au devant du signal, Harris avança la main vers son revolver. Devlin demeura immobile.

– Dégainez !

Harris empoigna l'arme avec maladresse. Puis il se mit en position de tir. Décontenancé par l'assurance de Devlin, il tira trop tôt. La balle alla s'enfoncer dans le sol à un mètre cinquante à gauche de Devlin. La canette de bière glissa doucement de la tête du tireur. Et tomba par terre.

Devlin n'avait pas bougé, les mains dans les poches, l'air détendu, la canette bien droite sur la tête.

Soudain, les parieurs se rendirent compte que toute la scène avait reposé sur un bluff. Ils applaudirent à grands cris. Plusieurs d'entre eux entourèrent Harris. Ils lui tapèrent sur l'épaule en le félicitant de son courage.

Devlin prit la canette toujours posée sur sa tête et tendit la main à Harris.

– Je te paie un verre ?

Harris se sentit soulagé d'un seul coup. Personne n'avait été blessé, et son prestige se trouvait rehaussé parce qu'il ne s'était pas dégonflé devant le mortel défi.

– Pourquoi pas ? Je crois que ça pourra pas me faire mal.

Il commanda un double cognac et Devlin décapsula sa bière en tenant la canette d'une seule main.

Ils s'assirent tous les deux à une table. T-Bone vint les voir et rendit son argent à Devlin.

– J'avais jamais rien vu de pareil.

Il serra la main de Devlin puis s'en alla rejoindre les autres au bar où la conversation était d'autant plus animée que tout le monde buvait sec.

Devlin commença :

– Il y a environ cinq semaines, un homme est descendu à l'hôtel Raintree. D'après sa note, il a passé beaucoup de temps au bar. C'était un assistant de laboratoire des centres de Sécurité sanitaire d'Atlanta. Il était à Washington pour un séminaire. Ça ne te rappelle rien ?

– Si tu crois qu'avec tous leurs congrès, je m'occupe de quoi ils y causent !

— Il s'appelait Nate Walker. Il a claqué cent dollars au bar en une soirée.

— J'en connais un paquet d'autres qui font ça.

Devlin sortit la photographie de Walker. Immédiatement, Harris dit :

— Ah, oui, les gros pourboires. Un de ces mecs qui se croient plus forts que les autres rien que parce qu'ils jettent l'argent par les fenêtres. Il est venu deux soirs de suite, tôt. Des doubles vodkas. Et il n'y allait pas de main morte. Il m'a doublé mon pourboire en me demandant de le resservir automatiquement dès que son verre était vide. Genre : tu verses et je bois. J'ai versé. Il a bu.

— Tu l'as vu avec quelqu'un ?

— C'était le genre de mec qui vient que pour se soûler, pas pour se faire des copains, mais le dernier soir, un autre mec s'est pointé et lui a payé des tournées. Il n'a fait que ça toute la soirée, sans me laisser un centime. Ils se sont mis à chuchoter je ne sais quoi. Même que je me suis demandé si ce n'étaient pas des pédés. Juste avant de partir, celui de la photo a écrit quelque chose comme un numéro de téléphone. L'autre lui a tendu une enveloppe. Je ne sais pas ce qu'il y avait dedans, mais vu le coup d'œil que le mec de la photo a jeté à l'intérieur, je pense que c'était du fric.

— À quoi ressemblait l'autre ?

— Blanc. De taille moyenne, pas trente ans. Costard-cravate. Cheveux bruns, je crois. Des lunettes, une barbe. Les cheveux un peu trop longs pour le look général.

— Tu crois que tu le reconnaîtrais ?

— Je sais pas. Avec les lunettes et la tignasse, c'est pas sûr. Rasé et les cheveux coupés, ce pourrait être toi. Je crois pas pouvoir le reconnaître.

— Rien d'autre qui t'aurait frappé ?

— Rien de spécial.

— Comment est-ce qu'il a payé ?

— En espèces. Des billets de cinquante dollars. Et pas la moindre petite pièce pour moi.

— C'était un client de l'hôtel ?

Après un instant de réflexion, Harris répondit :

— Non, je me souviens maintenant. Quand ils sont partis, je l'ai entendu dire à l'autre qu'il rentrait à son hôtel.

Ce n'était pas la première fois que Devlin éprouvait ce genre de déception. Si le tueur avait séjourné à l'hôtel Raintree, et qu'il avait mis ses consommations sur sa note, ç'aurait simple de l'identifier. Beaucoup trop simple.

Harris accepta de se rendre le lendemain au siège du FBI de Washington pour aider à constituer un portrait-robot informatisé de l'homme qu'il avait vu au bar en compagnie de Nate Walker. Devlin lui proposa :

— Tu veux encore un verre avant que je parte ?

— C'est pas de refus, fit Harris en vidant d'une traite son cognac.

Devlin sortit son argent pour régler l'addition. Au-dessus des billets, il reconnut le ticket de parking de l'hôtel Raintree. Il questionna Harris :

— Puisqu'il n'était pas à l'hôtel, tu penses qu'il pourrait s'être garé dans le parking de l'hôtel ?

— Pour aller à l'hôtel le plus proche, il faut une voiture. Soit il est venu en taxi, soit il a utilisé le parking du Raintree. On ne peut se garer nulle part dans le quartier sans retrouver sa bagnole à la fourrière.

Devlin tendit la main à Harris.

— Si tu peux nous aider là-dessus, on verra ce qu'on peut faire pour cette histoire d'alcool volé.

— C'est chic, répondit Harris, mais pendant que j'y suis, c'est moi maintenant qui voudrais te poser une question. Quelles étaient mes chances, tu crois, de tirer dans la canette sur ta tête ?

— Une sur un million.

— Et mes chances de tirer sur toi ?

Devlin regarda dans le vague, l'air de réfléchir profondément, puis décréta :

— Bien meilleures.

21

Devlin resta un moment assis dans sa voiture devant le *Purple Camel*. Il ferma les yeux et tenta de comprendre ce qu'il venait de faire. Il était de nouveau dans le bar. Il se tient dans l'ovale de lumière devant Harris ; Digger hurle : « Dégainez ! » Il s'observe pendant que Harris le met en joue et tire. Quelque chose chez lui a changé – quelque chose qu'il a trop souvent remarqué chez les hommes qu'il traque, une noirceur trahissant un hautain mépris de la vie. La balle de Harris se dirige vers lui si lentement qu'il peut la voir tourner sur elle-même. À la dernière seconde, il ouvrit les yeux.

Il rit de lui-même : tout cela lui semblait bien trop mélodramatique. Un nouveau rire le secoua, involontaire, un rire teinté d'incertitude. Devlin en fut étonné. Peut-être avait-il vraiment besoin de vacances. Il se promit d'en prendre dès que cette affaire serait bouclée, puis il démarra.

Si les soupçons de Devlin s'avéraient justes et si le Tueur de la Liberté vivait bien, comme il le supposait, à Washington ou dans ses environs, il était sans doute venu en voiture rendre sa petite visite à Nate Walker. Devlin remit le cap sur l'hôtel Raintree.

Le directeur de l'hôtel était parti. Mais sa remplaçante pour la nuit se montra tout aussi coopérative. Une femme entre deux âges, d'origine hispanique, franche et directe. Sans expliquer précisément l'objet de son enquête, il demanda à voir les talons des tickets de parking, au cas où l'hôtel les conserverait.

— On les garde pendant six mois. Puis un inspecteur vient vérifier si personne ne se fait d'argent dessus illégalement. Vous voyez qu'on est obligé de les garder. Bien sûr, ils sont numérotés. Comme ça on sait exactement combien on a eu d'entrées. Quel jour vous intéresse ?

– On sait qu'il était à l'hôtel le 20 décembre. Mais je pense qu'il est venu ici un ou deux soirs avant pour repérer les lieux. Voyons du 18 au 20.

– Je vais aller les chercher, ça prendra quelques minutes, dit-elle.

– Je peux me servir de votre téléphone pour faire un appel en PCV ?

– Bien sûr. Appuyez sur le trois pour sortir.

Devlin composa le numéro de chez lui. Knox répondit.

– Tu dormais ?

– J'étais sur le point, répondit-elle d'une voix qui lui réchauffa le cœur, comment vas-tu ?

– Bien. Un peu seul, mais bien.

– Je sais, mais dans une semaine, tu seras de retour.

Comme il restait muet, elle poursuivit :

– Est-ce que tu es en train de me dire qu'ils te gardent plus long-temps ?

Devlin eut un moment d'hésitation avant de répliquer :

– Pas à ma connaissance.

– Il y a quelque chose qui ne va pas, Mike ?

– Non, excuse-moi. La journée a été un peu longue.

– Qu'est-ce que tu as fait ?

Il avait beau avoir programmé son cerveau de façon à ne pas lais-ser ses pensées retourner au *Purple Camel*, les projecteurs de sa mémoire s'étaient rallumés. Il se trouvait de nouveau en face de Rodney Harris, en pleine lumière. Mais il n'allait pas accabler Knox avec ses divagations.

– Pour l'instant, je suis un fonctionnaire surmené. Ils m'ont envoyé dans un hôtel éplucher de la paperasse.

– À cette heure de la nuit ?

– On est débordés. Et les enfants ?

– Ça va. Je ne devrais pas te le dire, parce qu'il voulait te l'annoncer lui-même, mais Pat a gagné la coupe de football ce soir.

– Génial. Et évidemment, je n'étais pas là.

– Il comprend.

– C'est ce qu'il voudrait nous faire croire, parce que c'est un brave môme, mais tout ce qu'il sait c'est qu'il a gagné la coupe et que son père n'était pas là.

Knox eut un rire tendre.

– Qu'est-ce qui se passe, Mike, tu ne trouves personne là-bas pour te taper dessus, alors tu le fais toi-même ?

Elle attendit. Pas de réponse. Elle reprit :

– Et si je venais te voir pour deux jours ? Dans le journal ce matin, j'ai vu qu'il y avait des vols à prix réduit pour Washington.

– Je ne sais pas ; et Katie et Pat ?

– Je peux faire appel à mes parents. Avec un peu de chance, ils auront oublié à quel point ils étaient fatigués après leur dernière visite à leurs petits-enfants.

– Je n'ai pas beaucoup de temps.

– Dis, Devlin. Je me jette dans tes bras. Tu ne pourrais pas montrer un peu d'enthousiasme ?

– Excuse-moi. Mais je ne veux pas que tu te donnes tout ce mal alors qu'on n'aura même pas le temps de se voir.

– Même si nous n'avons pas beaucoup de temps, ce sera toujours ça de pris. Et tu te rappelles mon amie Cindy ? Elle vit à Washington. Je pourrais lui passer un coup de fil.

Devlin rit gaiement.

– Bon, mais tu es prévenue.

– Deux jours. Je te préviendrai dès que tout sera arrangé.

À cet instant, l'assistante du directeur revint. Devlin murmura presque :

– Au revoir. Je t'aime.

Knox lui dit qu'elle l'aimait aussi.

La femme posa devant lui une boîte en carton pleine de bouts de papiers.

– Désolé, ils sont en désordre. Il va falloir que je les regarde tous.

– Aucune importance, fit Devlin en ouvrant sa mallette et en enfilant une paire de gants en latex jetables. Vous avez sûrement beaucoup de choses à faire. Je m'en charge.

– Merci, mais si vous avez besoin de quoi que ce soit, n'hésitez pas à appeler la réception. Ils sauront où me trouver.

Devlin passa une heure et demie à trier l'équivalent de quatre mois de tickets de parking. Il mit de côté tous ceux dont les dates tamponnées correspondaient à celles du séminaire sur les maladies transmissibles. Il y en avait en tout 263. Au dos de chacun d'eux était inscrit un numéro d'immatriculation.

En rentrant à son hôtel, Devlin alluma la radio pour écouter les nouvelles. D'après un sondage effectué le jour même, les Américains, en dépit des garanties gouvernementales, hésitaient à consommer non seulement des médicaments mais aussi de l'alimentation. Soixante pour cent de gens n'étaient pas tranquilles en achetant des médicaments disponibles sans ordonnance et des produits alimentaires. Trente-huit pour cent avaient le même sentiment en achetant des médicaments sous ordonnance. Cinquante-deux pour cent pensaient qu'ils ne pouvaient pas faire confiance au gouvernement quand il s'agissait de s'assurer que les produits de consommation étaient sains. Les pharmacies avaient noté une baisse de près de quarante pour cent de leurs chiffres d'affaires. Les supermarchés signalaient une chute brutale des achats de produits frais et une hausse spectaculaire des achats de produits en conserve. L'administration recevait six mille appels téléphoniques par jour de gens qui demandaient conseil.

Devlin éteignit la radio. Le tueur avait prélevé une dose supplémentaire de liberté au pays, et l'avait remplacée par une bonne dose d'anarchie. Il s'était fait une spécialité du désordre. Mais Devlin ne perdait pas espoir : même s'il y avait un quart de milliard d'Américains, il tenait peut-être le numéro d'immatriculation du Tueur de la Liberté dans sa mallette !

Il était minuit quand il arriva à son hôtel. Une fois dans sa chambre, il dressa une liste des numéros d'immatriculation. Il les classa par États. Comme il s'y attendait, un bon nombre d'entre eux correspondaient à la région de Washington. Quand il eut terminé, il rédigea le brouillon d'un fax à l'intention de toutes les directions régionales du FBI avec quelques précisions supplémentaires pour celles des États figurant sur la liste des numéros d'immatriculation. À deux heures du matin, finalement, il se mit au lit.

À 6 h 30 du matin, il était de retour dans le Hoover Building. Bonelli était déjà au travail. Il abreuvait son ordinateur de longues listes de passagers des compagnies aériennes. Devlin lui demanda :

– Tu n'es pas rentré chez toi hier soir, hein ?

– Un des… avantages, si je puis dire, de la dystrophie musculaire, c'est qu'on ne peut pas dormir plus de quelques heures par jour.

Devlin remarqua quelque chose de changé dans le comportement de Bonelli : une énergie, une excitation, l'une et l'autre orientées de façon plus positive. Le jeune homme s'enquit :

– Comment ça s'est passé au Raintree ?

Devlin lui expliqua ce qu'il avait appris à l'hôtel, et auprès de Rodney Harris.

– Bon sang, Mike, c'est sûrement lui !

117

Devlin lui répondit en souriant :

– Il va falloir que tu apprennes à être un peu plus cynique si tu veux faire ce métier. Le type à qui Walker a parlé au bar pourrait aussi bien être un collègue, ou un amant même, qui sait ? Si c'est bien le tueur, on ignore même s'il conduisait ou non une voiture. Dans une affaire de cette importance, si tu te laisses accaparer par une piste sous prétexte qu'elle est du genre « vite fait, bien fait », tu perds le fil principal de l'enquête et tu n'arrives pas à élucider ton affaire. En fait, il faut suivre le plus grand nombre possible de pistes qui correspondent à un raisonnement logique. Si tu laisses tout tomber dès que tu renifles quelques indices prometteurs, tu as peu de chance de trouver ce que tu cherches. D'accord, va vérifier cette histoire de plaque minéralogique, mais il faut continuer à travailler sur les compagnies aériennes, observa Devlin en tendant au jeune homme une feuille de papier. Voilà la liste. Et si tu la faisais rentrer dans ta base de données ? Un des noms pourraient correspondre à un passager. Alors là il y aura vraiment de quoi s'exciter. Quant à moi, il faut que je fasse mon rapport à O'Hare.

Un canapé recouvert de vinyle faisait face au bureau d'O'Hare. Il n'excédait pas un mètre cinquante de largeur. Le chef de section y avait inconfortablement recroquevillé son mètre quatre-vingt-trois. Devlin entra et referma la porte d'un coup sec. Ouvrant un œil à moitié, O'Hare articula d'une voix rauque :

– L'heure ?

– 6 h 45.

O'Hare avait l'air déboussolé.

– Du matin ou du soir ?

– Du matin.

O'Hare se redressa et regarda quelques secondes dans le vide. Puis il remarqua les papiers dans la main de Devlin. Il s'enquit :

– Il a encore frappé ?

– Pas que je sache.

– Dis-moi que tu as de bonnes nouvelles à m'annoncer.

– Peut-être.

O'Hare, qui était en train d'enfiler la seconde jambe de son pantalon, laissa son geste en suspens.

– Tu veux que je te supplie ou quoi ?

– Je pense seulement qu'il vaut mieux que tu sois habillé… au cas où cette information te ferait bander.

O'Hare mit son pantalon, ses chaussures, puis se dirigea vers la petite machine à café pour se verser le fond épais d'un breuvage noir qui avait eu toute la nuit pour s'évaporer. Il en avala une gorgée sans sourciller.

– Bon, maintenant, j'ai les idées claires.

Devlin lui tendit son brouillon de fax résumant l'enquête de la veille. Aucune allusion à l'épisode du *Purple Camel* n'y figurait.

O'Hare lut rapidement.

– Je te laisse la bride sur le cou une journée, et tu reviens avec tout ça.

Après avoir consulté le paragraphe consacré aux différentes pistes possibles, il ajouta :

– Tu demandes les photographies figurant sur les permis de conduire des propriétaires des véhicules qui se sont garés dans le parking de cet hôtel. Tu veux les montrer à ce Rodney Harris ?

– C'est ça, sauf qu'il ne croit pas pouvoir le reconnaître. Mais ce serait bien de les avoir, au cas où un meilleur témoin se présenterait.

– Bon. Sharon s'en occupera dès ce matin.

– Et l'examen des flacons d'aspirine, ça donne quoi ? interrogea Devlin.

O'Hare chercha du regard quelque chose sur son bureau. Il ramassa une feuille de papier vert.

– Ils ont trouvé deux autres flacons empoisonnés – du tétrachlorure de carbone. On s'en sert pour préparer les fluorocarbures. Et aussi comme solvant dans la teinturerie. On en utilise même dans les extincteurs. Pour te dire que ce n'est pas difficile à trouver. Le rapport du labo est plutôt mince. Le relevé d'empreintes n'a rien donné, conclut-il en agitant la feuille verte d'un air dégoûté.

– Je vais apporter ces tickets de parking au labo pour qu'ils voient s'il y a des empreintes, dit Devlin.

– J'ai vu que tu n'envoies pas de fax au FBI de Washington. Pourquoi ?

– Je pensais contacter moi-même un agent de terrain ici et peut-être lui donner un coup de main pour les interrogatoires.

O'Hare fronça les sourcils, soupçonneux.

– Il y a quelque chose dont tu veux te charger personnellement ?

En guise de réponse, Devlin sourit.

– Seulement quelques Blancs âgés de vingt-cinq à trente ans.

– Donne-moi cette liste.

Devlin la lui tendit.

– Tu as déjà des noms ? fit O'Hare, étonné.

– J'ai téléphoné au FBI de Washington hier soir pour qu'ils consultent leur fichier. Je suis passé prendre ça avant de venir ce matin.

– Je sais que sans toi, on n'aurait pas toutes ces pistes, mais j'ai dix mille agents à ma disposition. Je veillerai à ce que chacune soit couverte… sans toi.

– Tu crois que c'est juste ?

– Qui parle de justice ? Tu as l'air de confondre le Bureau avec les boy-scouts. Ton boulot à toi, c'est de faire le tri des différentes voies d'investigation. J'ai besoin de toi là-dessus et seulement là-dessus.

– Entendu.

Cet acquiescement ne manqua pas d'inquiéter O'Hare. D'habitude, Devlin se montrait moins docile.

– Mike, je te préviens, je ne veux pas qu'on vienne me dire qu'un mystérieux agent du FBI avec un accent de Detroit est allé interroger ces gens-là avant nos agents de Washington.

– Promis.

O'Hare resta un moment silencieux. Il repassait dans son esprit la fin de leur conversation. Où pouvait bien être la faille par laquelle Devlin aurait pu se glisser ? Comme il ne trouvait rien, il déclara :

– Bon, on va commencer par les hommes de race blanche de vingt-cinq à trente ans.

Mais voyant que Devlin prenait congé sans élever la moindre protestation, le chef de section se dit que, décidément, il y avait anguille sous roche.

Après avoir déposé les tickets de parking au labo, Devlin attendit l'ascenseur pour remonter à son bureau. De la poche intérieure de sa veste, il sortit une petite liste de propriétaires de véhicule, des noms soigneusement sélectionnés et qu'il avait omis de mentionner dans le document qu'il avait laissé à O'Hare. D'après les critères de race, d'âge et de domiciliation, ils lui avaient semblé les plus prometteurs du lot. Devlin décida qu'en effet, ce n'était pas son style de réclamer la justice à cor et à cri. Mais si un petit vol suffisait à la rétablir, il n'était pas contre.

Bonelli avait terminé de rentrer tous les numéros d'immatriculation dans sa base de données. Devlin demanda :

– Tu as trouvé des correspondances ?

– Rien jusqu'ici. Pourtant, j'ai tous les fichiers des compagnies aériennes maintenant. On ne peut pas dire que c'est du vite fait, bien fait.

– N'oublie pas que ces pistes-là, c'est comme la baise, moins ça dure, moins c'est bon.

– Shakespeare ? ironisa Bonelli.

– Wile E. Coyote[1].

– Qu'est-ce que tu veux que je fasse, à présent ?

Devlin lui montra sa petite liste.

– Combien de temps ça te prendra d'ajouter ça au fichier des propriétaires de véhicule ?

– Deux minutes.

– Bien. Ensuite tu téléphoneras au FBI de Washington, au gars qui s'occupe des photos d'identité, pour qu'il t'envoie aussi ceux-là.

– Pourquoi est-ce que j'ai l'impression que le chef n'est pas au courant ?

– Tu commences à prendre de la bouteille, Tony.

– Tout ça va être vite fait, lui assura Bonelli en souriant. Rien d'autre ?

– Je vais commencer à interroger les types de ma liste. Tu veux venir ?

– Tu plaisantes ?

– Non.

– Tu ne risques pas d'avoir des ennuis ?

– Je risque déjà gros en y allant moi-même, alors qu'est-ce que je risque de plus ?

Bonelli lutta quelques instants contre des sentiments contradictoires, puis il déclara :

– D'accord.

– Il faudra que tu attendes dans la voiture. Tu sais, au cas où je ne ressortirais pas. C'est une voiture de location. Il faudra bien la rendre à l'agence.

Bonelli éclata de rire.

– J'arriverai à faire ça.

– Pendant que tu as le type de l'identité judiciaire, section photo, au bout du fil, je vais appeler le département des Sciences comportementales pour me faire une petite idée de qui nous recherchons.

Devlin composa le numéro privé de Bill Hagstrom.

– Hagstrom à l'appareil.

– Ici le Cataclysmiste. Je crois que vous me recherchez...

----

1. Personnage du dessin animé *Bip-bip (N.d.T.)*.

121

– Tu peux rire, Devlin. Mais n'oublie pas – j'ai été à bonne école, je sais comment on dissimule un corps pour que personne ne le retrouve...

Comme Devlin riait, le profileur ajouta :

– Ton appel est officiel ?

– J'ai besoin de savoir si tu as du nouveau sur le profil du tueur, depuis les empoisonnements.

– Non. Il se comporte plus ou moins comme je m'y attendais. Hélas.

Devlin lui raconta ce qu'il avait appris à propos du séminaire sur les maladies transmissibles à Washington et lui fit part de sa théorie sur la façon dont le technicien avait été enrôlé par le tueur. Il parla aussi à Hagstrom du barman et des tickets de parking.

– À quoi le barman trouvait qu'il ressemblait ? s'enquit le profileur.

Devlin lui décrivit la barbe, les lunettes et les cheveux un peu trop longs.

– Bien. S'il ne s'était pas déguisé, j'aurais dû modifier mon analyse.

– Comment ça ?

– S'il s'était présenté à visage découvert, je l'aurais jugé moins organisé que je ne l'avais supposé. Cet individu est l'homme le plus discipliné que j'aie jamais connu. On dirait qu'il a tout prévu. Bon courage pour l'identification. Il prend peu de risques. Il se délecte à tout orchestrer à distance. Il ne s'implique que lorsqu'il n'y a pas d'autre solution. Et seulement s'il peut s'exposer le moins possible. Il va encore frapper. Ce sera quelque chose de différent, mais qui intimidera encore plus la population. Chaque crime est conçu de façon à être plus spectaculaire et plus effrayant que le dernier. Parce qu'il a de plus en plus l'impression d'être invincible. Les gens commencent à le considérer comme s'il détenait vraiment un pouvoir.

– Je vais interroger plusieurs personnes qui se sont garées dans le parking de l'hôtel Raintree. Est-ce que je dois avoir l'œil sur quelque chose de spécial ?

– Premièrement : si tu tombes sur le bon numéro, c'est lui qui va chercher à te tirer les vers du nez. Non seulement il apprendra ce que la police sait de lui, mais il va tester les capacités du FBI. Je lui ferai passer un petit test avant l'interrogatoire, quelque chose comme : « Je cherche le Tueur de la Liberté. Nous pensons qu'il était à

Washington entre telle et telle date. » Comme ça tu lui tends la perche. S'il se met à te poser des questions, tu vas voir qu'il insistera pour obtenir des réponses. Ensuite, tu renverseras un peu la vapeur et tu verras ce qu'il sait à propos du tueur. Tu peux, mettons, parler des villes où ont eu lieu les empoisonnements. Mais prends soin d'en citer une de travers. Comme Houston au lieu de Dallas. S'il te corrige, pousse aussi loin que possible et ensuite, tu l'insultes. Dis-lui que le tueur n'est qu'un lâche, un pauvre pervers tueur d'enfants. Si c'est lui, il prendra la mouche.

– Par simple curiosité, si nous arrêtons ce type, est-ce qu'il y a des chances qu'il passe aux aveux ?

– Il faut que tu comprennes la façon dont il fonctionne. Il commet son premier meurtre, celui de l'assistant de laboratoire, possédé par une rage qui le dépasse. Une fois soulagé de cette tension, il devient paranoïaque. Il a l'impression que la police va lui tomber dessus d'un instant à l'autre. Quand rien n'arrive, il devient méprisant. Son narcissisme se renforce avec chacun de ses crimes. En ce moment, il doit se dire que si les flics viennent sonner à sa porte, ils ne seront sans doute pas assez malins pour prouver que c'est lui. Alors ne compte pas trop sur des aveux. Surtout s'il se paie quelques meurtres supplémentaires avant que nous l'arrêtions.

– Entre nous, il est dangereux ?

– S'il sent que tu l'as démasqué et que tu cherches à contrarier ses projets, tu seras mort dans la seconde.

– Je devrais peut-être les interroger par téléphone, fit observer Devlin sur un ton badin.

– Sérieusement, Mike, si tu te sers des techniques que je t'ai exposées, tu ferais mieux d'être subtil. Ce type-là est fichtrement malin. Il va te voir venir de loin.

– En me donnant tous ces conseils, si je comprends bien, tu cherches à te débarrasser de moi.

– Il faut bien que je prenne ma revanche après le coup du Cataclysmiste !

22

Devlin et Bonelli passèrent les huit heures suivantes à traquer les propriétaires des véhicules qui s'étaient garés dans le parking de l'hôtel Raintree pendant le séjour de Nate Walker. À la fin de la journée, ils avaient réussi à localiser et à interroger six d'entre eux : trois en Virginie, deux dans le Maryland et le dernier à Washington. Un seul avait participé au séminaire sur les maladies transmissibles. Les autres semblaient avoir eu de bonnes raisons de se trouver là. Devlin avait soupçonné l'homme de Washington d'avoir menti. Mis au pied du mur, il avait avoué qu'il avait loué une chambre avec une femme qui n'était pas sa légitime. Devlin déposa Bonelli devant le siège du FBI avant d'aller garer la voiture. Il était 6 heures. Les dernières lueurs d'une pâle lumière hivernale s'éteignaient à l'horizon.

À Los Angeles, les horloges affichaient trois heures de moins. Il faisait plus de 20 °C. Et le soleil brillait. Un 747 en provenance de Chicago atterrissait à LAX. Le Tueur de la Liberté observa les autres passagers qui se dépêchaient de préparer leurs affaires pour débarquer le plus vite possible. Il les trouva amusants. Ses lèvres se plissèrent et donnèrent à son visage cette même expression hostile qu'arborait pour l'éternité son grand-père sur la photographie. Tous deux se sentaient portés par la puissance que procurait la possession d'un secret : celui du massacre imminent. *Profitez de votre liberté, bande de cons*, pensa-t-il. *Ça ne va pas durer.*

Quarante-cinq minutes plus tard, ses bagages dans le coffre, il filait au volant d'une voiture de location sur les autoroutes de Los Angeles, à la recherche d'un grand garage qui pourrait faire son affaire.

C'était sa cinquième ville en deux jours. Il avait passé la matinée à Chicago, à poser des bombes. Comme dans les autres villes auparavant. Il avait encore deux bombes à poser. La dernière était particulièrement délicate… une véritable gageure. Il jeta un coup d'œil à l'horloge du tableau de bord. Dans sept heures, il atterrirait à National Airport, à Washington, sa dernière bombe soigneusement cachée dans l'avion. Il cligna des yeux de plaisir, envahi par cette agréable fatigue qui accompagne la satisfaction du travail bien fait.

Il ne tarda pas à repérer un garage semblable à ceux des villes précédentes. À l'entrée, il poussa sur le bouton et prit son ticket. Il remonta la rampe d'accès jusqu'à ce qu'il commence à y avoir plus de places libres. Enfin, il trouva ce qu'il cherchait : un 4 x 4 occupant une place isolée. Son propriétaire l'avait sans doute garé à l'écart pour éviter que les autres véhicules n'enfoncent ses portières.

Il se gara derrière le 4 x 4 de façon à ne pas se faire remarquer des voitures qui remontaient la rampe. Il sortit de sa valise un sac en papier marron. Puis il s'allongea entre les voitures et se glissa en rampant sous le châssis relativement large du véhicule. Le sac contenait une bombe petite mais efficace, composée d'un explosif C-4, d'un détonateur électrique, d'une pile et d'une montre. Il vérifia le dispositif. L'explosion était programmée pour 8 heures le lendemain matin. Comme toutes les autres voitures qu'il avait équipées de la sorte, elle appartenait sans doute à une personne qui, à cette heure matinale, était en route pour son travail. À l'aide d'une bande adhésive grise résistante, il suspendit l'engin au châssis près du réservoir à essence. Cinq minutes plus tard, il payait le gardien du parking et demandait son chemin pour rejoindre LAX.

Il rendit son véhicule à l'agence de location, puis il prit la navette qui le ramenait à l'aéroport. Là, il trouva un téléphone non loin du contrôle de sécurité. Tout en faisant semblant de téléphoner, il observa les gardes. Ils étaient quatre à surveiller le passage des bagages à main aux rayons X. Il tentait de repérer le moins attentif. Statistiquement, un homme de race blanche est plus susceptible que les autres de posséder et de comprendre le fonctionnement d'un ordinateur portable – même si seul un ingénieur pouvait détecter ce qui était caché dans le sien. Mais s'il était arrivé jusque-là, c'était justement parce qu'il minimisait les risques. Il conclut que la personne qui serait sans doute la moins intéressée par ces histoires de circuit électronique était la femme noire du groupe. Il la regarda faire avec quatre passagers. Non seulement elle vérifiait le contenu des bagages, mais elle étudiait les visages. Non, celle-là ne convenait pas. Derrière le poste voisin, se tenait assise une autre femme, blanche, obèse, qui semblait être une bavarde impénitente. Elle engageait la conversation avec tous les passagers, qui lui répondaient poliment mais brièvement. Pendant les temps morts, elle mitraillait ses collègues de commentaires auxquels ils ne prenaient même pas la peine de répondre. Blake se dirigea vers elle.

Il posa ses deux sacs sur le tapis roulant. Elle leva les yeux vers lui :

— Comment allez-vous, monsieur ?

Le portable apparut. Des douzaines de composants métalliques s'étalaient sur son écran, la mettant au défi de repérer celui qui ne faisait pas partie du lot. Elle laissa passer. Il répondit :

— Très bien, merci. Et vous ?

Son deuxième bagage à main s'affichait à présent sur l'écran. Elle en étudia le contenu sans mot dire. Elle fronça les sourcils.

— Vous avez empilé deux objets l'un sur l'autre. Il va falloir que je les fasse passer un par un.

Il sentit son visage sur le point de le trahir. Heureusement qu'il n'était pas passé par le poste de la Noire.

— Ah, désolé. Ce sont des jouets que je rapporte à mon fils. Il a deux ans.

Elle sortit la première boîte du sac.

— De la pâte à modeler, fit-elle, mon neveu adore ça, il en met partout.

— J'espère que ma femme ne va pas trouver que ça fait trop de saletés, dit-il en gloussant de rire.

Elle fit passer la boîte dans la machine et vit que rien n'était dissimulé dans les blocs de pâte colorée. Puis elle examina la seconde boîte.

— Une voiture télécommandée. Mmmm, c'est pour les plus de cinq ans d'après la boîte…

— Très juste ! s'exclama-t-il. J'avoue que je fais partie de ces pères qui pensent que leur enfant est précoce.

Il rit de nouveau, cette fois de façon plus convaincante.

Elle posa la boîte sur le tapis roulant et l'inspecta.

— Celui-ci a déjà une pile. Je pensais que les fabricants ne se donnaient plus cette peine.

— J'ai demandé à la vendeuse d'en mettre une. Pour que Tommy puisse jouer avec sa voiture tout de suite.

Elle le considéra un instant d'un air inquisiteur.

– On dirait que votre fils a un gentil papa. Passez une bonne journée, monsieur.

– J'y veillerai.

Il passa sous le détecteur de métal. La sonnerie se fit entendre.

– Pouvez-vous vider vos poches, monsieur ? demanda un garde de sexe masculin.

Blake déposa ses clés et sa petite monnaie sur le plateau en plastique et repassa sous l'arc de détection. Le signal retentit de nouveau.

– C'est sûrement votre montre, dit le garde en lui présentant le plateau.

Blake ôta sa montre et la posa soigneusement sur le plateau. Il n'avait pas envie qu'on remarque un petit détail : le fond manquait. Cette fois, le détecteur resta silencieux.

Après le décollage, dès que les hôtesses annoncèrent que les appareils électroniques étaient autorisés, il sortit son ordinateur portable et fit mine d'avoir des problèmes. Il fit basculer le volet arrière et le retira. Puis il toucha le tube argenté de huit centimètres de long, avec ses deux fils qui sortaient en bas. Personne dans l'avion ne pouvait sans doute faire la différence entre un composant d'ordinateur et un détonateur, mais on n'était jamais trop prudent. Il essaya de nouveau d'allumer son ordinateur. En vain. Il hocha la tête d'un air exaspéré. Il le rangea et sortit la voiture télécommandée. Après en avoir retiré la pile, il la rangea sous son siège.

Lorsque l'avion fit escale à Detroit pour une heure, la plupart des passagers débarquèrent pour se dégourdir le jambes. William Blake ramassa son sac contenant la pâte à modeler et prit le chemin des toilettes de l'appareil.

Le lendemain matin, Devlin arriva au Hoover Building à 7 heures. Bonelli était déjà à son poste. Il lui annonça que O'Hare avait téléphoné deux fois et voulait le voir de toute urgence.

Devlin n'avait pas plus tôt mis le pied dans le bureau du chef de section, que ce dernier s'enquit :

– Où est-ce que tu étais passé hier ?

Devlin ne pouvait pas lui dire qu'il avait interrogé des individus qui, d'après sa liste, n'existaient même pas. Mais ça ne lui disait rien de mentir.

– J'ai roulé ma bosse.

O'Hare le dévisagea intensément, conscient de l'ambiguïté de cette réponse. Puis, se disant qu'il avait déjà assez de problèmes sur le dos, il tendit un fax à Devlin :

– Nos tables d'écoute du *Real Deal* ont intercepté ça il y a une heure.

Devlin se mit à lire. O'Hare jeta un coup d'œil à sa montre.

– Attends, regarde plutôt.

O'Hare prit la télécommande et alluma la télévision installée dans un coin de la pièce.

La voix du présentateur sur fond musical résonna désagréablement dans la pièce encore baignée à cette heure matinale du calme ouaté de la nuit.

– « Encore une exclusivité du *Real Deal*. Il y a une heure, ce magazine a reçu le troisième communiqué de celui que le gouvernement appelle le Cataclysmiste. »

Il y eut un fondu au noir, puis le communiqué se dactylographia lentement sur l'écran, comme s'il s'adressait personnellement à chacun des téléspectateurs :

Vous continuez à vous servir de votre liberté à tort et à travers au nom de la licence. Elle n'est qu'une brève récompense que seule procure la participation à la lutte à mort pour la liberté. Vous devez apprendre à faire la différence.

Dans mes efforts constants pour susciter votre soumission, j'ai découvert un additif à l'essence que le gouvernement a développé il y a déjà un certain temps. Introduit dans un moteur à combustion interne, il provoque l'explosion violente du moteur en question.

J'ai contaminé les réserves de carburant de New York, Miami, Chicago, Los Angeles et Washington, et cela n'est qu'un début.

Si vous tenez à la vie, ne prenez pas le volant.

Le gouvernement prétendra qu'il n'existe pas d'additif de ce genre et que les explosions sont provoquées par autre chose, mais n'oubliez pas avec quelle légèreté il vous a promis la sécurité il n'y a pas si longtemps.

Si vous, en tant que pays, choisissez de ne pas vous soumettre, je serais obligé de prendre une autre mesure. Cet additif fait le même effet aux moteurs à réaction. Cinq jours.

Le présentateur réapparut. O'Hare coupa le poste. On cogna légèrement à la porte. Elle s'ouvrit pour laisser le passage à un grand homme maigre, l'air profondément distrait.

– Mike, je te présente Dean Hatton, un de nos professeurs. Il dirige le département des explosifs.

Les deux hommes se serrèrent la main.

– Alors, doc, poursuivit O'Hare. Est-ce qu'il existe un additif de ce genre ?

– J'en ai discuté avec mes collègues du département. On a des réactifs adjuvants à l'essence pour les voitures de course, surtout pour le *drag racing*, vous savez, ces compétitions entre voitures

129

spécialement conçues pour leur accélération foudroyante. Il provoque des milliers de minuscules explosions qui gonflent le moteur sur les cinq cents mètres de piste. Un peu comme de la nitroglycérine. Mais il faut des doses relativement concentrées. Elles sont soigneusement mesurées et ajoutées directement au réservoir. Contaminer d'énormes réservoirs avec une substance de ce style exigerait des quantités énormes de produits. Nous sommes sûrs et certains qu'il s'agit d'un canular.

— Et du côté de l'armée. C'est le genre de chose auquel on s'attend de leur part.

— J'y ai pensé. J'ai envoyé un de mes collaborateurs au Pentagone pour les interroger. Mais du point de vue chimique et physique, ce qu'il a décrit est invraisemblable. Il est impossible qu'un pareil additif ait été développé. Autant essayer de contaminer l'océan Atlantique avec une cuillerée de poison.

— Merci, Dean, fit O'Hare. Tenez-moi au courant de ce qu'aura répondu le Pentagone.

— Je vais aussi téléphoner à quelques chercheurs. Vous serez le premier averti, mais je vous le répète, c'est un canular.

Après le départ de Hatton, O'Hare demanda :

— Qu'est-ce que fait ce fumier… il bluffe ?

Devlin se leva et alla se poster à la fenêtre. Il regarda un long moment dehors. Puis, sans se retourner, il articula :

— Aujourd'hui, dans ces cinq villes, des voitures vont exploser.

— Mais Hatton dit que c'est impossible.

— Ce que veut ce type, au moins aujourd'hui, c'est que tout le monde laisse sa voiture au garage. Comme cette exigence est ubuesque, pour que les gens la prenne au sérieux, il faut que des voitures explosent.

— Mais comment ?

— Comme il a empoisonné les flacons d'aspirine : il s'est rendu dans ces cinq villes et a plastiqué des bagnoles.

— Grands dieux ! Et qu'est-ce qu'on peut faire ?

Devlin jeta un coup d'œil à sa montre avant de faire volte-face.

— Rien, strictement rien.

Après avoir quitté le bureau d'O'Hare, Devlin demanda à Bonelli de rappeler toutes les compagnies aériennes pour qu'elles lui transmettent les listes des passagers ayant embarqué à destination des villes citées dans le dernier communiqué. Washington ayant été cité lors des trois incidents, il lui recommanda de se concentrer sur la capitale. Celle-ci pouvait bien être le point de départ et d'arrivée du tueur. Le dernier voyage, d'après Devlin, devait avoir eu lieu au cours des soixante-douze heures qui venaient de s'écouler. Même si ce travail de compilation et de comparaison devait représenter une énorme masse de travail, s'ils parvenaient à trouver le moindre lien avec leurs propres données, cela pouvait déboucher sur l'élucidation de toute l'affaire.

La première bombe explosa à 7 h 15, aux abords de New York, tuant le conducteur, un homme de trente-deux ans, père de trois enfants.

Laissant Bonelli passer en revue les listes des passagers, Devlin téléphona au Dr Murray Craven.

— Vous avez reçu mon fax, docteur ?

— Oui, je viens de l'examiner.

— Il y a quelque chose qui vous frappe particulièrement ?

— Deux choses, en fait. D'abord, il semble qu'il se cachait un peu dans les deux premiers communiqués. Cette fois, son langage est plus sophistiqué. Pour dire vrai, j'avais sous-estimé son intelligence.

— Pourquoi est-ce qu'il se cachait ?

— Pourquoi est-ce que quelqu'un se cache ? Il a peur de se faire prendre. Mais quand il arrive à s'en sortir, il devient plus audacieux. C'est un cheminement tout à fait normal avec ce type de personnalité. À part ça, je ne peux pas ajouter beaucoup d'eau à votre moulin, hélas.

— Vous croyez qu'il va faire sauter un avion ?

— C'est une question intéressante, parce que, là, il fait seulement de la provocation. Il va peut-être essayer, s'il trouve un moyen de le faire sans risque.

— Nous continuerons à vous envoyer tous les messages que nous recevons.

— Désolé de ne pas pouvoir vous en dire plus long. Même si son langage est un peu plus élaboré, il est encore très prudent.

— La fait de savoir qu'il est encore prudent peut nous être utile. Merci, docteur.

La seconde bombe explosa à 8 h 05 à Miami, tuant sur le coup un couple en route pour leur bureau. La troisième explosa à 8 h 20 à Washington, tuant l'employée d'un cabinet d'avocat âgée de vingt-cinq ans.

Devlin fut de nouveau convoqué dans le bureau d'O'Hare.

— Tu as entendu ?

— On a eu les nouvelles en bas, répondit Devlin.

— Je viens de recevoir un appel de Chicago. Numéro quatre. Une femme et sa fille de deux ans. Toutes les deux, mortes sur le coup.

Les deux hommes restèrent un moment silencieux. Finalement, O'Hare reprit :

— On ne peut pas se laisser déborder. Il compte là-dessus, justement.

— J'ai mis Bonelli sur les compagnies aériennes. Il dit que tous les gens à qui il a parlé sont débordés. Ils sont submergés d'annulations.

— C'est incroyable que les gens marchent à ce point.

— Dis donc, nous, on sait de quoi il retourne. Est-ce que je prendrais l'avion à cette heure si ce n'était pas absolument nécessaire ?

— Cette ruse pour l'essence, c'est tellement invraisemblable.

— J'ai vu des statistiques l'autre soir sur CNN. Vingt-sept pour cent de la population de ce pays pense que les extraterrestres ont déjà débarqué sur Terre. Tu crois qu'il leur en faut beaucoup plus pour se prendre deux jours de congé et ne pas être obligés de se déplacer ? Et quand un guignol du gouvernement se présentera sur le petit écran pour leur dire : Mes amis, ne craignez rien, tout va bien

– tu crois qu'ils vont le croire ? Ils ont déjà compris que le Président lui-même ne sait pas de quoi il parle. Dans son dernier communiqué, le tueur prend soin de préciser que nous allons essayer encore une fois de leur raconter des salades. Tout le monde ne sera pas dupe de son stratagème, mais s'il peut berner vingt-cinq pour cent de la population, ça suffit pour mettre le pays à genoux.

– Pourvu qu'il ne fasse pas exploser d'avion demain, rien que pour montrer de quoi il est capable.

– Il n'a encore jamais manqué à sa parole.

– Je ne vois pas comment il s'y prendra. Après son communiqué d'aujourd'hui, les aéroports vont dépenser des millions de dollars pour renforcer la sécurité. Les vols vont être retardés, les Américains vont devoir patienter. Il obtient tout ce qu'il veut sans prendre de risque.

– Tu ne crois pas qu'il relève un défi ? N'oublie pas qu'il lui en faut toujours plus pour se sentir un héros. S'il pouvait faire exploser un avion après nous avoir prévenus et malgré les consignes de sécurité, il monterait d'un cran dans sa propre estime tout en nous humiliant.

Le téléphone sonna. O'Hare répondit. Il écouta pendant quelques secondes.

– Parfait, merci.

Il raccrocha et déclara :

– La cinquième bombe vient d'exploser à Los Angeles. La conductrice n'était pas dans son véhicule. La chance est peut-être en train de tourner en notre faveur.

– Est-ce qu'on sait de quel genre de mécanisme à retardement il s'est servi ?

O'Hare fouilla dans ses papiers jusqu'à ce qu'il tombe sur ce qu'il cherchait.

– L'équipe de déminage de New York chargée du désamorçage des bombes s'est rendue sur les lieux du premier crime. Elle y est encore. Ils ont trouvé des fragments d'une montre indiquant le jour et la date.

– C'est mauvais signe. Le *Weather Underground* [1] s'est servi d'un mécanisme de ce genre dans les années soixante-dix. Ils avaient

---

1. Tirant leur nom des paroles de Bob Dylan dans *Subterranean Homesick Blues* (« On n'a pas besoin d'un *Weatherman* pour savoir de quel côté souffle le vent »), ce groupuscule de hippies convertis à la guérilla urbaine clandestine provoqua une série d'explosions. La sous-commission sénatoriale d'Investigations dénombra plus de quatre mille attentats à la bombe aux États-Unis de janvier 1969 à avril 1970. *(N.d.T.)*

déposé des bombes dans des coffres de banque pour qu'elles explosent plusieurs mois après, à une date politiquement symbolique. Si je me souviens bien, ils ne s'étaient pas trompés. Le circuit était conçu pour se refermer à tel jour de tel mois : leurs bombes avaient explosé plus d'un an après avoir été posées.

— Tu veux dire que même si on réussissait à avoir ce fumier, ça continuerait encore à péter dans tous les coins pendant encore un an ?

— Non, je ne crois pas. Des bombes ne resteraient pas accrochées sous des voitures aussi longtemps. Les gens sont obligés de les faire réviser. Et de toute façon tu as l'air d'oublier ce qu'il a dit : il s'arrête dans cinq jours.

— S'il n'y a pas d'autre bombe programmée, pourquoi se servir d'un mécanisme si compliqué ? insista O'Hare.

— Parce qu'il en connaît l'historique. Y compris l'expérience qu'en a eue le FBI. Il sait que si nous tombons dessus, nous allons automatiquement penser qu'il y en a d'autres. Pourquoi est-ce que tu crois qu'il a demandé à Nate Walker de lui apporter une seconde fiole de virus ?

— Pour nous inquiéter.

— Exactement. Son but essentiel n'est pas de tuer, mais d'imposer sa domination au moyen de la peur.

— Mais pourquoi nous prévenir ?

— D'après le langage utilisé dans le communiqué, le Dr Craven pense qu'il devient plus audacieux. Mais nous devrions aussi appeler Hagstrom.

Devlin appuya sur le bouton du haut-parleur de son téléphone et composa le numéro du département des Sciences comportementales.

— Hagstrom à l'appareil.

— Bill, ici Mike Devlin et Tom O'Hare. On a branché le haut-parleur.

— Comment ça va, les gars ?

— Tu as vu le dernier communiqué ? s'enquit Devlin.

— J'étais en train de le lire.

O'Hare interrogea :

— On se posait une question. Pourquoi est-ce qu'il se donne la peine de nous prévenir ? Jusqu'ici, il n'a jamais envoyé de communiqué avant les faits.

— Tactiquement, je suis sûr que vous voyez quel avantage il en tire. Si une brute épaisse vous casse la gueule tous les jours, il finit par ne plus avoir besoin de vous frapper pour vous faire peur. Il lui suffit de brandir le poing. Il a déjà prouvé qu'il était un tueur en masse. Et psychologiquement, comme la brute dans un sens, il lui suffit de quelques manœuvres d'intimidation. Il nous montre qu'il est le plus fort. Et parce qu'il est tellement le plus fort, il peut se permettre de nous prévenir de ses crimes. Il sait que nous ne pouvons rien faire pour l'arrêter. Il devient de plus en plus sûr de lui.

Devlin fit observer :

— J'ai parlé au Dr Craven ce matin. Il voit les choses plus ou moins comme toi. Il dit également que le dernier communiqué est plus sophistiqué que les précédents.

— En effet. Il commence avec une en-tête en lettres capitales donnant ses instructions, comme s'il écrivait une note de service. Ensuite, non seulement il divise son texte en paragraphes, mais il se sert de phrases extrêmement complexes. Il ménage ses effets. Je crois que sa technique terroriste est, elle aussi, en train de devenir plus complexe et plus spectaculaire.

O'Hare s'enquit :

— Tu veux dire aussi spectaculaire que l'explosion d'un avion de ligne ?

— Dans son dernier communiqué, il donne deux avertissements : les voitures – c'est fait – et les avions. Évidemment, ce n'est pas facile de poser une bombe dans un avion. Peut-être est-il juste en train de brandir le poing. Mais je n'y mettrais pas ma main à couper.

— Alors, il n'y a toujours pas moyen de prévoir son prochain coup ? soupira O'Hare.

— Je le répète, s'il faisait chaque fois la même chose, je pense qu'on aurait des chances de l'attraper, mais il ne se sert pas deux fois de la même méthode. Et toutes ses techniques sont ingénieuses. La seule chose sur laquelle je suis prêt à parier, c'est que la prochaine fois, il nous préviendra. Il a de plus en plus besoin de nous humilier. Chaque fois, il augmente la dose. Ça signifie qu'il devra nous donner un plus grand avantage la prochaine fois, pour que nous ayons l'air de plus en plus incapables.

O'Hare insista :

— Quelle est la probabilité qu'il fasse sauter un avion ?

— Plus de cinquante pour cent.

25

À son retour, Devlin trouva le bureau vide. Bonelli s'était volatilisé. Sur la table, soigneusement rangées, étaient empilées des douzaines de bases de données faxées par les compagnies aériennes. Les pages déjà transférées dans l'ordinateur étaient barrées en diagonale au stylo rouge. Devlin les feuilleta, stupéfait devant la quantité de noms que Bonelli avait transcrits en si peu de temps.

Quinze minutes plus tard, Bonelli revint.

– Comment ça va là-haut ?

– Le département des Sciences comportementales pense qu'il y a plus de cinquante pour cent de chance pour qu'il essaie de faire sauter un avion de ligne. Bientôt.

– Et toi, tu en penses quoi ?

– Je pense qu'il vaut mieux arrêter pour l'instant ce que nous faisons. J'ai eu une idée.

– J'espère qu'elle est bonne, parce qu'il va y avoir des centaines d'avions qui vont décoller dans les jours qui viennent.

– Je sais, répondit Devlin. Écoute-moi et dis-moi si tu es d'accord. Mettons que tu es le terroriste. Tu as deux ou trois jours pour te rendre dans cinq villes différentes afin d'y poser tes bombes. Comment fais-tu ?

– Je prends l'avion.

– Très bien. Et puis quoi ?

Bonelli répliqua après un instant de réflexion :

– Il faut que je pose des bombes dans des bagnoles.

– Et comment tu les trouves, ces bagnoles ?

– Pour les empoisonnements, il a sans doute pris le taxi.

– Exact, mais tu ne peux pas dire à un chauffeur de taxi : « Attendez-moi une minute, je vais poser une bombe et je reviens. »

– Il en a loué une ? avança Bonelli.

– C'est ce que je ferais. Dressons une liste des agences de location qui ont des représentants dans les aéroports des villes où il s'est rendu. Nous allons leur téléphoner. Ce que nous recherchons, c'est un homme qui a loué des voitures dans une ou plusieurs des cinq villes en question au cours des dernières soixante-douze heures. Il ne les a sans doute pas louées pour plus de douze heures. À mon avis, on a des chances de trouver la trace d'un type qui a loué des voitures dans quatre de ces cinq villes.

– Et la cinquième ville étant celle où il vit, il n'aura pas eu besoin d'y louer un véhicule. Tu crois toujours que c'est Washington ?

– C'est ce qu'on va vérifier, dit Devlin.

– Mais il se sera sûrement servi d'un pseudonyme différent chaque fois. C'est ce qu'il a sans doute fait pour prendre l'avion.

– Si tu te présentes au guichet d'une compagnie aérienne dans un aéroport et que tu leur proposes de payer en espèces, tu peux leur donner n'importe quel nom. Même si on te demande de montrer ton permis de conduire. Un permis, c'est facile à falsifier. Mais quand tu loues une bagnole, tu dois non seulement montrer ton permis mais une carte de crédit en cours de validité. Il est beaucoup plus dur de mettre la main sur une fausse carte de crédit, et il lui en aurait fallu quatre. La seule chose qu'il ait pu faire pour brouiller les pistes, c'est utiliser une agence de location différente pour chaque ville.

Bonelli ouvrit l'annuaire téléphonique.

– Je vais commencer par Alamo.

Devlin se pencha par-dessus son épaule.

– Je prends Avis.

Pendant quatre heures et demie, les deux hommes travaillèrent comme des forcenés. Au départ, ils téléphonaient tous les deux, passant le plus clair de leur temps à attendre que les agences trouvent les informations dans leur système informatique. Une fois que les fax commencèrent à se dérouler du télécopieur, Bonelli abandonna les appels pour rentrer les noms dans sa propre base de données. Devlin terminait son appel à l'avant-dernière agence de leur liste, quand Bonelli s'exclama :

– J'en ai un !

Devlin le considéra d'un air soucieux. Puis il demanda à la personne qu'il avait au bout du fil :

– Pouvez-vous me faxer tout ça immédiatement ?... Ce serait vraiment sympa de votre part.

Il raccrocha. Bonelli précisa :

– William Blake. La première fois chez Hertz, la seconde chez National.

Devlin ramassa un fax dont Bonelli ne s'était pas encore occupé. Le jeune homme en prit un autre. Devlin fit courir son index le long de la suite de noms. Soudain, son index s'immobilisa :

– Blake, de chez Budget.

Bonelli termina la lecture de sa liste.

– Avis, négatif.

– Pendant que tu vérifies le reste, je vais téléphoner à la dernière agence. Quand tu auras terminé, fais donc une recherche par mots clés pour voir si tu n'as pas de William Blake sur les vols répertoriés dans l'affaire des empoisonnements et celle des bombes.

Devlin appela la dernière agence de location de voitures. Il ne leur donna que le nom de William Blake. Quelques minutes plus tard, on lui annonça qu'un homme se présentant sous ce nom avait loué une Ford Taurus à LAX la veille de la mortelle série d'explosions. Il l'avait gardée moins de deux heures.

Bonelli leva les yeux de son écran d'ordinateur et sourit doucement.

– La nuit dernière, à 1 h 45, William Blake est arrivé à National, Washington, en provenance de Los Angeles.

Devlin s'empara d'un gros feutre qui traînait sur son bureau et se mit en devoir de tracer directement sur le mur blanc de leur bureau une carte retraçant les mouvements du dénommé William Blake. En se servant des abréviations en usage au FBI, il inscrivit en haut le nom des cinq villes :

NY	MM	CG	LA	WDC

– Voilà l'ordre dans lequel il s'en rendu dans les différentes villes, d'après la date et l'heure des locations de voiture.

Puis il inscrivit le nom des agences de location concernées sous ceux des villes en question, avec la date et l'heure à laquelle elles avaient été prises et ensuite rendues.

NY	MM	CG	LA	WDC
Hertz :	Budget :	National :	Alamo :	
7 janvier	7 janvier	8 janvier	8 janvier	
9 h 03	15 h 20	9 h 37	15 h 30	
12 h 08	6 h 01	12 h 47	17 h 03	

Devlin étudia son schéma pendant quelques minutes.

– Je pense que nous pouvons être affirmatifs sur son point de départ et d'arrivée : c'est bien Washington. Il n'a pas loué de voiture, et il est arrivé hier soir par un vol de nuit. Sa voiture l'attendait probablement à l'aéroport.

– Ça me paraît logique, fit remarquer Bonelli.

– D'après les renseignements des agences, nous savons à peu près à quelle heure il est arrivé dans chaque ville. Tu as déjà entré dans ta base toutes les données concernant les vols. Voyons sur quels vols il a pu se trouver.

– À quoi est-ce que ça nous mène s'il s'est servi d'autres pseudonymes ?

– Je ne sais pas, mais il y a quelque chose qui me turlupine. Voyons si nous arrivons à trouver.

Bonelli ramassa une pile de télécopies par terre à côté de son bureau et se mit à les éplucher.

– Le problème, c'est qu'il y a énormément d'avions qui décollent et atterrissent à New York vers cette heure-là. Il a pu se trouver sur huit ou dix vols différents.

– Il doit bien y avoir un moyen de rétrécir le champ d'investigation.

Les deux hommes s'absorbèrent dans un silence pensif. Pendant un temps qui leur parut infini, ils restèrent assis, là, sans bouger, laissant leurs pensées rouler à toute allure dans leurs circonvolutions cérébrales, à la recherche d'une réponse.

Ce fut Bonelli qui tapa le premier du poing sur la table en s'exclamant :

– La valise !

– La valise ?

Bonelli se mit à taper frénétiquement sur son clavier.

– Combien pesaient à peu près chacune de ces bombes ?

Devlin tenta une vague estimation.

– Un kilo cinq, deux kilos, deux kilos cinq.

Bonelli fixa l'écran.

– Okay. Il en avait cinq. Sa valise pesait donc de six à dix kilos de plus à son départ de Washington.

– Je ne vois pas en quoi ça peut nous aider.

Bonelli indiqua du doigt une ligne sur l'écran.

– William Blake. Au départ de Los Angeles à destination de Washington, il a enregistré deux valises, pesant à toutes les deux un peu plus de dix kilos. Ajoutons six kilos à dix kilos. Nous recherchons donc quelqu'un sur les vols Washington-New York qui avait deux valises pesant seize à vingt kilos. Vu que ces vols sont surtout fréquentés par des hommes d'affaires qui partent parfois pour la journée, il ne doit pas y avoir beaucoup de passagers avec autant de bagages. Il suffit que je cherche dans la liste des passagers une personne correspondant à cette description. Avec un peu de chance, ils seront peu nombreux.

Devlin contempla d'un air fasciné les mains de Bonelli courant rythmiquement sur le clavier, comme elles l'avaient fait sur les touches de son piano le soir où Devlin s'était invité chez lui. À une vitesse vertigineuse, il fit défiler l'interminable liste qu'il avait inscrite dans sa base de données. Il s'arrêta à deux reprises pour noter quelque chose. Quand il eut terminé, il prit la feuille de papier et lut :

– Il y a deux possibilités : le vol 1401 d'United, arrivé à Kennedy à 8 h 35 et le vol 518 d'US Air arrivé à 8 h 45. Le passager d'United est de Chicago.

Bonelli leva un regard confiant vers Devlin :

– Mais le passager d'US Air, un certain Martin Rich, a indiqué un code postal dans le Maryland. Ça doit être lui.

– Sans doute, mais n'excluons pas celui d'United. On sait jamais, fit remarquer Devlin. C'est incroyable. Comment tu as trouvé si vite ?

Bonelli éclata de rire :

– Je crois que j'attends ce moment depuis que j'ai huit ans. Je n'avais encore jamais essayé.

– Eh bien, tu m'épates.

Devlin recopia les deux numéros de vol sur le mur, sous l'intitulé « NY ».

Bonelli remarqua qu'il s'abstenait de noter les heures d'arrivée.

– Est-ce que l'heure n'est pas importante ? interrogea-t-il.

– Je ne crois pas. S'il nous fallait les heures de location, c'était uniquement pour identifier les vols. Simplicité rime avec efficacité. Maintenant, voyons, Miami.

Finalement, ils se retrouvèrent à la tête de sept vols possibles, dont le vol d'American Airlines que le tueur avait pris pour rentrer à Washington.

Devlin recula sa chaise pour mieux contempler l'étrange fresque murale qu'il avait créée avec l'aide de Bonelli. Les grosses lettres bleu foncé avaient quelque chose d'irréfutable, comme la transcription d'un nouveau communiqué du Tueur de la Liberté. Elles revêtaient, aux yeux de Devlin, une allure d'avertissement. Il se concentra un long moment, dans l'espoir que la réponse vienne d'elle-même.

Il passa ainsi vingt minutes à étudier le mur. Bonelli, dans son coin, se fit aussi petit et silencieux que possible, au point que parfois, s'apercevant qu'il retenait son souffle, il dut se forcer à respirer.

— Merde ! s'écria soudain Devlin en se jetant littéralement sur le téléphone.

Il composa le numéro d'O'Hare.

— Tom, souffla-t-il, ici Mike. Je crois que tu devrais descendre nous faire une petite visite. Salle 511.

Bonelli s'enquit :

— Du nouveau ?

Devlin leva la main pour lui intimer de se taire : il ne voulait pas rompre le fil de sa pensée.

Quelques minutes plus tard, O'Hare franchit le seuil de leur bureau.

— Dis-moi que tu tiens enfin une piste !

Inébranlable, Devlin continua pendant quelques secondes à fixer le mur en silence. Puis il énonça d'une voix sourde, distante, presque absente :

— Mettons qu'il ait prévu une seconde vague de bombes. Qu'est-ce qu'il s'imagine que nous allons faire avec cette menace suspendue au-dessus de nos têtes ?

Après un instant de réflexion, O'Hare répondit :

— Ce que nous faisons précisément : avertir la population et demander aux gens de faire inspecter leurs véhicules.

— Exactement. Mais il faut que ça ait l'air de deux événements distincts. Comme pour les empoisonnements, la seconde série d'explosions viendrait nous punir d'avoir ignoré la première. Et pour s'assurer qu'elles sont bien séparées dans le temps, il a sans doute programmé les détonateurs pour l'heure de pointe de demain matin.

— En tout cas, ça colle avec sa façon de raisonner, observa O'Hare.

— Bon. Maintenant, que se passe-t-il si, grâce à notre avertissement, une des bombes qu'il a posées est désamorcée avant l'heure où elle doit exploser ?

141

Comme O'Hare se taisait, Devlin poursuivit :

— Ça prouverait que ces explosions ne sont pas dues à un additif à l'essence. Mieux encore, ça prouverait que le gouvernement disait la vérité, et se détruirait du même coup tout l'échafaudage qu'il s'est donné tant de mal à monter. Maintenant, regardons les choses sous un autre angle. Si nous disons à tout le monde que ce sont des bombes qui sont en fait à l'origine de l'explosion, et que nous demandons aux gens d'inspecter leurs véhicules, et qu'ils ne trouvent rien, la thèse du mystérieux additif va en sortir renforcée.

Le visage d'O'Hare s'éclaira :

— Alors il n'y a pas de bombes ?

— C'est la panique générale. Tout le monde veut croire que ce sont les *bombes* et pas l'*essence*. Mais si on ne trouve pas de bombe, même si le gouvernement affirme qu'il s'agit d'explosifs, et qu'il se produit quand même une autre explosion, ce pourri aura de nouveau gagné. Et cette fois sa victoire sera éclatante.

O'Hare dévisagea intensément Devlin, espérant qu'il démentirait l'idée qui germait dans son esprit. Finalement, il souffla :

— Un avion ?

— Je crois, répliqua Devlin en hochant la tête en direction du mur. On a trouvé les heures auxquelles le tueur a pu poser ses bombes dans les différentes villes. De là, on est remonté jusqu'aux sept avions qu'il a pu prendre.

Sidéré par la vitesse des conclusions de son agent, O'Hare contempla à son tour les lettres sur le mur comme s'il s'agissait d'une écriture inintelligible datant de l'homme des cavernes.

— Comment ?

— J'expliquerai plus tard. La clé ici est dans la plage horaire de son séjour à Los Angeles. Un ville aussi médiatisée est forcément une cible parfaite. C'est la deuxième ville d'Amérique, et sans doute celle dans laquelle les gens sont le plus dépendants de leur voiture. Sauf qu'il n'y a passé en tout et pour tout qu'une heure et demie. Il a eu de la chance de pouvoir poser une seule bombe en si peu de temps. Donc, s'il n'a pas posé plus d'une bombe à Los Angeles, il ne l'a pas fait non plus ailleurs. Mais il a pourtant bel et bien pris cinq avions en deux jours. Penser qu'il a pris un avion pour cible tombe presque sous le sens. S'il réussit son coup, les transports aériens seront paralysés. C'est exactement ce qu'il vise.

— Tu crois qu'il a posé une bombe dans un de ces avions ?

– Pourquoi pas ? Il s'y trouvait de toute façon. Mais ce qui est génial de sa part, c'est qu'il l'a posée *avant* de nous dire qu'il allait faire sauter un avion. Les gens annulent leurs voyages, les services de sécurité redoublent de vigilance, mais l'avion explose quand même, au nez et à la barbe des autorités. Là, il se sent tout-puissant.

– Mais comment a-t-il pu introduire une bombe à bord d'un appareil ?

– Les détecteurs de la sécurité ne mettent en évidence que le métal, un point c'est tout. De quoi est faite une bombe ? Une masse d'explosif ayant la consistance du mastic, qui ne se voit pas aux rayons X et peut prendre n'importe quelle forme ; une montre et une pile. Pas de problème ni pour l'un ni pour l'autre. Le seul objet métallique qui peut avoir l'air louche, si l'agent de la sécurité en a déjà vu, c'est le détonateur. Mais sa petite taille permet de le cacher dans un stylo ou une calculette. Il faut retrouver ces sept avions immédiatement et y faire monter les équipes de maîtres chiens.

– Je vais en parler au directeur, approuva O'Hare. Tu ferais mieux de venir avec moi.

Puis il pointa l'index vers le mur :

– Et n'oublie pas de prendre une copie de tes notes.

Tout en recopiant l'emploi du temps du tueur, Devlin dit à Bonelli :

– Téléphone donc aux compagnies aériennes. Qu'elles identifient et localisent les sept avions. Ne leur dis pas de quoi il s'agit. Ensuite, tu téléphoneras aux agences de location. Qu'elles mettent les quatre voitures dont Blake s'est servi de côté pour qu'on puisse leur envoyer les gars du labo pour relever les empreintes. Dis-leur qu'on envoie des agents avec des mandats. Trouve tout ce que tu peux sur la carte de crédit et éventuellement les permis de conduire qu'il a utilisés. Assure-toi bien qu'on a les noms et les adresses des employés qui se sont occupés de lui pour qu'on les interroge. Et aussi, retrouve ce Martin Rich et son numéro de téléphone.

Bonelli écrivait furieusement sous la dictée.

– Rien d'autre ?

– Si, croise les doigts ! Espérons que cette bombe n'est pas pro-grammée pour exploser avant demain.

O'Hare informa la secrétaire qu'ils devaient, lui et Devlin, voir le directeur de toute urgence. Sans se laisser démonter – elle en avait vu d'autres – elle leur demanda calmement de bien vouloir patienter quelques instants : le directeur était justement au téléphone avec la Maison-Blanche.

La salle d'attente surprit Devlin. Elle n'était pas très spacieuse et, dès le premier coup d'œil, il vit qu'elle ne contenait aucun des emblèmes du pouvoir qui étaient pourtant monnaie courante à Washington. L'ameublement était minimal. À part le bureau de la secrétaire, il y avait un grand canapé en cuir bordeaux et deux fauteuils recouverts, non pas de cuir mais de tissu, disposés autour d'une table basse en bois. La seule décoration au mur était une plaque en bois tapissée de plusieurs douzaines de petits insignes en cuivre, tous gravés au nom d'un agent du FBI mort dans l'exercice de ses fonctions. Seule l'épaisseur moelleuse de la moquette vert foncé semblait signaler au visiteur qu'il était sur le point de rencontrer un homme important. Devlin s'étonna de ne voir aucune trace de système de sécurité pour assurer la protection du directeur. Mais sans doute, se dit-il ensuite, une caméra invisible surveillait ses moindres faits et gestes pour les transmettre à des gardes du corps armés, postés derrière un écran.

Les deux hommes s'assirent sur le canapé. Devlin s'était attendu à trouver le bureau du directeur en proie à une folle activité. Au lieu de quoi, il y régnait un calme bizarre, mais relaxant. Il y avait même une douce musique d'ambiance. La pièce était baignée d'une lumière tamisée par un éclairage indirect encastré. Seule touche de couleur : l'abat-jour vert de la lampe ancienne, style banque du XIXᵉ siècle, de la secrétaire. Les murs étaient tendus d'une solide toile gris platine capitonnée pour mieux étouffer les bruits. Même quand la secrétaire répondait au téléphone, on entendait à peine ce qu'elle disait. Devlin se cala sur les coussins, ferma les yeux et se détendit.

À un moment donné, la porte s'ouvrit. Le directeur en personne invita d'un signe les deux hommes à entrer. O'Hare présenta Devlin. Ils s'assirent.

Robert August ressemblait plus à une jeune recrue des Marines qu'au chef du FBI. Il avait un physique d'athlète, les cheveux noirs, des gestes mesurés.

Comme pour raccourcir l'entretien, O'Hare résuma le but de leur visite en une phrase terrible :

– Nous pensons que le Tueur de la Liberté va faire sauter un avion de ligne.

Robert August – ou « Bob », comme il aimait à se faire appeler – était devenu agent du FBI dès la fin de ses études de droit. Une fois son engagement de trois ans terminé, il donna sa démission pour entrer dans le cabinet de l'avocat du gouvernement. Plus tard, après une courte et brillante carrière de juge fédéral, il fut nommé à la tête du FBI. Les agents du Bureau appréciaient son style dynamique et efficace. Ils avaient l'impression que s'il se livrait à moins de calculs politiques, il pourrait devenir le meilleur directeur que le FBI ait jamais eu. Cela dit, malgré cet unique défaut, il était quand même l'un des leurs.

Devlin observa la réaction du directeur aux propos alarmants que O'Hare lui tenait. Malgré le ton d'extrême urgence adopté par ce dernier, August demeurait d'un calme olympien. On aurait dit qu'il craignait que ses émotions n'obscurcissent son jugement. Devlin perçut chez lui une réelle patience : il ne doutait pas que la justice finirait par triompher.

– Comment savez-vous tout ça ? se contenta d'interroger le directeur.

– Grâce à Mike et à ses déductions, répondit O'Hare. Mais il va vous expliquer lui-même.

Pendant les quinze minutes qui suivirent, Devlin exposa le plus clairement possible les détails de l'enquête que lui et Bonelli avaient menée, en soulignant les éléments qui leur avaient permis de parvenir à cette conclusion.

August appuya sur le bouton du haut-parleur de son téléphone et composa un numéro. Une voix masculine résonna dans la pièce avec une note d'impatience :

– La Maison-Blanche.

— Ici Bob August. Je voudrais parler au Président.

— Désolé, il est en réunion.

— Pour combien de temps ?

— Je ne sais pas, mais un bon bout de temps.

— C'est urgent.

— Je peux vous passer Ralph Larsen.

— D'accord, s'il n'y a pas d'autre solution.

En attendant que l'appel soit transféré, Devlin jeta un coup d'œil interrogateur à O'Hare.

— Un des margoulins qui me les casse depuis le début de cette affaire, lui souffla O'Hare.

La voix de Larsen retentit dans l'appareil :

— Bob, comment ça va ?

— On dirait qu'on va avoir une bombe à bord d'un avion de ligne.

La voix de Larsen passa du « vaguement condescendant » au « carrément sur la défensive » :

— Et qu'allez-vous faire contre ça ?

— On a sept avions sur la sellette. On va les immobiliser et les fouiller de fond en comble.

— Attendez une minute. Comment êtes-vous si sûr qu'il y a une bombe sur un de ces appareils ?

August lui résuma en quelques mots la situation.

Lauren soupira :

— Ça me paraît un peu tiré par les cheveux.

— Tiré par les cheveux ou pas, ça ne coûte rien de vérifier.

— C'est ce que vous croyez. L'opinion publique n'a déjà plus tellement confiance en nous à l'heure qu'il est. Si on commence à fouiller les avions de ligne sous prétexte qu'on a eu une prémonition, on risque de déclencher une vague de panique.

— Je comprends. Mais qu'est-ce qu'on leur dira si on ne fait aucune recherche et qu'une bombe explose à bord d'un appareil ?

Larsen eut un instant d'hésitation, puis s'enquit :

— Vous êtes à votre bureau ?

— Oui.

— Je vous rappelle.

— Quand ?

— Dès que possible.

August raccrocha. O'Hare interrogea :

— Combien de temps ça va prendre ?

— Le temps que la crise se passe, articula le directeur, la mâchoire si serrée qu'un muscle de sa joue frémissait. Faites ce que vous avez à faire.

O'Hare et Devlin se levèrent pour prendre congé. August ajouta à l'adresse de O'Hare :

– Vous pouvez me laisser Mike une minute ?

– Bien sûr, acquiesça le chef de section en s'éclipsant.

Devlin se rassit.

– On m'a rapporté des histoires intéressantes à votre sujet, commença le directeur.

– *Intéressantes*, répéta Devlin avec un sourire. Voilà un intéressant choix d'adjectif.

August sourit à son tour en soulevant un épais dossier sur la tranche duquel était inscrit le nom de Devlin.

– Il y a de quoi lire là-dedans, observa le directeur, votre carrière n'a pas été ennuyeuse.

– Je ne me plains pas.

August se mit à feuilleter le dossier.

– Les meurtres du Puget Sound. Le braquage de banque qui a déclenché toute l'affaire. Un grand nombre d'arrestations de criminels recherchés par la police. Kidnappings. Racket. Du bon boulot.

– Merci.

August referma le dossier et reprit :

– Parlons aussi d'une autre affaire qui ne semble pas figurer dans votre dossier – le *Gentkiller*.

– Cette affaire n'est pas mentionnée parce que l'ASA ne voulait pas que je m'en mêle.

– À en croire les nombreuses notes de service contenues dans votre dossier, personne ne peut vous accuser de vous être plié aux quatre volontés de votre agent spécial adjoint. Si l'ordre de vous tenir à l'écart de cette affaire était venu de plus haut, en auriez-vous tenu compte ?

– Plus haut par rapport à quoi ? Ce genre de chose est tout à fait subjectif, rétorqua Devlin.

– Ça ne m'étonne pas de vous, observa August en riant. Et puisque vous préférez esquiver ma question ou me montrer que je n'ai pas droit de vous la poser, laissez-moi vous dire que j'ai pris le meurtre de ces quatre agents très à cœur. J'ai beau me considérer comme un bon chrétien, je n'ai pas pleuré quand j'ai appris que ce fumier avait été tué dans une explosion.

– Peu de gens ont pleuré.

147

– Mais comme cette mort m'a paru arranger un peu trop de monde, j'ai envoyé une équipe de spécialistes du déminage sur les lieux de l'explosion à Detroit. Vous le saviez ?

Devlin eut soudain l'air gêné.

– Non, répondit-il. Je l'ignorais.

– Ils ont trouvé qu'il avait été tué par une bombe, commandée à distance, poursuivit August sans quitter des yeux un Devlin silencieux. Le labo a montré que c'était le même genre d'explosif et de détonateur qui avait été utilisé à la même époque dans une affaire de racket à Detroit. La victime était la société Seacard. Je crois que vous étiez chargé de l'enquête sur cette affaire...

Devlin ne savait pas comment le directeur avait obtenu tous ces renseignements sur son rôle dans la mort du *Gentkiller*, mais il était impressionné. Il n'en avait jamais parlé à personne, sauf à sa femme. Mais pour l'instant, il ne voyait pas quel avantage il pouvait tirer de passer aux aveux devant le directeur du FBI.

– On m'a mis sur l'affaire de la Seacard après son élucidation, après que le coupable a été tué en essayant de ramasser l'argent. J'ai eu un rôle strictement administratif là-dedans. C'était une sorte de punition ; il y avait une tonne de vérifications et de paperasse à faire.

– Je comprends, fit August d'un air complice, sûr de son fait, même si Devlin refusait de l'admettre. Je voulais juste dire que si quelqu'un avait réussi à élucider cette affaire, cette personne avait droit à toute ma gratitude.

Devlin dévisagea un instant le directeur, puis répliqua :

– Et si quelqu'un était responsable de la mort du tueur, cette personne aurait droit à toute ma gratitude tant qu'elle ne m'en parlerait jamais.

Un sourire empreint d'une ironie désabusée éclaira le visage du directeur. Il se leva et serra la main de Devlin.

– Trouvez-nous ce fumier, Mike.

Une heure plus tard, quatre personnes étaient à l'œuvre dans la salle 511 : Devlin, Bonelli, O'Hare et une jeune employée du service juridique. Bonelli était au téléphone avec les agences de location de voitures. O'Hare contactait les directions régionales du FBI installées dans les villes où se trouvaient les avions qu'ils recherchaient. Et Devlin expliquait soigneusement à l'agent du service juridique pourquoi ils avaient besoin de mandats de perquisition pour les agences de location.

Bonelli avait ajouté au tableau mural de Devlin le nom des aéroports où stationnaient les avions, avec des flèches pour les relier au vol original « Blake ». Six appareils sur sept avaient été interdits de vol et mis à l'écart, mais le 747 que William Blake avait pris pour revenir à Washington de Los Angeles se trouvait dans les airs, quelque part au-dessus des Rocheuses, en route vers la Californie.

Une fois que Devlin eut mis au point avec elle les derniers détails de l'affaire, la jeune femme s'empressa de donner ses instructions à une dactylo qui attendait les ordres. O'Hare raccrocha en déclarant :

– Bon. Nos agents sont en route pour les sept avions. Le dernier doit atterrir à Los Angeles dans quinze minutes. Ils vont veiller à faire débarquer tout le monde le plus vite possible.

Tout d'un coup, Devlin prit conscience de l'énorme énergie déployée sur la base de cc qui n'était, après tout, qu'une prémonition de sa part. Il ne put s'empêcher d'observer :

– J'espère que nous ne nous sommes pas trompés, ne serait-ce que vis-à-vis du directeur.

– Sinon, nous allons passer un mauvais quart d'heure et j'en connais un qui va bien rire demain, fit remarquer O'Hare.

– Il y a peut-être un moyen de l'empêcher de rire. Tony, qu'est-ce que tu as sur William Blake et Martin Rich ?

– L'agence de location m'a donné le numéro de la carte de crédit de William Blake et une adresse de domicile. À Baltimore. J'ai vérifié, elle est fausse.

– Et du côté de la société de cartes de crédit ? Ils ont peut-être la bonne adresse ?

Sur le mur au-dessus du reste, Bonelli avait écrit WILLIAM BLAKE et VISA 773 1730 1121 073.

– J'ai essayé les réclamations, mais on dirait qu'on n'obtiendra aucun renseignement avant demain matin. On dirait aussi que Martin Rich est un nom d'emprunt. J'ai appelé au numéro qu'il a donné, et je suis tombé sur un bar à Annapolis. La personne qui m'a répondu a dit qu'elle n'avait jamais entendu parlé d'un gars de ce nom-là.

– Et les permis de conduire et les plaques minéralogiques ?

– Je n'ai pas encore eu le temps de m'en occuper.

À cet instant, le téléphone sonna.

– O'Hare... oui... bon, très bien.

En raccrochant, il annonça :

– Le dernier avion vient d'atterrir. Tout le monde a déjà débarqué. Ils ont aussi terminé les deux premières fouilles – toutes deux négatives.

O'Hare regarda Devlin d'un air embarrassé.

– Tom, fit Devlin, même si les sept sont négatifs, nous faisons ce qu'il faut. En attendant, voyons si nous pouvons trouver quelque chose sur Martin Rich et William Blake. Tony, téléphone au FBI de Baltimore et demande-leur de faire une recherche dans le Maryland.

– Seulement dans le Maryland ? Ces adresses sont peut-être des fausses pistes. Il pourrait très bien habiter Washington, ou en Virginie.

– Tu te rappelles où vivait l'homme qui est mort d'un accident de voiture à Washington ?

Bonelli interrogea son ordinateur.

– Laurel, dans le Maryland.

– Bien. Et où est Laurel ?

– Pas loin de l'autoroute 95, entre Baltimore et Washington.

– Tu vois, c'est logique. Puisque le poseur de bombes n'a pas loué de voiture à Washington, c'est qu'il habite le coin. On sait également qu'il a posé une bombe ici. À sa place, tu l'aurais posée avant de partir ou tu l'aurais trimballée dans tous ces avions et dans toutes ces villes avant de la poser à ton retour ?

– Je l'aurais posée avant de partir.

– Et à quelle heure a-t-il pris son avion pour New York ?

Bonelli jeta un coup d'œil en direction du tableau mural.

– Vers 8 heures du matin.

– Avec tout ce qu'il avait à faire avant d'embarquer, est-ce que tu penses qu'il l'aurait posée le matin même ou la veille au soir ?

– Évidemment, avec tous ces engins à retardement à régler, la veille au soir semble plus raisonnable.

– Exact. Et dans ces conditions, il vaut mieux qu'il la pose près de chez lui. Si jamais il se fait arrêter pour une raison ou pour une autre, il peut facilement expliquer pourquoi il se trouve là. Téléphone aux services d'immatriculation du Maryland. Demande-leur les coordonnées de tous les véhicules enregistrés sous le nom de William A. Blake et de Martin Rich. Vois si tu peux obtenir en même temps leurs dates de naissance.

Puis, se tournant vers O'Hare, Devlin conclut :

– Voyons si nous pouvons trouver une machine à café. C'est ma tournée.

Trente minutes plus tard, Devlin revint accompagné d'O'Hare. Devlin tendit un gobelet de café à Bonelli. Le jeune homme l'informa :

– Pendant votre absence, le directeur a téléphoné. Ils ont terminé toutes les fouilles sauf celle de Los Angeles. Ils n'ont rien trouvé jusqu'ici.

– Vu que c'est le dernier avion qu'il ait pris, à notre connaissance, c'est tout à fait possible. Ç'aurait pu être le point final de son opération. Il l'aura posé à la dernière minute, pour nous laisser le moins de temps possible pour la trouver.

– S'il y a vraiment une bombe, fit remarquer O'Hare.

– Ça c'est tout toi, Tom, rétorqua Devlin, tu me soutires un café et après tu me laisses tomber.

O'Hare éclata de rire.

– T'inquiète pas. Si jamais tu t'es trompé, je ne dirai rien. Tu iras tout seul à la Maison-Blanche t'expliquer.

– Merci, rétorqua Devlin. Tony, j'espère que tu as plus de chance que moi.

– Pas tellement. Il existe en tout huit William A. Blake dans le Maryland qui ont une voiture et un permis de conduire. J'ai seulement la date de naissance de deux d'entre eux. Le premier a vingt-cinq ans, le second vingt-neuf. Martin Rich est inconnu au bataillon. Il n'y a ni permis de conduire ni carte grise à ce nom dans le Maryland.

Le téléphone sonna. Tous savaient de quoi il s'agissait, personne n'eut l'air d'avoir envie de soulever le combiné. Finalement, ce fut Bonelli qui se sacrifia :

– Anthony Bonelli… ne quittez pas, monsieur.

Il tendit le combiné à O'Hare en soufflant :

– Le directeur.

O'Hare leva lentement le combiné à son oreille :

– Oui, monsieur.

Son visage se détendit d'un seul coup. Il posa sa main sur le microphone.

– Le 747 de Los Angeles. Dans les toilettes arrière, scotché derrière la poubelle, plus d'un kilo de C-4, prêt à exploser.

Sans s'aider de ses béquilles, Bonelli se leva, et, s'appuyant contre le bureau, il leva les deux poings en signe de victoire.

27

Il était près de 9 heures du matin lorsque Devlin fit son apparition au bureau le lendemain. Bonelli n'était pas encore là.

La veille au soir, O'Hare avait insisté pour qu'ils sortent tous les trois boire une bière au bar du coin après en avoir fini avec la paperasse. Prudent, Devlin avait calculé qu'en arrivant à minuit, ils ne pourraient rester qu'une heure ou deux avant la fermeture. Mais le barman était un ami d'O'Hare ; à 2 heures du matin, l'heure de la fermeture officielle, il avait verrouillé la porte d'entrée et s'était joint à eux.

Lorsque Devlin était rentré à son hôtel, il était 4 h 30. Cela faisait vingt-quatre heures qu'il ne s'était pas couché, mais il n'avait pas sommeil. Il avait téléphoné à sa femme.

– Bonjour, avait-elle soufflé d'une voix distante et enrouée.

Il l'imaginait en train de rouler sur elle-même sous les draps pour vérifier l'heure au cadran du réveil.

– On dirait que tu termines ta journée alors que le reste de l'humanité la commence, fit-elle remarquer.

– On avait quelque chose à célébrer.

Elle retrouva d'un seul coup sa vivacité.

– Tu l'as eu ?

– Hélas. Quand on mettra la main dessus, on ne me reverra pas pendant trois jours. Mais on a gagné une bataille.

– De l'action ?

– Je n'ai pas quitté mon bureau.

– C'est ce que nous aimons entendre nous autres, les épouses et les enfants.

– Comment vont nos petits Devlin ?

– En pleine forme.

– Et leurs grands-parents vont venir passer un petit moment avec eux ?

– Ils arrivent demain.

– Et quand leur mère arrive-t-elle à Washington ?

– Demain après-midi.

Pour la première fois, Devlin prit la mesure de ce qui avait été accompli en trouvant cette bombe. Ils avaient empêché le tueur de leur confisquer le peu de liberté qui leur restait. Les gens pouvaient continuer à aller et venir en toute tranquillité.

– À quelle heure ?

– Pas la peine de venir me chercher. Cindy va s'en charger. On a des foules de choses à se raconter depuis le temps. Elle me déposera à l'hôtel ensuite.

– Je te verrai donc demain en fin de journée.

Elle raccrocha. Il lui sembla soudain qu'un abîme le séparait des siens. Il s'allongea, laissa glisser le combiné par terre et s'endormit.

Devlin relut rapidement les notes que Bonelli avait laissées sur son bureau. Il trouva l'information des services d'immatriculation du Maryland concernant les deux William A. Blake dont l'âge correspondait à celui du suspect. Le premier vivait à Baltimore, l'autre à Annapolis.

Mais avant de les interroger, il faudrait enquêter du côté des cartes de crédit. Dans les notes, il trouva le numéro de téléphone du service en question.

Après avoir été transféré à deux reprises, on lui passa une personne de la sécurité. Ce n'était pas la première fois que Devlin avait affaire à ce genre d'organisme. Par crainte de se voir attaquer en justice, ils se montraient extrêmement réticents à divulguer quoi que ce soit à propos de leurs clients. Cela dit, dès qu'ils pensaient avoir affaire à une histoire de fraude, ils se montraient soudain beaucoup plus coopératifs. Devlin expliqua qu'il recherchait un meurtrier qui s'était sans doute procuré une de leurs cartes, dont il faisait un usage illégal. Pour éviter qu'il n'y ait des fuites dans la presse, il ne leur révéla pas que le dénommé William Blake était soupçonné d'être ni plus ni moins le Tueur de la Liberté. Maintenant que le FBI semblait avoir pris de l'avance sur le tueur, il n'avait pas envie de perdre son avantage.

Alors que Devlin attendait les résultats des recherches lancées par les services des cartes dans leur système informatique, Bonelli fit son entrée. Les événements de la veille avaient laissé dans ses yeux une lueur d'euphorie. Dans l'écouteur, Devlin entendait l'employé de Visa enfoncer les touches de son clavier.

– On a une adresse à Annapolis, dans le Maryland. Vous avez ça ? interrogea soudain l'employé.

– Je ne sais pas. Qu'est-ce que c'est ?

Devlin écrivit sous la dictée, puis compara ce qu'il avait écrit avec les deux adresses des permis de conduire obtenues par Bonelli la veille au soir. Son cœur bondit trois fois dans sa poitrine. L'une d'entre elles collait.

– On dirait qu'on tient notre homme. Pouvez-vous nous faxer tout ce que vous avez sur lui ?

– Bien sûr. Vous voulez qu'on annule la carte ?

– Non, il vaut mieux pas, elle peut nous servir à le repérer. Où s'en est-il servi la dernière fois ?

– Voyons… il a loué une voiture à l'aéroport de Los Angeles. Il y a quatre jours.

– Quand nous l'arrêterons, je vous passerai un coup de fil pour que vous annuliez sa carte.

– Nous vous en serons reconnaissants.

– Nous le sommes aussi.

Bonelli, qui regardait par-dessus l'épaule de Devlin, souffla :

– Ce ne peut être que lui.

– On dirait bien. Je vais prévenir O'Hare. Et si tu téléphonais à tes contacts des compagnies aériennes pour leur demander d'être vigilants, au cas où notre homme reprendrait l'avion sous le nom de Blake ? Et tu peux faire la même chose avec les agences de location de voitures.

Assis devant la télévision, le Tueur de la Liberté zappait d'une chaîne à l'autre. Il regarda fixement l'horloge murale pour s'assurer que l'aiguille des minutes se déplaçait à une vitesse normale. Il appuya sur les touches de la télécommande trop rapidement. Rien ne se passa.

Il devrait pourtant y avoir quelque chose. La bombe était programmée pour 10 heures. Il se ressaisit et appuya sur la sept. *The Real Deal. Patience*, se dit-il. Envoyer des reporters sur place prend du temps. Les yeux fermés, il se revit en train d'installer et d'armer la bombe. Ses mains avaient connecté la pile à la montre puis au détonateur. Non, tout était impeccable. Puis il retourna la montre et attendit trente secondes. L'aiguille des minutes bougeait bien. L'heure – avait-il fixé l'heure exacte ? Il étudia de nouveau l'écran : jour, date, heure, minute. Oui, tout était impeccable.

Il souleva le combiné du téléphone et composa un numéro.

– American Airlines, le service des renseignements passagers…, commença la voix enregistrée.

Il appuya sur les touches donnant accès à la préposée :

– Ici Sheila, que puis-je pour vous ?

– Bonjour, Sheila. J'attends ma tante qui a pris un vol pour Washington et je me demandais si son vol n'avait pas du retard à National.

– Je peux avoir son numéro de vol, s'il vous plaît ?

– 754.

Au bout de quelques instants, elle répondit :

– En effet, monsieur, ce vol a un peu d'avance. Il atterrit à National à 22 h 20.

Le Tueur de la Liberté raccrocha d'un coup sec.

– Bonjour, Sharon.

– Bonjour, monsieur Devlin. Mes félicitations pour hier soir.

– Si vous parlez des verres que j'ai réussi à me faire payer par Tom, merci, c'est en effet un exploit dont je suis fier. Il y a de quoi, non ?

La secrétaire baissa ses jolis yeux. Ce faisant, elle remarqua qu'un des boutons rouges de son téléphone était allumé.

– Il est en ligne, mais je suis sûr qu'il sera content de vous voir.

Dès qu'O'Hare vit Devlin, il se dépêcha de mettre un terme à sa conversation téléphonique.

– Merci. Tenez-moi au courant.

Puis il raccrocha.

– Ça va, Mike ?

– Couci-couça, grâce à toi et à toute la limonade que tu m'as forcé à boire hier soir.

– Plains-toi, la bière était bonne. Si ça n'avait pas été un jour de paye, là, tu aurais connu les ravages de la bibine.

Le téléphone d'O'Hare sonna.

– Bien, monsieur, acquiesça-t-il.

Il orienta la télécommande en direction du poste de télévision et alluma. Elle était branchée sur la chaîne d'informations CNN. On y montrait des images de l'aéroport de Los Angeles et d'un 747 d'American Airlines. Le journaliste disait avoir appris que les services de déminage de la police de Los Angeles avaient découvert et désamorcé une bombe à bord d'un appareil de cette compagnie la veille au soir. Il était probable que ce fût l'œuvre du Cataclysmiste. Les autorités refusaient de divulguer la façon dont le tueur avait pu introduire une bombe dans l'appareil et si d'autres avions étaient soumis à des fouilles similaires. O'Hare éteignit le poste.

— Bien, ça devrait le dégoûter, déclara-t-il.

— Appelons Hagstrom pour voir ce qu'il en pense, suggéra Devlin en composant le numéro du département des Sciences comportementales sur le téléphone équipé d'un haut-parleur.

Hagstrom répondit dès la première sonnerie.

— Bill, tu as eu la nouvelle ? interrogea de but en blanc Devlin.

— Oui, j'étais justement en train de regarder CNN.

— Comment est-ce qu'il va réagir, à ton avis ? s'enquit Devlin.

— Tu te rappelles ce que je t'ai dit à propos de son sentiment d'impuissance ? Eh bien, chaque succès lui permettait de museler ce sentiment, mais là, il a reçu une véritable gifle. Il se sent sûrement plus impuissant que jamais. Si je lis bien dans son caractère, il va essayer de faire quelque chose d'encore plus spectaculaire, d'encore plus destructeur.

O'Hare interrogea :

— Une idée de ce que ça pourrait être ?

— À vue de nez, quelque chose à une plus grande échelle, quelque chose qui aurait des répercutions nationales, internationales même.

— Tu ne peux pas être plus précis ?

— Désolé. Je vais me répéter : avec chaque crime, il change de technique. Et je serais étonné qu'il n'ait pas de projets de rechange au cas où son affaire tombe à l'eau, comme aujourd'hui. Mais quoi qu'il nous prépare, je crois qu'il attaquera d'ici peu.

— Très bien. Merci, Bill.

Une fois que Hagstrom eut raccroché, Devlin demanda :

— Où en est notre système de repérage et de localisation sur les lignes téléphoniques du *Real Deal* à New York ?

— Tout est en place, mais encore faut-il que le tueur appelle, répondit O'Hare.

— Si ce que dit Hagstrom est vrai, sur son besoin croissant d'humilier ceux qui le privent de son pouvoir, il va appeler.

— Tu crois qu'il va essayer de faire sauter un autre avion ? interrogea O'Hare.

— J'en doute, c'est trop risqué. Il pense sans doute qu'on sait comment il s'y est pris et qu'on l'attend au tournant. Comme dit

Hagstrom, une des raisons pour lesquelles on a du mal à le coincer, c'est qu'il est extrêmement inventif. Je mettrai la main au feu que son prochain crime n'aura absolument rien à voir avec les précédents.

— Bon, concentrons-nous un peu sur ce que nous avons. Tu as trouvé quelque chose avec la carte de crédit ? poursuivit O'Hare.

— Il s'est servi de la même adresse à Annapolis que celle qu'on tient d'un des permis de conduire du Maryland.

— C'est lui ?

Devlin s'assit.

— Je ne sais pas. Ça semble trop facile.

— Facile ? s'exclama O'Hare. Si ça l'était, comment ça se fait que tu sois le seul à avoir débrouillé l'affaire ?

— Je crois qu'à ce stade on a seulement pénétré la couche superficielle de son identité. Je voudrais que tu t'occupes de faire surveiller discrètement son adresse d'Annapolis, pendant que j'irai parler aux voisins.

— Surveiller discrètement ? répéta O'Hare, ironique. Et si on appelait plutôt tous les agents disponibles pour prendre d'assaut ?

— Essaie donc de le cerner : l'oiseau se sera envolé avant qu'on ait pu sortir de nos voitures. Mieux vaut que nous y allions à deux et que nous le surprenions. Je prends Tony avec moi. Plus une mallette. Qui se doutera qu'on est des représentants de la loi ?

— Bon, acquiesça O'Hare, résigné. Donne-moi ton adresse. Je téléphonerai à notre antenne d'Annapolis pour qu'ils gardent un œil sur la maison.

O'Hare consulta sa montre avant d'ajouter :

— Je suis en retard pour ma réunion.

Puis il tendit à Devlin une pile de télécopies en spécifiant :

— Les rapports de nos directions régionales qui ont enquêté à partir de tes indications sur les plaques minéralogiques. Tous les hommes de race blanche de vingt-cinq à trente ans ont été interrogés, et blanchis.

— Et ceux qui ne correspondaient pas au profil ?

— On est débordé par les dénonciations. On suit uniquement les pistes les plus plausibles. On se mettra aux autres dès qu'on pourra, répliqua O'Hare.

Devlin retourna dans son bureau et posa la pile de télécopies devant Bonelli.

— Et si tu sélectionnais les données intéressantes pour les rentrer dans ta base ? Ensuite, en route pour Annapolis.

Le visage du jeune homme s'éclaira d'un sourire de bonheur.

28

Ils étaient sur l'autoroute, à mi-chemin vers Annapolis, quand Devlin demanda à Bonelli :

— Tu es déjà allé à Annapolis ?

— Bien sûr. Quand j'étais gosse. Mon père nous a emmenés, mon frère et moi, visiter l'Académie navale, répondit en riant le jeune homme. Je crois qu'il espérait nous convaincre que ça valait le coup de travailler dur dans la vie. Il aurait adoré qu'un de nous devienne officier de marine. L'endroit est impressionnant.

— Je serais curieux de voir ça, observa Devlin. Et si tu sortais la carte pour voir comment on peut arriver jusqu'à Welles Avenue.

Bonelli promena son doigt sur la carte.

— Voilà, je l'ai. Tu prends la prochaine sortie.

Devlin, qui avait peur de se faire remarquer par le tueur, préférait éviter de rouler sur Welles Avenue même. Il prit donc par les rues voisines. À une rue de la maison qui correspondait à l'adresse, il aperçut un homme en costume, affalé à l'avant d'une de ces voitures banalisées que le Bureau affectionnait tant. Il s'arrêta à côté de lui et l'interpella :

— John Dillinger [1] vous a eu.

L'homme sourit comme si Devlin avait été son meilleur ami.

— Devlin, je suppose ?

— Ouais.

— Joe Lofranco.

Même tassé sur son siège, Lofranco avait l'air immensément grand. À vue de nez, Devlin lui donna un bon mètre quatre-vingt-

___

1. C'est à partir de 1934, à cause de gangsters comme John Dillinger qui parvenaient à échapper à la justice en franchissant les frontières entre États, que le FBI a vu ses compétences s'élargir. *(N.d.T.)*

dix, et cent dix kilos. Ses cheveux étaient d'un noir de jais, et sa lèvre supérieure s'ornait d'une moustache soigneusement taillée.

– Voici Tony Bonelli, du siège, dit Devlin. Combien d'équipes vous avez là ?

– Avec Baltimore, six en tout.

– Six ! Eh bien, vous ne faites pas les choses à moitié.

– Faut dire que c'est pas exactement la saison du golf.

Devlin rit de bon cœur.

– Quelqu'un à l'arrière ?

– Oui. On a même sorti l'avion.

– Bien. Faites savoir à tout le monde qu'ils ont le feu vert pour tomber sur ce type s'il résiste.

– Vous avez une photo de lui ?

– On n'a même pas de description correcte. Mais vous le reconnaîtrez facilement – c'est celui qui sortira par la porte de derrière à Mach 4. En attendant, nous deux, on va bavarder un peu avec le voisin.

Lofranco hocha la tête et, toujours plaisantant, lança :

– Attention à la bavure !

Devlin étudia les numéros de la rue puis indiqua à son compagnon :

– Bon, elle est de ton côté. Je vais la dépasser et me garer devant la maison suivante. Ne regarde surtout pas dans sa direction. Regarde droit devant toi. Mieux : regarde-moi. S'il est à la fenêtre – c'est fou ce que ces gens-là passent de temps à observer – et qu'il te voit en train de le regarder, il va disparaître dans la nature. Quand on passera devant, c'est toi qu'il va voir, parce que tu es de son côté. Donc ce sera à moi de jeter un coup d'œil. Même consigne pour la maison voisine.

La voiture ralentit devant la maison correspondant à l'adresse de William Blake. Devlin jeta un bref coup d'œil à la coquette petite bâtisse en brique. Il s'arrêta devant la maison voisine. Il pouvait entendre Bonelli respirer un peu plus fort et un peu plus fréquemment que d'habitude.

– Nerveux ?

– Non. Terrifié.

– Terrifié en bien ou en mal ?

Bonelli considéra Devlin d'un air stupéfait.

– Je ne savais pas qu'à Detroit, on faisait ce genre de distinction. Ici, dans le Maryland, il n'y a qu'une seule sorte de terreur.

La mallette de Devlin était posée sur le siège entre eux. Il l'ouvrit et en sortit un Smith & Wesson à canon court.

– Tu as déjà tiré avec ça ? C'est comme la souris de ton ordinateur – tu vises et puis tu cliques.

– Une fois par an, on nous convoque, les employés de bureau, sur un stand de tir. Du moment que je peux m'appuyer à la barrière, je ne me débrouille pas trop mal.

– N'oublie pas, celui-ci a un canon de 50 mm. On ne peut pas faire des prouesses avec ça, ce n'est qu'une arme défensive.

Devlin ouvrit le barillet et renversa les cinq cartouches dans sa main droite.

– Là, vise le plancher et tire deux ou trois coups pour voir comment tu le sens.

Bonelli referma le cylindre, visa un point entre ses pieds, et appuya trois fois, lentement, sur la gâchette, en mémorisant la résistance et la course de la détente. Puis il rendit l'arme à Devlin, qui la chargea.

– Ce sont des 38 spéciales plus-P à tête creuse et, si tu dois en tirer une, tiens bon, parce que avec une arme aussi petite et des balles aussi méchantes, le recul va te secouer sérieusement.

Devlin le lui tendit de nouveau. Bonelli contempla l'arme mortelle d'un air intrigué.

– À n'utiliser qu'en cas de vraie menace. Ne te mets pas à mitrailler sous prétexte qu'un pauvre mec nous a regardé de travers.

Devlin sortit un Sig Sauer 9 mm de la mallette et glissa le gros pistolet dans sa ceinture, sous son rein gauche. Bonelli, qui l'observait attentivement, l'imita avec son revolver.

Ils sortirent de la voiture. Devlin marcha lentement à côté de Bonelli et ses béquilles. Devlin luttait de toutes ses forces pour ne pas jeter un coup d'œil à la maison de Blake. Une fois Bonelli sur les marches du perron, Devlin sonna. Une femme aux cheveux blancs, soixante-dix ans environ, ouvrit la porte. Se servant de Bonelli comme d'un paravent entre lui et la maison d'à côté, Devlin lui montra sa carte du FBI. Un peu interloquée, elle finit cependant par leur proposer d'entrer.

– On cherche un individu du nom de William Blake. C'est du moins le seul nom qu'on lui connaisse. Il est possible qu'il s'agisse de votre voisin.

– Il a fait quelque chose de mal ?

– L'homme que nous recherchons, oui. Mais on n'est pas sûr que votre voisin soit le William Blake que nous recherchons.

– Je ne vois pas comment une chose pareille serait possible. C'est un jeune homme si gentil.

– Il est chez lui à cette heure ?

– Je l'ai vu partir pour son bureau ce matin.

– Vous savez où il travaille ?

– Oui. Au service du matériel et des dépôts de l'Armée, près de Baltimore.

– C'est un militaire ?

– Non, non, un employé civil. Il s'occupe des ordinateurs.

Revenant sur leurs pas, Devlin et Bonelli prirent la voiture pour aller retrouver Joe Lofranco. Ils lui rapportèrent ce qu'avait dit la voisine.

– Vous voulez aller au dépôt ou attendre qu'il rentre chez lui ? interrogea Lofranco.

– Où est-il, ce dépôt ?

– À une demi-heure d'ici.

– Pas la peine de faire perdre du temps à tout le monde. Vous pouvez venir avec nous ?

– Bien sûr, acquiesça Lofranco en s'emparant de sa radio. À toutes les unités, l'homme du zoo rentre au bercail. Merci, les gars.

Devlin aperçut au nord-est, tournoyant au-dessus de leurs têtes, le petit avion de surveillance qui s'éloignait vers le nord. Le « zoo », supposa Devlin, était le sobriquet que les agents de terrain de la région donnaient au siège du FBI. Comme Devlin devait travailler main dans la main avec lui, il préférait que les choses soient claires entre eux : Devlin n'était pas un bureaucrate venu sur le terrain pour récolter quelques points supplémentaires en vue d'une promotion.

– Quand ils vous ont appelé, est-ce qu'ils vous ont dit qu'ils sont venus me chercher à Detroit et m'ont traîné à Washington contre mon gré ?

– T'inquiète, Mike, fit Lofranco en le tutoyant avec une brusque familiarité et un large sourire. J'ai passé douze ans dans de ma vie dans la Grosse Pomme. Je sais à quoi ressemble un agent de terrain quand j'en vois un.

Pour un agent, New York ou « la Grosse Pomme » était l'épreuve redoutable entre toutes. En recevant l'ordre de se présenter à cette direction, certains donnaient tout simplement leur démission. Mais ceux qui supportaient les terribles conditions de travail et de vie de la gigantesque cité, ceux-là étaient respectés par tous les autres agents de terrain.

– Tu y faisais quoi ? s'enquit Devlin sur le même ton.

– J'accumulais les points ciels.

Pour un agent de New York, « accumuler les points ciels » signifiait être souvent affecté à des missions dangereuses et chercher à survivre assez longtemps pour gagner de l'ancienneté ou, comme on disait, du « kilométrage ». Au bout d'un certain nombre de points, on était muté vers de plus verts pâturages, qui commençaient dès qu'était franchie la limite de « la-ville-où-les-malfrats-ne-dorment-jamais ».

– Et le reste du temps ? insista Devlin.

– Une moyenne honorable au VMIE.

Dans la majorité des directions régionales du FBI, le « vol de marchandises inter-États » n'était pas considéré comme un gros problème. Mais à New York, il se produisait ce qu'il faut bien appeler des détournements de camions. Une catégorie de crime dans laquelle la mafia était passée maître. Et pour les agents du FBI qui étaient appelés de jour comme de nuit à tenter d'en réduire les statistiques catastrophiques, VMIE avait fini par rimer avec « insigne du courage ». Lorsque ces agents étaient enfin autorisés à échapper aux affres de la vie à New York avec une famille, on leur assignait en général les tâches les plus ingrates qui soient dans leur nouveau poste. Mais après la Grosse Pomme, tout leur paraissait divin.

– Ça fait combien de temps que tu es au vert ?

– Deux ans et demi, précisa Lofranco en jetant un coup d'œil machinal dans son rétroviseur, un réflexe que les agents de New York avaient du mal à perdre. Alors, on va taquiner un peu le gardon ? ajouta-t-il en prenant un épais accent new-yorkais.

Devlin se tourna vers Bonelli en riant et répéta, quoique sans imiter l'accent de Lofranco :

– Alors, on va taquiner un peu le gardon ?

En guise de réponse, Bonelli haussa les épaules.

Lofranco les précéda aux postes de sécurité. Ils expliquèrent le but de leur visite à une série d'officiers de grade de plus en plus élevé. Finalement, un colonel se proposa de les aider. Il envoya deux gardes chercher William Blake.

Les deux hommes revinrent un peu plus tard, avec Blake. Le jeune homme avait l'air interloqué. Devlin se présenta. Et Blake posa la question que toute personne, coupable ou innocente, pose en pareille circonstance :

– De quoi s'agit-il ?

– Asseyez-vous, commanda Devlin.

Devlin s'assit en face de lui. Il dévisagea Blake quelques instants, en silence. Devant l'intensité de son regard, le jeune homme sembla mal à l'aise.

– Qu'est-ce qu'il y a ? insista le jeune homme.

– Vous connaissez le Tueur de la Liberté ?

Blake secoua la tête avec énergie, anxieusement. Il regarda autour de lui, comme s'il espérait que quelqu'un allait s'élever contre cet absurde interrogatoire.

– L'aspirine empoisonnée et les bombes ? Qui ne le connaît pas ?

– Nous pensons qu'il se fait appeler William Blake.

Le jeune homme enfouit ses mains dans ses poches et se cala dans son fauteuil.

– Vous n'avez pas le bon William Blake, répondit-il avec une insolence qui cachait mal sa nervosité.

– Il se sert aussi de votre adresse.

Blake tressaillit violemment.

– Quoi ? s'écria-t-il.

– Montrez-moi votre permis de conduire et vos cartes de crédits.

– Tout ça est ridicule, protesta le jeune homme en sortant son portefeuille, qu'il tendit à Devlin.

Après avoir soigneusement examiné le contenu du portefeuille de Blake, Devlin s'enquit :

– Pas de carte Visa ?

– Non.

– Est-ce que vous en avez jamais possédé une ?

– Jamais.

Devlin décelait chez son interlocuteur non seulement de la frayeur, mais aussi de l'indignation. Et d'après son expérience, cela signifiait en général qu'on avait affaire à un innocent. En outre, il se justifiait patiemment. Ce qui voulait dire qu'il avait l'habitude de s'appuyer sur la vérité pour se tirer de situations délicates.

– L'homme que nous recherchons s'est servi d'une carte Visa à New York, Miami, Chicago et Los Angeles. Quand êtes-vous allé là-bas la dernière fois ?

– Je n'ai jamais mis les pieds ni à Miami ni à Los Angeles. Et je n'ai pas quitté Annapolis depuis six mois.

– À quand remonte votre dernier jour de congé ?

– À huit ou neuf jours. J'ai pris une demi-journée pour consulter mon médecin. Je n'aime pas m'absenter.

Devlin esquissa à l'adresse de Lofranco un hochement de tête presque imperceptible. Lofranco sortit vérifier les allégations de Blake. Devlin ne détectait aucun signe verbal ou autre faisant penser qu'il avait en face de lui un menteur.

– Avez-vous reçu quelqu'un qui pourrait se servir de votre adresse comme boîte à lettres ?

– Je reçois de temps en temps ma fiancée. Mais c'est tout.

– Cet individu a aussi un permis de conduire avec votre adresse.

– C'est un coup monté ?

– Vous avez des ennemis ?

– Non, pas que je sache. Je m'entends bien avec tout le monde.

– Vous connaissez quelqu'un capable de commettre des meurtres ?

– Grands dieux ! Non !

Quelques minutes plus tard, Lofranco revint. Il confirma que Blake n'avait eu aucune absence depuis trois mois. Devlin écrivit son nom et son numéro de téléphone au siège du FBI sur un bout de papier qu'il tendit à Blake :

– Si quelque chose vous revenait, vous savez où me trouver.

– Je peux partir ?

– Désolé pour cet incident. Mais quelqu'un cherche à nous faire croire que vous êtes impliqué.

Blake laissa échapper un profond soupir.

– Eh bien, il n'est sûrement pas bien malin. Sinon je n'aurais pas pu me disculper si facilement.

– Justement, c'est ce qui m'ennuie… il est *très* malin.

29

Devlin et Bonelli suivirent Lofranco dans le centre-ville, à l'antenne du FBI d'Annapolis situé au premier étage d'un immeuble de bureaux qui ne payait pas de mine.

Lofranco fit tourner sa clé dans la serrure, puis s'effaça pour les laisser entrer.

– Tony, fit Devlin, tu peux téléphoner pour voir de quelle banque vient cette carte de crédit ?

Bonelli s'installa derrière un bureau, sortit son ordinateur et chercha le numéro de téléphone.

– Mike, fit Lofranco, tu crois que ce type est dans le coin ?

– On sait que son point de départ est Washington. Chacun de ses crimes a été lié d'une façon ou d'une autre à la région. Il a utilisé un faux nom, Martin Rich, avec un numéro de téléphone d'Annapolis. Et maintenant il se sert de l'identité de Blake.

– Quelqu'un essaie peut-être de tout mettre sur le dos de Blake ?

– Je ne crois pas.

– Alors pourquoi se servir de son identité ?

– Je ne sais pas, mais j'ai le sentiment que son chemin et celui de Blake se sont croisés quelque part. Il n'a quand même pas inventé son nom, sa date de naissance et son adresse.

Bonelli raccrocha et dit :

– La carte a été accréditée par une banque d'Annapolis : la Chesapeake National Bank, sur Bay Ridge.

– Tu as un contact dans cette banque ? demanda Devlin à Lofranco.

– Pourquoi est-ce que tu crois qu'ils ont mis des agents du FBI dans un bled comme celui-ci ? Qu'est-ce qu'il vous faut ?

– Ce serait bien de mettre la main sur la demande d'adhésion. On l'enverra au labo pour voir s'il y a laissé ses empreintes. En fait, ce que je voudrais vraiment savoir, c'est comment cette carte lui a été transmise. J'ai l'impression qu'elle n'a pas été postée à l'adresse de Blake.

Lofranco l'interrompit :

– Il y a un troquet pas trop dégueulasse de l'autre côté de la rue si vous voulez casser la croûte. Je reviens dans une heure.

Une heure plus tard, ils retrouvèrent Lofranco dans les bureaux du FBI d'Annapolis. Il tendit à Devlin et à Bonelli des photocopies de la demande d'adhésion.

– Ils l'ont reçue par la poste, précisa Lofranco. Si l'original existe encore, il est archivé au siège de la banque, à Baltimore. Je vais envoyer quelqu'un le chercher.

– Je vois qu'il a indiqué l'adresse de Blake. C'est là qu'ils ont envoyé la carte ? demanda Devlin.

– Non. Mon contact m'a dit que deux jours avant la date de l'envoi, il a téléphoné pour dire que sa maison avait brûlé et qu'il résidait temporairement au 1118 Front Street. Il a demandé à ce qu'on la lui fasse parvenir à cette adresse. Elle a été envoyée le 17 décembre. À cette époque de l'année, la banque accorde des milliers de cartes pour les courses de Noël. Ils ne se sont pas posé de question. Le récépissé porte le nom d'un certain Lloyd Franklin. En vous attendant, je me suis un peu renseigné sur son compte. D'après son permis de conduire, il a quarante-sept ans. Et un casier vierge.

– C'est parti !

En route pour le 1118 Front Street, Devlin s'aperçut qu'ils gagnaient enfin du terrain. Ils avaient réussi à éviter quelques-unes des fausses pistes que le tueur avait semées, et la localisation de ce Lloyd Franklin venait de leur faire faire un véritable bond en avant. Même si le tueur avait utilisé un autre pseudonyme, Franklin pourrait sans doute leur donner une description de l'individu qu'ils recherchaient. Et il saurait quel genre de véhicule conduisait le tueur. Un détail lui avait peut-être échappé au cours d'une conversation : son lieu de travail, sa famille, sa banque. N'importe quoi. Jusqu'ici le Tueur de la Liberté s'était avéré un ennemi aussi invisible que celui que Devlin avait combattu dans sa jeunesse : le Viêtcong dans la jungle indochinoise. Son expérience de soldat lui avait appris à redouter cette invisibilité qui rendait l'autre invincible. Mais avec l'aide de la chance, et de Lloyd Franklin, cette phase-là était peut-être terminée. Il se dit que Lofranco se faisait sans doute le même genre de réflexion et que, comme lui, pour ne pas attirer la guigne, il préférait se taire.

La voiture banalisée de Lofranco était sur le point de s'engager dans Front Street, lorsque soudain, comme en guise d'avertissement, un sirène retentit dans le lointain. Devant eux, une sinistre écharpe de fumée noire ondulait par-dessus les toits.

Bonelli fut le seul à s'intéresser aux numéros des maisons. Lofranco appuya à fond sur l'accélérateur. Devlin avait eu le même pressentiment : la maison de Lloyd Franklin brûlait. Ils s'arrêtèrent juste devant – 1118 Front Street. Devlin et Lofranco se précipitèrent dehors.

– C'est sûrement la sirène des pompiers, mais appelle-les quand même ! cria Devlin à l'adresse de Bonelli.

Les deux hommes se ruèrent vers la porte d'entrée. Ils la secouèrent. Elle était verrouillée. Aussitôt, Lofranco recula puis donna un violent coup de pied dans la serrure à pêne dormant encastrée au-dessus de la poignée. Elle céda, mais seulement à moitié. Lofranco recula rapidement de deux pas, puis se jeta de nouveau sur la porte, concentrant toute la force de son poids considérable sur son pied. Le montant explosa littéralement. La porte s'ouvrit en grand. Le même sinistre nuage de fumée noire qui s'échappait du toit tournoyait dans l'entrée. Lofranco s'élança. Devlin l'imita.

Lofranco hurla :

– Je me charge de l'étage !

Devlin sentit une odeur d'essence. Il se dirigea vers l'arrière de la maison.

– Il y a quelqu'un ?

Il se trouvait dans la salle de séjour. La fumée obstruait sa vue. Une petite chambre à coucher se trouvait à sa droite. Il ouvrit la porte. La fumée n'était pas encore parvenue jusque-là. La pièce était vide. Il se fraya un chemin jusqu'à la cuisine. Les flammes grondaient. Au-delà de la cuisine, un petit porche n'était plus qu'un brasier. Sur le côté se trouvait une porte fermée. Devlin l'ouvrit. La salle de bains. Et dedans, Lloyd Franklin. Une cordelette de Nylon, prélevée apparemment sur les stores qui avaient été arrachés des fenêtres au-dessus de la baignoire, entaillait sa gorge. Il avait le visage boursouflé, d'un rouge marbré de bleu. Devlin dénoua la cordelette. La fumée le suffoquait. Devlin entendait Lofranco tousser au-dessus du vrombissement des flammes victorieuses. Il jeta le corps sur son épaule et se dirigea vers la sortie, plié en deux par des quintes de toux. Au pied de l'escalier, il hurla en levant la tête :

– Joe ! Je l'ai ! Sors !

Il entendit tousser de plus belle.

– Encore… une pièce ! articula péniblement la voix de Lofranco.

Devlin sortit de la maison. Bonelli se tenait debout aussi près de la maison que possible ; manifestement très inquiet.

Devlin déposa le corps sur le trottoir. Puis il gravit quatre à quatre les marches du perron. Au même instant, Lofranco sortit en courant de la maison et tomba à genoux, secoué par une toux spasmodique. Devlin l'aida à gagner le trottoir.

Surgit alors un camion de pompiers.

– Il y a quelqu'un à l'intérieur ? s'enquit le commandant.

La toux empêchait Lofranco de parler. Devlin répondit pour tous les deux :

– On ne croit pas ; on a tout inspecté.

Le pompier jeta un bref coup d'œil au cadavre de Lloyd Franklin. Puis il se détourna pour hurler des ordres à ses hommes.

L'ambulance ne tarda pas à arriver, suivie par une voiture de patrouille de la police d'Annapolis.

– Tony, qu'ils s'occupent de Joe. Je vais parler à cet officier, fit Devlin.

Bonelli se mit laborieusement en marche vers l'ambulance. Mais déjà deux infirmiers se dirigeaient vers Lofranco dont les quintes de toux commençaient à s'atténuer. Le premier infirmier le prit par le bras pour le guider vers l'ambulance. Le second s'agenouilla auprès du corps de Franklin, prit son stéthoscope et l'ausculta pendant une vingtaine de secondes.

L'officier de police sur ses talons, Devlin vint se poster près du corps. L'infirmier leva les yeux sur le policier.

– On dirait que vous avez un homicide.

Devlin n'aimait pas mentir à la police, surtout à propos d'un homicide. Mais personne ne gardait moins bien un secret qu'un flic. Un mot sur le Tueur de la Liberté et la nouvelle serait diffusée sur toutes les chaînes de télévision avant même qu'il ne soit rentré à Washington. Il pouvait dans ce cas abandonner tout espoir de surprendre le tueur. En outre, une fois qu'on l'aurait arrêté, le meurtre de Lloyd Franklin serait du même coup élucidé. Devlin se tourna vers l'officier et se contenta de dire :

– On passait par là, et on a vu la fumée.

Après quelques questions de routine, le policier sembla se satisfaire de l'histoire de Devlin et le quitta pour interroger les voisins de Franklin.

Devlin retrouva Bonelli à l'arrière de l'ambulance. Ils fermaient les portes et mettaient la sirène en marche.

– Comment va-t-il ?

– Ils disent qu'il va bien. Ils vont l'emmener à l'hôpital pour qu'un toubib lui donne la bénédiction. Ensuite ils le laisseront sortir. Il ne tousse presque plus.

– Bien. On va emprunter sa voiture et on passera le prendre.

Une seconde voiture de patrouille se gara non loin. Un des policiers se dirigea vers elle et expliqua à l'officier qu'ils avaient fouillé la maison, mais qu'ils n'avaient trouvé aucune autre victime. L'incendie semblait être volontaire. L'incendiaire avait utilisé de l'essence.

Devlin resta un moment à observer les pompiers. Leurs épais tuyaux crachaient d'immenses jets d'eau en direction des dernières flammes. La maison, qui quelques minutes plus tôt avait une allure terrifiante, maléfique, labyrinthique, semblait à présent insignifiante. De même, songea Devlin, une fois qu'ils auraient pris le tueur, l'Histoire traiterait cet homme avec le même mépris. Mais pour l'instant, il représentait un danger mortel.

Devlin demanda à Bonelli d'attendre dans la voiture pendant qu'il se rendait au service des urgences de l'hôpital. On lui indiqua qu'il trouverait Lofranco dans la salle de traitement. Un médecin équipé d'un stéthoscope écoutait sa respiration. Lofranco prit plusieurs profondes inspirations. Le médecin fit retomber sa chemise sur son dos en décrétant :

– Tout va bien. Vous aurez peut-être une petite douleur pulmonaire pendant un certain temps. Mais vous êtes encore bon pour une dizaine de milliers de kilomètres, ou bien un autre feu, au choix.

Lofranco toussa légèrement.

– Je prends les dix mille kilomètres, docteur.

Puis il jeta un regard inquiet en direction de Devlin.

– Ils n'ont trouvé personne d'autre là-dedans ?

– Non, je crois que tu t'en es bien assuré.

– On dirait que tu penses que j'ai fait une bourde.

– Ma femme dit qu'il n'y a pas de mal à se précipiter dans une maison qui brûle – tout le truc, c'est de savoir quand il faut sortir.

– Si je me souviens bien, tu étais prêt à venir à ma rescousse.

– Si tu crois que tu vas pouvoir te servir de moi comme bouclier, tu te trompes.

– Je commence à voir ça, fit Lofranco en se levant et en assénant une tape amicale sur l'épaule de Devlin. Et je crains d'être sur le point d'en commettre encore une. Je vous paie un verre ?

Les trois hommes s'assirent dans un bar des environs d'Anna-polis. En attendant leurs bières, ils se détendirent, soudain gagnés par une immense fatigue. Au cours de cette seule journée, deux de leurs pistes les plus prometteuses étaient littéralement parties en fumée. Devlin décida qu'après un second verre et un brin de conver-sation sur des sujets anodins, il rentrerait à son hôtel. Il demanda à Lofranco :

– Tu es marié ?

– Plus maintenant. Ça n'a pas été une décision déchirante pour elle. Elle détestait New York autant qu'elle me détestait moi. Le Bureau lui a donné l'occasion de faire d'une pierre deux coups.

– Pourquoi est-ce tu t'es fait muter ici ? C'est ta ville natale ?

– Celle de mon ex-femme. Je suis de Pittsburgh. Après le divorce, je me suis fait muter ici dès que j'ai pu me tirer de New York.

– Tu dois pourtant savoir que le Maryland a aussi des lois contre le harcèlement.

Lofranco partit d'un bon rire.

– J'ai une fille de sept ans. Elles vivent à quinze minutes d'ici. En fait, mon ex-femme a été super pour ça. Je vois ma fille trois ou quatre fois par semaine.

– On dirait qu'elle a de la chance.

– Peut-être pour une gosse de divorcée. C'est drôle – plus elle grandit, plus j'ai besoin de l'avoir près de moi. Je dois me trimbaler quelques mégatonnes de culpabilité. J'aurais été capable de donner ma démission du Bureau pour m'occuper d'elle. Le besoin viscéral d'avoir une famille. Sans doute mon sang italien. Hein, Tony ?

Lofranco interrogea alors le jeune homme :

– Et toi, tu es marié ?

– Non, non, répondit Bonelli d'un air un peu gêné.

– Pourquoi pas ? Tu es jeune, et beau gosse.

– Peut-être parce que je n'arrête pas de tomber sur des mecs comme toi, qui me donnent vachement envie, ironisa Bonelli.

– Quoi ? Tu ne veux pas partager le calvaire du mariage avec les potes ?

– Hé, je suis déjà obligé de bosser avec Mike Devlin, tu veux aggraver mon cas ?

Éclat de rire général. Puis Devlin fit observer à Lofranco :

— Après New York, ça doit te paraître un peu morne ici.

— Je travaille comme un dingue. Et quand je commence à m'apitoyer sur moi-même, j'ai un copain qui tient un restaurant dans le centre ; il me permet de venir faire la cuisine chez lui. Je fais la cuisine depuis que je suis tout gosse. Ça me calme. J'aimerais bien la faire à plein temps, si j'arrive à l'âge de la retraite, précisa-t-il en regardant tour à tour Devlin et Bonelli. Excitant, non ?

Avec un sourire narquois, Bonelli lui fit remarquer :

— Comparé à ma vie, c'est pour ainsi dire mardi gras.

— Ah, vous êtes vraiment des gais lurons, les gars ! s'exclama Devlin en éclusant le reste de sa bière. Joe, je m'amuse comme un petit fou, mais il faut que je parte. Ma femme est en ville, et un rendez-vous avec la mort par jour, ça me suffit.

Après avoir déposé Bonelli devant chez lui, Devlin rentra à son hôtel. Tout en sachant d'avance que sa femme allait sentir l'odeur de l'incendie sur ses vêtements et qu'il devait se préparer à une chaude discussion, il avait hâte de voir Knox.

— Salut ! dit-il en ouvrant la porte.

— Salut ! répondit-elle en s'avançant à sa rencontre.

Il vit sans surprise son sourcil droit se soulever et son nez se retrousser.

— On est tombés sur une maison en feu, expliqua-t-il inutilement.

— Qu'est-ce que tu faisais, Mike ?

— Que veux-tu dire ? Je fais seulement mon boulot.

— C'est comme ça que tu vois la vie : *faire seulement son boulot !*

— Non, je…

— Les gens normaux travaillent pour gagner leur vie, l'interrompit-elle. Mais toi, on dirait que tu travailles pour la perdre. On dirait qu'elle te gêne, la vie, qu'il faut bien la supporter. Mike, c'est *nous* ton travail. On est *ta* vie. Moi, Katie, Patrick…

— Knox, je suis désolé, je…

— C'est pour ça qu'on t'a envoyé ici, pour que tu te calmes un peu, mais tu es incorrigible. C'est trop injuste. Combien de temps ça va encore durer avant qu'il n'arrive quelque chose ?

— Tu ne penses pas qu'il faut empêcher ce fumier de nuire ?

— Bien sûr que si. Et je serais la femme la plus fière du monde si c'était toi qui le faisais. Je sais que tu es un as du FBI, et que les risques sont inévitables dans ton métier, mais toi, tu as le chic pour donner une gifle au lion une fois que tu as la tête dans sa gueule. Je te demande seulement… en fait, je ne sais pas ce que je te demande.

— Que je pense à toi et aux gosses avant de me jeter dans la gueule du loup ?

— Le problème, c'est que tu ne te rends même pas compte que tu t'y jettes.

Devlin entendit à nouveau le brouhaha du *Purple Camel*. Elle avait raison.

— Knox, je suis désolé, mais je fais de mon mieux pour avoir ce tueur, tu comprends.

Knox ne doutait pas un instant de sa sincérité. Elle percevait même chez lui une certaine vulnérabilité. Une fragilité qui l'avait déjà frappée lorsqu'ils s'étaient parlés au téléphone avant qu'elle ne décide de le retrouver à Washington.

— Tu crois que je suis égoïste ? interrogea-t-elle d'une voix pleine de douceur.

— Je pense qu'il n'y a pas de mal à être un peu égoïste, répondit-il avec une tendre ironie. Ç'a toujours marché pour moi.

Il la prit dans ses bras et la serra contre lui. Elle lui murmura :

— Je ne t'en estimerais pas moins si tu n'as pas ce type tout seul.

— Le problème, c'est qu'il y a des chances pour que ça se passe comme ça. Je n'y peux rien.

30

Il n'avait pas dormi depuis deux jours. Le reporter du *Real Deal* dévoila que le FBI avait repéré une bombe sur un des sept avions immobilisés au sol. L'appareil d'American Airlines qui avait atterri à Los Angeles en provenance de Washington était équipé d'un engin de mort qui avait été désamorcé. Il s'en voulait terriblement de sa négligence ; il aurait dû piéger le dispositif.

Le reporter précisait en outre que le FBI se refusait à tout commentaire sur la façon dont il avait réussi à réduire ses recherches à ces sept avions. Mais lui savait très bien qu'ils s'étaient servis de sa carte de crédit au nom de Blake. Le choix de Blake avait été judicieux. Il avait prévu que si jamais le FBI découvrait cette identité, ils iraient interroger l'employé du service des dépôts de l'armée. Et dans ce cas, il en serait un des premiers avertis. Mais il fallait reconnaître que ces types du FBI étaient forts. Ils avaient trouvé une faille minuscule dans son plan. Et une fois qu'ils avaient déniché Blake, ils étaient sûrs de mettre la main sur Lloyd Franklin, qui, lui, aurait bel et bien pu l'identifier. Il n'avait pas eu le choix. Il fallait l'éliminer.

Cette erreur avait compromis sa crédibilité. Maintenant, tout le monde savait que son formidable *additif à l'essence* n'était en réalité qu'une série de bombes. Quel dommage. S'il avait pu convaincre l'opinion que le contenu des pompes à essence était mortel, l'Amérique aurait été paralysée. Même après la découverte du FBI, selon la télévision, les compagnies aériennes avaient vu près de trente pour cent de leurs réservations annulées. Tout ça à cause du Cataclysmiste. Si la bombe avait explosé, ce chiffre se serait élevé à cent pour cent.

Mais il y avait d'autres moyens de mettre en faillite cette société égoïste, impitoyable. Ce qu'il était sur le point de faire était devenu une nécessité.

Si le FBI avait pu déjouer son plan, c'est qu'il s'était montré trop répétitif. En se servant à plusieurs reprises de la même carte de crédit, il avait esquissé un motif. Il se jura de ne plus jamais refaire la même chose. Et soudain, il se rendit compte qu'il avait déjà loué une chambre dans cet hôtel. Mais ça n'avait pas grande importance, puisqu'il n'allait y rester que deux heures, le temps d'envoyer un nouveau e-mail.

Il s'assit à son ordinateur et se mit à taper sur son clavier. Le communiqué serait envoyé de cette chambre d'hôtel de Washington à 6 heures du matin tapantes – assez longtemps avant sa prochaine action pour humilier le FBI, mais pas assez pour qu'ils puissent l'arrêter. Il termina de taper son texte puis le relut :

Amérique,
    La liberté ne se comprend vraiment que lorsqu'on l'a perdue. Le vide que cette perte laisse derrière elle en donne la véritable mesure. Il est son défenseur le plus fervent. Ne pensez pas que le FBI a gagné. Aujourd'hui, lorsque la guerre éclatera, demandez-leur pourquoi ils n'ont pas pu éviter ce qui est sur le point de se passer. Ils sont au courant, tout comme ils étaient au courant de la bombe dans l'avion. Mais cette fois, à cause de la personne concernée, ils s'abstiendront d'intervenir.
    Vous verrez que je suis prêt à utiliser tous les moyens nécessaires pour vous forcer à vous soumettre à mon pouvoir. Alors vous comprendrez peut-être combien ma mission est importante. Je ne fais que mon devoir. Il reste trois jours.

Le lendemain matin, Devlin venait d'entrer dans son bureau quand Bonelli lui annonça :
– O'Hare veut te voir.
Devlin regarda sa montre : 6 h 25.
– Pendant que je monte le voir, peux-tu imprimer la liste des passagers des compagnies aériennes qui ont des adresses ou des numéros de téléphone dans le Maryland ?
– Ça va prendre un moment. Tu crois que tu peux en tirer quoi ?
– Sans doute rien. On ne sait pas quels autres noms il a utilisé sur

les autres vols, mais il a visiblement un faible pour le Maryland comme lieu de résidence. Avec un peu de chance, l'un d'eux sera notre homme sous son vrai nom. Ou bien on trouvera dans le lot la bonne adresse ou le bon numéro de téléphone.

Après le départ de Devlin, Bonelli alluma l'imprimante et se mit à taper sur son clavier.

— Tu voulais me voir, Tom ?

O'Hare tendit un fax à Devlin en disant :

— Il l'a envoyé il y a une demi-heure.

Après avoir lu le communiqué, Devlin s'enquit :

— Aucune trace ?

— Ce satané système de localisation a foiré. Ils ont pu remonter jusqu'à un service Internet local : U.S. Net. Mais on n'a que quatre chiffres : 6-0-0-0. On dirait un numéro de téléphone commercial. Mais on n'est sûrs de rien. Et ce communiqué – tu y comprends quelque chose, toi, à ce charabia ?

— Quel que soit son prochain crime, ce sera notre faute. Utiliser notre découverte de la bombe *contre* nous, ça c'est malin. « Aujourd'hui lorsque la guerre éclatera » n'est pas exactement une perspective enthousiasmante.

— Ni « la personne concernée », fit remarquer O'Hare.

— Je vais aller vérifier quelque chose, répondit Devlin. Je te téléphone.

Dans l'ascenseur, Devlin relut le communiqué. Hagstrom avait raison à propos du tueur et de ses ambitions. Il semblait que, quel que soit l'objectif de sa prochaine action, cela reviendrait à humilier le FBI.

Devlin avait griffonné les quatre chiffres au bas du fax. Il trouva Bonelli concentré sur son écran.

— Tony, peux-tu chercher cette combinaison de chiffres dans ta base de données ?

— Bien sûr, c'est pour ça que je l'ai faite, pour qu'on puisse rapidement la consulter. Quels sont tes chiffres ?

— Six-zéro-zéro-zéro.

Bonelli frappa quatre fois sur son clavier, puis attendit.

— Où est-ce que tu as trouvé ça ?

— Notre homme a envoyé un nouveau e-mail ce matin. Les services techniques se servaient d'un système expérimental. Ils ont remonté jusqu'à un serveur Internet, U.S. Net. Mais leur système a foiré, et ils n'ont eu que ces quatre chiffres. Ils ne sont même pas sûrs que ce sont les quatre *derniers* chiffres.

La recherche de Bonelli n'aboutit qu'à une seule réponse.

– Le bol ! s'exclama le jeune homme. 888-6000. Un certain Robert Jones a donné ce numéro de téléphone en réservant sa place sur un vol Washington-Kansas City le 7 janvier. Le code régional est 703. En Virginie.

Devlin composa rapidement le numéro. Puis il appuya sur le bouton du haut-parleur. Une voix de femme répondit.

– Hôtel Addison, à votre service.

– Robert Jones, s'il vous plaît, dit Devlin.

Après un moment de silence, la voix répondit :

– Nous n'avons pas de monsieur Jones, monsieur.

– À quelle adresse se trouve votre hôtel ?

Dès qu'elle lui eut donné l'adresse à Alexandria, il raccrocha. Bonelli dit :

– Tu crois que c'est lui ?

– Je n'en sais rien. Mais si ce n'est pas lui, quelqu'un va mourir.

31

La circulation était fluide. Il ne leur fallut que dix minutes pour arriver à l'hôtel. Comme le portier s'avançait vers eux, Devlin sortit en trombe de la voiture, criant à Bonelli :

— Montre-leur ta carte. Rendez-vous dans le bureau du directeur.

Il se précipita vers un groom pour lui demander où se trouvait le bureau du directeur. Le groom, serviable, lui fit rapidement franchir une porte équipée d'une serrure à combinaison. Le directeur eut l'air très surpris en levant les yeux pour tomber nez-à-nez avec une carte du FBI.

— Je m'appelle Mike Devlin. C'est urgent.

— À votre service. Que voulez-vous ?

On frappa à la porte. Entrèrent le groom et Bonelli. Devlin présenta ce dernier et dit :

— Nous pensons qu'un e-mail a été envoyé d'une chambre de chez vous il y a une heure et demie. Comment est-ce qu'on pourrait la trouver ?

— Je ne sais pas. C'est la première fois que ce cas se présente.

Bonelli intervint :

— Les notes de l'hôtel sont répertoriées numériquement, non ?

— Oui… tout y est inscrit, jusqu'au minibar.

— Nous avons le numéro qu'il a appelé. Si vous passez en revue les notes des chambres, vous finirez bien par le trouver, expliqua Bonelli.

— Oui, vous avez raison, mais nous avons quatre cents chambres occupées.

— Et si nous vous donnions un coup de main ? insista Devlin.

— Suivez-moi, fit le directeur, plein de bonne volonté maintenant qu'il comprenait de quoi il s'agissait. Ce sera plus rapide à la comptabilité. Là-bas, nous avons deux terminaux.

Il les précéda dans la pièce voisine. Puis il s'assit devant un ordinateur, invitant Bonelli à prendre l'autre. Il donna aux deux agents du FBI une petite leçon sur les particularités du système informatique de la maison. Mais Bonelli était déjà à l'œuvre :

– Mike, téléphone à l'annuaire et trouve le numéro régional d'U.S. Net.

Une fois qu'il eut noté le numéro du serveur Internet, Devlin le plaça entre les deux hommes. Debout derrière eux, il observait les écrans par-dessus leurs épaules d'un air inquiet. Au bout de quelques minutes, il remarqua que Bonelli passait en revue les notes des chambres presque trois fois plus vite que le directeur.

Le directeur, constatant la rapidité de Bonelli, soupira :

– J'ai bien peur de ne pas être un As de l'informatique.

Lentement, il se pencha de côté pour relire le numéro de téléphone qu'avait écrit Devlin. Bonelli, pendant ce temps, continuait son travail. Devlin finit par dire au directeur :

– Je connais le numéro. Laissez-moi essayer de le trouver.

Quelques minutes plus tard, Bonelli s'exclama :

– Je l'ai ! Chambre 1462.

Devlin fit pivoter le fauteuil du directeur en s'écriant :

– Donnez-moi un passe !

Pendant que le directeur se précipitait vers son bureau, Devlin ordonna à Bonelli :

– Téléphone à O'Hare. Dis-lui ce qu'on a trouvé. Qu'il nous envoie des hommes. Je monte.

Tandis que l'ascenseur grimpait jusqu'au quatorzième étage, Devlin sortit son automatique et tira la culasse pour l'armer. Quand les portes s'ouvrirent, il cacha son pistolet derrière sa cuisse et enfila prudemment le couloir.

Arrivé devant la porte de la chambre, il posa doucement la paume de sa main gauche sur le battant pour voir s'il sentait une présence à l'intérieur. Rien. Il y colla son oreille et écouta. Tout ce qu'il entendait, c'était le bruit de son propre cœur qui cognait dans sa poitrine.

Comme au ralenti, il enfonça le passe dans la serrure. Il ressentit chaque broche à l'intérieur en tournant la clé. Puis il se plaqua contre le mur. Il songea à Knox. Pourquoi faisait-il ça ? Ça pouvait attendre. Du secours arrivait. La seule façon de sortir de cette chambre était par ce couloir, et il était là pour lui bloquer le passage. Puis il se retourna et ouvrit silencieusement la porte.

Avant d'entrer, il tendit l'oreille. Rien. Il entra. Il regarda dans la salle de bains. Dans le placard. Même sous le lit.

Des pas résonnaient dans le couloir. Il bondit dans le couloir plié en deux, le pistolet pointé vers la source du bruit. C'était Bonelli. Devlin se redressa et remit son pistolet dans son étui en annonçant :

– Envolé !

– O'Hare a envoyé des hommes.

Ils retournèrent dans la chambre.

– Touche à rien, pour les empreintes.

Bonelli s'assit lourdement au bord du lit. Il respirait bruyamment.

– Et si je ne touchais rien d'autre que ce couvre-lit et que je te laissais faire le sale boulot.

Devlin fouilla les tiroirs en les tirant par le bas. Puis il inspecta les corbeilles.

– Il n'a même pas laissé un coton-tige, conclut-il, courbé en deux.

– Le directeur dit qu'il n'a pas encore rendu la clé.

– Il ne la rendra sans doute pas.

– Il a payé en espèces en arrivant.

– Pour ne pas avoir à présenter de carte de crédit.

La porte s'ouvrit à la volée. Devlin releva le visage pour voir deux canons de pistolet braqués sur lui.

Le premier hurla :

– FBI !

Devlin ouvrit prestement sa carte.

– Nous aussi.

– Vous êtes Devlin ?

– Oui. Vous êtes de l'intervention d'urgence ?

– Oui. On nous a contactés sur la route. Je suis sûr qu'il y en a d'autres qui rappliquent.

– Faites venir les gars de l'identité judiciaire. Qu'ils n'oublient ni le lit ni la salle de bains, au cas où il aurait semé des cheveux. Le labo pourra éventuellement établir son profil génétique. Tony, allons voir ce que l'hôtel a sur lui.

Devlin, assis à la place du directeur, étudia le tirage papier de la note de la chambre 1462. Elle avait été louée la veille au soir par un homme du nom de Phillip King. Il avait donné une adresse : 2346 Oakmont, Annapolis, Maryland. Le directeur lui apporta l'original signé de la réservation déjà glissé dans la feuille plastique réglementaire du FBI. Devlin examina ce nouvel indice attentivement,

179

mais il ne lui apprit rien qu'il ne sût déjà. Il ramassa le tirage papier et relut les numéros de téléphone. Il y en avait deux : le premier à U.S. Net ; le second de l'autre côté du Potomac, à Washington.

— Tony, dit-il à Bonelli. Vois si tu as ce numéro dans ta base de données.

Bonelli était déjà penché sur son portable, occupé à charger les nouvelles informations. Quelques secondes plus tard, il annonça :

— Je n'ai rien.

Devlin composa le numéro.

— Chambre du révérend Epp. Que puis-je pour vous ?

Complètement pris au dépourvu, Devlin ne put que répéter bêtement :

— Le révérend *Jonathan* Epps ?

— Qui est à l'appareil, s'il vous plaît ?

Trois ans plus tôt, le révérend Jonathan Epps avait fait la une de la presse américaine à la suite de son intervention dans un conflit opposant une chaîne de grandes surfaces de l'électronique, CyberWorld, et des associations de militants noirs pour les droits civiques. Tout avait commencé par une banale interview dans un magazine économique. Le journaliste avait demandé pourquoi la société ne montrait jamais d'Afro-Américains dans ses publicités télévisées alors très en vogue. En homme d'affaires, le P-DG de la compagnie avait donné une réponse un peu sèche : les Noirs ne représentaient qu'une part négligeable de leur clientèle ; ils n'étaient donc pas des cibles intéressantes.

À la publication de cet article, un certain nombre d'associations noires avaient attaqué CyberWorld pour propos racistes et avaient exigé que des acteurs noirs figurent désormais dans ses films publicitaires. CyberWorld avait pris la chose fort mal. Ils avaient répliqué par des chiffres montrant qu'ils employaient un pourcentage plus élevé de Noirs que la moyenne des entreprises de leur importance. La direction s'était braquée et avait refusé de céder aux pressions des militants noirs. Un houleux débat s'était déroulé sur plusieurs semaines dans les médias. Et finalement, le révérend Epps s'en était mêlé.

Le pasteur, qui avait la soixantaine, avait passé une bonne partie de sa vie à démêler ce genre d'affaires. Mais jusqu'ici il avait réussi à rester dans l'ombre. Il jugeait que l'anonymat faisait de lui un homme plus facile d'accès. Il n'avait que trop souvent constaté à quel point l'intervention d'un leader noir connu envenimait les situations. Il se plaisait dans ce rôle de pacificateur inconnu. Et c'est à ce titre qu'il était entré dans la controverse autour de CyberWorld.

Sa plus grande force était sans doute sa faculté de détachement émotionnel. Il avait découvert au cours de dizaines d'années de médiation, que là résidait la clé de la résolution des conflits.

Lorsqu'il proposa aux responsables de CyberWorld de les aider à débloquer la situation, ceux-ci l'écoutèrent avec attention. Voilà, se disaient-ils, un leader religieux noir qui n'était pas encombré par une image de vedette, et qui leur tendait la main. En s'asseyant à la table de négociations, les directeurs de CyberWorld s'attendaient à trouver une solution de compromis sur la présence de Noirs dans leurs publicités. Mais la solution proposée par Epps allait beaucoup plus loin.

Il avait apporté à la réunion une impressionnante batterie de statistiques. Elles montraient qu'un nombre croissant de jeunes Noirs s'intéressaient à l'électronique. Les universités les plus prestigieuses du pays en accueillaient de plus en plus, non seulement en informatique mais aussi dans des domaines voués à dépendre fortement du numérique – de l'astronomie à l'écriture, en passant par la comptabilité. Il avait cité aussi des chiffres sur les perspectives d'achats d'ordinateurs de ces jeunes gens pour les dix années à venir. Car si pour l'instant, CyberWorld vendait peu à la population noire, c'était surtout parce que cette dernière n'avait pas reçu de formation, surtout dans les quartiers délabrés et misérables des centres des villes. Il avait conclu en disant que leur entreprise devait faire preuve de clairvoyance en matière démographique et commencer sans tarder à planter les premières graines d'un marché encore vierge, mais qui à terme rapporterait gros.

Ces arguments avaient été présentés dans le langage préféré de CyberWorld : celui du profit. Ils étaient tout à fait convaincus. La société se mit aussitôt en devoir de cultiver ce marché en puissance. Elle annonça le projet d'une campagne publicitaire et s'engagea à verser un pour cent de ses bénéfices annuels sous forme de matériel électronique à des écoles des quartiers défavorisés et à de nombreux établissements dans les communautés noires. Elle fut aussi à l'origine de la création d'une association de bénévoles pour l'éducation des enfants. Enfin, la société CyberWorld, désirant éviter de se retrouver de nouveau confrontée à ce genre de problème de communication, proposa à Epps d'entrer dans son comité de direction. Ils avaient été stupéfaits d'apprendre qu'il refusait ce poste, n'acceptant – et cela seulement dans l'intérêt de la jeunesse noire – que le titre de consultant… pour un salaire d'un dollar par an.

Une fois cette affaire réglée, Epps avait voulu opérer une sortie aussi discrète que son entrée. Mais le P-DG de CyberWorld avait, à l'occasion d'une conférence de presse, exposé dans les plus petits détails le rôle du révérend dans le conflit, y compris son refus du salaire qu'ils lui proposaient.

C'était la fin de son anonymat. Le révérend Epps était désormais un personnage extrêmement populaire. Plus on apprenait de choses sur lui, plus on s'apercevait à quel point il menait une vie simple. Il portait des costumes bon marché, ne possédait pas de voiture et, quand il voyageait, il dormait autant que possible chez ceux qui lui offraient leur hospitalité. Et en général, il insistait pour laver la vaisselle et payer son repas. Si jamais il devait rester à l'hôtel, il choisissait toujours parmi les plus modestes. Pour l'Amérique noire, il était devenu un symbole de ralliement.

— Vous dites que c'est la chambre du révérend Epps ?

— Oui. L'hôtel Shelby Congress. Qui est à l'appareil, s'il vous plaît ?

Devlin sentit comme un poing glacé lui étreindre la poitrine. Le tueur s'était débrouillé pour se procurer le numéro direct de la chambre du pasteur. Ce qui signifiait qu'il avait espionné les allées et venues du révérend Epps.

— Mike Devlin. Du FBI. Le révérend est là ?

— Le FBI ! Il y a un problème ?

— Je ne sais pas. *Il est là ?*

— Non, il est déjà parti pour la prière du petit déjeuner.

— Où ça ?

— Au palais des Congrès.

— À quelle heure ?

— 8 h 30.

— Vous savez si le révérend a reçu un appel ce matin d'un certain Phillip King ?

— Il y a deux messages sur la table. Attendez… deux appels – l'un d'une Mme Harding et l'autre de… oui, M. Phillip King.

— Qu'est-ce qu'il voulait ? s'exclama Devlin.

— La même chose que vous. Il voulait savoir à quelle heure était la prière.

Devlin raccrocha d'un coup sec. Il était presque 8 h 30. Il se tourna vers Bonelli :

— Téléphone vite à O'Hare. Dis-lui que je crois que la cible est Jonathan Epps. Il dit une prière au palais des Congrès. *Maintenant* !

32

Devlin se rendit au palais des Congrès en quatrième vitesse, se faufilant dans les encombrements à coups de klaxon.

Il freina devant l'entrée principale dans un grincement de pneus. Il sortit et se rua à l'intérieur. Un panneau en carton posé sur un chevalet indiquait que l'office du révérend Epps se tenait dans la salle de bal. Devlin se mit à courir dans le couloir carrelé en suivant la direction de la flèche.

Devlin tomba finalement sur un vieux monsieur noir, vêtu d'un costume un peu trop grand pour lui. Il était assis derrière une table de bridge et vendait des billets. Il regarda Devlin à travers les verres épais de ses lunettes.

– Un billet pour le petit déjeuner ?

Devlin lui montra sa carte du FBI et se rua à l'intérieur sans lui laisser le temps de réagir. Il y avait plus de cinq cents personnes assises autour de tables recouvertes de nappes blanches. Le couvert était mis, mais le repas n'avait pas encore été servi. Epps venait d'arriver. Il était en train de monter sur l'estrade, elle-même dressée sur une plate-forme.

Devlin scruta la foule. Il devait y avoir environ trois douzaines de personnes de race blanche dans la salle. Il les regarda les unes après les autres, sans compter les femmes. Dans les yeux des hommes, il guettait une lueur qui n'était pas exactement celle de la fraternité. Mais voyant que le pasteur allait se trouver d'un instant à l'autre exposé sur l'estrade, il se dirigea rapidement vers lui.

Quelque part derrière Epps, une porte s'ouvrit brusquement. Devlin repoussa le pan de sa veste pour mettre le pouce sur son étui. Un flot de serveurs et de serveuses se déversa dans la salle avec de grands plateaux chargés de victuailles. Devlin les observa attentivement. Il y avait peu d'hommes de race blanche parmi eux. Ils se mirent à servir.

Devlin reprit sa marche vers l'estrade. C'est à ce moment que le pasteur l'aperçut. Comme l'agent montait doucement les marches vers lui, il eut un curieux sourire. Le silence s'installa dans la salle. Puis, tandis que Devlin s'approchait du pasteur, un murmure de consternation s'éleva.

Pour la première fois, Devlin remarqua que la salle était extrêmement haute de plafond, comme si elle couvrait deux étages. Il leva les yeux pour chercher des fenêtres ou des lucarnes. Il n'y en avait pas. Mais il vit quelque chose.

Au-dessus de la porte par laquelle il était entré, au deuxième étage, avaient été ménagées six petites ouvertures de forme carrée, probablement pour installer des projecteurs de cinéma ou des spots. Il perçut un léger mouvement. Devlin se concentra dessus. Un second mouvement encore plus imperceptible ne laissa plus de doute dans son esprit : il venait de voir le canon d'un fusil. Il se retourna et se mit à courir vers le pasteur. En le voyant, Epps resta immobile, comme figé. Devlin le renversa une demi-seconde avant le coup de feu. Les balles allèrent trouer le mur derrière eux. Mais Devlin ne se faisait pas d'illusion, ils n'étaient pas encore en sécurité. Plusieurs personnes se mirent à crier. On entendit des assiettes et des couverts tomber par terre. Devlin leva les yeux. Le fusil était encore là. Mais maintenant le canon était redressé. Il le vit bouger une ou deux fois par saccades. Le tueur rechargeait son arme.

S'interposant entre le fusil et le pasteur, Devlin repoussa ce dernier jusqu'au fond de la plate-forme.

– Restez couché, ordonna Devlin.

Cette fois les balles arrachèrent des éclats de bois au parquet devant eux. Devlin sortit son automatique et tira quatre balles dans la petite ouverture. Le fusil avait déjà disparu.

Sans quitter des yeux les six petits carrés au-dessus de la porte, Devlin se précipita vers la sortie. Le vieux monsieur qui vendait les billets montra le couloir du doigt en s'exclamant :

– Il est parti par là !

Devlin continua à courir. Mais il se forçait à ralentir avant chaque renfoncement, de peur que le tueur ne s'y soit embusqué. Il se repassa le film de la séquence de tir dans sa tête pour essayer de calculer quelle avance il avait sur lui. Il en avait assez, décida-t-il, pour ne pas être obligé de se cacher et d'agresser son poursuivant. Devlin courut comme une flèche.

Le Tueur de la Liberté n'aurait pas garé sa voiture à un endroit où elle risquait une contravention ou, pire, la fourrière. D'un autre côté, il était trop intelligent pour se laisser piéger à l'intérieur du bâtiment. Il avait dû soigneusement préparer sa fuite. Sa voiture devait se trouver dans un endroit tranquille.

Devlin avisa un panneau indiquant LIVRAISONS. C'était logique : à cet emplacement, les véhicules pouvaient se garer quelques minutes sans se faire remarquer. Il s'y dirigea. À un coude du couloir, il crut entendre le bruit sourd et métallique d'une lourde porte qui se refermait. Une petite fenêtre en verre armé opaque s'ouvrait dans la partie supérieure de la porte, au milieu du battant. À l'instant même où Devlin tournait la poignée, cette fenêtre explosa avec une force qui le renversa en arrière. Le coup de feu résonna dans le couloir devant lui. Il eut la nette impression qu'il s'agissait d'une arme de poing. Il sentit le sang qui coulait des égratignures sur son visage. Heureusement qu'il avait pris soin de se poster sur le côté de la porte et non devant, vieux réflexe d'agent de terrain.

Avec la plus grande prudence, il jeta un coup d'œil par l'ouverture béante que l'explosion avait laissée dans le mur. Il entendit un bruit de pas qui s'éloignait.

Il reprit la poursuite, dressant l'oreille pour tenter de localiser le tueur. Mais le bruit de sa respiration l'empêchait d'entendre. Il s'arrêta, retint son souffle, et écouta intensément. Rien.

Il repartit. Au bout de vingt-cinq mètres environ, il tomba sur une autre porte en métal similaire à la première. Il l'ouvrit avec mille précautions. Puis il courut vers la suivante, vingt-cinq mètres plus loin. Et ainsi de suite. Chaque fois, il prenait un peu moins de temps pour la franchir. Finalement, il se retrouva dans la gare de marchandises. Sur plusieurs palettes en bois s'amoncelaient d'énormes piles de boîtes en carton. À l'autre bout, il y avait une double porte en métal. L'une d'elles était en train de se refermer.

Comme Devlin n'avait pas à proprement parler vu le tueur sortir, il se faufila prudemment entre les palettes au cas où la porte aurait été fermée pour faire diversion. Enfin, il l'atteignit. Il l'entrouvrit légèrement et risqua un coup d'œil dehors. La gare de marchandises n'était pas au niveau du rez-de-chaussée, mais du premier étage. Une vaste rampe en béton, de trente mètres de large, s'élevait vers une zone de livraison extérieure.

Tout était calme. Devlin sortit et remonta lentement la rampe. Il entendit la porte se verrouiller derrière lui avec un déclic. En haut de la pente, il y avait une benne à ordures en métal pratiquement aussi large que la rampe. Elle était montée sur des roues. Devlin pensa voir quelque chose bouger derrière. Instinctivement, il se jeta par terre tandis qu'un coup de feu déchirait l'air. La balle frappa le mur en ciment derrière lui. Il n'avait nulle part où aller. Il tira plusieurs fois sur la benne en métal tout en bondissant sur ses pieds.

Le topo sur les balles qui ricochent au Centre de formation des nouveaux agents lui revint brusquement à l'esprit : les balles tirées dans un angle serré, que ce soit vers un mur ou vers le sol, ont tendance à ricocher avec un angle différent, en suivant de plus près la surface vers laquelle on a tiré. Tout en remontant prudemment la rampe, Devlin tira au sol juste devant la caisse en métal noir, essayant de faire ricocher ses balles dessous et d'atteindre le tueur au pied. Le pied compte trente-six os. Avec la main, c'est la partie la plus complexe du corps humain. On y comptait aussi quantité de terminaisons nerveuses. C'était une cible difficile, mais une fois touché là, l'homme ne pouvait plus vous échapper.

Appréciant la distance qui le séparait du sommet de la rampe, Devlin ajusta son rythme de tir de façon à avoir quelques balles dans le chargeur quand il arriverait en haut.

Aux trois quarts du chemin, soudain, il crut voir bouger l'énorme caisse. Elle descendait vers lui. Il ne pouvait l'esquiver ni par la droite ni par la gauche : il n'y avait pas assez de place. Au moment où elle allait le frapper de plein fouet, il fit un bond et s'accrocha au bord. Il roulait en arrière. De plus en plus vite. Ce fumier était derrière en train de pousser. La benne cogna contre quelque chose. Elle était pleine. Devlin se dit que la chute pouvait être mortelle. Il jeta un regard derrière au mur en ciment qui semblait se ruer vers lui pour le réduire en bouillie.

Devlin était sur le point de s'écraser contre le mur, quand il se hissa de toutes ses forces au-dessus de la benne et fit la culbute à l'intérieur. Il atterrit sur le dos. La benne se fracassa contre le mur. Sa tête heurta si violemment la paroi qu'il perdit connaissance.

Il faisait froid. Devlin était sous l'eau. Il n'avait plus d'oxygène. Ça lui était déjà arrivé. Il ne paniquait pas. Il fit plusieurs brasses jusqu'à heurter sa tête contre quelque chose de dur. Une couche de glace. Il avait dû tomber dans un trou. Il nagea dans tous les sens à la recherche de l'ouverture. Il manquait d'air. Ses poumons lui brûlaient. Des étincelles de lumière tournoyaient dans son champ de vision dont les bords devenaient de plus en plus noirs. Il tenta de nager plus vite. Impossible. Des substances naturelles produites par son propre corps inhibaient la douleur aussi efficacement que de la morphine. Ce n'était pas une si désagréable façon de mourir, se dit-il.

Puis il entendit une voix. Où l'avait-il déjà entendue ? Avec le peu de conscience qui lui restait, il nagea en direction du son. Une grande colonne de lumière s'abaissa vers lui à travers l'eau. Il nagea vers sa chaleur. La voix appelait son nom. *Mike, où es-tu ?* Mike... c'était son nom. Sa tête fendit la surface des eaux. Il vit tout autour de lui les parois de la benne à ordures.

– Mike, où es-tu ?

Devlin se dressa sur son séant.

– Tom ?

O'Hare comprit tout de suite que Devlin était commotionné.

– Tout va bien.

Il était encore sous le choc. Mais peu à peu la mémoire lui revint. Il se souvint de l'enchaînement des circonstances qui l'avait amené jusque-là.

– Oui, ça va, répondit-il en tâtant son pistolet et en le remettant dans son étui.

Il descendit tant bien que mal de son perchoir, puis déclara :

– Tu ne peux pas savoir comme c'est inconfortable de faire une sieste là-dedans.

O'Hare le prit par les épaules et le guida à l'intérieur du bâtiment en disant :

– Je crois qu'on doit avoir une petite conversation, tous les deux.

33

Devlin pensait ne jamais pouvoir s'habituer à ces changements de vitesse brutaux qu'un agent était parfois obligé d'opérer. Une minute, dans une gigantesque explosion de violence, il était là à enfoncer une porte et à désarmer un criminel. La suivante, alors que l'âcre odeur du combat chatouillait encore ses narines, le voilà qui passait des heures à fouiller avec minutie l'appartement de celui qu'il venait d'arrêter. Depuis le Viêt-nam, ces rares moments de lutte donnaient à Devlin l'occasion d'échapper à la routine. Mais il détestait quand l'agréable sensation qui s'ensuivait était interrompue par un retour forcé à l'ennuyeuse réalité, cette réalité qu'il essayait justement de fuir en se jetant à corps perdu dans l'action.

Dans une enquête, la séquence idéale consistait à collecter les indices *avant* de se trouver embarqué dans les péripéties de l'arrestation. Mais l'attentat contre le révérend Epps avait montré que ce n'était pas toujours possible. Aussitôt de retour dans la salle de bal du palais des Congrès, O'Hare se mit à diriger les recherches sur la scène de l'attentat. Deux douzaines d'agents du FBI de Washington avaient répondu à l'appel d'urgence. Ils étaient pour la plupart chargés d'interroger les personnes présentes dans la salle au moment des coups de feu. Mais comme elles étaient plus de cinq cents, et qu'en général elles n'avaient rien vu, il n'était pas question de les interroger une à une, ç'aurait été trop long, fastidieux et inutile. Chaque agent aurait dû mener au moins vingt-cinq interrogatoires ; alors qu'on sait parfaitement qu'au bout de cinq, l'agent le plus tenace perd toute capacité de concentration. Surtout quand ils reçoivent des réponses négatives, comme ç'aurait été le cas dans l'affaire Epps, ils tentent alors de trouver des raccourcis. En principe, un témoin cherche à donner un récit aussi complet que possible de ce qu'il a vu. Mais dès qu'il voit que l'agent en face de lui cherche à raccourcir l'entretien en posant des questions trop rapides et superficielles, il pense que son témoignage n'a pas d'importance et qu'il n'a rien à dire d'intéressant. D'où une sérieuse perte d'informations.

O'Hare, conscient de ce problème, monta sur l'estrade et demanda à ceux qui pensaient avoir vu quelque chose susceptible d'être utile à l'enquête de bien vouloir déménager leur chaise d'un côté de la salle. Un petit nombre de personnes bougèrent. Les agents allèrent les rejoindre.

Des employés des services techniques du FBI de Washington arrivèrent avec leur matériel. Bien qu'encore un peu ébranlé, Devlin guida un petit groupe d'agents le long du couloir par où s'était enfui le tireur jusqu'à la gare de marchandises et la benne à ordures, qu'il leur conseilla d'inspecter pour voir s'ils ne pouvaient pas y relever des empreintes.

Dans la salle de projection, deux agents trouvèrent le fusil abandonné par le Tueur de la Liberté. Après avoir photographié son emplacement exact, ils apportèrent l'arme à O'Hare. Il fit venir un autre agent qu'il semblait connaître et lui ordonna :

– Prends une description détaillée de ce fusil et transmets-la à l'ATF [1]. Et ne les laisse pas souffler une minute avant qu'ils ne retrouvent sa trace.

Puis il dit à l'agent qui tenait le fusil avec des gants en latex :

– Trouvez un sac en plastique pour le mettre, puis vous le donnerez au service des empreintes. Qu'ils s'en occupent de toute urgence. C'est prioritaire.

De retour dans la salle, Devlin alla s'asseoir dans un coin tranquille. Une demi-heure plus tard, O'Hare le rejoignit :

– Il y a quelqu'un qui veut te rencontrer… officiellement.

Il s'écarta d'un pas, laissant le passage au révérend Epps. En serrant la main de Devlin, le pasteur jeta un coup d'œil aux égratignures sur son visage.

– Je voulais vous remercier pour ce que vous avez fait.

– Je ne m'attendais pas à moins de votre part répondit Devlin.

Ils rirent de concert.

Soudain, une clameur s'éleva de l'autre côté de la porte. Une horde de journalistes exigeait d'être admise dans la salle. O'Hare se

---

1. *Bureau of Alcohol, Tobacco and Firearms* (Bureau de l'alcool, du tabac et des armes à feu). *(N.d.T.)*

dépêcha d'aller épauler l'unique agent qui s'employait à les repousser. Il expliqua aux représentants de la presse que personne ne serait admis sur les lieux tant que la police fédérale n'avait pas terminé son travail.

Devlin regarda le visage buriné du pasteur et dit :

— Il ne vous en voulait pas personnellement.

— Je comprends, fit le révérend Epps ; cet homme cherchait à déclencher un conflit racial. Au fond, il nous comprend.

Et à O'Hare qui revenait, il lança :

— Vous croyez qu'il va recommencer ?

— À sa place, vous le feriez ? répliqua le chef de section.

— Je suppose que non, mais on n'obéit pas au même Dieu.

— Comme son plan a été dévoilé, reprit O'Hare, l'opinion publique sait maintenant ce qu'il cherche à faire. Il est assez intelligent pour voir que s'il vous arrivait quoi que ce soit, tout le monde sera contre lui. Et c'est la dernière chose qu'il souhaite.

— Je peux vous aider ? s'enquit le pasteur.

— Peut-être. Puisqu'il cherche à jouer sur la peur pour nous obliger à changer notre mode de vie, le mieux c'est que vous continuiez comme si de rien n'était. Dès qu'on aura fini ici, on fera entrer la presse. Et vous reprendrez votre prière comme si rien ne s'était passé.

— Avec joie. En fait, j'ai bien envie de changer le thème de mon sermon. Je vais montrer qu'il ne faut pas laisser la haine d'un seul contaminer une société tout entière.

— Parfait. Et nos agents veilleront à ce que tout se passe bien.

Le révérend Epps serra tour à tour la main des deux hommes en les remerciant encore une fois. Puis O'Hare prit le bras de Devlin et l'emmena vers la cuisine :

— Quelqu'un a renseigné les journalistes, dit O'Hare. Tout ce qu'ils savent, c'est qu'un agent a empêché le meurtre. Mais ils n'ont aucune idée de son identité. Alors, à moins que tu veuilles être mis sur le gril, je te conseille de prendre la tangente au plus vite.

— Tu parles d'une belle matinée.

— Tu as trouvé quelque chose à l'hôtel Addison qui nous permettrait d'identifier ce fumier ?

— Je n'ai rien vu. Mais le labo a inspecté la chambre. Et Tony a peut-être trouvé quelque chose. Tu sais ce qu'il a fait après t'avoir téléphoné ?

— Je lui ai dit de prendre un taxi pour rentrer au siège.

— Il vaut mieux que je retourne là-bas pour voir.

— Tu es sûr que ça va ? Pourquoi tu ne prends pas ta journée ?

— Ça va très bien. L'important, c'est qu'on a brisé l'élan de ce type. Si on garde la pression, il va craquer. Mais on n'a plus que trois jours devant nous.

34

Dès que Devlin fut installé dans sa voiture, il orienta le rétroviseur vers lui de façon à voir son visage. Il n'était pas particulièrement inquiet au sujet de ses égratignures, mais redoutait en revanche la réaction de sa femme quand elle les découvrirait. Ce n'était rien, mais un peu de sang avait coulé sur son col. Knox étant sortie pour la journée, il décida de rentrer à l'hôtel pour se changer.

Debout devant le miroir de la salle de bains, il tâta du bout des doigts la bosse qui ornait le haut de son crâne. Elle n'était pas si grosse que ça finalement. Il prit une douche, enfila des vêtements propres et reprit le chemin du siège du FBI.

Il fit une halte dans le bureau d'O'Hare.

— Vous avez relevé quelque chose après mon départ ? s'enquit-il.

— On a quelques petites traces papillaires, mais on ne sait pas si elles ont un rapport avec lui.

— Et le vendeur de billets ? Il lui est passé sous le nez.

— Il était tellement nerveux, et avec ces fonds de bouteille de Coca qui lui servent de lunettes, il ne peut même pas dire s'il était blanc ou noir. Le labo a inspecté le fusil. Il n'y a même pas une tache dessus. Pourtant je suis sûr qu'il n'a pas eu le temps de l'essuyer quand tu lui tirais dessus. Le labo pense qu'il avait dû enduire ses mains d'un produit avant, une substance claire qui ne se voit pas.

— Dans ce cas, aucune des empreintes qu'on a ne lui appartient. Et du côté de la marque de fabrique du fusil, on a remonté la filière ?

— L'ATF dit qu'il a été expédié à un armurier de Baltimore. J'ai envoyé des agents l'interroger. Mais j'ai peur que ce soit encore une impasse.

— En parlant d'impasse, ce type s'est servi du nom de Phillip King à l'hôtel Addison, en donnant une adresse de domicile à

Annapolis. Je pensais que Tony et moi on pourrait se joindre à Lofranco pour aller voir si la maison n'est pas en train de brûler.

— À partir de cet instant, tu ne sortiras de ces murs aux heures de bureau que lorsque je te conduirai moi-même à National Airport pour te mettre dans l'avion à destination de Motown.

— Allons, Tom. Ce n'est pas si grave...

— Si, c'est grave. En ce qui concerne cette affaire, considère-toi aux arrêts. J'ai beau me creuser la tête, je n'arrive vraiment pas à comprendre comment tu te débrouilles toujours, quoi qu'il arrive, pour jouer les mannequins d'essais de choc ! Alors je vais adopter une vieille politique qui a fait ses preuves et réagir de façon excessive : *Ne mets pas le pied dehors !*

Comme Devlin restait de marbre, son chef de section ajouta :

— Il y a quelque chose que tu ne piges pas ?

— Je comprends la partie sur la réaction excessive, oui.

— Je vais te formuler la chose autrement. J'ai beaucoup de monde sous la main que je peux envoyer au casse-pipe. Mais je n'ai qu'un seul agent assez tordu pour deviner ce que projette ce psychopathe. Tu as tapé dans le mille deux fois de suite. Je voudrais que tu arrives à le devancer pour son prochain coup.

La voix d'O'Hare était vibrante de frustration :

— Mike, il est temps de passer la main. Tu n'y vas pas. Un point c'est tout. C'est compris ?

Et comme Devlin ne répondait pas, il haussa le ton :

— *Mike* ?

En fait, ce qui préoccupait Devlin, ce n'était pas tant cette lubie qu'ils semblaient tous avoir sur sa soi-disant inaptitude à déceler le danger, mais c'était qu'il commençait lui-même à y croire. Il frôla de ses doigts une des égratignures qui ornaient sa joue. Il songea à Frankie Butler, le braqueur de Banque de Detroit, et aussi à son petit numéro au *Purple Camel*. Et aujourd'hui, le palais des Congrès. Il avait chaque fois risqué sa peau. D'une façon ou d'une autre, il se retrouvait toujours confronté directement aux malfaiteurs, alors que la première règle de survie qu'on vous inculquait au Bureau, c'était justement d'éviter le combat singulier. Toutes ces incertitudes sur sa propre conduite finissaient par l'inquiéter, pour la bonne raison que sur le terrain, le doute était le plus gros handicap d'un agent. Il avait besoin de temps pour réfléchir :

— D'accord, Tom, tu peux aussi me muter dans l'équipe des pistolets à eau, si ça te chante.

193

Un peu surpris par la résignation de Devlin, O'Hare n'en eut pas moins l'air soulagé.

– Bien, fit-il. Je vais mettre Lofranco sur cette piste. Pour l'instant j'ai assez de problèmes sur les bras. Nos amis à la Maison-Blanche veulent faire mousser l'attentat contre le révérend Epps. Ils nous ont demandé d'interroger tous les membres des groupes d'extrême-droite qui prônent la supériorité des Blancs.

– C'est en dépit du bon sens. Ce type peut appartenir à tout et à n'importe quoi.

– Ce n'est pas une question de bon sens. Mais d'articles dans la presse.

– Ce qui fait, si je comprends bien, au moins deux cents agents de moins aux trousses du tueur, fit observer Devlin.

– Au moins. Les derniers chiffres du Bureau montrent que plus de mille nouveaux suspects sont dénoncés chaque jour aux directions régionales. Et après ce qui vient se passer, on va être carrément noyés.

– C'est comme pour l'affaire d'Unabomber – même si son nom figurait parmi ceux de toutes les personnes qui sont dénoncées, on n'arriverait même pas à le repérer.

– C'est pourquoi je veux qu'on essaie de prendre les devants, dit O'Hare. Rendez-vous ici demain matin à 8 heures. Bill Hagstrom y sera. On verra s'il y a un moyen d'attirer le tueur dans nos filets.

Après avoir quitté l'hôtel Addison, Bonelli fila tout droit au bureau et réexamina une photocopie de la note de Phillip King. Ce dernier avait donné comme adresse le 2346 Oakmont Avenue à Annapolis. Bonelli chercha dans ses fichiers le premier nom apparu sur l'écran quand il avait tapé le numéro de téléphone capté au moment où le tueur avait envoyé son message au courrier électronique du *Real Deal*. Apparemment, le Tueur de la Liberté avait séjourné à deux reprises à l'hôtel Addison, chaque fois sous un nom différent.

Une semaine plus tôt, Bonelli se serait senti encouragé par cette découverte, mais à force d'avoir goûté aux amères déceptions que s'ingéniait à leur ménager le tueur en semant sur son chemin des fausses pistes, il lança la recherche sans ressentir la moindre émotion. Étant donné la banalité du nom de Robert Jones et l'absence de numéro de téléphone le concernant, il avait en fait peu d'espoir de la voir aboutir. Il téléphona cependant aux services d'immatriculation du Maryland pour obtenir des renseignements sur lui ainsi que sur

Phillip King. On lui faxa huit pages de Robert Jones, dont quatorze dans la classe d'âge du tueur. Mais pas un seul Phillip King ne s'avérait né à la bonne date. Après quoi, Bonelli téléphona au FBI de Baltimore pour demander à ses agents de vérifier ce qu'ils avaient du côté de leurs fichiers – organismes de crédit et casier judiciaire – pour ces deux noms. Il attendait leur réponse quand Devlin entra.

La vue du visage tailladé de l'agent le stupéfia. Bonelli essaya de ne pas regarder trop fixement ces coupures qui étaient comme la preuve tangible que le fantôme qu'ils poursuivaient via le téléphone et les systèmes informatiques était bien de chair et d'os.

– J'ai su pour les coups de feu, dit Bonelli. Ça va, toi ?

– Jusqu'à ce que ma femme me voie. Tu as eu le temps de rechercher les noms d'emprunt dont il s'est servi à l'hôtel ?

Bonelli lui expliqua cc qu'il avait trouvé auprès des services des cartes grises.

– Baltimore est en train de voir du côté des crédits et du casier judiciaire, termina-t-il.

– Bon travail.

– Tu crois que c'est encore une impasse ?

– Sans doute. Je ne perdrais pas trop de temps sur ce Robert Jones. Mais si Baltimore trouve quelque chose sur lui, tu le transmettras à Lofranco.

– Je croyais qu'on y allait ?

– Moi aussi, mais O'Hare m'a enlevé ma ceinture et mes lacets.

– Je ne comprends pas.

– Il ne veut plus que je suive cette affaire, sauf depuis ce bureau.

– Parce que tu t'es blessé ?

– Je crois que ça y est pour quelque chose.

– Alors qu'est-ce qu'on fait maintenant ?

– On va essayer de trouver un autre moyen de coincer ce fumier.

– Comment ?

– Puisque je n'en ai aucune idée, mettons que nous reprenions tout à zéro.

Bonelli éteignit son écran, ramassa une pile de télécopies et, dans un souffle, articula :

– J'aurais dû fermer ma gueule.

– Pas besoin de marmonner. Je connais la chanson.

Ce soir-là, Devlin rentra dans sa chambre d'hôtel pour trouver Knox devant la télévision, lui tournant le dos. Elle ne l'avait même pas entendu entrer. La nouvelle du jour venait de tomber. L'attentat contre le révérend Epps faisait la une.

– Il est probable que le Cataclysmiste espérait, en assassinant le défenseur des droits civiques, provoquer des émeutes raciales dans tout le pays.

La présentatrice questionna alors :

– John, avons-nous la moindre idée sur la façon dont le FBI a pu découvrir ce projet d'assassinat ?

– Diane, quelqu'un m'a dit que le FBI avait découvert que le Cataclysmiste avait pris une chambre dans un hôtel du quartier. Le FBI a ensuite pu remonter jusqu'au palais des Congrès.

– Vous avez précisé qu'un agent du FBI a échangé des coups de feu avec le Tueur de la Liberté. Savez-vous si l'un d'eux a été blessé ?

– On ne sait rien en ce qui concerne l'assassin, mais l'agent a été légèrement blessé au visage par du verre brisé. Nous avons demandé au FBI si nous pouvions l'interviewer, mais ils refusent de dévoiler son identité.

Finalement, Knox s'aperçut de la présence de son mari et coupa la télévision.

– J'écoutais seulement la…

Puis elle vit son visage.

Elle ne montra ni sollicitude ni culpabilité à l'idée de ne rien ressentir devant les blessures de son mari. La colère, contrôlée mais menaçante, rendit sa voix tranchante :

– Je ne peux plus supporter ça.

– Plus supporter quoi ?

– Je ne veux plus être le repos du héros couvert de gloire.

– Tu crois que c'est pour ça que je le fais ?

Elle eut un rire glacial :

– Mike, c'est pour ça que tu fais tout ce que tu fais. Depuis que je te connais, tous les jours de ta vie, c'est pour ça que tu t'es levé le matin. D'abord le sauvetage sur les plages, et puis les Marines, et puis le FBI. De plus en plus héroïque. Où est-ce que ça s'arrête ?

Devlin sentit la colère sourdre en lui.

– Il y a des choses qui doivent être faites, un point c'est tout.

– Qu'est-ce qui doit être fait ?… Pour l'affaire ou pour toi-même ?

– On a presque eu le tueur aujourd'hui.

– On ? Je parie ta carte du FBI qu'il n'y avait pas un autre agent en vue.

– On n'avait pas le temps. Il aurait peut-être fallu que j'attende et que je le laisse descendre ce type ?

– Je veux que tu comprennes une chose. Ton père était un alcoolique, et il t'a abandonné quand tu avais douze ans. Depuis, tu n'as eu qu'une seule idée en tête : prouver que tu es meilleur et plus dur que lui. Maintenant, je ne sais pas si tu es plus dur, mais je peux t'affirmer une chose digne de figurer dans les archives officielles : tu es meilleur que lui. Tu es un type formidable. Je t'aime ; les enfants t'aiment. Et ça suffit – crois-moi. Tu n'as rien d'autre à prouver.

– J'aime ce que je fais, répondit-il, sur la défensive.

– C'est bien, c'est sain, mais le problème, c'est la façon dont tu fais ce que tu fais.

– Regarde-moi. Je n'ai rien, juste quelques égratignures. Rien de cassé, pas de points du suture, pas de blessure par balle.

– Pas de *nouvelle* blessure par balle.

Devlin s'assit au bord du lit et soupira :

– Bon, alors dis-moi comment on va se sortir de là.

– Non, Mike, il n'y a pas de solution. Tu ne vas pas changer, et moi, contrairement à l'agent spécial adjoint de Detroit ou à Tom O'Hare, je refuse de m'inquiéter plus longtemps pour toi. Tu sais quels risques tu prends, et je te le répète, c'est injuste.

Elle se leva, se dirigea vers le placard et se mit à fourrer ses affaires dans son sac de voyage.

– Où vas-tu ?

– Chez Cindy, pour la nuit. Ça te donnera le temps de réfléchir.

Elle était devant la porte, quand il dit :

– Je n'ai pas besoin de temps pour réfléchir.

– Vraiment ? Alors vois si tu peux répondre à ceci : Katie va avoir douze ans dans trois mois. Je veux savoir ce que je dois lui dire si jamais il t'arrivait quelque chose et qu'elle n'avait plus de père.

Elle le dévisagea intensément, puis, voyant qu'il se taisait, ouvrit la porte :

– Peu importe, je me débrouillerai. Je lui dirai : « Tel père, tel fils. »

35

Il écouta l'écho moqueur de son propre rire. Depuis qu'on lui avait refusé l'entrée à l'Académie, il riait chaque fois qu'il se sentait en proie à cette terrible frustration. Un sentiment qu'il n'éprouvait que lorsqu'il subissait un échec. Et voilà qu'il venait d'en subir un second : d'abord l'avion, maintenant l'assassinat. En dépit de tout ce qu'il avait accompli, de nouveau, on lui retirait son pouvoir. Pendant un moment, l'autorité qu'il avait acquise avait donné un sens à sa vie. À présent, tout se désintégrait sous l'éclat railleur de cet horrible rire.

Il avait peut-être échoué, mais il n'était pas question de se résigner à n'être qu'un raté, se dit-il. Il restait trois jours. Le temps de mettre en œuvre une troisième action : quelque chose de plus mortel que tout le reste réuni. Et puis enfin, la punition. Il les avait avertis, il leur avait donné la possibilité de se soumettre. Ils allaient finalement comprendre à qui ils avaient affaire.

Il entendit la clé de son père tourner dans la serrure. *Non, pas maintenant ! Pas quand il était enfin arrivé à se convaincre qu'il pouvait surmonter n'importe quel obstacle.*

— Bonjour, fils.

— Père, tu n'as pas téléphoné, fit-il d'un ton sec, insultant.

— J'avais une réunion à Baltimore qui s'est terminée plus tôt que prévu. Comment vas-tu ?

— Très bien.

— Tu n'as pas l'air dans ton assiette. Le travail que tu avais en vue est tombé à l'eau ? Je t'avais dit qu'il faut toujours avoir plus d'un fer sur le feu.

Un sourire en coin donna à son visage une expression vicieuse. Il brûlait de crier à son père : *Non, tu te trompes. Aujourd'hui ce que j'ai raté, c'est l'assassinat d'un leader noir. Tu es déçu de mon échec* ? Bien sûr, il ne pouvait rien dire. Mais il pouvait le blesser d'une autre manière.

— Ils n'y sont pour rien. C'est moi qui ai décidé que ça ne me plaisait pas de travailler pour eux.

— Pourquoi ? N'importe quel travail vaut mieux que ça.

— Tu veux dire, vivre à tes crochets.

— Je pense que je ne te rends pas service en finançant ta paresse. Il n'y avait pas de problème pour moi tant que c'était pour te donner le temps de te remettre. Mais ça fait six mois maintenant. Et toi, regarde, tu refuses du travail.

— Si je comprends bien, tu me dis : trouve du travail ou je ferme le robinet.

— Trouve du travail, point, décréta son père en sortant un chèque de sa poche. Je te préviens, c'est le dernier.

Le fils prit le chèque et éclata de rire.

— Tu n'as aucune idée de ce qui m'arrive.

Et doucement, comme pour prolonger l'effet que son geste avait sur son père, il déchira le chèque en petits morceaux.

— Prends ton argent, achète du fil barbelé et fiche-le-toi dans le cul.

C'était la première fois que le fils s'adressait ainsi au père. Ce dernier était désarçonné, blessé, et surtout effrayé. Effrayé par son propre enfant. Il fallait qu'il parte. À la porte, il entendit son fils lui dire :

— Père, une minute.

Dieu merci, songea-t-il, il veut s'excuser. Il se tourna pour faire face à son fils.

— Tu ne peux pas partir avant d'avoir prononcé le mot *échec* dans une phrase d'encouragement.

Il lut dans ses yeux la peine qu'il faisait à son père. Ce dernier ouvrit la porte et se précipita dehors.

Il pensa qu'il se sentirait mieux s'il arrivait à frapper l'homme qui lui avait donné cette misérable vie. Mais il n'esquissa pas un geste, le corps secoué d'un rire douloureux.

La peau de la fille, se dit-il, était couleur cannelle, un brun clair tirant légèrement sur le jaune. Cela donnait à son teint une fraîcheur inhabituelle chez une prostituée. Il arrêta son véhicule à côté d'elle et descendit sa vitre. Elle l'interpella :

— Alors, mon chou, qu'est-ce qu'on cherche ?

Avec un sourire désarmant, il répondit :

– Quelque chose que mon père désapprouverait.

– Je connais pas ton père, mais j'ai sûrement un truc que ta mère désapprouverait.

Sur le ton de la plaisanterie, il rétorqua d'un air pincé :

– Je peux voir le menu ?

Gaiement, elle saisit à deux mains ses seins généreux et lança :

– Si tu aimes la viande rouge, mon chou, c'est le meilleur restau en ville.

– Cher ?

– Pour toi, c'est moitié prix, si on se sert de ta camionnette. Ce sera vingt-cinq dollars.

– Vas-y, monte.

Elle obtempéra et le guida jusqu'à un quartier d'entrepôts désert situé non loin. Il se gara au pied d'un immeuble abandonné et éteignit ses phares. Elle dit :

– Il faut d'abord que je vois la tête des présidents, mon chou.

Il sortit deux billets de dix et deux de cinq, et les lui tendit. Elle compta rapidement les billets, sans aucun commentaire sur le supplément de cinq dollars. Il se mit à lui tripoter les seins.

– Attends que je te débarrasse de ton pantalon, souffla-t-elle alors que d'une main experte, elle débouclait déjà sa ceinture et défaisait sa braguette.

À l'instant où elle abaissa le visage vers lui, il la saisit à deux mains par la gorge et se mit à serrer machinalement. Les bras de la fille battirent l'air, mais elle parvenait à peine à le toucher. Il la repoussa tout au fond, ses mains comme un étau autour de son cou. Au bout de deux minutes, elle cessa de se débattre. Il la redressa sur le siège et la regarda en murmurant :

– Qu'est-ce que j'ai fait ?

Il l'allongea et pressa sa bouche contre la sienne pour lui souffler de l'air dans les poumons. Encore et encore. De plus en plus fort. Finalement, sa poitrine se mit à se soulever toute seule. Elle revenait à la vie. Une toux sèche, suivie d'une respiration, profonde, terrifiée. Elle ne savait plus où elle était. Ses membres ne lui répondaient plus, comme dans un mauvais rêve. Elle n'avait qu'une envie : sortir de ce véhicule. Mais elle en était incapable. Il lui serra de nouveau la gorge, de plus en plus fort. Il lui murmura avec une grimace haineuse :

– Je t'ai donné cinq dollars de plus pour que tu meures cinq fois. Compte bien – c'est la deuxième.

Mais elle l'entendait à peine. Elle ne résistait plus. Elle n'avait plus qu'une envie : dormir d'un sommeil réparateur. Elle se laissait glisser dans la mort comme d'autres dans les effets d'une dose d'héroïne.

36

Bill Hagstrom arriva le dernier au rendez-vous fixé par O'Hare dans son bureau. Devlin lui présenta Bonelli et Ernie Latimer, un des meilleurs éléments des services techniques du Bureau.

O'Hare commença :

— Hier soir, Baltimore a retrouvé le propriétaire du fusil qui a servi dans l'attentat contre Epps. Il avait fait une déclaration de vol l'avant-veille au soir. On lui aurait fauché chez lui ; un vol avec effraction. Ils vont suivre cette piste, mais a priori on est tombé sur une autre impasse.

Hagstrom prenait des notes dans un carnet vert.

O'Hare ajouta :

— Ernie, tu peux nous dire ce qui s'est passé côté surveillance téléphonique ?

— C'est pas sorcier, la transmission d'un e-mail prend seulement quelques secondes. Vu qu'il appelait d'ici à New York, donc longue distance, on a forcément mis plus de temps à le localiser. C'est un miracle d'avoir attrapé ces quatre chiffres hier. Le nouveau système ne marche pas aussi bien qu'on l'espérait. On aura de la chance si on a quelque chose la prochaine fois.

— Ça m'étonnerait qu'il envoie un nouvel avertissement, avança Hagstrom.

— C'est ce que dit Mike, observa O'Hare. Mais je pensais que le tueur avait un besoin irrésistible de nous humilier.

— Pour le moment, c'est lui qui est humilié. Mettez-vous à sa place. Il a l'impression d'être complètement nul. Et tout d'un coup, pendant quelque temps, il est comme libéré de son sentiment d'infériorité par ses actions. Ensuite, il tente de monter la barre d'un cran et de nous humilier avec ses avertissements. Au lieu de quoi, les deux dernières fois, c'est nous qui l'avons eu.

202

– Dis-moi qu'on lui a fait peur, soupira O'Hare.

– Personne ne peut lui faire peur. Il sait parfaitement s'adapter. Tenez, le meurtre de Lloyd Franklin. Il a attendu que Mike soit sur sa piste avant de le tuer. Et comme il n'a volé le fusil qu'après, c'est que la tentative d'assassinat d'Epps n'était, au mieux, qu'un plan de remplacement. Il l'a sans doute échafaudé après qu'on eut démoli son grand projet en trouvant la bombe dans l'avion. Mais quoi qu'il fasse ensuite, il reviendra à ce qui a marché dans le passé, et dans le passé, il ne nous a jamais prévenus.

– Tu as une idée de ce qu'il va essayer de faire ? s'enquit O'Hare.

– Je vois qu'il s'est produit un déplacement dans sa façon de procéder. Quand il n'a pas réussi à faire sauter l'avion, il a renoncé à terroriser le pays pour punir tous ceux qu'ils pouvaient. Il sait parfaitement que l'assassinat du révérend Epps n'aurait pas servi sa cause. En fait, il se rend parfaitement compte que ça aurait fait de lui un vulgaire criminel plutôt qu'un sauveur. Je crois donc que sa motivation profonde relève désormais de la vengeance. J'ai parlé au Dr Craven hier soir à propos de son dernier communiqué, et nous nous accordons tous les deux pour dire qu'il y a eu chez lui un déplacement de motivation. Dans les trois premiers communiqués, il menace le pays. Dans le dernier, il prend nettement pour cible le FBI. Une des raisons principales qui l'ont poussé à attenter à la vie du révérend Epps, c'était qu'il voulait prendre sa revanche sur le FBI pour le punir d'avoir désamorcé la bombe de l'avion. Rappelez-vous qu'il a insinué que nous savions quelle était la cible et que nous n'allions pas bouger le petit doigt parce qu'il s'agissait d'un Noir. Après cet échec, son désir de vengeance, surtout contre le FBI, va être irrépressible.

– Heureusement qu'il ne sait pas qui est Mike, fit observer O'Hare.

– Jusqu'ici, sa haine a été dirigée contre des institutions, rien de moins. Les gens comme lui ont besoin d'avoir un adversaire le plus vague et le plus énorme possible afin de pouvoir lui coller tous leurs problèmes sur le dos. Mettons que cet adversaire se concrétise pour s'incarner dans un individu. Un individu dont il est possible de démontrer l'innocence. Voilà qu'il risque d'être découvert, par l'autre et aussi par lui-même. Et il ne redoute rien plus que cette prise de conscience. Il a tellement peur de sa propre culpabilité que, à mon avis, il refusera de prendre ce risque.

– Craven a vu quelque chose dans son dernier communiqué qui pourrait nous aider à l'identifier ? s'enquit O'Hare.

– Nous avons tous les deux l'impression que son retour au langage militaire était significatif. Son niveau de stress est très élevé. Pour se calmer, il va revenir à quelque chose qui le rassure. C'est un réflexe naturel. À un moment ou à un autre de son passé, la caserne a donné un sens à sa vie. Maintenant qu'il est en difficulté, son langage reflète cette régression. Quand on l'aura, on trouvera que l'armée a joué un rôle capital dans sa biographie.

– Peut-on essayer de le piéger ? interrogea O'Hare.

– Je ne crois pas que ce qu'on a fait jusqu'ici pour attirer les tueurs, comme surveiller les tombes des victimes ou passer des fausses annonces dans les journaux, puisse marcher avec lui. Il est trop discipliné, il a trop de sang-froid.

– Il y a une chose que nous pouvons faire, intervint Devlin.

O'Hare tourna vers lui un regard plein de circonspection.

– Quoi ?

– Organisons une interview de moi en disant que je suis l'agent chargé de l'enquête. Je l'accuserai d'être un lâche et un mégalomane. Je finirai en demandant à quiconque tient une information sur l'affaire de nous téléphoner ou de nous envoyer un e-mail. Donnons le numéro et l'adresse au siège. Comme nous savons qu'il va téléphoner du Maryland, Ernie pourra facilement le repérer.

Il y eut un silence de mort. Finalement, O'Hare soupira :

– Mike, je ne peux pas te laisser faire ça.

– L'autre solution, c'est d'attendre et de voir combien de gens il va tuer la prochaine fois.

Après quelques instants de pause, O'Hare se tourna vers Hagstrom pour demander :

– Qu'en penses-tu ?

– C'est une bonne idée, approuva Hagstrom. Mais ça marcherait mieux si on précisait que Mike est l'agent qui a empêché l'assassinat d'Epps.

– Je n'aime pas ça, laissa tomber O'Hare.

– Quel est le problème ? Il ne peut pas avoir Mike au siège. Ce n'est pas comme si tu le lâchais dans la nature. Une fois qu'il aura envoyé son communiqué, on ne devrait pas avoir de mal à lui tomber dessus.

– On pourrait peut-être trouver un autre agent pour jouer ce rôle, suggéra O'Hare.

– Impossible. Il a échangé des coups de feu avec Mike. Il y a des chances pour qu'il le reconnaisse.

– Je n'aime quand même pas ça.

– Écoute, Tom, fit Hagstrom, on a fait tomber à l'eau son grand projet. Sa rage connaît une croissance exponentielle. Le jour où cet avion n'a pas explosé, il ne s'en est quand même pas si mal tiré, puisque des tas de gens refusaient de prendre l'avion. Mais cet attentat manqué contre Epps ne lui a rien rapporté. Je crois qu'au lieu d'inspirer de la peur, il commence à inspirer du mépris. Le compte à rebours a commencé pour lui. Il a besoin de frapper un grand coup. Si tu laisses faire Mike, je te garantis qu'il va appeler.

– Ernie, fit O'Hare, tu es certain de pouvoir le localiser ?

– Vous êtes sûrs qu'il est dans le Maryland ?

Tous les regards se tournèrent vers Devlin, qui répondit :

– C'est là que toutes les pistes se volatilisent systématiquement.

– Alors je peux tout mettre en place pour le repérer et le localiser. J'ai besoin de vingt-quatre heures pour tout installer et faire quelques tests. Je veux être sûr que ça marche.

O'Hare dévisagea Devlin, puis, avec un rire bref, sarcastique, avoua :

– Dire que Detroit vient de me téléphoner pour s'assurer que tu n'étais sur rien de dangereux.

– Je vais seulement répondre au téléphone, sourit Devlin. Tu trouves ça dangereux, toi ?

Joe Lofranco mettait la clé dans la porte du FBI d'Annapolis quand il entendit le téléphone sonner. C'était Devlin.

– Salut, Mike.

– Je me demandais si tu avais trouvé quelque chose sur le domicile de Phillip King.

– Je viens de rentrer. C'est un petit restaurant en face de l'Académie navale.

– Je suppose que M. King n'y travaillait pas.

– Non. J'ai bavardé avec le propriétaire. Il ne connaît personne de ce nom.

– Tu crois que notre homme a choisi ce nom et cette adresse au hasard, ou bien qu'il avait une bonne raison, comme pour William Blake aux dépôts ? interrogea Devlin.

– Je ne sais pas. En fait, j'ai dîné là-bas hier soir et j'y ai pris mon petit déjeuner ce matin. S'il y a un lien, je ne l'ai pas trouvé. Le restaurant s'appelle *Twin Anchors*. C'est le rendez-vous des aspirants.

Dès que j'ai écouté mes messages, je fonce à l'École navale pour voir s'ils ont ou s'ils ont eu chez eux un Phillip King.

— Tu me tiens au courant, tu veux ?

— O'Hare ne veut toujours pas te lâcher ?

— Même si je lui collais le canon de mon pistolet sur la tempe. En plus, on a mijoté un petit complot ici.

Devlin lui exposa leur tactique pour obliger le tueur à téléphoner ou à envoyer un message électronique au siège du FBI. Il lui expliqua aussi les conclusions de Hagstrom et de Craven à propos du quatrième e-mail, en particulier leur théorie sur le langage militaire.

— Je n'ai pas lu le dernier communiqué, dit Lofranco. Tu peux me le faxer ?

— Tout de suite. Et écoute bien la radio. Tout le monde ici a parié sa paie que ce fumier va appeler. Et quand il le fera, ce sera sans doute de ton secteur.

— Parfait. Comme ça je vais voir si je tiens encore la route.

37

Il y avait quelque chose qui perturbait son fils. Et il fallait absolument qu'il comprenne ce que c'était. Il avait eu une adolescence difficile, certes, mais c'était bien la première fois qu'il manquait de respect à son père. La drogue ? Il espérait que non. Cependant, il devait s'en assurer. Au bout d'un kilomètre, il s'arrêta pour lui téléphoner. Pas de réponse. Il fit demi-tour. Quelques minutes plus tard, avec sa propre clé, il s'introduisit chez son fils. La maison lui parut soudain extraordinairement bien rangée. Sans doute en avait-il toujours été ainsi ; seulement il ne s'en était jamais aperçu. Était-il si peu à l'écoute de son fils ? Ce n'était pas bon signe. Il échouait manifestement à remplir son rôle de père.

Seules deux pièces paraissaient occupées : un petit bureau à l'arrière et l'unique chambre à coucher. Il décida de fouiller d'abord la chambre. Quel ne fut pas son étonnement lorsqu'il tomba, dans le tiroir de la table de chevet, sur un revolver chargé. Il se rassura en se disant qu'il s'agissait sûrement d'une arme d'autodéfense – sage mesure de précaution à notre époque. Il entreprit ensuite de fouiller les deux commodes.

Dès que la voiture de son père s'immobilisa devant la maison, il comprit ce qui se passait. Il resta un moment méditatif, bridant sa hargne et son dégoût de façon à pouvoir agir en personne sensée et en fils respectueux. Mais quand il entendit son père se diriger droit dans sa chambre et commencer à fouiller dans ses tiroirs, toute retenue l'abandonna. Le père n'entendit pas le fils entrer. Il ne perçut pas non plus la colère qui faisait bouillir son sang.

– Qu'est-ce que tu fais ici ?

Surpris, son père se redressa vivement :

– Je… euh…

Calmement, sans la moindre trace de remords pour son insolence de la veille au soir, le fils répéta sa question :

– Qu'est-ce que tu fais ici ?

– Je m'inquiète à ton sujet. Hier, ça ne te ressemblait pas.

– Vraiment ? Alors qu'est-ce qui me ressemble ?

Il n'avait jamais entendu son fils s'exprimer avec cette voix glaciale.

– Qu'est-ce que tu as ?

Le fils éclata de rire ; d'un rire de dément, nota le père en son for intérieur.

– Fais-moi confiance, tu vas t'en sortir. Mon Dieu, tu n'acceptes toujours pas pour Grand-Père… Dis-moi ce qui te chagrine, fils.

– *Fils* ? C'est peut-être *toi* qui me chagrines.

Le vieil homme ne put s'empêcher d'avoir un mouvement de colère.

– Je t'ai trop gâté, voilà ce qu'il y a ; maintenant, j'exige que tu me dises ce qui se passe ici.

– Tu exiges ? siffla le fils entre ses dents.

Un instant, le fils considéra le père en silence, puis il se décida :

– Bon, fit-il, puisque tu veux savoir. Je vais te montrer. C'est en bas.

Il ouvrit la lumière et le précéda dans l'escalier qui descendait au sous-sol. Dès qu'ils furent en bas, l'ampoule nue émit un bourdonnement, puis s'éteignit. Ils n'étaient plus éclairés que par les soupiraux. Trois portes s'ouvraient à un bout de la salle aux murs de béton gris. Le fils sortit son trousseau de clés de sa poche et ouvrit l'une des trois portes. Les deux hommes pénétrèrent dans une petite pièce. Le père alors se figea sur place. Étalées soigneusement sur une grande table en métal, plusieurs armes de main, des boîtes de munitions de différents calibres et ce qui ressemblait fort à des explosifs. Le fils ramassa un pistolet automatique .45 et le chargea.

– Qu'est-ce que c'est que tout ça ?

– Tu sais qui je suis maintenant.

L'air éberlué de son père lui faisait un plaisir immense.

– Quoi, tu es fana d'armes, bredouilla le père. Tu appartiens à un groupe paramilitaire ou quoi ?

La cruauté déformait les traits du fils.

– Non, répondit ce dernier. Mais tu vas être heureux d'apprendre que j'ai finalement réussi à être le meilleur… Je suis le Tueur de la Liberté.

L'espace d'une seconde, le père resta comme paralysé, puis il avança la main vers la poitrine de son fils et agita un index grondeur.

L'arme explosa.

Devlin ne pouvait donner une conférence de presse devant les caméras de télévision sans l'autorisation préalable du directeur du FBI, de l'attorney général et de la Maison-Blanche. Tout le monde s'accordait à penser que cette prestation était indispensable si l'on voulait appréhender le Tueur de la Liberté. Mais personne au gouvernement n'envisageait avec joie la perspective de voir un novice se faire étriller par les journalistes. Dans les hautes sphères, on considérait, bien sûr, que l'image médiatique était moins importante que l'arrestation d'un terroriste – mais de peu.

Bob August n'émettait aucune réserve. Il s'empressa de persuader l'attorney général que cette action sans précédent était un mal nécessaire. Seule la Maison-Blanche restait un obstacle. Son contact était Ralph Larsen, celui-là même qui avait refusé de prendre une décision lorsqu'il fallait à tout prix immobiliser les sept avions pour trouver la bombe.

– Ralph, ici Bob August, commença le directeur du FBI. Je pense qu'on a de bonnes chances d'avoir le Tueur de la Liberté. J'ai besoin de ton feu vert.

Le directeur expliqua à son interlocuteur pourquoi il était si important que Devlin passe en direct à la télévision.

– Est-ce que ce ne serait pas tout aussi efficace si c'était vous qui donniez la conférence et si cet agent restait bien gentiment debout derrière vous ?

– Les gars des Sciences comportementales pensent que le tueur est tellement maître de lui que seul l'homme qui l'a déjà mis deux fois en échec est capable de lui faire prendre son téléphone.

– C'est de la folie. Les médias vont le bouffer. Et s'il faisait une bourde, nous perdrions la petite longueur d'avance que nous avons sur le tueur.

– Mike Devlin est notre longueur d'avance dans cette enquête. C'est un agent hors du commun, et j'ai une totale confiance en lui.

– Désolé, Bob, mais je dois répondre non.

August se tut un instant, puis déclara d'un ton mystérieux :

– Réfléchissez bien. Nous avons environ une heure avant de nous décider. Et si vous n'êtes toujours pas d'accord, il me faudra me tourner vers une solution moins agréable.

– Moins agréable pour qui ?

– Pour nous tous.

Après que le directeur lui eut raccroché au nez, Larsen contempla d'un air rêveur le combiné du téléphone en se demandant si la menace était sérieuse. Que pouvait-il bien faire ? Il travaillait pour l'attorney général qui, pour sa part, était aux ordres de la Maison-Blanche. Mais il y avait quelque chose dans le timbre de la voix du directeur qui l'inquiétait. Larsen n'allait pas tarder à savoir pourquoi. Il composa un numéro du siège du FBI…

– Scott Adler.

– Scott, ici Ralph Larsen, fit-il en baissant le ton. Vous pouvez parler ?

Adler se mit à son tour à murmurer.

– Attendez, je vais fermer la porte.

Larsen avait rencontré Adler lors des premiers crimes du Tueur de la Liberté quand il avait été nommé agent de liaison de la Maison-Blanche avec le Bureau. Adler était l'assistant spécial du directeur. Il était aussi sur le point de prendre sa retraite du FBI. Le deuxième jour que Larsen avait passé au FBI, Adler était venu le courtiser. Au début il avait trouvé son amabilité suspecte. Mais ensuite il avait compris : Adler avait envie d'un poste plus prestigieux au sein du gouvernement, de préférence au Capitole. Manifestement, se dit Larsen, il le prenait pour son prochain ticket restaurant. Aussi lui avait-il fait miroiter un poste à la mesure de ses talents. Les jours suivants, il avait mis à l'épreuve la loyauté ou plutôt l'absence de loyauté de l'agent vis-à-vis de son employeur actuel. Il lui avait demandé de lui transmettre des détails confidentiels à propos de l'enquête menée par le Bureau. Adler avait obtempéré sans l'ombre d'une hésitation.

– Oui, Ralph, qu'est-ce qu'il y a ?

– Vous savez qu'August veut faire passer ce type, Devlin, à la télé ?

– Oui.

– Quand je lui ai dit non, il m'a menacé. Il dit qu'il va faire quelque chose de désagréable pour tout le monde. Vous avez une idée de ce que ça peut être ?

– Non, mais je vais essayer de me renseigner. De toute façon, je dois lui apporter des papiers à signer. Vous êtes à votre bureau ?

– Je ne bouge pas tant que je n'ai pas de vos nouvelles.

Vingt-cinq minutes plus tard, Adler rappela.

– August vous avait bien demandé une autorisation pour la fouille de ces avions que vous ne lui avez jamais donnée ?

– Ce n'est pas comme ça que…

– Ralph, vous ne me devez aucune explication. Mais il va veiller à ce qu'il y ait une fuite dans les médias sur l'obstination de la Maison-Blanche à mettre des bâtons dans les roues du FBI. S'ils avaient compté avec votre coopération, l'avion aurait explosé. Et sans trop de précisions, il y aura aussi quelques questions soulevées à propos d'une récente occasion d'élucider l'affaire, autrement dit la fameuse conférence de presse avec Devlin. Il va dénoncer votre refus de prendre vos responsabilités.

– Le salaud !

– Faites-moi signe si vous avez besoin d'autre chose.

Larsen raccrocha. Il lui restait trente minutes pour trouver une solution. Trente minutes pour convaincre un de ses supérieurs qu'il fallait laisser Mike Devlin faire sa conférence de presse.

Trente-cinq minutes plus tard, Larsen rappelait le directeur du FBI.

– Bon, j'ai parlé au patron, il vous donne le feu vert.

– Une petite question, Ralph, je suis curieux : qu'en pensez-vous, personnellement ?

Larsen sentit qu'August jubilait intérieurement.

– Peu importe ce que je pense, répondit-il sèchement, mais vous avez intérêt à ce que ça marche.

– Au revoir, Ralph.

August raccrocha d'un air satisfait. Assis en face de lui, Scott Adler lui renvoya son sourire.

– De toute évidence, tu as été convaincant, Scott. Il n'avait pas l'air enchanté.

– Je n'ai fait qu'obéir aux ordres. C'est toi qui as eu l'idée que je m'infiltre dans son camp.

– Dès que je l'ai vu, j'ai su que ce type-là nous amènerait des ennuis, observa le directeur.

– Pourquoi est-ce que tu ne l'as pas menacé toi-même directement de tout raconter à la presse ?

– Un directeur du FBI ne menace pas la Maison-Blanche, ça ne se fait pas.

– Ç'aurait été ta parole contre la sienne.

– J'espère que tu ne lui as rien dit que tu puisses regretter, énonça August, et comme Adler le regardait d'un air étonné, il ajouta : il enregistre tous ses appels.

Dès que Lofranco eut écouté ses messages téléphoniques, il arracha à la machine le fax que Devlin venait de lui envoyer avec le dernier communiqué du Tueur de la Liberté. Sans prendre le temps de le lire, il le fourra dans sa mallette et partit pour l'Académie navale.

Il présenta sa carte au poste de sécurité en restant dans sa voiture. La sentinelle lui fit signe qu'il pouvait entrer. Le bâtiment qui abritait les bureaux administratifs ne lui était que trop familier. Il s'y était rendu un nombre incalculable de fois pour des enquêtes de routine sur les candidats du Bureau – la corvée par excellence pour tous les agents fédéraux. Il fut introduit immédiatement chez le responsable des ressources humaines où on lui demanda d'attendre un instant qu'ils aillent prévenir « le commandant ».

Lofranco sortit le fax de Devlin de sa mallette. Il entoura les expressions typiquement militaires auxquels Devlin avait fait allusion. Le commandant ne tarda pas à arriver. Les deux hommes se serrèrent la main chaleureusement.

– Que puis-je faire pour vous, Joe ?

– Je suis sur l'affaire du Tueur de la Liberté. Beaucoup de choses semblent converger vers Annapolis. D'après le profil que nous avons établi du tueur, il semblerait qu'il a porté l'uniforme.

– Vous pensez que ce pourrait être l'un de nos élèves ?

– Ça m'étonnerait. Sans doute quelqu'un que vous avez renvoyé. Ou un simple soldat qui a été quelque temps stationné ici.

– Vous pouvez être plus précis ?

– Blanc, de vingt-cinq à trente ans. Intelligent, mais plein de mépris pour lui-même. Un traumatisme est sans doute à l'origine de sa fixation psychologique sur l'armée. Notre service des Sciences comportementales pense qu'il a une personnalité extrêmement rigide.

– Ce dernier point n'éclaire pas beaucoup ma lanterne. Ici, à l'Académie navale, nous nous plaisons à croire que nous avons inventé la rigidité.

Lofranco ne put s'empêcher de rire, puis il reprit :

– Et le reste ?

– J'espère que vous n'allez pas me trouver trop sur la défensive, mais je ne vois pas comment nous aurions pu accepter chez nous un gars de ce genre. Comme vous le savez, nous sommes très exigeants sur les résultats scolaires et sportifs, mais nous faisons aussi passer des tests psychologiques approfondis.

– Ce qui nous laisse seulement le soldat…

– Ou bien une personne dont la candidature a été rejetée par nous, avança le commandant.

– Vous pouvez me dire combien il y en a, à peu près ?

– Oh, des milliers chaque année.

– Il n'y aurait pas moyen d'en réduire le nombre ? Et si on prenait les candidatures émanant des engagés ?

– Oui, c'est possible, mais en général c'est nous qui les sélectionnons préalablement.

– Bien, je vois. Si le fait de n'avoir pas pu rentrer à l'Académie navale a traumatisé notre tueur, c'est sans doute qu'il voulait y rentrer depuis longtemps. Ce qui n'est sûrement pas le cas des engagés, puisque c'est vous qui allez les chercher. D'où proviennent les autres candidatures ?

– Pour la plupart, de bacheliers.

– Mais cette personne avait déjà connu la caserne, fit remarquer Lofranco en tendant au commandant le communiqué du tueur. Regardez les expressions qu'il emploie.

– Militaires, sans aucun doute.

– Bon, si ce n'est ni un soldat ni un bachelier et qu'il a déjà goûté à la vie militaire, que nous reste-t-il ?

Le commandant réfléchit un moment, puis s'exclama :

– Et les écoles militaires privées ? Nous en acceptons quelques-uns tous les ans.

– Il y en a qui ont la réputation d'augmenter vos chances d'entrer à l'Académie ?

– Officiellement non, mais je crois qu'à cause de sa proximité, on en prend plus parmi ceux de l'IMM, l'Institut militaire du Maryland.

– Bien, ce sera donc ma prochaine étape. Je connais l'endroit, j'y suis allé pour une affaire de braquage de banque, mais je n'y connais personne. Vous avez le nom de quelqu'un que je pourrais contacter aux ressources humaines ?

Le commandant ouvrit un tiroir de son bureau et en sortit une pile de cartes de visite tenue par un élastique. Il les feuilleta rapidement puis en tendit une à Lofranco.

L'agent recopia le nom et le numéro de téléphone. Il allait rendre la carte au commandant, lorsqu'il remarqua la devise de l'IMM inscrite en haut de la carte : POUVOIR, DEVOIR, PATRIE.

Lofranco regarda de nouveau les sept mots qu'il avait entourés sur le fax qu'il venait de montrer au commandant. Trois d'entre eux étaient : POUVOIR, DEVOIR, AMÉRIQUE.

38

Bonelli fut tout étonné de voir Bill Hagstrom entrer à l'impro-viste dans la salle 511.

— Il faut s'y faire, lui confia Devlin. Une fois qu'ils savent que tu vas passer à la télé, ils veulent tous être ton meilleur copain.

— Crois-moi, l'idée n'est pas de moi, se défendit le profileur. O'Hare pense que tu as besoin de mon aide pour préparer ta pano-plie d'insultes. Mais je vois qu'il ignore ton talent naturel.

— Tu ne devrais pas être quelque part en train d'échanger des souvenir d'enfance avec un de tes potes pédophiles ?

Hagstrom se tourna vers Bonelli :

— J'abandonne les poursuites.

— Tu crois vraiment que ça va marcher ? interrogea Bonelli.

— Le tout est d'arriver à débusquer ce salopard. Toi qui as été soumis à l'agent Devlin pendant un bon bout de temps, tu ne lui dirais pas avec plaisir quelques mots bien sentis ?

Comme Bonelli souriait, Hagstrom ajouta à l'adresse de Devlin :

— Michael, tu as une petite idée de ce que tu vas raconter ?

— Je n'y ai pas encore réfléchi.

— Eh bien, moi, si. On sait qu'il est guidé par le désir de surmon-ter son sentiment d'impuissance. Ses premiers crimes lui ont permis dans une certaine mesure de l'étouffer, mais après ses deux échecs, il doit être hypersusceptible à la moindre critique. Tu vas l'attaquer sur son impuissance, non seulement sexuelle mais criminelle. Il n'est rien d'autre qu'un lâche. Il n'a pas hésité à tuer des enfants pour se prouver qu'il était un homme. Mais maintenant, il est coincé.

— Bill, c'est un communiqué qu'on veut de lui, pas une bombe nucléaire.

— Et si on l'assommait carrément. On pourrait aussi, pendant qu'on y est, lui distiller un peu de désinformation. Déclarons aux médias que son QI est bien en dessous de la moyenne. Qu'il n'a pas réussi à terminer ses études secondaires. Qu'il est sans doute d'une laideur repoussante et qu'on vient de le relâcher d'un asile psychiatrique. Il est incapable d'avoir des relations normales avec qui que ce soit, surtout avec les femmes.

— Je suppose que je devrais éviter de le mettre personnellement au défi de m'envoyer un message, fit observer Devlin.

— Effectivement, il pourrait lire dans notre jeu. Il suffit que tu lui donnes notre adresse électronique à la fin. Mais assure-toi que tu parles bien en ton propre nom. Par exemple, tu diras : « Si vous savez quelque chose, contactez-moi. » Il se chargera du reste.

— Rien d'autre ?

— Prends l'air autoritaire. Essaie de parler sur le même ton que lui dans ses communiqués. Ce que nous détestons chez les autres n'est en général que le rappel des faiblesses que nous soupçonnons chez nous. D'abord, tu le mets en situation d'échec, ensuite tu lui dérobes son pouvoir. Ça va le rendre fou furieux.

— Tu seras là pour la conférence de presse ?

— Non, je suis en retard au bureau, mais bonne chance.

— J'espère qu'on ne va pas devoir seulement compter sur la chance.

— Tu es au FBI depuis combien de temps ?

La première et dernière visite de Lofranco à l'Institut militaire du Maryland datait d'un an et demi, ou, pour être exact, du jour où il y avait procédé à l'arrestation d'un jeune braqueur de banque. Un élève de dix-huit ans, pour des raisons restées obscures jusqu'à ce jour, était entré dans une agence du quartier et avait présenté au caissier sidéré un mot exigeant deux mille dollars en billets de vingt. On lui avait tendu l'argent en toute hâte, mais le braqueur amateur avait filé en laissant le mot sur le comptoir. La banque avait sonné l'alarme et Lofranco s'était rendu sur place. Après avoir interrogé le caissier, il avait examiné le mot : il était écrit derrière un formulaire de remise de chèque d'une autre banque au nom du jeune homme. Il ne fallait pas être psychologue professionnel pour penser que, par un acte manqué aussi stupide, le voleur montrait qu'il avait envie, inconsciemment, de se faire prendre. Lofranco en avait parlé à un vieux pro du FBI de Baltimore, spécialisé dans les braquages. Mais celui-ci lui avait affirmé que ce genre de bévue était tout à fait banale. Dieu merci, avait-il ajouté, les malfaiteurs font de merveilleuses erreurs. En règle générale, on n'avait pas envie de poursuivre quelqu'un de plus malin que soi.

Lofranco se rappelait que ce jour-là, en garant sa voiture devant l'IMM, il s'était dit que c'était un bien curieux endroit pour appréhender un malfaiteur. Ici, toutes les règles et la discipline de la vie militaire n'avaient qu'un seul objectif : tracer et épaissir la frontière entre ce qui était autorisé et ce qui ne l'était pas, simplifier les prises de décision de façon que même les derniers rangs comprennent ce qu'ils devaient faire et, surtout, ce qu'ils ne devaient pas faire. Mais de toute évidence, le jeune braqueur n'avait pas réussi à suivre la ligne de conduite tracée en noir sur blanc par l'établissement. C'était peut-être pour ça qu'il s'était laissé prendre si facilement, songea Lofranco, il étouffait dans cette ambiance enrégimentée, il cherchait une voie de sortie. Peut-être était-ce aussi pour ça que le Tueur de la Liberté commettait ses crimes. Il se gara devant l'entrée de ce qui, à en croire la pancarte, était celle de l'administration.

On lui indiqua le bureau du conseiller civil. Il frappa avant d'entrer. Il se présenta. L'homme lui tendit la main :

– Je m'appelle Tom Watts.

Il devait avoir la cinquantaine. Devant les cheveux gris acier coiffés en brosse, le port d'une rectitude parfaite et l'allure assurément militaire, Lofranco déduisit qu'il avait affaire à un officier à la retraite.

– Que puis-je pour le FBI, agent Lofranco ? continua Watts.

– Appelez-moi Joe. Je suppose que vous avez entendu parler du Tueur de la Liberté.

Lofranco lui expliqua ce qui l'avait mis sur la piste de l'IMM.

– J'espère que vous vous trompez.

– C'est possible, répliqua Lofranco tout en persistant à se dire intérieurement qu'il tenait une bonne piste.

– Vous avez besoin de quoi exactement ? poursuivit l'ancien militaire.

– D'après notre profil, le tueur a entre vingt-cinq et trente ans. Il n'a sans doute pas terminé ses études supérieures. Tout nous porte à croire qu'il est originaire du Maryland et qu'il souhaitait autrefois entrer à l'Académie navale. Vous pourriez me fournir une liste de gens qui correspondent plus ou moins à ce profil ?

– Ce n'est pas très compliqué de vous trouver le nom de tous ceux qui n'ont pas décroché le diplôme au cours des cinq dernières années. De là, nous pourrons voir qui est originaire du Maryland.

216

Hélas, nous ne saurons pas s'il voulait vraiment entrer à l'Académie. Mais, à mon avis, ils en ont tous envie.

– La méthode me semble bonne. Allons-y. Vous savez que notre temps est compté. Plus tôt j'aurai la liste, mieux ce sera.

– Si vous êtes prêt à m'aider, on peut commencer tout de suite.

– Je suis votre homme.

Ils passèrent presque trois heures à éplucher les dossiers. La majorité de ceux qui avaient abandonné leurs études en cours de route ne correspondait pas au profil du département des Sciences comportementales. À la fin, ils avaient une liste de seulement dix-sept noms.

– Qu'allez-vous faire maintenant, Joe ? interrogea l'ancien officier.

– Je vais consulter les services de l'identité judiciaire pour voir si on a quelque chose sur eux.

– Et ensuite ?

– On se procurera des mandats pour ceux qui ont déjà eu affaire à la justice et on leur proposera de passer au détecteur de mensonges.

– Le tueur accepterait ce test ?

– S'il se croit le plus fort, oui, peut-être. De toute façon, s'il refuse, ça nous intéresse aussi.

– Si vous avez besoin d'autre chose, n'hésitez pas à m'appeler, vous avez mon numéro, dit Watts.

Lofranco le remercia et partit.

Les dix-sept hommes sur la liste étaient domiciliés dans le Maryland. Trois d'entre eux à l'ouest de l'État, et tous les autres à proximité de Washington. Lofranco décida de retourner à son bureau d'Annapolis pour envoyer les noms à Devlin afin que ce dernier s'occupe à son tour de les transmettre aux services de l'identité judiciaire. Mais il remarqua que deux d'entre eux vivaient juste au sud de Baltimore, sur le chemin du retour.

Il jeta de nouveau un coup d'œil au fax de Devlin. Les dernières lignes indiquaient qu'il restait seulement trois jours. Lofranco savait que le tueur, avant l'expiration de ce délai, pouvait frapper d'un instant à l'autre. Plus le temps passait, plus l'intervalle entre ses crimes était court. Lofranco se demanda, vu l'urgence de la situation, s'il ne pouvait pas y aller lui-même. Il avait une chance sur mille d'empêcher le tueur de nuire. Le risque en valait la peine. De toute façon, il n'était pas sûr que le nom du tueur figurât sur la liste. Et même si c'était le cas, Lofranco savait comment prendre la tangente quand ça devenait trop dangereux.

Le premier des deux anciens élèves de l'IMM s'appelait Harrison Langston. Il avait quitté l'école en deuxième année. Le dossier n'avait pas indiqué la raison de cette défection, mais il était clair que ses notes se maintenaient largement en dessous de la moyenne. Un de ses professeurs avait mis l'appréciation suivante dans son livret : « Ne possède ni la concentration ni la motivation nécessaires pour s'adapter aux traditions et aux objectifs de l'Institut militaire du Maryland. »

Lofranco n'eut aucun mal à trouver la maison, dans un faubourg moyennement aisé de Baltimore. Avant de sortir de sa voiture, il prit son revolver à canon court et le plaça dans la poche droite de son manteau. Il ouvrit sa mallette et farfouilla dans la quinzaine de dossiers qu'il emportait toujours avec lui. Il finit par trouver ce qu'il cherchait : une photographie en noir et blanc prise par l'appareil de surveillance d'une banque un an auparavant, au cours d'un braquage à Annapolis. Lofranco avait élucidé l'affaire six mois plus tôt, et l'homme sur la photo attendait en ce moment même le verdict du tribunal derrière les barreaux. Il glissa la photo dans la poche intérieure de sa veste et descendit de voiture. Prudent, il empoigna son arme à l'intérieur de son manteau pour qu'on ne vît pas la bosse suspecte qu'elle faisait dans sa poche. Puis il dirigea ses pas vers l'entrée de la maison.

Il entendit le son affaibli de la sonnette à l'intérieur. Quelques secondes plus tard, un jeune homme d'environ vingt-cinq ans lui ouvrit et le regarda d'un air renfrogné.

Avec son sourire le plus charmant, Lofranco commença :

— Bonjour, comment allez-vous ? J'enquête sur le braquage de banque hier à Annapolis. Vous en avez sûrement entendu parler.

— Vous êtes ?

— Oh, désolé.

Lofranco présenta sa carte du FBI. Puis il sortit la photo et la tendit au jeune homme.

— On pense que c'est le coupable. On a retrouvé la voiture qui a servi au braquage à une rue de chez vous. Alors on interroge un peu les gens du quartier. Vous le reconnaissez ?

Toujours glacial, le jeune homme répondit par la négative et rendit la photo.

— Merci quand même, fit Lofranco en tirant de ses poches un carnet et un crayon. Votre nom, s'il vous plaît ?

– Pourquoi ?

– On a besoin de savoir à qui on a parlé. Vous savez, pour ne pas vous redéranger.

Le jeune homme esquissa une moue soupçonneuse, mais il répondit cependant :

– Harrison Langston.

Au cours de ses années new-yorkaises, Lofranco avait appris à se fier à ses premières impressions comme à un système d'alarme intérieur. Pour le moment, ce dernier s'était éteint. Il décida de ne pas insister.

– Excusez du dérangement.

La maison suivante se trouvait à dix minutes de là. Cette fois, ce fut une femme qui répondit à son coup de sonnette. En voyant la carte du FBI, elle invita Lofranco à entrer. Rassuré par sa présence, il décida d'attaquer un peu plus franchement.

– Je cherche… fit-il en faisant semblant de regarder d'un air distrait sa liste comme s'il s'agissait d'une affaire peu importante, Edward Quigley.

– C'est mon fils. Il lui est arrivé quelque chose ?

– Oh non, madame. Une personne qui a demandé une autorisation à l'administration a donné le nom de votre fils comme référence. Rien de plus.

– Pendant une minute, vous m'avez fait peur. Eddie est dans l'armée maintenant. Sergent. En Allemagne.

– Veinard. J'ai toujours voulu visiter l'Allemagne… mais pas assez pour m'engager, dit-il en souriant. Depuis combien de temps il est là-bas ?

– Un peu plus d'un an. On ne l'a pas vu depuis la Noël de l'an passé.

– Je suppose que ça fait partie des inconvénients de la vie militaire. Vous avez son adresse ? On lui enverra un formulaire à remplir.

– Bien sûr, je vais vous la chercher tout de suite.

Dès son arrivée à son bureau, Lofranco téléphona à Devlin au siège pour lui expliquer comment les termes employés dans le communiqué du tueur l'avait mené jusqu'à l'Institut militaire du Maryland.

– Je vois que tu tiens encore bien la route, Joe.

– Merci. Je rentre tout juste de l'IMM avec une liste de gars dont le profil correspond à ce qu'on cherche.

– Super. Combien sont-ils ?

– Dix-sept, mais j'en ai éliminé un sur le chemin du retour. Ça fait un an qu'il est en Europe, dans l'armée.

– Comment as-tu trouvé ça ?

– J'ai fait un saut chez lui et j'ai parlé à sa mère.

– Seul ?

– J'ai trouvé un bon prétexte.

– Tu n'as personne sur place pour te donner un coup de main ?

– Ils sont tous occupés à vérifier d'autres choses pour l'affaire. Tu sais, tous ces tuyaux qu'on reçoit par téléphone. Et le chef les a envoyés interroger tous les types de cette tranche d'âge qui font partie de groupes paramilitaires. Je me débrouille très bien tout seul. N'oublie pas, j'ai bossé à New York.

– Tu as l'intention d'en faire plus ce soir ?

– Dès que je t'ai faxé ma liste et que j'ai avalé un sandwich.

– Bon, je l'attends. Lequel tu as éliminé ?

– Edward Quigley. Je suis aussi passé voir Harrison Langston. Il m'a fait froid dans le dos, alors je me suis tiré. Et si on allait y voir de plus près ?

– Tu ne vas pas retourner seul l'interroger, dit Devlin.

– Pas seul.

– Sois prudent.

Lofranco éclata de rire :

– Facile à dire. À quelle heure tu passes à la télé ce soir ?

– Ils essaient de tout organiser pour les informations. Ils ont testé la table d'écoute. D'ailleurs, il faut que je file.

– Je te faxe la liste tout de suite, et si je tombe sur un truc intéressant, je t'appelle, promis, conclut Lofranco.

39

Joe Lofranco devait prendre une décision. Il avait quinze noms sur sa liste et deux solutions possibles : soit il démarrait par les moins suspects de façon à les rayer de sa liste, et réservait l'interrogatoire des autres à plus tard, quand il aurait de l'aide, ou bien il faisait tout son possible pour identifier le Tueur de la Liberté au plus vite, c'est-à-dire à temps pour éviter un nouveau crime. Il savait d'expérience que si un agent ne mettait pas toute son énergie dans une enquête, celle-ci n'avait aucune chance d'aboutir. Les affaires criminelles étaient toujours élucidées par ceux qui étaient prêts à foncer tête baissée.

Annapolis étant désormais la base officieuse du tueur, Lofranco dressa une nouvelle liste, avec en tête les suspects les plus proches de cette ville. Le premier habitait Annapolis même. Il allait commencer par lui.

Il vérifia l'heure. Un peu plus de 19 heures. Et il était seul dans le bureau. Il se sentit envahi par une étrange impression de vide. Comme le soir où sa femme lui avait annoncé qu'elle voulait divorcer. Il resta quelques minutes songeur puis s'efforça de chasser sa mélancolie. Comme cette humeur n'avait pas l'air de vouloir le lâcher, il ouvrit le tiroir de son bureau avec sa clé et en sortit son gros magnum. Il n'avait pas éprouvé le besoin de le prendre depuis New York. Il ouvrit le barillet d'un coup sec pour constater qu'il n'était pas chargé. Ouvrant un second tiroir, il en sortit une boîte de balles à ogive perforée fabriquées spécialement pour le Bureau et chargea l'arme. Puis il compta douze balles supplémentaires et les laissa tomber dans la poche droite de sa veste. Dans la poche gauche de son manteau, il prit le revolver à canon court qu'il gardait en général dans sa mallette comme arme d'appoint. Ces poids dans ses poches, qui l'alourdissaient de façon désagréable, étaient plus efficaces que tous les conseils de prudence : car ceux-là, il n'arriverait pas à les oublier. Au moment de franchir le seuil de la porte, il se retourna un instant pour contempler le bureau où il avait passé ces deux dernières années. Il lui semblait tout à coup étrangement accueillant.

La première adresse se trouvait à cinq minutes en voiture. Lofranco resta à distance pour observer la maison. Des lumières brillaient à presque toutes les fenêtres de la petite bâtisse en bois peint. Trois voitures étaient garées dans l'allée étroite le long de la maison. De temps à autre, il apercevait une silhouette passer en ombre chinoise devant une fenêtre.

En sortant de sa voiture, il remarqua que la température baissait ; il sentit la morsure du vent glacé sur le haut de ses oreilles. Sachant qu'il ne devait pas boutonner son manteau s'il voulait garder son magnum à portée de main, il fourra ses deux poings dans les poches du vêtement pour mieux s'en draper.

Il remonta l'allée en silence, frôlant en passant du plat de la main les capots des voitures. Les deux véhicules les plus proches de la rue étaient encore tout chauds. La pensée qu'il y avait d'autres personnes dans la maison le rassura. Il y aurait des témoins quand il foncerait tête baissée.

Il frappa à la porte et entendit quelqu'un crier :

– J'y vais, John !

Le battant s'ouvrit sur un homme qui tomba littéralement en arrêt devant la carte du FBI de Lofranco.

– John, je crois que tu devrais venir voir.

Avec un sourire, il fit signe à Lofranco d'entrer et se retira dans la petite salle à manger. La table était jonchée de tout un bric-à-brac de joueurs de poker : des cartes, des jetons, des biscuits et de la bière.

John Sprague surgit de la cuisine avec une canette de bière ouverte dans chaque main. Il n'avait pas plus de vingt-quatre ou vingt-cinq ans. Mais sa barbe auburn dissimulait mal la couperose qui étalait son fin réseau sur ses joues boursouflées par l'abus d'alcool.

– Ouais, qu'est-ce que je peux faire pour vous ?

Il avait la voix pâteuse et avait du mal à articuler. Lofranco se demanda s'il allait comprendre ce qu'il avait à lui dire. Il lui présenta sa carte du FBI dans l'espoir de le faire revenir sur terre.

– Le FBI ? murmura le jeune homme. Mais on joue pour des clous !

Les autres joueurs laissèrent échapper de petits rires avinés.

— Il y a un endroit où on pourrait parler, tous les deux ? s'enquit Lofranco.

— Ouais, suivez-moi.

Gardant une seule canette dans sa main, le jeune homme le précéda dans la cuisine et referma la porte derrière eux.

Il était manifestement nerveux et beaucoup plus attentif qu'à l'arrivée de l'agent.

— Vous êtes allé à l'Institut militaire de Maryland ? s'enquit Lofranco.

— Ouais, trois ans.

— Mais vous n'avez pas de diplôme ?

— De quoi vous vous mêlez ? s'écria Sprague, faisant semblant d'avoir l'air furieux.

— Vous répondez aux questions, un point c'est tout, énonça Lofranco en le dévisageant froidement.

— D'accord, d'accord. C'est que le FBI ne sonne pas tous les jours à ma porte pour me poser des questions.

— Ça ne sera pas long, si vous êtes coopératif.

Sprague sourit et soupira :

— Bon, qu'est-ce que vous voulez savoir ?

— L'IMM.

— Ils m'ont renvoyé l'année dernière.

— Pour… ?

— Ils trouvaient que j'avais un problème avec l'alcool.

Lofranco contempla la bière dans la main de Sprague, puis la poubelle qui débordait de canettes près du réfrigérateur.

— Pas possible, fit-il d'un ton ironique.

Sprague rougit légèrement.

— C'est ma vie.

— Et votre vie ne vous a jamais amené à Los Angeles ?

— Non.

— San Francisco ?

— Non.

— Dallas ?

— J'ai été en Floride et à Chicago. Sinon, je n'ai jamais trop bougé d'ici.

— Où vous étiez hier matin entre 8 et 10 heures ?

— Au boulot.

— C'est-à-dire ?

– Je suis plombier. Je travaillais dans Union Street, au… 721. J'y ai passé la matinée. Ils avaient crevé une conduite.

Lofranco sentit soudain le poids des deux armes et des munitions qu'il transportait. Signe qu'il était en train de se détendre.

– Vous pouvez retourner à votre jeu.

– C'est tout ?

– Vous avez d'autres choses à me raconter ?

La maison du second suspect sur sa liste nichait tout au fond d'une impasse, isolée. Elle se trouvait à plusieurs centaines de mètres de la maison la plus proche. Lofranco aperçut un filet de lumière à travers une des fenêtres sur la rue. Il fit rouler doucement sa voiture. De l'autre côté de la maison, il vit de la lumière à une fenêtre de derrière. Il se gara dans l'allée et resta un moment tranquille, tous ses sens de nouveau en éveil.

– Un véritable coupe-gorge, s'entendit-il murmurer.

Il s'assura qu'il avait toujours la photo du braqueur et sortit.

Ce n'est qu'après avoir frappé à la porte qu'il nota l'inquiétant silence. Quelque chose lui disait de partir au plus vite. Il était sur le point de retourner à sa voiture, quand une belle voix résonna de l'autre côté de la porte.

– Vous pouvez passer par-derrière, s'il vous plaît ?

Le côté de la maison était plongé dans l'obscurité. Lofranco plongea la main dans sa poche et serra entre ses doigts son revolver à canon court. Prudemment, il se dirigea vers l'arrière de la maison. À un moment donné, il marcha dans une flaque d'eau, trempant ses chaussures.

Il frappa deux coups légers à la porte. Elle s'ouvrit sur le beau visage d'un jeune homme en fauteuil roulant.

– Bonsoir, je peux faire quelque chose pour vous ?

La main qui tenait le revolver se détendit. Lofranco le laissa de nouveau glisser au fond de la poche de son manteau. Il se présenta. Le jeune homme sur le fauteuil roulant lui confirma qu'il était bien la personne suivante sur sa liste d'anciens élèves de l'Institut militaire du Maryland.

– Entrez, j'ai quelque chose sur le feu, fit-il.

La porte donnait directement sur la cuisine. Étant donné son handicap, Lofranco décida qu'il était inutile de chercher un prétexte pour l'interroger. Il le suivit.

– Asseyez-vous, je vous en prie.

Lofranco obtempéra et s'assit à la table.

– J'interroge quelques anciens de l'IMM.

Le handicapé fit rouler son fauteuil jusqu'à la cuisinière, dans le dos de Lofranco. Ce dernier entendit le bruit d'un couvercle qu'on soulevait.

– Coupable. J'ai passé trois ans là-bas.

– J'ai seulement quelques petites questions à vous poser, ensuite je vous laisserai dîner en paix.

Lofranco remarqua soudain un papier journal déplié par terre dans un coin. Dessus, une paire de chaussures. Le papier était trempé.

– Vous vivez seul ici ?

À peine venait-il de poser cette question, que Lofranco se rendit compte de l'énormité de son erreur. Il sentit immédiatement la présence du tueur dans son dos. Son entraînement concernant les positions de tir lui revint brusquement en mémoire. Lofranco se leva d'un bond et pivota sur lui-même, protégeant son côté droit de la menace derrière lui. Il sentit son pouce qui faisait sauter le bouton-pression de son étui, puis le contact du magnum dans sa paume.

Le Tueur de la Liberté, dressé de toute sa hauteur, tenait un gros tuyau d'acier comme s'il s'agissait d'une batte de base-ball. Le tuyau s'abattit sur Lofranco au moment où il dégainait. Son doigt se crispait sur la détente quand, juste sous la tempe, il reçut un énorme coup qui lui défonça l'orbite. Lofranco ressentit comme un choc électrique dans toute la longueur de son bras. La dernière chose qu'il vit avant de plonger dans les ténèbres, ce fut son revolver qui tombait à terre.

40

Lorsque les médias apprirent qu'un agent de terrain était autorisé à répondre sans restriction à leurs questions, et en direct, ils se rassemblèrent avec l'enthousiasme d'un banc de piranhas alléchés par un morceau de viande rouge.

L'attorney général, qui, hiérarchiquement, était le supérieur du directeur du FBI, donna l'ordre que la conférence de presse ait lieu dans l'enceinte du département de la Justice. Quelques minutes avant l'heure dite, Tom O'Hare guida Devlin à travers le dédale du dispositif de sécurité.

Dès que la porte s'entrouvrit, alors que Devlin n'avait pas encore mis le pied dans la salle, les flashes explosèrent. Devlin entra d'un air cérémonieux. Il fut aussitôt aveuglé par la lumière continue des flashes et assourdi par le bruit des déclencheurs et des moteurs d'une multitude d'appareils photo. Devlin se dirigea vers le podium et se posta à la droite du directeur du FBI, lui-même à la droite de l'attorney général.

Les trois hommes restèrent debout une bonne minute, laissant les photographes faire leur travail. Quand le crépitement commença à faiblir, l'attorney général déclara :

— Mesdames, messieurs, je tiens d'abord à vous remercier d'avoir répondu avec autant de célérité à notre appel. Si nous vous avons conviés, c'est pour vous annoncer un nouveau tournant dans l'enquête qui doit nous permettre d'identifier et d'appréhender le criminel connu sous le nom de Tueur de la Liberté. Nous demandons au public sa coopération. Nous pensons qu'il doit bien y avoir quelqu'un qui puisse nous aider à élucider cette affaire. Maintenant, pour les détails pratiques, je vais passer la parole au directeur du FBI, Bob August.

L'attorney général s'écarta d'un pas, laissant August prendre sa place au micro sous une pluie de flashes. Ce dernier attendit quelques instants puis déclara :

– Le FBI a ouvert une ligne spéciale pour les citoyens qui auraient des informations sur ces crimes. Pour ceux qui craindraient d'être enregistrés, nous avons aussi mis en place une adresse électronique spécialement pour eux. Toutes les informations, téléphoniques ou électroniques, seront strictement confidentielles.

Le responsable de la communication du département de la Justice s'avança avec une pancarte en carton blanc où étaient inscrits le numéro de téléphone et l'adresse électronique. August poursuivit :

– Maintenant, je voudrais vous présenter l'agent qui a, hier, empêché l'attentat contre le révérend Epps. Il répondra à toutes vos questions. Mesdames, messieurs, voici l'Agent Spécial Mike Devlin.

Nouvelle explosion de flashes. Les photographes se rapprochèrent du podium pour saisir de plus près les égratignures sur le visage de Devlin. Malgré sa gêne de se sentir ainsi le centre de l'attention, ce dernier resta stoïque et prit consciencieusement la pose. Il avait le regard d'acier de l'agent pur et dur, sorti tout droit d'un film noir.

Une fois les flashes apaisés, le responsable de la communication plaça la pancarte sur un chevalet, se posta auprès de Devlin et fit un signe de la main à une journaliste. Cette dernière se leva et posa la première question :

– Comment le FBI a-t-il réussi à déjouer le plan du Tueur contre le révérend Epps ?

En plein dans le mille, songea Devlin. Elle avait posé la seule question qui pouvait dissuader le Tueur de la Liberté d'envoyer un message électronique. Car si, par malheur, il apprenait qu'on avait retrouvé sa trace grâce à son e-mail, il n'allait pas être assez bête pour recommencer. Devlin avait mis au point un mensonge qui, à première vue, tenait debout, mais il valait mieux que les journalistes n'insistent pas trop. Si tout allait bien, ils avaient quarante-huit heures pour agir.

– Nous avons réussi à identifier un de ses noms d'emprunt. L'enquête a déterminé qu'il s'en était servi à bord d'un vol de Los Angeles-Washington. Il se trouve que l'avion en question était justement celui où la police de Los Angeles avait découvert la bombe. On a interrogé les passagers et l'équipage. Quelques personnes se souvenaient de l'homme qui l'aurait posée. Il y a deux jours, le même équipage a fait escale à Washington. Par un coup de chance extraordinaire, une des hôtesses en quittant son hôtel, a cru reconnaître ce même individu qui sortait de l'ascenseur à la réception.

Elle nous a aussitôt téléphoné, et de fil en aiguille on a compris qu'il visait le révérend Epps.

La même journaliste s'enquit :

— Comment avez-vous retrouvé cet individu parmi la masse de clients de l'hôtel ? Il avait réservé sa chambre sous le même nom d'emprunt ?

— Évidemment, la première chose que nous avons vérifié, c'est cette histoire de nom. Pour ses crimes précédents, il ne s'était jamais servi deux fois de la même identité. Nous avons aussi découvert qu'il n'avait pas de carte de crédit pour chacun de ses pseudonymes. Nous avons donc demandé à l'hôtel qui avait réservé sans présenter aucune carte de crédit. Il n'y avait qu'une personne dans ce cas. C'est comme ça nous avons pu remonter jusqu'au révérend Epps.

— Pouvez-vous nous décrire la suite plus en détail ?

— Désolé, je ne peux pas vous en dire plus tant que l'enquête n'est pas terminée.

Le responsable de la communication fit signe à une autre personne dans la salle.

— Pouvez-vous nous donner les pseudonymes et le nom de l'hôtel ?

Devlin sourit poliment au journaliste. Le silence dans la salle était total. Tout le monde était suspendu aux lèvres de Devlin.

— Vous ne pensiez quand même pas en venant ici qu'on était là pour vous mâcher votre travail de journaliste, répondit l'agent.

Laissant passer la vague de rires polis, Devlin ajouta :

— Désolé, c'est encore confidentiel.

Une autre journaliste intervint :

— À votre avis, le tueur va frapper à nouveau ?

Le *tueur* ? Même l'attorney général l'avait appelé par ce nom. Où était donc passé le *Cataclysmiste* ? se demanda Devlin. Il semblait pourtant solidement installé dans la place : original, inhabituel, et surtout, résumant d'un mot toute l'affaire. Décidément, se dit-il, il n'avait pas l'étoffe d'un publicitaire ; il n'avait aucun flair concernant ce qui allait marcher.

— Je n'en ai aucune idée. C'est pourquoi nous avons donné ces numéros, pour permettre aux gens de nous aider à l'arrêter... avant qu'il commette un nouveau crime.

Un autre journaliste se leva dans la salle.

— Agent Devlin, fit-il, quel sera votre rôle dans cette enquête ?

Devlin jeta un coup d'œil en direction d'O'Hare :

– J'ai reçu l'ordre de rester au siège du FBI. J'organise l'enquête.

– À vous entendre, on dirait que vous n'êtes pas très heureux de vous retrouver relégué au Hoover Building.

– Je préférerais en effet être sur le terrain, mais il faut bien obéir aux ordres.

Le responsable de la communication fit signe au journaliste suivant :

– Y a-t-il eu une mise à jour du profil du Tueur de la Liberté ?

– Tout à fait. Nous pensons que, dans notre premier profil, nous avons largement surestimé son degré d'intelligence. Vu sa maladresse lors de ses deux derniers crimes, il ne peut pas être aussi redoutable qu'on l'a d'abord pensé. On a affaire à un raté, qui sort peut-être même d'un asile psychiatrique. En plus, ce genre d'individu est en général affublé d'un physique déplaisant et se révèle incapable d'avoir des relations avec les autres, surtout avec les femmes. Il se sert de ses crimes pour montrer qu'il est un homme, mais c'est surtout à lui-même qu'il veut prouver sa virilité. En fait c'est tout simplement un lâche, qui tue des hommes, des femmes, des enfants même, simplement pour se rassurer sur lui-même.

Un autre journaliste se leva pour demander :

– Les deux dernières fois, il a envoyé des messages d'avertissement et vous avez réussi à déjouer ses plans. Pensez-vous qu'il préviendra aussi la prochaine fois ?

– Je crois qu'il n'a plus assez confiance en lui pour se manifester.

Une journaliste intervint d'un air renfrogné :

– Je ne suis pas satisfaite de votre explication sur la façon dont vous avez empêché l'assassinat du révérend Epps. Pouvez-vous être plus précis ?

De nouveau en plein dans le mille. Devlin frémit intérieurement. Il fallait trouver une porte de sortie. Rapidement, il se remémora tous les points sur lesquels avait insisté Hagstrom. Il n'avait rien oublié. Avec un sourire, il répondit :

– Je crois que j'ai déjà esquivé cette question. Autre chose ?

– Quel est, à votre avis, son but ultime ?

– À mon avis, fit Devlin après un moment de réflexion, son but ultime est… une érection.

La salle hurla de rire. Le responsable de la communication se rua sur le micro et déclara :

– Désolé, les questions sont terminées.

Quelqu'un dans la salle hurla :

— Pas de problème, après ça, on a tout ce qu'il nous faut.

Devlin jeta un coup d'œil à O'Hare qui hochait la tête d'un air navré. L'agent de Detroit n'osa pas regarder du côté du directeur. Mais s'il l'avait fait, il aurait vu briller dans les yeux de Bob August une lueur complice.

Juste avant de reprendre connaissance, Lofranco eut l'impression qu'il était collé à la paroi d'un manège de foire lancé à toute allure dans les ténèbres. En dépit de ses efforts désespérés, la force centrifuge l'empêchait de se redresser. Tous ses organes – son cerveau et jusqu'à ses testicules – étaient plaqués d'un côté de son corps. Un silence brutal se fit soudain quelque part en lui et ses yeux s'ouvrirent. Une douleur insupportable lui dévorait le côté gauche de la tête, et plus il s'éveillait, plus elle devenait aiguë. Un liquide frais coulait de son œil gauche. Il voulut s'essuyer. C'est là qu'il s'aperçut que ses mains étaient attachées avec du ruban adhésif aux bras d'un fauteuil en chêne massif. Brusquement, il reconnut la voix de Devlin.

— Dieu merci, marmonna-t-il.

Puis il entendit des rires. Que se passait-il ? Il rassembla toutes les forces psychiques qui lui restaient. Auprès de lui, le Tueur de la Liberté regardait le journal télévisé.

Une moue vicieuse retroussait les lèvres du tueur.

— Alors, tu me trouves moche, hein Joseph ?

Comme il n'obtenait pas de réponse, il continua :

— Je parie que tu ne mettrais pas longtemps à me dire que je suis beau gosse.

Lofranco se tortilla pour cracher au visage sadique du tueur. Il manqua sa cible.

Le tueur se retourna vers la télévision pour regarder la fin de la conférence de presse. Devlin recula sur le podium pour montrer la pancarte avec le numéro de téléphone et l'adresse électronique. Juste au-dessus brillait le sceau du département de la Justice.

— Joseph, je savais *quoi* faire, mais je n'avais pas encore décidé *où*. Maintenant, je sais. Et avec ton aide, je crois que nous allons piéger l'Agent Spécial Devlin.

41

Devlin regarda autour de lui pour vérifier s'il n'avait rien oublié. La seule trace de présence que Bonelli et lui laissaient derrière eux après tous ces jours et toutes ces nuits passées salle 511 était les inscriptions sur le mur qui leur avaient permis de décrypter les va-et-vient du tueur. Devlin avait l'impression d'abandonner tout à la fois un point d'ancrage et un porte-bonheur. Il espérait que leur nouveau local allait leur être aussi favorable.

O'Hare avait dit à Devlin que dix agents seraient chargés de filtrer les appels dans la maison. Dès qu'ils auraient quelque chose d'intéressant, ils devaient transférer leur correspondant à la salle 621. Là, deux autres agents expérimentés dans ce domaine avaient pour mission de filtrer le reste des appels avant de les passer à Devlin. Ce système de double filtrage devait assurer l'entière disponibilité de Devlin. En effet, il fallait à tout prix éviter qu'il manquât l'appel du tueur sous prétexte qu'il bavardait inutilement au téléphone. Quatre agents devaient se relayer par paire toutes les douze heures auprès de Devlin et Bonelli. Dès qu'il entra dans la pièce, Devlin nota que les deux agents en manche de chemise portaient un Browning 9 mm dans leur étui. Les seuls à avoir le droit de porter ces armes étaient les membres de la brigade d'intervention contre les prises d'otages. Manifestement, on avait jugé en haut lieu que Devlin avait besoin d'une protection un peu spéciale.

— Des appels ? questionna-t-il.

— Quelques habituels adorateurs de la lune, mais il y en a un qui va vous intéresser, je crois, dit l'un des agents en feuilletant une liasse de feuillets.

Devlin remarqua alors que le deuxième agent, tout en lisant le journal, appuyait et réappuyait distraitement sur le « bis » de son téléphone.

– Ça y est, je l'ai, fit le premier agent. Une femme. Elle a appelé pour vous dire que vous et vos discours machistes sur les érections à la télévision lui ont vraiment plu. Elle a dit que si vous étiez un homme, vous pouviez la retrouver au *Still and Grill* à Georgetown ce soir à 20 heures. Elle a précisé de demander Knox.

Il tendit à Devlin le message avec un haussement de sourcil, comme pour lui faire remarquer qu'il avait une sacrée veine.

Devlin plia la feuille de papier et la glissa dans sa poche.

– Peut-être un bon coup, qui sait, fit Devlin, puis, se tournant vers le second agent qui s'obstinait à recomposer indéfiniment le même numéro de téléphone, il ajouta : qu'est-ce qu'il a ?

– Jack vient d'être muté de Los Angeles. Il s'est pris une sacrée raclée pour son divorce. J'ai essayé de le raisonner. Je suis passé par là, moi aussi. Mais il ne veut rien savoir. Il dit que tout est la faute de l'avocat de son ex-femme, un de ces salopards qui ont de la pub à la télé. Alors Jack attend qu'il n'y ait plus personne à son cabinet et téléphone à son numéro gratuit. Imaginez la tête de l'avocat quand il recevra sa facture le mois prochain et qu'il verra toutes ses communications longues distances. Il va en avoir pour au moins dix mille dollars. Romantique, non ?

Bonelli était assis à une table au fond de la pièce. Tout autour de lui s'élevaient des piles de dossiers, soigneusement disposées à même le sol. Punaisé au mur, s'étalait un collage composé de plusieurs morceaux de papiers scotchés les uns aux autres. Les inscriptions murales de la 511 y avaient été fidèlement recopiées. Jusqu'à la taille des lettres et des chiffres qui avait été restituée à l'identique. De toute évidence, Bonelli trouvait, lui aussi, ces inscriptions rassurantes. Devlin se demanda si le jeune homme ne les avait pas érigées là comme un sorte de pierre de Rosette, dans l'espoir de déchiffrer les intentions futures du Tueur de la Liberté.

– Vous êtes tous bien installés ? interrogea Devlin.

– Installés et prêts pour *l'appel*.

– Vous avez des nouvelles de Lofranco ?

– Aucune.

Devlin se tourna vers les deux agents :

– Ni l'un ni l'autre n'a eu le FBI d'Annapolis au bout du fil ?

Les deux agents firent non de la tête. Devlin s'empressa de composer le numéro du FBI d'Annapolis. À la troisième sonnerie, le répondeur se mit en marche. Après le bip sonore, Devlin laissa un message demandant à Lofranco de l'appeler immédiatement. Puis il se tourna vers Bonelli.

— Tu en as terminé avec la liste de ceux qui ont laissé tomber l'Institut militaire d'Annapolis ?

— J'ai lancé je ne sais combien de recherches dans ma base de données. Résultat : néant. J'attends encore des casiers judiciaires et des numéros d'immatriculation.

Devlin regarda sa montre.

— Combien de temps vas-tu encore rester ici ?

— S'il n'y a rien de nouveau, sans doute une heure et quelque.

— Si Lofranco téléphone, dis-lui de te donner un numéro où je peux le joindre dans deux heures. Je voudrais savoir ce qu'il a tiré de ses interrogatoires.

— Rien d'autre ?

Par-dessus son épaule, Devlin montra du pouce les deux agents.

— Donne à chacun de ces gaillards une copie de la liste de l'IMM. Si quelqu'un téléphone avec un de ces noms-là, ils sauront quoi faire.

Devlin prit la liste et la parcourut des yeux. Il ajouta :

— Je sais que c'est plutôt hasardeux, mais j'ai comme le sentiment que ça peut marcher.

— Où est-ce que tu seras ?

— Au *Still and Grill* à Georgetown. Mais je fais un saut chez O'Hare d'abord.

— Après ton show à la télé, il va sûrement te proposer le poste de porte-parole du Bureau.

Devlin rit :

— Pour le moment, je crois qu'il préférerait que je lui livre le Tueur de la Liberté.

O'Hare écrivait quand Devlin entra en s'exclamant :

— Je suis venu me rendre de moi-même.

— Bon sang, Mike, je sais que tu étais obligé d'arrêter leurs questions avant qu'ils ne fichent en l'air notre plan, mais je te croyais plus diplomate.

— J'ai dû choquer ceux qu'il ne fallait pas : notre homme n'a pas encore fait signe de vie.

— C'est ce que j'ai compris. Les agents dans ton bureau sont chargés de me prévenir dès qu'il se manifeste.

— À propos de ces agents, depuis quand la brigade d'intervention contre les prises d'otage s'occupe-t-elle de répondre au téléphone ?

Le chef de section rougit légèrement :

– Bon, je plaide coupable. Mais c'est seulement pour ta sécurité.

– Et le reste de la brigade ?

– Ils sont sur la touche.

– Où ça ?

– A l'aéroport de Baltimore Washington International. Entre Baltimore, Annapolis et Laurel. On a des hélicoptères et des véhicules en attente, prêts à foncer.

– Tout ce qu'il nous faut maintenant, c'est un peu de bonne volonté de la part du tueur.

– Pourquoi il n'a pas encore appelé, à ton avis ? questionna O'Hare.

– Il n'a peut-être pas vu les infos à la télé.

– Il en a peut-être marre.

– Je croirais ça quand le délai de deux semaines se sera écoulé sans nouvel attentat, décréta Devlin.

– Je ne sais plus où on en est. Quand est-ce que ce délai expire ?

– Dans deux jours.

– Tu ne crois pas qu'il a laissé tomber ?

– Il a trop investi en temps, en argent et en haine pour partir sans un au revoir.

– J'espère que tu as raison, je veux dire qu'il appellera. Tout le monde est mobilisé, et pas seulement au Bureau. Tout le monde retient son souffle, énonça O'Hare.

– Donne-lui un peu de temps. La tentative de meurtre sur Epps date seulement d'hier matin.

– Mon Dieu, j'ai l'impression que c'était il y a une semaine.

– C'est parce que depuis, on a abattu le travail d'une bonne semaine.

– D'accord. Bon, maintenant, il faut que j'aille rendre une petite visite à ton nouveau meilleur ami.

– Qui ça ? s'étonna Devlin.

– Le directeur.

– Le directeur ?

– Pourquoi tu n'es pas sur un vol pour Detroit, à ton avis ? C'est incroyable, je sais, mais il a trouvé que tu t'es débrouillé comme un chef pendant la conférence de presse – vu que ta mission était de provoquer le dégoût et la révolte du tueur.

– Pas possible. Alors, quand tu le verras, n'oublie pas de lui donner le bonjour de Mike !

Le *Still and Grill* était situé dans un de ces petits immeubles branchés de Georgetown devant évoquer le XIXe siècle du dehors et le XXIe à l'intérieur. La façade de briques ornée de corniches tarabiscotées, qu'un bon ravalement avait pour ainsi dire remise à neuf, contrastait en effet avec la décoration intérieure tout en acrylique et matière stratifiée à motifs, le tout éclairé par des néons censés transporter le client dans un futur lointain dès le seuil de la porte franchi.

Devlin trouva Knox assise à une petite table plongée dans la pénombre, tout au fond du restaurant. Il l'embrassa prudemment, espérant que son humeur n'était pas aussi sombre que la table qu'elle s'était choisie. Elle lui rendit son baiser avec la même prudence.

Il s'assit. Ils se regardèrent d'un air hésitant. Finalement, elle dit :

– Hier soir, j'ai l'impression que les choses ont un peu dérapé.

– J'aurais dû te téléphoner et te raconter ce qui s'était passé au lieu d'entrer comme ça et te faire peur.

– Mike, j'ai eu peur, bien sûr, mais ce qui me fait vraiment peur, c'est autre chose.

– Quoi ?

– J'ai peur que cette affaire tourne à la vendetta, comme avec le *Gentkiller*.

– Cet homme avait assassiné quatre agents du FBI, des types formidables.

– Et tu l'as tué.

– Il a essayé de me tuer.

– Tu aurais pu te contenter de l'arrêter.

Comme Devlin ne répondait pas, elle ajouta :

– Je crois comprendre pourquoi tu l'as fait, et c'est ce qui me terrifie. Il y a un vengeur qui sommeille en toi.

– Cette fois, ça n'a rien à voir. Ça n'a rien de personnel.

– Quatre gosses ont été tués, et tu dis que ça n'a rien de personnel ? Je te connais, Mike.

– D'accord, *je suis différent*. Quelquefois on fait un truc dingue. Sur le moment on trouve ça normal, nécessaire même, puis avec le recul, on se dit qu'on ne pourrait jamais le refaire. Je sens encore mon pouce qui appuie sur le bouton du détonateur. J'entends le fracas de la détonation. C'est comme le Viêt-nam. J'y suis allé parce qu'à l'époque je me sentais obligé de me battre, mais je ne pourrais jamais recommencer. Un homme a en lui seulement une certaine quantité d'énergie et de courage. Je crains d'avoir vidé mes batteries.

– Dans ce cas, pourquoi te montrer à la télévision pour insulter ce psychopathe ?

Devlin promena un regard méfiant autour de lui, comme s'ils risquaient d'être entendus. Il baissa prudemment la voix :

– Nous essayons de le mettre en colère avec l'espoir qu'il nous enverra un autre communiqué. C'est notre seule façon de le coincer. Je suis juste le messager.

– Tu le qualifies d'impuissant et de cinglé devant des millions de gens, et tu crois qu'il va s'en prendre au gouvernement plutôt qu'à ta personne ?

– Tu oublies qu'on m'a interdit de quitter le Hoover Building. S'il veut me voir, c'est là qu'il doit venir me chercher. Il est assez malin pour savoir qu'il se fera immédiatement arrêter au poste de sécurité. Non, sa seule riposte possible est d'envoyer un message. Mon rôle a seulement été de le provoquer.

– Mike, une chose est claire : ce type-là est superintelligent. Tu crois qu'il ne pourrait pas te coincer à ton hôtel ou au restaurant ? Il pourrait être ici, par exemple, maintenant.

– Je suis très prudent. S'il essaie de me suivre, il est cuit. Tiens, c'est pour toi, déclara Devlin en sortant une clé de la poche de sa veste et en la lui tendant.

– Qu'est-ce que c'est ?

– En chemin, j'ai pris soin de changer d'hôtel. Nous sommes maintenant à l'*Avalon*. On y sera en sécurité. Tu as raison, ce type est superintelligent. C'est ce qui fait sa force. Mais il est d'autant plus malin qu'il orchestre tous ses meurtres à distance. C'est pour ça qu'il évite tout face-à-face, avec moi comme avec n'importe qui d'autre. Il doit rester à distance, c'est vital pour lui. Ce serait trop risqué pour lui de se rapprocher de ses victimes. Il fera tout pour esquiver la confrontation. C'est ce qui lui donne son sentiment de supériorité.

– Si je comprends bien, une fois de plus, tu ne vois pas pourquoi tu serais personnellement en danger.

– O'Hare ne me laisse pas sortir, et ce type ne peut pas entrer. Dis-moi où est le danger.

– Le problème n'est pas de l'empêcher, lui, de t'approcher, il est de t'empêcher, toi, de l'approcher, lui.

Le serveur s'approcha. Devlin commanda un verre de vin pour Knox et une bière pour lui.

– Ne sous-estime pas ton pouvoir de persuasion, reprit-il. J'ai beaucoup réfléchi à ce que tu m'as dit hier soir. Du coup je n'ai pas protesté quand O'Hare m'a bouclé.

Devlin prit la main de Knox sur la table.

— Tu sais, souffla-t-il, pour la première fois depuis que je suis agent, je n'ai aucune envie de me battre avec ce type, ni avec personne d'autre d'ailleurs.

Les yeux de sa femme s'adoucirent :

— Je m'inquiète tellement pour toi.

— J'aime bien quand tu me dis des choses comme ça.

— Tu vas faire plus attention ?

— Cette histoire avec le révérend Epps m'a fichu une trouille bleue. J'ai répondu à ta question ?

Elle eut un sourire du fond du cœur :

— Oui.

— Alors, de quoi j'avais l'air à la télé ?

— D'une figure de légende.

— Que demander de mieux ?

Elle posa sa main sur la sienne et murmura :

— Quand je t'ai vu sur ce podium, bombardé par les flashes, je me suis senti tellement fière de toi. J'ai compris que ce que tu fais est très important.

Le serveur leur apporta leurs consommations.

Knox leva son verre et déclara :

— À la peur. Que tu puisses vivre assez longtemps pour en jouir.

42

Le garde inspecta la carte du FBI et dit :

— Qu'est-ce qui vous amène au département de la Justice ce matin, agent Lofranco ?

Il n'avait eu aucun mal à falsifier la carte de Joseph Lofranco. Il n'avait gâché que deux Polaroid pour obtenir un portrait de lui aux dimensions réglementaires. Puis il avait suffi d'une pointe de colle derrière pour la placer par-dessus celle de Lofranco. Sous la pellicule plastique, l'opération était quasiment invisible.

— Je fais partie du service technique du Bureau, déclara-t-il en tapotant sur une grosse mallette qui ressemblait à une boîte à outils. Quelqu'un m'a appelé. Il paraît qu'il y a de drôles de bruits sur les lignes téléphoniques de la chaufferie. Dans un bâtiment qui grouille de juristes, je suppose qu'un jour ou l'autre, la paranoïa finit par se glisser jusqu'au sous-sol.

Le garde ne put s'empêcher de rire :

— Elle est bien bonne, celle-là, je m'en souviendrai.

— Voilà, et c'est moi qui ai tiré la courte paille. Ils m'ont envoyé vérifier les lignes.

Le garde montra une série d'ascenseurs en précisant :

— Prenez n'importe lequel, ils descendent tous au sous-sol.

Et avec un clin d'œil, il ajouta :

— Qui c'est, à votre avis, la Mafia ou le KGB ?

— Je pense qu'ils ont tous les deux d'autres chats à fouetter. Moi aussi, d'ailleurs.

Le garde gloussa de rire en regardant le Tueur de la Liberté s'éloigner puis presser sur le bouton DESCENTE.

En arrivant ce matin-là dans son nouveau local, Devlin se présenta aux deux agents qui assuraient le minuit-midi.

238

– Ah, d'accord, je vous reconnais, fit l'un d'eux, le mec à l'érection.

Devlin sourit et leur serra la main. En son for intérieur, il se disait qu'il n'avait peut-être pas totalement fait honneur au nom des Devlin et que ses ancêtres devaient s'être retournés dans leurs tombes.

– Tenez, voici la liste des appels que nous avons reçus, fit un agent en lui donnant une liasse de feuilles. Et voilà ce que l'équipe de jour a laissé.

Devlin s'installa à une table pour éplucher les appels en quête de tout indice pouvant démasquer le Tueur de la Liberté sous un de ces bons citoyens qui cherchaient à aider le FBI. Les agents, bien que prévenus, auraient très bien pu se laisser berner. On avait déjà vu des tueurs en série s'infiltrer dans une enquête en cours pour obtenir des renseignements. Ils étaient suffisamment habiles pour interroger les agents à leur insu et leur soutirer des détails inconnus du grand public.

Il existait en outre un autre stratagème qu'aurait pu utiliser le tueur : faire passer pour un simple tuyau ce qui était en réalité un message d'avertissement. Devlin n'avait pas la moindre idée de ce que ça pourrait être, mais il ne pouvait pas se permettre de le manquer.

Devlin passa une heure à lire et à relire les transcriptions des appels. Il retournait chaque phrase, il examinait chaque mot, essayant de s'immerger complètement dans les tortueux méandres du cerveau du tueur pour découvrir quelle serait sa prochaine cible. Mais à la quatrième lecture, il commença à se dire qu'il ne savait plus où il en était. Un femme présente à la prière du révérend Epps avait téléphoné pour signaler qu'elle venait de voir un homme ressemblant à celui qui avait voulu assassiner le pasteur. Devlin écrivit en haut de la feuille : *était-ce vraiment une femme* ? Cela devenait trop absurde ; il était temps d'arrêter. Il entassa les transcriptions et les posa sur le bureau de Bonelli.

Vingt minutes plus tard, le jeune homme arriva. À la vue de Devlin et des deux agents qui attendaient passivement derrière leurs bureaux, il prit un air entendu et lança :

– Il n'a pas appelé, à ce que je vois.

Devlin montra d'un signe de tête la pile de papiers sur le bureau de Bonelli.

– Le monde entier *sauf* lui. Quand tu seras prêt, pourras-tu voir si tu trouves des correspondances entre ces noms et notre base de données ? Pour être sûr que personne ne nous raconte de blague.

Devlin ramassa le combiné du téléphone et composa un numéro.

— FBI, Annapolis.

— Ici Mike Devlin au siège. Joe Lofranco est là ?

— Non, Mike, Joe n'est pas là.

— Je lui ai laissé un message hier soir et il ne m'a pas rappelé.

— Il n'est sans doute pas repassé par ici depuis hier. On est tous sur les dents avec cette affaire. En fait, vous avez eu de la chance de m'avoir. J'étais sur le point de sortir. Je n'ai pas vu Joe depuis deux ou trois jours.

— C'est normal ?

— Quand Joe est sur une piste, rien ne le distrait.

— Il vit seul ?

— Oui, dans un appartement en ville.

— Vous pouvez me donner son numéro ? Je vais essayer de le joindre chez lui.

Une minute plus tard, Devlin composait le numéro de Joe Lofranco.

À la troisième sonnerie, la voix enregistrée de l'agent lui demanda d'avoir l'amabilité de laisser un message. Il obtempéra, puis raccrocha en disant :

— Tony, à quelle heure a-t-on reçu le fax de Joe hier, celui des suspects de l'IMM ?

Bonelli prit un dossier dans la pile à ses pieds et après une brève recherche, en sortit une feuille de papier.

— 16 h 47.

— Et tu ne lui as pas parlé après ça ?

— Non.

Un des deux agents vint déposer une douzaine de nouvelles transcriptions d'appels sur le bureau de Devlin.

— Dès qu'ils repassent à l'antenne des extraits de la conférence de presse, le standard du FBI est prêt à exploser.

La matinée se déroula sans autre incident. Ils allumèrent la télévision dans la salle et purent ainsi prévoir chaque vague d'appels. La plupart téléphoniques. Seul un petit nombre passait par le courrier électronique. Devlin inspecta chaque e-mail à la loupe, sans résultat. Le tueur restait muet.

À midi, les deux agents furent relayés par leurs collègues présents la veille. Ils échangèrent les insultes d'usage au FBI à l'heure de la relève.

— T'es en retard, salope.

– C'est mieux que d'être un pauvre con.

– À demain.

Après quoi Jack déplia son journal, mit les pieds sur la table et se mit à appeler indéfiniment le numéro gratuit de l'avocat de sa femme à Los Angeles.

Un peu avant 13 heures, O'Hare et Hagstrom passèrent les voir. Une fois mis au courant, le chef de section se tourna vers le profileur et demanda :

– Pourquoi ce silence ?

– Il va faire quelque chose, c'est sûr, répondit le profileur. Ce qui m'inquiète, c'est le temps qu'il prend. On misait sur une réaction rapide provoquée par un choc émotionnel, mais visiblement ça ne se passe pas comme ça. Il a plus de sang-froid qu'on le pensait. Et malheureusement, je crois, il nous mijote quelque chose de spécial.

– Il aurait pourtant dû au moins dire à Devlin d'aller se faire foutre.

– Il compte sans doute lui tailler un costard avec ce qu'il nous prépare, fit Hagstrom en souriant à Devlin. Il va peut-être te convoquer à une nouvelle conférence de presse.

Devlin fut soulagé de voir que sa prestation télévisée faisait rire, même si c'était à ses dépens.

– Il pense peut-être qu'il a déjà gagné, avança O'Hare.

– Pas s'il a lu les journaux du matin, répliqua Hagstrom. Tous font leurs gros titres sur la hausse extraordinaire de fréquentation des parcs d'attractions et des aéroports, et sur l'augmentation de la consommation de produits pharmaceutiques. C'est une manière de lui dire d'aller se faire foutre. Tout n'est pas rose dans ce pays, c'est sûr, mais les Américains n'ont jamais aimé qu'on se fiche de leur gueule.

43

Moins de quinze minutes après le départ du chef de section et du profileur, la voix d'un agent de surveillance résonna dans la pièce avec une gravité peu coutumière :

— Mike, je crois que c'est lui.

Devlin bondit de sa chaise et se rua sur l'écran de l'ordinateur. Le message était ainsi libellé :

```
Agent Devlin -
    Désolé de t'avoir manqué l'autre jour au
palais des Congrès. Mais je t'ai trouvé un rem-
plaçant - l'ancien propriétaire de la carte 9817.
```

Bonelli vit Devlin changer de couleur. Il était blême. Le jeune homme s'empara en toute hâte de ses béquilles et se hissa péniblement.

— Qu'est-ce qu'il y a, Mike, un dingue ?

En guise de réponse, Devlin continua à regarder fixement l'écran.

Le second agent lui tendit son combiné en disant :

— Mike, celui-là demande à te parler personnellement. On dirait qu'il a un problème.

Devlin avait peur d'avoir trop bien compris le contenu du message. C'est la raison pour laquelle il n'avait aucune envie de répondre au téléphone. Il avait la certitude que 9817 était bien le numéro de carte de Joe Lofranco.

— Allô.

— Mike !

La voix, déformée par la douleur, était à peine reconnaissable. Mais c'était bien celle de Joe. Il articulait lentement, comme si chaque mot lui était arraché sous une menace mortelle.

— Il me tient, Mike. Il m'a coupé un doigt. Il dit qu'il va rappeler toutes les quinze minutes. Chaque fois que tu ne répondras pas, il m'en coupera un autre. Il veut que tu restes où tu es pour mieux…

Un cri strident. Puis la ligne fut coupée.

O'Hare, que Bonelli avait appelé, arriva en courant. Devlin hurla à l'adresse des agents :

— Vous l'avez repéré ?

Jack raccrocha en acquiesçant :

— Ils l'ont eu en bas. Un certain William Packard dans les environs d'Annapolis.

Il passa une feuille de papier à Devlin, lequel se tourna vers O'Hare :

— Il tient Joe Lofranco.

Il raconta brièvement au chef de section ce qui venait de se produire pendant que Bonelli interrogeait sa base de données. Bonelli s'exclama :

— Mike, William Packard figure sur la liste de l'IMM que nous a envoyée Lofranco. Ça colle.

— C'est parti, fit O'Hare. J'envoie immédiatement la brigade d'intervention. J'y vais aussi.

O'Hare se tourna vers les deux agents et ordonna :

— Vous deux, vous venez avec moi. Je vais avoir besoin de tout le monde. Mike, toi tu restes ici pour si jamais il rappelle.

Au moment de sortir, il lança à Devlin :

— Ne t'inquiète pas, je te promets qu'on va le sortir de là.

Mais dès qu'il croisa le regard de Devlin, O'Hare détourna le sien, gêné d'avoir fait une promesse à la légère.

Une demi-heure plus tard, tandis qu'O'Hare et les membres de la brigade d'intervention fonçaient sur la 301, un autre message apparut sur l'écran :

```
Devlin -
    Il y a sans doute une bombe au sarin au départe-
ment de la Justice. Je ne te crois pas assez malin
pour la désamorcer. Au cas où il y en aurait une,
elle explosera à 15 heures. Cela dit, Joseph et moi
nous t'appellerons dans quelques minutes. Si tu n'es
pas là, au lieu d'un doigt, je lui arracherai la
vie. Quel dilemme. Je commence à bander.
```

– Tu crois que c'est pas de la frime comme pour l'additif à l'essence ? avança Bonelli.

Devlin jeta un coup d'œil à sa montre. 14 h 15. Encore quarante-cinq minutes ! Et si c'était une ruse ? S'il n'y avait pas de bombe ? Et s'il se précipitait au département de la Justice pour rien et causait ainsi la mort de Lofranco ? D'un autre côté, s'il restait là pour garder Joe en vie... et si la bombe explosait. Des milliers de gens mourraient. Il fallait trouver une solution.

– Tony, tu as l'annuaire du département de la Justice ?

Bonelli ouvrit un tiroir de son bureau et, après avoir soulevé un bon nombre de gros volumes, lui donna ce qu'il cherchait.

Devlin trouva rapidement le numéro du poste de sécurité.

– Ici Mike Devlin, du FBI. Nous avons une urgence. Vous pouvez me dire si un agent du nom de Joseph Lofranco est venu hier soir ou aujourd'hui ?

– Attendez que je vérifie. Ne quittez pas.

Trente secondes plus tard, la voix répondit :

– Oui, à 10 h 05 ce matin.

– Il faut évacuer. Il y a peut-être une bombe chez vous.

– Qui est à l'appareil déjà ?

Devlin passa le combiné à Bonelli :

– Essaie de le convaincre. Ça ne va pas être facile. J'y vais.

– Et Joe ?

Devlin avait pris deux décisions. D'abord, une bombe avait bel et bien commencé son compte à rebours au département de la Justice. Lofranco ayant son propre avocat dans le Maryland, il n'avait aucune raison de se rendre au département de la Justice à Washington. Le tueur s'était sûrement servi de sa carte pour s'introduire dans le bâtiment administratif et poser son engin de mort. Ensuite, étant donné que Lofranco connaissait à présent le coupable, il allait être tué de toute façon... sauf si O'Hare arrivait à temps.

Le Tueur de la Liberté était un génie du crime. Là-dessus il n'y avait aucun doute. Ce bâtiment abritait tout ce que le gouvernement comptait d'avocats et de juristes plus brillants les uns que les autres. Il était en quelque sorte le bras légal du pouvoir. Même si l'alarme était donnée, il n'y avait pas le temps d'évacuer totalement le bâtiment. Devlin n'avait pas le choix : il devait y aller. D'un autre côté, il ne pouvait pas abandonner Lofranco. Il resta là, indécis, à contempler Bonelli.

Un des téléphones de la ligne ouverte sonna. Les deux hommes se figèrent, saisis d'un même pressentiment. Une deuxième sonnerie. Devlin souleva le combiné :

– Devlin.

C'était l'un des agents du standard :

– Je crois que c'est le même type que tout à l'heure, annonça-t-il.

Devlin articula péniblement :

– Joe ?

– Mike, tu es *encore* là ?

La voix de Lofranco avait beau vibrer de douleur, elle était résolue, comme s'il savait qu'il n'y avait plus rien à faire, que c'était fini pour lui. Devlin le revit en train d'enfoncer d'un coup de pied la porte de la maison en flammes. Il avait l'air tellement solide... indestructible. Il réprima dc toutes ses forces l'envie de lui dire qu'on avait localisé l'appel et que des secours arrivaient. Mais le tueur était là. Il écoutait. Devlin se permit seulement un :

– Je suis là, Joe.

– Il faut que tu trouves cette bombe, souffla Lofranco.

Devlin imaginait le tueur penché sur sa victime, prêt à lui trancher la gorge au moindre mot de travers.

– Je reste ici, mentit Devlin pour gagner du temps.

L'agent torturé émit un petit rire tranquille. Puis ses propos devinrent hachés, le rythme même de son élocution s'altéra étrangement. Devlin mit ce changement sur le compte d'une insoutenable souffrance.

– Ne sois pas stupide, *Mike*, tu l'as – *à l'envers*. Ne t'inquiète pas pour moi. Ce fils de pute peut aller *se faire but*... er...

La voix de Lofranco se transforma en râle d'agonie. La communication fut aussitôt coupée.

Bonelli continuait pendant ce temps à discuter avec patience avec le garde du poste de sécurité du département de la Justice. Il haussa les épaules à l'adresse de Devlin pour lui montrer qu'il n'arrivait à rien. Puis il s'enquit :

– Il n'y aurait pas un mot de passe en cas d'urgence ?

– Je n'en sais rien, peut-être je suis de Detroit.

– Tu ne peux pas appeler le secrétariat de l'attorney général ?

– Si on ne peut pas convaincre un garde, ce n'est pas la peine de perdre encore un temps précieux en suivant la voie hiérarchique. Téléphone au bureau du directeur. Ils pourront peut-être faire quelque chose, lança Devlin par-dessus son épaule en se précipitant dehors.

44

Devlin descendit la rue en quatrième vitesse. Le département de la Justice se trouvait à un bloc du Hoover Building. Involontairement, il se remémorait les dernières paroles de Lofranco. Elles avaient signé son arrêt de mort. Et sans elles, il n'aurait peut-être pas osé s'arracher au téléphone pour courir désamorcer la bombe.

Il se força à ne plus penser à Lofranco. D'après une note de service de la brigade antiterroriste qu'il avait lue à Detroit, le gaz sarin dont s'étaient servi surtout les membres d'une secte nippone lors d'un attentat dans le métro de Tokyo, pouvait être produit à partir d'un insecticide banal. La dernière bombe posée par la secte avait été désamorcée à temps non loin d'une bouche d'aération. D'après les experts, l'engin, pourtant de petite taille, était assez puissant pour tuer dix mille personnes. Devlin ne se rappelait pas l'interminable nom scientifique du gaz de combat, mais il savait que ce produit extrêmement toxique s'attaquait directement au système nerveux. En quelques secondes, tous les muscles de votre corps étaient secoués par des spasmes épouvantables ; vous étiez pris de vomissements et de convulsions jusqu'à ce que mort s'ensuive. À température ambiante, le sarin était liquide. En l'attachant à une bombe, le tueur avait bien calculé son coup : le liquide se vaporiserait et disperserait le gaz dans l'atmosphère. Le département de la Justice étant un bâtiment extrêmement compartimenté, Devlin imagina que le tueur, à l'instar des terroristes nippons, avait visé le système de ventilation, autrement dit le sous-sol.

Devlin vit peu de gens quitter le bâtiment. Ce qui signifiait que Bonelli n'avait pas encore réussi à persuader la sécurité de sonner l'alarme. Les alertes à la bombe étaient devenues trop fréquentes. Il fallait plus qu'un coup de téléphone pour ébranler les fonction-naires.

Le hall d'entrée de l'énorme bâtisse en pierre était gris et d'une considérable hauteur de plafond. À croire que l'architecte avait voulu exprimer la froideur et le détachement de la Justice.

— Il y a une bombe dans ce bâtiment et vous avez…

Devlin jeta un coup d'œil à sa montre :

— … vingt minutes avant qu'elle n'explose.

Les employés de la sécurité, derrière leur comptoir, prirent leur téléphone et se mirent à appeler frénétiquement. Un murmure de consternation courut parmi les gens à portée de voix. Tous s'ache-minèrent vivement vers la sortie. Le garde s'approcha prudemment de Devlin :

— Je peux voir encore votre carte.

Devlin la lui fourra dans la main.

— Le sous-sol, c'est par où ?

Tout en étudiant la photographie d'identité de Devlin, le garde indiqua distraitement les ascenseurs. Mais quand Devlin pivota sur lui-même, s'élançant vers les ascenseurs, il s'exclama :

— Stop !

Devlin ôta son manteau et le laissa glisser à terre. Le garde sem-bla plus convaincu par la vue du 9 mm que de sa carte. Calmement, Devlin énonça :

— Il vous reste maintenant vingt-quatre minutes. Évacuez le bâti-ment et appelez la brigade de déminage.

Le garde courut jusqu'à son bureau pendant que Devlin dispa-raissait dans l'ascenseur.

Au sous-sol, quand les portes s'ouvrirent, il vit une foule hagarde, prise de panique, foncer vers la sortie. La plupart prenaient l'escalier, mais quelques-uns s'arrêtèrent dans leur élan pour prendre l'ascen-seur. Le premier fut un Noir vêtu d'un costume élégant. Devlin lui demanda :

— Comment va-t-on à la chaufferie ?

— Vous devriez ficher le camp… Il paraît qu'il y a une bombe.

Devlin retint les portes automatiques de l'ascenseur en répétant sa question :

— Où est la chaufferie ?

— Tout droit et après la porte à deux battants, à gauche, dit-il en repoussant la main de Devlin.

Une fois passé la porte à deux battants, les vibrations des gigantesques chaudières luttant contre les grands froids de janvier guidèrent rapidement Devlin vers la chaufferie. Il fut stupéfait de découvrir une telle quantité de machines et de tuyauterie. L'air était saturé d'une odeur huileuse et métallique. Il regarda sa montre – encore dix-neuf minutes.

– Elle doit être dans les conduits de ventilation, pensa-t-il à haute voix, comme s'il demandait aux chaudières leur approbation. Bien cachée pour qu'on ne puisse pas la trouver.

Il scruta l'impénétrable forêt d'énormes cylindres noués les uns aux autres qui pendaient du plafond et mit au point un plan d'attaque.

En se plaquant contre le mur, il parvint à s'acheminer lentement vers l'arrière de la chaufferie. À mi-chemin, il remarqua combien la poussière était épaisse à cet endroit où personne ne venait jamais. En regardant derrière lui, il vit ses propres empreintes de pas. Il prit alors en diagonale et se baissa pour passer sous des conduits surbaissés à la recherche d'autres empreintes. Il prit soin de ne pas recroiser ses propres pas. Il s'efforçait de changer tout le temps de direction, de façon à rétrécir son champ d'investigation. Et finalement, il tomba dessus – des empreintes à l'aller, d'autres, les mêmes, qui revenaient. Il ne savait plus où se trouvait la sortie. Il s'agenouilla et inspecta sous les énormes tuyaux. Une fois qu'il eut retrouvé la porte d'entrée, il suivit les pas du tueur dans la direction opposée.

Il n'eut pas à aller très loin. Un petit espace piétiné sur le sol montrait exactement l'endroit où le tueur avait accompli sa sinistre besogne.

Juste au-dessus, Devlin trouva la bombe attachée avec du ruban adhésif à l'un des plus gros conduits.

L'endroit était très bien éclairé. Ce détail troubla Devlin. Il trouvait ça curieux vu l'amour de la dissimulation dont faisait preuve habituellement le tueur. Puis il remarqua la surface au-dessus de l'engin. En grosses lettres noires, un message était inscrit sur le conduit même, et manifestement il lui était adressé. J'AI DIT 15 HEURES ? C'EST MA FAUTE. Devlin vérifia la montre de la bombe : il ne restait plus que quatre minutes !

Devlin prit conscience qu'il était sur le point de mourir. Knox et tous les autres avaient raison. Il était animé d'une telle soif d'autodestruction, que même cette ordure l'avait compris. Il avait édifié tout son plan là-dessus. Le deuxième appel de Lofranco avait été prévu pour envoyer Devlin en quête de la bombe sans lui laisser le temps de la désamorcer.

Il avait quatre minutes pour sortir de là, et prendre ses jambes à son cou. Mais des centaines de personnes se trouvaient encore dans le bâtiment. Il ne pouvait pas partir ; s'il prenait la fuite, ça voudrait dire que Lofranco était mort pour rien. Il était convaincu que le tueur avait aussi misé là-dessus.

Peut-être fallait-il mieux essayer d'arrêter le système de chauffage plutôt que de chercher à neutraliser la bombe. S'il pouvait éteindre les brûleurs, le gaz qui s'échapperait au moment de l'explosion resterait contenu dans le sous-sol. Après un bref examen de l'installation, il conclut qu'il n'avait pas le temps de comprendre comment ça marchait.

La bombe était plus complexe que celle qu'il avait découverte à bord de l'avion. Évidemment, le tueur avait prévu que Devlin trouverait celle-ci. Le minuteur et la batterie, dans une boîte en plastique épais, étaient enfoncés assez profondément dans le bloc de plastic pour donner l'impression que l'engin était piégé.

Il estima à une livre, une livre et demie, la quantité d'explosifs C-4. Assez pour le tuer net s'il commettait une erreur, d'autant qu'il serait la première victime du gaz.

Mais quelque chose empêchait la bombe de coller complètement à la gaine. Il inspecta le minuscule espace qui la séparait du conduit et distingua l'éclat d'un objet métallique. Devlin se souvient d'avoir été étonné dans l'avion que la bombe n'ait pas été piégée. Celle-là l'était sans doute. Comme tous les tueurs en série, le Tueur de la Liberté se perfectionnait avec le temps. Devlin avait la certitude qu'il existait un mécanisme secondaire de déclenchement positionné entre le C-4 et la gaine de façon à faire instantanément exploser l'engin si jamais on cherchait à le détacher.

L'horloge marquait trois minutes et demie !

Devlin ferma les yeux et prit une profonde inspiration. Il resta quelques secondes en apnée, puis, en soufflant doucement, il ouvrit les yeux. Il étudia la bombe sans tenir compte du compte à rebours.

Il jugea trop dangereux de chercher à désamorcer le minuteur et le détonateur. Mais le récipient contenant le sarin liquide semblait attaché à l'extérieur du C-4 par le seul long ruban adhésif gris qui collait la bombe à la gaine. C'était la seule possibilité qu'il lui restait : séparer le sarin de la bombe. Les dégâts de l'explosif seraient minimes comparés à ceux du gaz. Mais le tueur avait-il anticipé aussi sur les conclusions de Devlin ?

De sa poche, il tira un petit canif en acier inoxydable que sa fille et son fils lui avaient offert pour Noël deux semaines plus tôt seulement. Il était équipé d'une lime à ongles, de ciseaux et d'une seule lame.

Le couteau était encore aussi tranchant qu'une lame de rasoir. Avec mille précautions, il entreprit de scier le ruban adhésif, entre le C-4 et le récipient plein de liquide. Voyant, à mesure qu'il avançait que rien ne se passait, il accéléra le mouvement. Une fois le ruban tranché, avec une délicatesse infinie, il détacha la bouteille de sarin de la bombe.

Puis, soudain, il aperçut le coin d'un petit renfoncement ménagé dans le plastic. Il n'avait pas besoin d'en voir plus : c'était un autre détonateur caché. Il fit basculer la bouteille par-dessus la bombe et tint les deux parties fermement. Il rit tout haut. Le tueur avait même prévu exactement la façon dont Devlin s'y prendrait pour désamorcer l'engin. C'était parfait : Devlin était coincé, il ne pouvait plus bouger. Car si par malheur il lâchait une des deux parties de la bombe, c'était l'explosion assurée… et la mort.

Il regarda le canif dans sa main et songea à Katie et Pat. Et à Knox. Elle avait tant redouté ce moment. Et il avait préféré ne pas l'écouter. Si c'était à recommencer, se dit-il, il s'y prendrait autrement.

Il décida qu'il fallait faire quelque chose. Très doucement, il se mit de nouveau en devoir de séparer la bouteille du C-4 jusqu'à ce qu'il pût voir le détonateur. Il glissa la lame du canif entre celui-ci et la bouteille de sarin. Puis, tout en pressant sur le détonateur avec la lame de la main gauche, petit à petit, il détacha la bouteille de l'adhésif. Sans le vouloir, il jeta un coup d'œil au minuteur – il restait trente secondes !

Une fois le sarin séparé de la bombe, il abaissa la bouteille et la coinça entre ses genoux. De sa main droite, il se saisit du bout de ruban qui pendait et tenta de l'enrouler autour du déclencheur de façon à le maintenir en place. Mais le ruban était trop souple pour retenir le mécanisme. De sorte qu'il pressa contre lui le manche du canif. Dix secondes !

Maintenant restait à scotcher le couteau sur le déclencheur et espérer que ce bricolage tiendrait suffisamment de temps pour lui permettre de courir se mettre à l'abri. Il serra aussi fort que possible le ruban gris contre le manche, puis contre la gaine afin de mainte-nir le tout en place. *Quatre secondes !*

Saisissant à deux mains la bouteille de sarin, Devlin prit ses jambes à son cou. Il fonça droit vers la sortie. Il ne lui restait plus qu'un mètre cinquante à franchir quand la bombe explosa.

45

La brigade d'intervention contre les prises d'otage n'avait jamais eu de mission aussi délicate : sauver l'un des siens. Le commandement s'était réuni dans le parking d'une école élémentaire, à trois rues de la maison où Joe Franco se faisait torturer. Tom O'Hare s'enquit précipitamment :

– Le périmètre est bouclé ?

– Oui, monsieur, la brigade antiterroriste de Baltimore s'en est chargée, répondit le chef de la brigade d'intervention.

– Bien. Il a menacé de tuer Lofranco. Allons-y. Ni téléphone ni porte-voix. Pas de négociation. Vous lui foncez dans le lard. William Packard a déjà assez tué comme ça. Pas de quartier, énonça O'Hare d'une voix sèche, d'autant plus autoritaire que dénuée de toute émotion. Vos gars ont détecté quelque chose ?

– Attendez, je vais vérifier, monsieur, dit le chef de brigade, la radio collée à son oreille, en se détournant pour mieux entendre. Ici Hôtel Roméo Tango Un. Vous détectez des mouvements ? interrogea-t-il, la main crispée sur l'appareil.

Il écouta pendant quelques secondes les réponses qu'on lui donnait, puis il se tourna de nouveau vers O'Hare.

– Négatif, monsieur.

– Combien de temps avant qu'on puisse entrer ?

Le chef de brigade consulta sa montre.

– Dix minutes.

– Bien. On va l'avoir.

En remontant dans sa voiture, le chef de brigade communiqua de nouveau par radio avec ses hommes.

– Les éclaireurs, vous allez monter jusqu'aux portes pour voir si vous entendez quelque chose. On fonce. Tout de suite.

Deux agents rampèrent jusqu'à la maison, un par entrée. Avec circonspection, il poussèrent de petits détecteurs de mouvement sous les portes et mirent en marche leurs écouteurs spéciaux. À une rue de là, leur chef arrêta sa voiture hors de vue de la maison. Les détecteurs étaient positionnés de façon à déceler la présence d'un corps à l'intérieur. Le commandant souffla dans son micro :

– Vous avez quelque chose ?

Les deux agents répondirent par la négative.

– Qui s'occupe de la porte de derrière ?

– L'équipe 3.

– Comment ça se présente ?

– Sans problème.

– Bien reçu. Équipe 1, vous avez l'entrée principale ?

– Affirmatif.

– À mon signal, défoncez la porte, d'accord ?

– Bien reçu, cinq sur cinq.

– Alerte à toutes les unités, nous enfonçons la porte. Tout le monde en position.

Quatre autres membres de la brigade d'intervention, armés jusqu'aux dents, rampèrent en direction de la porte de derrière et s'immobilisèrent.

O'Hare attendait dans sa voiture, garée à une cinquantaine de mètres de là. Il surveillait la porte d'entrée en écoutant les communications radio. Comme toute personne obligée de trancher alors que la vie d'un agent était en jeu, il n'était pas très sûr de lui. Avait-il bien fait d'envoyer la brigade d'intervention à l'assaut ? Oui, s'ils arrivaient à avoir Packard avant qu'il ait eu à Lofranco. Et il n'osait pas envisager l'alternative.

Tout d'un coup, une lumière aveuglante parut jaillir de la maison de Packard, juste avant une explosion qui déchira le silence. O'Hare appuya à fond sur l'accélérateur.

Quelques instants plus tard, l'avant-garde annonça :

– C'est parti !

Plusieurs voitures se précipitèrent dans un grincement de pneus vers la maison de Packard, une stratégie visant à achever de désorienter Packard. La brigade antiterroriste de Baltimore se rapprocha, resserrant le périmètre autour de la maison. Ils se disposèrent en position de tir, le plus à couvert possible.

O'Hare abandonna sa voiture pour courir derrière la maison. Il entendait à l'intérieur la voix des agents s'aboyant des ordres les uns aux autres en évoluant de pièce en pièce. Une deuxième porte fut défoncée, cette fois-ci d'un simple coup de pied.

Au moment où le chef de section, O'Hare, entrait par la porte de derrière, un des hommes de la brigade d'intervention se retourna pour lui mettre sa petite mitrailleuse noire sous le nez. Mais il s'aperçut aussitôt de son erreur. Sa radio transmettait la voix de son chef qui annonçait :

— La place est verrouillée.

O'Hare retint son souffle, attendant la suite de la transmission qui allait le rassurer sur le sort de Lofranco. Elle ne vint jamais. Il se rua à l'intérieur.

Il trouva Lofranco, les bras et les jambes ligotés à la chaise sur laquelle il était assis. Il avait une main enveloppée d'un linge souillé de sang, et la tête penchée en avant à un angle horrifiant. La cause de la mort n'était pas immédiatement apparente. Le commandant dit :

— Il s'est encore servi de son couteau, à la base de la nuque.

O'Hare contourna la chaise et vit l'horrible blessure.

— Si ça peut vous consoler, monsieur, il est mort depuis un bon moment.

O'Hare vit en effet que le sang sur le cou de Lofranco avait déjà commencé de sécher.

— Et Packard ? interrogea-t-il.

Le chef de brigade ouvrit la porte de la salle de bains attenante. Gisant sur le carrelage, William Packard semblait contempler l'éternité d'un air étonné. Un minuscule trou sur sa tempe droite laissait s'écouler un filet de sang. Un automatique de petit calibre équipé d'un silencieux était posé sur sa paume à demi ouverte.

— À cause du silencieux, on n'a pas entendu le coup. Mais il est mort depuis un bout de temps, lui aussi. À mon avis, Lofranco était mort quand on est arrivés. Packard nous a sûrement vu approcher, il a vu les gars de la brigade antiterroriste se mettre en place et il s'est dit qu'il était fichu. Il a décidé qu'il nous épargnerait la peine de le descendre.

O'Hare se tourna de nouveau vers la dépouille de Lofranco et souffla :

— Dommage. Nous l'aurions fait avec plaisir !

46

– Madame Devlin ?

– Oui.

– Ici le Dr Nelson, le neurochirurgien de garde. Que vous a-t-on dit exactement ?

– Pas assez.

– Bon, eh bien, il va bien. Il a seulement eu une petite commotion cérébrale, et une vilaine blessure à la main droite. Nous allons le garder pour la nuit pour être vraiment sûrs qu'il n'a rien.

– Vous avez une idée de la manière dont c'est arrivé ?

– D'après les gars de l'ambulance qui l'ont amené ici, une espèce d'explosion. Ils n'en connaissent pas la cause.

La secrétaire de Tom O'Share avait parlé d'une bombe. Elle avait été femme d'agent du FBI assez longtemps. Elle savait qu'on lui cachait quelque chose.

– Il va bien, vous en êtes certain ?

– Heureusement, oui. Il paraît qu'il était dans une chaufferie et qu'il y avait une tonne de machines et de tuyaux entre lui et ce qui a explosé. Les machines ont amorti le choc. On dirait qu'il a la baraka.

D'un ton moins compatissant, elle répliqua :

– C'est à voir.

Knox resta un moment debout devant la porte de la chambre de son mari. Son cœur balançait entre deux sentiments : la colère devant son imprudence et la joie de le savoir sain et sauf. Mais en entrant et en le voyant sur son lit d'hôpital, elle sut de quel côté il penchait.

Il était assis, à moitié endormi. Elle frôla doucement sa main. Il ouvrit les yeux.

– Bonjour, dit-il, manifestement sous l'effet d'un léger calmant.

– Je suis contente de te voir.

Comme s'il luttait contre le sommeil, il se redressa complètement sur son séant en clignant des yeux.

– Et Joe Lofranco – ils l'ont eu ? s'enquit-il d'une traite.

– Je n'en sais rien, Mike. Qui est Joe Lofranco ?

Devlin lui expliqua le rôle joué par l'ancien agent de New York dans l'enquête et ce que le tueur lui avait fait subir dans le seul but de pousser Devlin jusqu'au sous-sol du département de la Justice.

– Mon Dieu. C'est affreux. À qui je peux téléphoner pour savoir ?

– À O'Hare. S'il n'est pas là, à Sharon, sa secrétaire. Elle saura peut-être.

Knox composa le numéro du siège du FBI. Elle parla brièvement, puis raccrocha :

– Sharon était absente. La femme à qui j'ai parlé m'a dit que O'Hare est en chemin pour l'hôpital, pour te voir.

Devlin se tut. Il avait peur que, pour une fois, pas de nouvelle rime avec mauvaise nouvelle.

– Mike, attendons Tom. On ne sait jamais.

Comme il restait silencieux, elle ajouta :

– Pense à toutes les vies que vous avez sauvées tous les deux.

Il renversa la tête en arrière et contempla le plafond.

– Si ça peut te consoler, j'étais terrifié.

Il leva la main comme s'il soupesait une bombe invisible et poursuivit :

– En tenant dans la main un truc qui va vous tuer dans quelques secondes, on comprend beaucoup de choses.

– Si seulement tu disais vrai, Mike.

Devlin sentit bien qu'elle restait sceptique.

À cet instant, Bonelli entra, O'Hare sur ses talons. Bonelli se présenta lui-même à Knox. Devlin souffla :

– Joe y est resté…

C'était tout à la fois une question, une affirmation et une protestation.

– Je suis désolé, Mike, répondit O'Hare. Il était mort avant notre arrivée.

– Et Packard ?

– Raide.

– Vous ?

– Non, il a été assez courtois pour s'en charger lui-même.

-- Alors c'est fini.

256

– C'est fini, confirma le chef de section.

Knox serra la main de Devlin. O'Hare reprit :

– Comment tu te sens ?

– Ça va.

– Tu as fait un truc de superhéros.

Devlin enveloppa Knox d'un regard protecteur.

– Packard s'est débrouillé pour que je n'aie pas le choix.

– Ce salopard avait oublié d'être bête.

– Oui. C'est pour ça que je trouve bizarre qu'il se soit donné aussi facilement la mort.

– Rappelle-toi que Hagstrom avait parlé de son suicide, comme d'une éventualité.

– Je sais, mais je le trouvais, moi aussi, un peu trop imbu de lui-même pour finir de façon aussi discrète, dit Devlin.

– Il avait perdu la partie. Il était encerclé. Il avait assassiné un agent du FBI. Il y avait dans la maison tout ce qui lui avait servi pour commettre ses crimes. Les explosifs, les montres indiquant le jour et la date, le poison utilisé dans les flacons d'aspirine pour enfants. Nous avons même trouvé un flacon qu'il n'a pas mis sur le marché parce qu'il fuyait. Il savait que c'était terminé pour lui.

– Et le virus Lassa ?

– Dans le congélateur.

– On dirait que vous avez tout. Quelqu'un sait pourquoi il a quitté l'Institut militaire du Maryland ?

– En dernière année, il a présenté sa candidature à Annapolis. Il a passé tous les examens avec succès, sauf le test d'évaluation psychologique. Après ça, il a tout laissé tomber et s'est apparemment désocialisé.

– Hagstrom va passer des années à étudier son cas.

– On n'en fera pas deux comme lui, observa O'Hare.

– Espérons.

Knox intervint :

– Tu crois que tu te sentiras assez bien pour rentrer demain après-midi à Detroit ? Je peux prendre nos billets d'avion ?

Devançant Devlin, O'Hare annonça :

– Désolé, Mike. Je vais encore avoir besoin de toi une journée ou deux. Tony et toi avez mis au point de nouvelles techniques qui vont intéresser Quantico. Elles figureront bientôt au manuel. Et j'ai besoin de ton rapport officiel sur ce qui s'est passé aujourd'hui.

Devlin se tourna vers Knox :

– Ça ne t'embête pas trop ? De toute façon, je voudrais rester encore un peu. Rien que pour aller à l'enterrement de Joe.

– Bien. Mais moi il faut que je rentre.

– Ne t'inquiète pas pour moi.

– Non, mais repose-toi.

Elle se leva. Bonelli se hissa sur ses béquilles.

O'Hare, quant à lui, resta assis.

– Si ça ne vous dérange pas, j'ai encore un mot à dire à Mike.

Knox embrassa Devlin.

– Allons, Tony. On va les laisser à leurs histoires d'agent secret. Croyez-moi, ce n'est pas si captivant que ça. Et si on sortait dîner tous les deux ? Je vous invite. Vous le méritez après avoir supporté ce gaillard pendant deux semaines.

– C'est moi qui devrais vous inviter. Après tout, vous êtes sa femme.

– Vos idées me plaisent. Mike me dit que vous n'êtes pas marié.

Ils se dirigèrent en bavardant vers la sortie. Devlin vit que Bonelli rougissait jusqu'à la nuque.

– Non, je ne suis pas marié, confirmait le jeune homme.

Tandis qu'ils disparaissaient dans le couloir, Devlin entendit Knox poursuivre :

– Vous devriez venir dans le Michigan. Je connais exactement la fille qu'il vous faut. Vous aimez les rousses ?

O'Hare sourit :

– Voilà un jeune homme qui ne sera plus jamais le même.

– À cause de l'affaire ou de Knox ?

Les yeux encore fixés sur la porte, O'Hare répondit :

– Tu as de la veine, Mike.

– C'est drôle, la dernière fois que j'ai vu ta femme, j'ai pensé la même chose.

– Tu sais, Devlin, comme agent t'es pas mal, mais comme ami, tu commences à me porter sur les nerfs.

– Tu l'as dit toi-même – Susan est quelqu'un de formidable. Je pense qu'elle mérite un peu plus d'honnêteté de ta part.

– Merci, Mike, mais peut-être que ça me plaît, après tout, de foutre ma vie en l'air.

– C'est pourquoi il faut que tu m'écoutes.

– Je n'ai pas envie de la foutre en l'air à ce point.

Devlin ne put s'empêcher de rire :

– Je pensais que ça valait le coup d'essayer... Alors, tu as des trucs d'agent secret à me raconter ?

– Je suppose que Knox sait ce qui s'est passé à la Justice.

– Dans les grandes lignes, oui.

– Très bien, je sais qu'elle ne dira rien. Mais l'attorney général tient à ce qu'on nie la présence d'une bombe, surtout d'une bombe au sarin. Ils préparent un communiqué de presse disant que l'explosion est due à un problème technique quelconque. Ils ont peur, étant donné la haine que les gens nourrissent à l'égard du département de la Justice, que ça donne l'idée à un autre cinglé de venir tout faire sauter. Les seuls témoins sont toi et une poignée de démineurs. On est aussi en train de leur demander de se taire.

– Ça me paraît raisonnable.

– Au cas où tu aurais des doutes, ils disent qu'il y avait assez de sarin pour tuer tout le monde dans le bâtiment.

– J'ai eu une sacrée veine que la bouteille sorte indemne de l'explosion.

– J'ai parlé à un des flics qui t'a trouvé. Il paraît que tu la tenais dans les bras comme un ballon de rugby. Tu te souviens de ce que tu as dit aux ambulanciers quand ils t'ont sorti sur le brancard ?

– Non.

– Tu leur as demandé de te couvrir la figure parce que ta femme en avait assez de te voir aux infos à la télé.

Ils rirent tous les deux de bon cœur. O'Hare eut soudain l'air fatigué. Il ajouta :

– Dommage... personne ne saura jamais pourquoi Joe Lofranco a donné sa vie.

Devlin songea à la grande camaraderie qui unit les hommes chargés de faire appliquer la loi et combien certains d'entre eux mesurent leur propre valeur à l'aune du regard que leurs collègues posent sur eux. Il ignorait pour quelles raisons, si c'était par nécessité ou par choix, mais Joe Lofranco, tel que Devlin l'avait connu, était de ceux-là – fier de ce qu'il était et exigeant avec ceux dont il avait gagné le respect.

– Ce n'est pas grave, fit-il. Nous, nous savons.

47

À minuit, après la dernière visite de l'infirmière, Devlin s'habilla, appela un taxi et demanda au chauffeur de l'emmener au Mur du Viêt-nam.

L'air autour du mur était glacial, énergisant. En digne souvenir de tous ceux qui s'étaient battus là-bas, le monument était construit sous terre, caché de tous sauf de ceux qui étaient en quête de ce qu'il représentait de dignité et de colère.

En dépit du mauvais temps et de l'heure, plus d'une douzaine d'hommes étaient tournés face au mur, devant leur section, leur histoire, confrontés à leur cauchemar, à la mémoire de leurs camarades dont plus rien ne restait sauf les bords acérés de leur nom ciselé dans une surface lisse et noire. Une odeur d'alcool adoucissait l'atmosphère. Sans cet aiguillon, peu d'entre eux auraient eu la force de venir. Le sentier d'observation descendait doucement sous la surface de la terre. Année après année, les colonnes des sections poussaient en hauteur pour contenir le nombre croissant de morts.

Devlin marcha jusqu'à 1971 et trouva le soldat de première classe Robert Austin, un de ses hommes, qui avait reçu la médaille d'honneur [1]. Il passa son doigt sur le nom et pensa à Joe Lofranco et à tous les autres qui étaient morts parce qu'ils avaient fait le même serment : défendre leur pays contre tous ses ennemis, quels qu'ils soient. Devlin se rappela soudain une citation de Francis Bacon qu'il avait jadis entendue lors d'une grande manifestation contre la guerre : « On leurre les enfants avec des dragées, et les hommes avec des serments. » Ces hommes avaient-ils été leurrés ? Si oui, lui aussi.

---

1. La « Medal of Honor » est la plus haute décoration militaire décernée par le Congrès pour acte de bravoure. *(N.d.T.)*

Un homme de haute taille, d'une soixantaine d'années, ses cheveux gris coupés en brosse, s'approcha de Devlin. Ses yeux, aiguisés par trop de chagrin, se posèrent sur Devlin d'un air songeur.

— Semper Fi [1] ?

Cette devise si simple et pourtant universelle, celle par laquelle se reconnaissaient entre eux les membres du corps des Marines, sonnait en général davantage comme un salut que comme une question.

— Oui, fit Devlin.

— Moi aussi, répliqua l'homme en touchant légèrement le mur. Mon fils. Il voulait être Marine, comme son père. Ma faute, sans doute. Quand il était petit, je lui ai bourré le crâne avec toutes mes histoires d'ancien combattant. Je lui disais que c'était le seul véritable corps d'armée. C'était un gosse épatant.

— Ils l'étaient tous, fit Devlin en indiquant du doigt le nom d'Austin. J'avais une compagnie de fusiliers là-bas. Il était sous mes ordres. Il voulait être joueur de base-ball pour pouvoir un jour acheter une maison à ses parents. Au lieu de quoi ils ont reçu une médaille.

Le vieil homme regardait droit devant lui, les yeux remplis de larmes.

— Ils ont eu plus que ça.

— Et votre fils, qu'est-ce qu'il voulait, lui ? s'enquit Devlin.

— Plus que tout au monde, il voulait être flic.

Devlin contempla le nom du fils.

— Je suis sûr qu'il aurait fait un bon flic, approuva l'agent.

— Oui, sûrement… Je suppose qu'il y en a qui doivent montrer le chemin.

Devlin serra chaleureusement la main de l'homme et souffla :

— Semper Fi.

Puis il prit un taxi et rentra à son hôtel. Il avait besoin de Knox.

---

1. *Semper fidelis* : toujours fidèle. *(N.d.T.)*

Devlin passa la nuit à revivre des escarmouches, certaines très anciennes, remontant à la guerre du Viêt-nam, d'autres toutes fraîches. À 5 heures du matin, le calmant ne lui faisant plus d'effet, Devlin fut réveillé par une douleur à la main droite. Sa tête lui semblait minée de minuscules explosifs. Il se tira du lit et se mit sous la douche.

Une fois habillé, il réveilla Knox.

— Tu as l'intention de dormir toute la journée ?

L'œil glauque, elle scruta les chiffres affichés par le réveil sur la table de chevet.

— Je rêve ou il est 5 h 45 ?

— Allez, lève-toi. Je t'emmène déjeuner.

— Je n'ai pas tellement envie d'aller dans le genre de restaurant qui est ouvert à cette heure.

— Je descends chercher du café et des croissants. Mets tes jeans. Tu as quinze minutes.

Pelotonnée contre son mari sur les marches du Jefferson Memorial, Knox buvait du café tiède à petites lampées.

— Tu vas prendre des vacances maintenant ? interrogea-t-elle.

— Oui, on va emmener les enfants quelque part...

— Au soleil ?

— D'accord, répondit-il en riant. Si on a les moyens.

Ils se turent et contemplèrent le soleil d'hiver qui se levait à l'horizon et transformait la surface du Tidal Basin, le bassin des marées, en un poudreux miroir argenté. Knox murmura :

— Dis-moi un de tes secrets, quelque chose que tu n'as jamais dit à personne.

— Si tant est que j'aie un secret, pour quelle raison est-ce que je te le confierais, dis-moi ?

– Parce que comme ça je ne t'en aimerais que plus.

– En général, on garde une chose secrète parce que d'une façon ou d'une autre, elle est entachée de laideur.

– Exactement. Tu ne te confierais jamais à quelqu'un en qui tu n'aurais pas totalement confiance.

– Je préfère préserver un peu de mystère à notre mariage, protesta-t-il.

– Allez, fais-moi confiance.

Après un instant d'hésitation, il raconta :

– J'ai onze ans. C'est la veillée de Noël. Mon père n'a pas bu une goutte depuis un an et demi. Tout baigne. Je peux enfin inviter mes copains à la maison. On a assez d'argent pour vivre. On a même une voiture. On attend d'ouvrir nos cadeaux quand soudain, je m'aperçois qu'il est en retard. Je me dis, mais non, tu es juste impatient d'ouvrir tes cadeaux. Mais aussi loin que je me souvienne, quand il est en retard, ça ne peut vouloir dire qu'une chose. Bien sûr, il rentre soûl. Ma mère se met à pleurer. Et lui, le costaud, le dur, lui aussi il pleure.

– Et toi ?

– Je ne pouvais pas m'exprimer par des pleurs. Il me semblait que ce n'était pas assez fort. Je leur ai dit que je montais me coucher. Ma chambre était au grenier. Je me suis enfermé et je suis sorti par la fenêtre. Sans la moindre idée de l'endroit où j'allais, je me suis mis à marcher. Il neigeait, et la rue était déserte. On vivait à environ un kilomètre et demi de l'église. Je ne sais pas ce qui a mené mes pas jusque-là, mais je me suis retrouvé dans l'église. Avec les flocons de neige qui tombaient. Devant il y avait une crèche avec des personnages grandeur nature. Le tout en bois, sauf les personnages. J'y ai mis le feu et ensuite je suis rentré à la maison. Je ne suis jamais retourné à l'église avant le baptême de Katie.

Knox resta longtemps silencieuse.

– Je comprends maintenant pourquoi tu n'as pas voulu de mariage religieux, finit-elle par dire. Je suis étonnée que tu aies accepté le baptême pour les enfants.

– Je pense que j'ai eu l'impression que ce qui m'avait été enlevé ce jour-là m'avait enfin été rendu.

Elle passa sa main autour de son cou et l'embrassa. Il goûta au sel de ses larmes.

– Bon, ajouta-t-il. Maintenant c'est ton tour.

– Mon histoire n'est ni aussi belle ni aussi révélatrice.

– Ça ne fait rien, du moment que tu as fait quelque chose de méprisable.

– D'accord, fit-elle en riant. Une fois, à la fac, j'ai volé une voiture de police.

– Quoi ?

– J'étais en première année. Et ce beau gosse, là, me demande de sortir avec lui. Il était plus vieux que moi et un de ses potes au football, tu vois, était videur dans cette boîte. J'ai bu un peu, sans plus. La soirée n'est pas terminée que je m'aperçois que M. Football ne sera jamais mon tendre et cher. Je lui demande donc de me raccompagner chez moi. Il neige. Un froid glacial. On est trop loin des dortoirs. Il n'est pas question pour moi de rentrer à pied, et il le sait. Mais lui, en vrai gentleman, me dit d'attendre qu'il ait terminé de boire. Sachant que j'en avais pour une éternité, je pique une crise et je m'en vais. Je n'ai pas tardé à le regretter. Et puis je suis passée devant ce coffee-shop. Il y avait une voiture de police garée juste devant, vide mais le moteur en marche à cause du froid. J'avais un peu bu, alors je me dis : pourquoi pas ? Je saute dans la bagnole et je file. La seule chose intelligente que j'aie faite ce soir-là, ç'a été de laisser la voiture relativement loin du dortoir pour qu'on ne vienne pas trop chercher de ce côté.

Devlin partit d'un grand rire.

– Heureusement pour nous deux qu'il existe un truc comme la prescription. Mais tu as raison, c'est vrai, tu m'inspires tout à coup beaucoup plus de respect.

– Et tu m'aimes encore davantage ?

Ils avaient quitté l'hôtel dans une telle précipitation qu'elle n'avait pas eu le temps de se maquiller et s'était seulement fait une queue de cheval. La lumière matinale donnait à son visage un éclat mystérieux. Il se rendit soudain compte de tout ce qu'il avait négligé au nom du devoir. Ne pas s'accorder un moment chaque jour pour retomber amoureux d'elle avait sans doute été son erreur la plus stupide.

– Ça, je crois que c'est impossible.

Après avoir accompagné Knox à l'aéroport, Devlin rentra au siège du FBI en voiture. À son arrivée, Bonelli cessa de taper sur son clavier et déclara :

– Pendant que tu faisais la grasse matinée, j'ai commencé à taper le rapport.

Il tendit quelques feuillets à Devlin.

— C'est absolument parfait. Tu deviens agent de première classe, dit Devlin en parcourant des yeux le texte. Comment fais-tu pour aller si vite ?

— Je tiens un journal de bord depuis le début.

— C'est sacrément détaillé.

— Oui, mais j'ai besoin que tu m'aides à préciser ce qui a guidé ton raisonnement. Avec un peu de chance, je crois qu'on aura fini ce soir ou demain matin.

Ils passèrent trois heures à compléter la chronologie de l'enquête jusqu'à l'épisode de l'attentat à la bombe dans l'avion. Après quoi, pour la première fois depuis leur rencontre, ils s'accordèrent les quarante-cinq minutes de déjeuner auxquelles avaient droit les employés du FBI, à la cafétéria du Hoover Building.

Au retour, Devlin se plongea immédiatement dans la lecture des notes prises le matin même. Au bas de la page, deux questions écrites au crayon attendaient encore une réponse. Inexplicablement, l'une et l'autre n'avaient rien à voir avec le rapport qu'ils venaient de terminer. *Les relevés des factures téléphoniques de Packard montraient-ils des appels à son serveur Internet au moment de l'envoi des e-mail au Real Deal ? Qui d'autre de l'IMM Lofranco a-t-il interrogé ?* Devlin se demanda un instant pourquoi il avait écrit cela. Puis il se rappela que c'était en rapport avec la mort de Lofranco.

— Tony, il n'y a pas quelque chose qui te chiffonne là-dedans ?

— Comme quoi ?

— Quelque chose qui ne colle pas avec le reste ?

— Quoi ?

— Quand on réfléchit à la façon dont s'est élucidée l'affaire, est-ce que ça te paraît logique ?

Bonelli prit quelques minutes pour relire ses notes avant de répondre :

— Désolé, Mike. À mon avis, c'est du solide.

— Bien, qu'a fait le tueur d'un bout à l'autre de cette affaire ? Et c'est justement ce qui le rendait tellement effrayant.

— Il a prévu à l'avance chacune de nos actions.

— Exactement. Chacune de ses actions était déterminée en fonction de ce que nous allions faire. Que ce soit le discours du Président après les empoisonnements ou le fait de m'obliger à courir désamorcer la bombe, il a dès le départ toujours tenu compte de nos réactions et les a utilisées contre nous.

– C'est… vrai, approuva Bonelli en traînant cependant un peu de la voix sur le deuxième mot, comme pour montrer qu'il ne comprenait pas vraiment où Devlin voulait en venir.

– Dans ce cas, pourquoi n'avoir pas prévu que nous allions le localiser quand il a téléphoné d'Annapolis ?

– Bonne question.

– Oui. Et qu'allons-nous faire maintenant ?

– Trouver une bonne réponse.

– Ils vont tous nous croire fous à lier.

– Qu'est-ce que je peux faire ?

Devlin se dirigeait déjà vers la sortie.

– Je suis content de voir quelle mauvaise influence j'ai sur toi. Téléphone à cet Institut militaire du Maryland. Reste en ligne jusqu'à ce qu'on te faxe le dossier de Packard. Demande-leur aussi d'envoyer en même temps une copie à Bill Hagstrom. Ensuite, tu téléphoneras à la compagnie de téléphone et tu vérifieras si Packard a appelé au moment des communiqués transmis au *Real Deal*.

– Et toi, où tu vas ?

– À l'identité. Je veux voir si on a trouvé ses empreintes sur les pièces à conviction.

– Et sinon ?

– Destination Annapolis.

Danny Jennings avait débuté au FBI juste après ses études secondaires comme petit employé de bureau au service de l'identité. Ensuite il avait suivi des cours du soir et avait grimpé les échelons jusqu'à devenir spécialiste des empreintes digitales. Pendant les procès, il montait à la barre pour se prononcer sur la similitude entre les traces papillaires relevées sur les lieux du crime et celles du prévenu. Ensuite il était devenu agent. Son premier poste avait été l'antenne de Pontiac, dans le Michigan. C'était là où Devlin l'avait rencontré. Ils avaient fait leurs premières armes ensemble dans la recherche criminelle. À présent, Jennings dirigeait le service des empreintes digitales, une position qui lui rapportait le même salaire et le même prestige que celle d'agent spécial adjoint. Lorsque Devlin fut introduit dans son bureau, Jennings lui tendit cordialement la main. Devlin lui tendit sa main gauche. Jennings s'exclama :

– Un peu secoué ?

– Un peu.

– On est fiers de toi, Mike.

– Je pensais que cette histoire devait rester secrète.

– À l'intérieur du Bureau ? fit Jennings en riant.

– O'Hare m'a demandé un rapport d'enquête. J'ai besoin de savoir si on a trouvé les empreintes de Packard sur les pièces à conviction.

– Tu n'as pas eu la nouvelle ? Il est mort. Qu'est-ce que ça peut faire ?

– Oh, juste quelques points de détail à éclaircir.

Jennings le considéra d'un air amical mais soupçonneux :

– Tu n'as pas changé depuis le temps où on était tous les deux des bleus. Et tu n'as pas appris à mieux mentir, non plus, je vois.

– Bon, d'accord, je ne suis pas certain que ce Packard soit notre homme.

Jennings partit d'un rire cynique.

– Tu vas la refaire combien de fois, cette enquête ? observa-t-il en ramassant le combiné du téléphone. Demande à Kirsten de venir me voir avec ses notes sur *Tuberté*.

Une fois que Jennings eut présenté le spécialiste des empreintes à Devlin, il s'enquit :

– Neil, tu as terminé le travail de comparaison ?

– Presque. Que cherchez-vous exactement ? interrogea l'expert en se tournant vers Devlin.

– Quelles pièces vous avez examinées ?

Kirsten feuilleta quelques pages, puis lut tout haut :

– Les tickets de parking de l'hôtel Raintree – de nombreuses traces papillaires non identifiées. Les flacons d'aspirine – aucune trace valable. Les pièces rentrant dans la fabrication de la bombe découverte sur l'avion d'American Airlines – une seule trace valable. De nombreuses traces partielles sur les voitures de location, mais aucune valable. Et les seules empreintes sur la bouteille de sarin étaient celles de Mike.

– Donc les seules traces que vous avez sont celles des tickets de parking et de la bombe ? fit Devlin.

– Tout à fait.

– L'empreinte de la bombe – où elle se trouvait ? s'enquit Devlin.

– Sur le côté collant de la bande adhésive qui scotchait l'engin au mur, répondit Kirsten.

– Vous l'avez comparée avec celle de Packard ? intervint Jennings.

– J'ai vérifié pour les tickets. Rien qui corresponde. Mais je ne me suis pas encore occupé de la trace de la bombe, avoua le spécialiste.

– Tu peux le faire de toute urgence, s'il te plaît ? fit Jennings. Pour que je prouve à cette tête de bois qu'il pourchasse un fantôme.

Après le départ du technicien, Devlin dit :

– Tu te rappelles de l'affaire du déserteur à Pontiac quand on a bouclé le mauvais type ?

– Comment est-ce que je pouvais deviner que c'était son frère ? Quand lui-même affirmait être le fugitif ?

– Il voulait aider son frère à disparaître.

– Comment pouvais-je le savoir ? Il y avait des tas de déserteurs à l'époque, et l'armée ne nous envoyait jamais de photo.

– Son nom était tatoué sur son bras.

Jennings esquissa un sourire qui était un aveu de défaite :

– J'étais jeune.

Devlin promena un regard faussement dégoûté autour de lui et dit :

– Je sais que ça fait un bout de temps que t'as pas gagné ta croûte à la sueur de ton front, mais comme pour le déserteur, il faut d'abord lire ce que les indices nous racontent.

Jennings secoua la tête en souriant :

– Si c'est bien l'empreinte de Packard sur le ruban, tu me paies un verre ?

– Si c'est ça, je n'ai plus qu'à me tourner les pouces. Je te paie carrément à dîner.

Quelques minutes plus tard, Kirsten revint.

– Ç'a été rapide, observa Jennings.

– C'était pas compliqué. L'empreinte de Packard est en trente-deux sur trente-deux, tout en volutes. Cette trace est un arc parfait. Ce n'est pas la même personne.

49

Bonelli était encore pendu au téléphone au retour de Devlin.
Après avoir échangé quelques mots avec son interlocuteur, il raccrocha. Devlin lui tendit un téléphone portable. Bonelli s'étonna :
— Pourquoi tu me donnes ça ?
— Je l'ai pris au service technique, au cas où on irait se promener. Il fait trop froid dehors pour poireauter dans une cabine. Qui
c'était ?
— La compagnie de téléphone. Il n'y avait aucun appel sur le
relevé de facture de Packard aux dates et aux heures des communiqués. Il a peut-être téléphoné de sa chambre d'hôtel, comme le jour
où il a essayé de tuer le pasteur.
— Ce qui nous ramène à la même question : pourquoi aurait-il
appelé de chez lui à une heure aussi critique ?
— Ça n'a pas de sens. Et les empreintes ?
— Aucune correspondance. En plus, on en a relevé une sur la
bombe de l'avion qui ne peut être que celle du tueur.
Le fax émit une brève sonnerie, puis le voyant signalant l'arrivée
d'une télécopie s'alluma.
— Ça doit être le dossier de Packard, indiqua Bonelli.
Bouillant d'impatience, Devlin lut les pages à mesure qu'elles se
déroulaient. Quinze minutes plus tard, il appela Hagstrom :
— Qu'est-ce que tu en penses, Bill ?
— Ce type avait des problèmes, c'est sûr. Regarde page six — le
topo du psychologue de l'établissement.
Devlin lut :

    Le sujet fait preuve d'une personnalité ins-
table et d'un sentiment de rejet, d'angoisse et
d'incapacité à établir des relations interper-

sonnelles à cause d'une attitude fortement négative. Il semblerait qu'il n'a aucune estime pour
lui-même. Ainsi, parce qu'on le critique quand il
a tort sans le récompenser et le féliciter quand
il a raison, le sujet a l'impression qu'il « ne
peut rien faire correctement ». Son comportement
ayant toujours été évalué négativement, il ne se
fie pas à son propre jugement.

Devlin observa :
— Il correspond au profil de notre tueur.
— Lis la page neuf. C'est encore mieux.
Devlin obtempéra :

Sa peur d'être rejeté transparaît nettement
dans ses propos. Voici ce qu'il répond aux tests
à compléter : JE PENSE QU'UN AMI « ne doit pas
vous ridiculiser ». QUAND J'ÉTAIS PETIT « c'était
horrible ». MA MÈRE « me hait ». MON PLUS GRAND
DÉFAUT EST DE « ne pas pouvoir m'entendre avec
les autres ». À L'ÉCOLE, MES PROFESSEURS « ne
m'aiment pas ». EN GÉNÉRAL MES AMIS NE SAVENT
PAS QUE « j'ai peur des autres ». EN GÉNÉRAL LES
GENS QUE JE CONNAIS « ne m'aiment pas ». LES GENS
QUI TRAVAILLENT POUR MOI « ne m'aiment pas ». UN
JOUR, JE SERAI « connu ». CE QUE JE VOUDRAIS,
C'EST NE PLUS AVOIR CETTE IMPRESSION QUE « les
autres sont mieux que moi ». COMPARÉ AUX AUTRES,
JE SUIS « rien ».

Devlin s'exclama :
— C'est la deuxième fois que je lis ce truc, et je n'arrive pas à
croire que quelqu'un puisse se haïr lui-même à ce point.
— C'est un peu excessif, c'est vrai. Mais je crois que le plus intéressant pour nous se trouve dans la conclusion, à la page seize.

Sa peur des autres est engendrée par la peur
d'être rejeté par eux et par leur jugement négatif le concernant. Ce profond sentiment d'insé-
curité suscite chez lui des comportements de

270

type agressif. Comme il est peu sûr de lui, il a
tendance à ne pas mesurer la portée de ses
gestes. « La meilleure défense est l'attaque. » Il
agit souvent de façon précipitée ; il a fortement
besoin d'appartenir à un groupe et il réagit de
manière précipitée et inappropriée quand il a
l'impression que quelqu'un subit une injustice.
Quand il voit que ses interventions sont sans
effet, cela renforce son sentiment d'infériorité
et d'impuissance. Le sujet a tendance à déformer
la réalité. Il croit que les choses sont comme il
a envie qu'elles soient. Il s'isole facilement.
C'est sa méthode pour éviter les ennuis, et
surtout le rejet des autres. À mon avis, sans
l'ordre et la discipline qui règnent dans cette
école, le sujet verrait ses problèmes s'aggraver sérieusement.

Après avoir relu ce passage, Devlin s'enquit :
— Alors, et toi, tu en penses quoi, Bill ?
— Je voudrais savoir pourquoi tu t'entêtes. Les preuves contre
Packard sont accablantes. Et en plus, il est mort.
— C'est ça, moque-toi... je suis tombé sur la tête, si tu veux
savoir. Tu es donc affirmatif, c'est bien le Tueur de la Liberté ?
— L'analyse n'est pas très approfondie, mais fort possible.
— Possible ? C'est tout ?
— J'espérais plus.
— Comme quoi ?
— Je ne sais pas. Je pense que j'aurais voulu apprendre qu'il
avait été mêlé à un affaire de violence. Je l'imagine cassant la
gueule à quelqu'un, ou bien mettant le feu quelque part. Bref, un
comportement qui prédirait son crime d'aujourd'hui.
— Il était peut-être trop malin pour se faire choper.
— Peut-être. Ce qui me fait penser à un autre détail. Le QI de
Packard était de 114, pas aussi élevé que ce que je pensais. Bien sûr,
le QI ne mesure jamais la véritable intelligence. Mais j'ai lu ce dossier de A à Z, et à aucun moment il n'est fait mention de l'intelligence
de Packard. Les psychologues adorent se confronter à leurs patients
comme au jeu d'échecs. Si leur interlocuteur se montre un tant soit
peu brillant, ils s'en servent systématiquement dans leurs conclusions.

– Tu veux dire que Packard n'est peut-être pas le Tueur de la Liberté ?

– Tu sais, Devlin, il y a un bruit qui court au Bureau comme quoi tu cherches encore l'homme qui a tué Abel.

– Ça pourrait être quelqu'un d'autre ?

– Non, Caïn l'a tué.

Devlin baissa le ton pour reposer sa question, patiemment :

– Bill, ça pourrait être quelqu'un d'autre ?

– Disons ceci : si tu m'avais montré ce dossier sans autre preuve contre Packard, j'aurais sans doute dit que ce n'était pas lui.

– Une dernière question. Si c'est quelqu'un d'autre, que va-t-il faire maintenant ?

– Il a le choix entre deux solutions. Vu tout le mal qu'il s'est donné pour coller ses crimes sur le dos d'un autre, il y a des chances pour qu'il décide de se volatiliser dans la nature.

Comme Hagstrom se taisait, Devlin le pressa :

– Ou alors ?

– Rappelle-toi son : « Soumettez-vous ou… »

– Oui.

– Si William Packard n'est pas le tueur et si le tueur a décidé de ne pas disparaître, je pense qu'il est sur le point de commettre le crime le plus destructeur qu'on puisse imaginer. Quelque chose de plus dévastateur que tous ses autres crimes réunis. Pour lui, ce sera sa façon de punir le pays de ne pas avoir reconnu sa toute-puissance.

– Je crois dans ce cas qu'il faut que quelqu'un se mette à le chercher.

Bonelli, qui n'entendait qu'un côté de la conversation, sut qu'ils partaient pour Annapolis. Il se mit en devoir de glisser son ordinateur et son nouveau téléphone portable dans son sac à dos. Lorsque Devlin raccrocha, il demanda :

– Tu vas prévenir O'Hare que nous partons en exploration ?

– Je suis passé à son bureau en revenant de l'Identité. Sharon m'a dit qu'il a sur les bras un kidnapping à Salt Lake City et un tueur en série à Chicago, qui assassine les infirmières à coups de scalpel. En plus, je ne crois pas qu'il s'intéresse à mes pressentiments. Si on trouve quelque chose, on le préviendra.

50

Le temps était glacial mais, par un paradoxe de l'hiver, clair et ensoleillé. Malgré des douleurs persistantes, Devlin se sentait curieusement euphorique. Seul, il s'employait à percer un mystère que le reste du monde ignorait. Au fond, peu importait que ce mystère existât ou non, seule comptait cette impression de liberté tous azimuts que ça lui procurait. Comme pour mieux entretenir ce sentiment, il prenait soin de ne pas dépasser la limite de vitesse alors que sa voiture roulait sous le beau soleil de janvier.

Il jeta un coup d'œil du côté de Bonelli. Le jeune homme semblait rajeuni, plus confiant. Les dernières traces de cette colère qui avait marqué le début de leur association avaient finalement disparu.

— Tu as l'air drôlement content de toi, Tony.

— Un peu plus et je me sens presque heureux.

Devlin émit un rire bref :

— Attention, n'oublie pas où tu es. Personne au Bureau ne doit le savoir.

Bonelli sourit distraitement en regardant par la fenêtre de son côté. Il demanda :

— Mike, c'est ta plus grosse affaire ?

— Celle en tout cas qui a fait le plus de victimes.

— Après toutes ces années passées assis devant mon ordinateur, je ne pensais vraiment pas qu'un jour je vivrais un truc pareil. J'ai l'impression que je pourrais courir le marathon.

— Super, mais ne t'essouffle pas trop vite. Il nous reste un bon bout de chemin à parcourir, fit remarquer Devlin. Tu as combien de noms sur la liste de l'IMM ?

Bonelli sortit son ordinateur de son sac et le posa sur ses genoux. Dans le fichier Tuberté, il trouva ce qu'il cherchait.

– Dix-sept, indiqua-t-il.

– Dont deux peuvent être rayés : Quigley, qui fait partie des forces armées américaines stationnées en Europe, et Langston, que Joe avait lui-même éliminé. Ce qui nous en laisse quinze. Choisis-en un.

– Je ne sais pas dans quel ordre Joe les a pris.

– C'est bien ça le problème – personne ne le sait. Il y a une douzaine de possibilités différentes. Ce n'est même pas la peine d'essayer de deviner, on perdrait un temps fou. Choisis-en un, n'importe lequel.

Bonelli contempla quelques instants sa liste.

– Il y en a un à Laurel. Tu te rappelles, c'est là qu'une voiture a explosé.

– Va pour Laurel, c'est parti !

Il était près de 5 heures quand ils immobilisèrent la voiture devant la maison. D'après la liste de Lofranco, elle appartenait à un certain Alfred Grayson. Devlin ressentit une brûlure familière au creux de son estomac.

– Tu as toujours mon revolver à canon court ?

Bonelli tapota son sac à dos.

– Tu veux que je vienne avec toi ?

– Non, je sais d'expérience qu'il vaut mieux se présenter seul, mentit Devlin, et Bonelli comprit parfaitement pourquoi.

Devlin frappa à la porte et déboutonna son manteau. Le battant intérieur s'ouvrit et Grayson, torse nu, le toisa d'un air exaspéré, comme si Devlin était le énième importun de la journée.

– Ouais, fit-il, la voix étouffée par l'épaisseur du grillage de la seconde porte.

Il avait la peau qui brillait, avec des reflets bleus et rouges, et il soufflait comme un phoque. Vu la puissance de sa musculature, Devlin conclut qu'il avait interrompu une séance d'haltères. Il lui présenta sa carte et afficha une expression de profond ennui.

– Ouais, qu'est-ce que vous voulez ? reprit le jeune homme.

Comme Devlin se taisait toujours et soutenait sans réagir le regard insolent de Grayson, ce dernier ouvrit finalement la porte. Devlin entra sans se faire prier.

– Qu'est-ce que le FBI me veut ?

Devlin avait remarqué dès son plus jeune âge que tous les bagarreurs partageaient le même secret : ils n'avaient pas de bons rapports avec les autres et usaient de l'intimidation parce qu'eux-mêmes y étaient extrêmement sensibles.

– Crois-moi, le FBI ne veut rien de toi.

Le premier réflexe du jeune homme fut de serrer les poings. Devlin abaissa calmement son regard sur eux en disant :

– Tu peux garder ton numéro de Rambo pour les touristes.

Après une lutte intérieure serrée, le jeune homme mit ses mains dans son dos comme s'il ne savait plus qu'en faire.

– J'ai besoin d'un avocat ?

– La seule chose dont tu aies besoin, c'est d'une petite dose d'honnêteté et de beaucoup moins d'arrogance.

– Je n'ai rien fait.

– Quelqu'un est venu t'interroger hier ?

– Non.

– Tu connais un agent du nom de Joe Lofranco ?

– Non.

– Tu as voyagé récemment ?

– Comme où ?

– Detroit, Miami, Chicago, Dallas, San Francisco, Los Angeles ?

– Jamais mis les pieds.

– Atlanta ou Disney World, tu connais ?

– Non.

Devlin ne décelait aucune manœuvre mensongère chez son interlocuteur.

– Tu connaissais un certain William Packard à l'IMM ?

Le visage de Grayson s'éclaira soudain d'une lumière de compréhension.

– Alors c'est ça. Il a tué un agent du FBI hier. Ouais, je le connaissais, dit-il, retrouvant sa morgue. Je lui ai même botté le cul une fois.

Devlin n'avait aucune idée du gabarit de Packard. Mais étant donné celui de Grayson et les manières habituelles de ce genre de brute, il émit une supposition :

– Il n'était pas beaucoup plus petit que toi ?

– C'est lui qui a commencé, répliqua Grayson en rejetant fièrement la tête en arrière, comme un gamin.

Devlin eut une soudaine inspiration. Non, se dit-il, Grayson ne pouvait pas être le tueur. Il n'était pas assez subtil. Sans hésiter, il le laissa planté là, l'air un peu penaud.

Dans la voiture, Bonelli tendait le cou vers la maison avec une expression tout à la fois curieuse et inquiète.

– Alors ? souffla-t-il quand Devlin fut à portée de voix.

275

– On ira sans doute le cueillir dans un an ou deux, répondit Devlin. Ensuite, on a qui ?

Bonelli le guida jusqu'à l'adresse suivante. Personne. Même chose à la troisième adresse. Devlin soupira :

– Ça va durer longtemps ?

– Je me demandai jusqu'à quel point tiendrait ta patience.

– Et si on réfléchissait un peu une minute, fit Devlin en garant la voiture à un coin de rue et en coupant le moteur. Tu as une idée, toi ?

– J'aimerais bien.

– Bon, si le tueur est bien, comme nous le supposons, un autre que Packard, il y a quelque chose qui nous a échappé jusqu'ici. Passons de nouveau en revue le déroulement du dernier crime qu'on lui connaisse – le meurtre de Lofranco. Joe a obtenu de l'IMM une liste de dix-sept anciens élèves et il a commencé à les interroger avant-hier soir. Il est rentré chez le tueur et il a été pris en otage.

– D'où est-il est parti, du FBI d'Annapolis ?

La question sembla plonger Devlin dans une profonde stupéfaction.

– Très bien, fit-il avec un temps de retard, mais aussi, comment est-ce qu'il y est allé ? Où est sa voiture de service ?

– Elle n'était pas garée devant chez Packard ?

– Je n'en sais rien. Passe-moi ce téléphone portable.

Il composa fébrilement le numéro du FBI à Baltimore.

– Ici Mike Devlin, du siège. J'aimerais parler à l'agent chargé du dossier Lofranco.

– L'agent John Woodward. Ne quittez pas, je vous le passe.

Devlin entendit une sonnerie, puis :

– John Woodward.

– John, ici Mike Devlin, du siège. J'imagine que vous êtes plutôt débordés, mais je voudrais juste te poser une petite question : où avez-vous trouvé la voiture de Joe ?

– La police du Maryland l'a trouvée à la sortie de South Haven, dans le parking d'une banque. Ne quitte pas, Mike, je vais te trouver l'adresse exacte.

Trente secondes plus tard, l'agent de Baltimore lui donna l'information.

– Elle est déjà passée au service technique ? interrogea Devlin.

– Ce matin. On n'a rien trouvé. Même pas une tache.

– La maison de Packard est loin de cette banque ?

– À une quinzaine de kilomètres.

Après avoir raccroché, il résuma la conversation à Bonelli, qui se demanda :

– Je ne comprends pas. Il a laissé sa voiture à quinze kilomètres de la maison, et après ?

– Qui que soit le tueur, nous savons qu'il agit seul.

– Exact.

– Si c'était Packard, comment serait-il rentré chez lui de la banque ?

– C'est vrai. Il n'a pas pu faire quinze kilomètres à pied.

– Regarde la liste et dis-moi qui nous devrions interroger maintenant.

Bonelli réfléchit quelques instants.

– Une personne vivant près de la banque.

– Bonne idée. Maintenant regarde qui ça pourrait être.

Bonelli sortit un petit bloc-notes et entreprit de chercher les adresses des anciens élèves de l'IMM sur sa carte du Maryland. Finalement, il déclara :

– Il y en a deux seulement dans un rayon de trois kilomètres autour de la banque. Daniel Owens et Rockland Tubbs.

– Qui est le plus proche ?

– Tubbs, à un kilomètre cinq environ.

– Rockland Tubbs – ça ne te dit pas quelque chose ?

– Je ne sais pas, répondit Bonelli. Je ne l'avais jamais rencontré avant la liste de l'IMM.

– Tubbs ? répéta songeusement Devlin. Tubbs ?

Il ramassa de nouveau le téléphone et appela le standard du siège du FBI. Après deux transferts, il finit par avoir la personne qui s'occupait de numériser les enregistrements avant de les archiver. Il lui demanda de trouver ceux des deux derniers appels de Lofranco. Pendant qu'elle cherchait, il s'efforça de se remémorer les derniers mots de l'agent. Il y avait là quelque chose qui l'avait toujours dérangé. Le choix des mots, le rythme entrecoupé, bizarre… quelque chose qui semblait important. La technicienne revint en ligne.

– Vous voulez les écouter ?

– S'il vous plaît. Et repassez-les encore une fois ensuite.

Il prit le bloc-notes de Bonelli et transcrivit les derniers mots de Lofranco.

Ne sois pas stupide, Mike, *tu l'as* – à l'envers. *Ne t'inquiète pas pour moi. Ce fils de pute peut aller se faire* but... er...

En réécoutant le message, il souligna *Mike, à l'envers, se* et *but*. Puis il raccrocha et étudia ce qu'il venait d'écrire.

– Qu'est-ce qu'il y a, Mike ?

Devlin se pencha du côté de Bonelli pour lui montrer le bloc-notes.

– Ce sont les dernières paroles de Joe. J'ai tenu compte du rythme. Regarde comme il est haché. Il aurait dû dire : « Ne sois pas stupide, Mike », mais c'était plus : « Ne sois pas stupide – *Mike !* ». Il a mis l'accent sur mon nom. Il a aussi insisté sur *à l'envers* ; il a même hésité avant de le prononcer. Puis il a insisté étrangement sur *se* et *but*. Pourquoi un ancien de New York, un dur comme lui dirait « buter » pour éviter de prononcer « enculer » ?

Comme Bonelli haussait les épaules, Devlin ajouta :

– Sélectionne les deux phrases qui commencent par « ne ». C'est comme s'il nous disait : Ne faites pas attention à cette phrase. Puis regarde les quatre mots qu'il a mis en valeur : *Mike, à l'envers, se* et *but*.

Bonelli contemplait Devlin d'un air interloqué :

– Je n'y comprends rien.

– *Mike* – *à l'envers* – *se* – *but*. Il dit : Mike, tourne *se...but* à l'envers. Joe nous donnait le nom du tueur. Tu inverses les lettres et tu as : *tub...se...* c'est-à-dire Tubbs... Tubbs !

51

– On ne devrait pas prévenir ? demanda Bonelli d'une voix inquiète.

Devlin observait la maison isolée au bout de la rue.

– Et qu'est-ce qu'on leur dirait ? Une histoire de mot à l'envers à dormir debout ? Non, moins il y aura de gens sur ce coup, moins il y aura d'obstacles entre nous et ce fumier, et plus on aura de chance de l'attraper.

La nuit tombait. Les lumières commençaient à briller aux fenêtres des autres maisons. À trois cents mètres de la voiture, Devlin scrutait celle de Tubbs et le garage attenant.

– Pas de lumière et le garage est vide. Il n'a pas l'air d'être là. On dirait que c'est le moment d'aller faire une petite tournée d'inspection.

– Tu sais, Mike, je ne suis plus tellement rassuré.

– Du moment que tu n'as pas peur.

Bonelli le regarda fixement, comme s'il se demandait s'il était vraiment sérieux. Ce curieux sourire qui éclairait à présent le visage de l'agent, il ne l'avait encore jamais vu. Devlin démarra et passa très lentement devant la maison.

Devlin s'engagea dans l'allée de Tubbs. Puis il dit :

– Bon, tu appuies trois fois sur le klaxon si tu vois quelqu'un arriver.

Il ouvrit sa mallette, prit une petite lampe de poche en métal noir et descendit de voiture.

Quand Devlin eut disparu de l'autre côté de la maison, Bonelli ouvrit la fermeture Éclair d'une des poches extérieures de son sac à dos et en sortit le revolver à canon court que lui avait prêté Devlin. Il descendit sa vitre de quelques centimètres afin de mieux écouter le silence.

Devlin dirigea le faisceau de sa lampe sur la porte de derrière. La cuisine. Pour autant qu'il pût en juger, tout semblait normal. Comme il ne voyait toujours pas de lumière, il essaya de tourner la poignée. Fermée à clé. Il fit le tour de la maison et regarda par une fenêtre. Le faisceau lumineux balaya une petite pièce, sans doute un bureau. Un ordinateur trônait sur une grande table sous une étagère de livres. Il était sur le point de passer à la fenêtre suivante, quand, curieusement, un des livres accrocha son regard. Un livre dont la couverture comportait des rayures orange et jaunes phosphorescentes : *Psycholinguistique et analyse de la menace*, par le Dr Murray I. Craven. Il reconnut aussi vaguement le livre voisin dont il déchiffra tant bien que mal le titre : *À la recherche des tueurs en série*. Il avait été écrit par un agent ayant pris sa retraite après une carrière dans le département des Sciences comportementales. Devlin l'avait lu l'année passée. Voilà pourquoi ce fumier avait toujours une longueur d'avance sur nous, songea-t-il – on l'a nous-mêmes aidé à s'éduquer dans le domaine.

Devlin retourna à sa voiture et contempla la pénombre de l'autre côté du pare-brise.

– Alors ? interrogea Bonelli.

– C'est lui.

– Comment tu peux en être sûr ?

Devlin lui expliqua l'histoire des livres.

– Alors, on les prévient ? reprit Bonelli, de plus en plus insistant.

Mais Devlin ne semblait même plus l'entendre.

– Dans son premier communiqué, il a dit que nous avions deux semaines pour nous soumettre.

– Et alors ?

– Quand l'a-t-il envoyé ?

– Il y a quatorze jours.

– Exactement ?

– Il y a deux semaines exactement.

– Ce qui signifie qu'il est en train de préparer son bouquet final.

– Quel bouquet ?

– Il va punir les États-Unis d'Amérique.

– Comment ça ?

Devlin le dévisagea intensément :

– Il n'y a qu'une façon de le savoir. Il faut que je rentre dans cette maison.

– Sans mandat ?

– On n'a pas le temps pour ça, et pas assez d'arguments. Allons-y.

– Nous ? Tu veux dire toi et moi ?

– Tu te rappelles le profil de Hagstrom. Ce type garde une trace de tout. C'est un archiviste obsessionnel.

– Je pensais que pour être agent, il fallait savoir lire, argua Bonelli sans cacher sa réticence.

– Oui, mais là il faut ouvrir des documents informatiques.

S'éclairant au mince faisceau de la lampe de poche, Devlin guida Bonelli jusqu'à la porte de derrière. Puis il enleva son manteau et le colla contre un des quatre petits carreaux de la porte. Ensuite il dégaina son 9 mm et l'enfonça d'un coup sec dans le vêtement, cassant la fenêtre. L'étoffe amortit le bruit du verre se brisant sur le carrelage à l'intérieur. Devlin enleva quelques éclats restés accrochés à son manteau et le remit.

– Attends ici une minute, fit-il avant de disparaître à l'intérieur.

Bonelli se tourna d'un air angoissé vers la route, guettant d'invisibles phares.

Deux minutes plus tard, Devlin réapparut.

– Allez, viens, souffla-t-il.

Bonelli le suivit dans le bureau, aménagé dans une ancienne chambre, et s'assit devant l'ordinateur. Devlin alluma un petit spot à côté de lui.

– Tu es sûr qu'il n'y a personne ? murmura Bonelli.

Devlin s'employait déjà à fouiller dans les livres sur l'étagère.

– J'ai tout vérifié sauf le sous-sol.

– Tu ne crois pas que ce serait une bonne idée d'aller voir ?

– Bon, d'accord.

– Avant de partir, tu peux me dire si tu as vu des disquettes quelque part ?

– Non.

– Garde l'œil ouvert. Mais je suppose que tout est sur le disque dur.

Bonelli mit l'ordinateur sous tension. L'écran s'éclaira. Après un bref examen, il décréta :

– Parfait, ses fichiers ne sont pas protégés.

– C'est inhabituel ?

– Non, beaucoup de gens ne se donnent pas ce mal.

Puis sa voix se fit soudain sarcastique :

– L'imbécile a sans doute pensé que fermer sa porte à clé suffirait.

Ce n'était pas la première fois que Devlin constatait combien les pires criminels se considéraient facilement à l'abri des crimes d'autrui. Il ne cessait pas non plus de s'étonner de leur indignation quand on leur présentait un mandat de perquisition. Comme s'il était impensable qu'on pût violer « leurs droits ». Quelle que soit la raison pour laquelle Tubbs avait omis de protéger ses fichiers, Devlin y vit un signe : c'était comme s'il venait d'avoir l'autorisation de foncer.

— Je vais aller voir en bas, annonça-t-il.

Mais Bonelli, plongé dans un véritable corps-à-corps avec l'ordinateur du tueur, ne parut même pas l'entendre.

Devlin ouvrit la porte du sous-sol et chercha l'interrupteur. Pas de lumière. Il réessaya. Rien. Soudain, inexplicablement, il eut froid dans le dos. Tirant son 9 mm, il se mit à descendre l'escalier.

52

Après des années passées à forcer son passage dans des lieux où il n'avait pas été invité, Devlin se fiait à son instinct. Et il n'aimait pas du tout ce qui l'attendait dans les ténèbres au bas de cet escalier. En général, c'était parce qu'il avait humé l'odeur d'un fugitif qui venait de traverser la pièce en courant, en sueur, pour se cacher dans un placard, ou parce qu'une femme lui jurait que son amant n'était pas avec elle puis retenait son souffle quand Devlin regardait sous le lit. Il était incapable de dire exactement pourquoi, mais une vague appréhension planait sur lui, dissimulant à son regard le secret qu'il était sur le point de mettre au jour.

Il balaya la pièce avec le faisceau de sa lampe. Le sous-sol s'étendait sur toute la superficie de la maison. À un bout il vit la chaudière et le chauffe-eau au milieu de deux douzaines de boîtes en carton, toutes soigneusement fermées. Il y avait trois petites pièces à l'autre extrémité. Devlin s'y dirigea prudemment et essaya de tourner les poignées de porte. Toutes trois étaient fermées à clé.

Un vieil établi était appuyé contre le mur. Y était exposée l'habituelle panoplie du bricoleur, mais rien qui lui permît de forcer une porte. C'est alors qu'il remarqua une pince multiprises. Il glissa son pistolet automatique dans son étui et ajusta tant bien que mal les mors de la pince de façon à saisir la tige de la poignée. Il posa sa lampe de poche pour se servir de ses deux mains. La serrure résista quelques secondes. Puis quelque chose craqua à l'intérieur. Il ramassa sa lampe, dégaina de nouveau son arme et se plaqua contre le mur tout en poussant du pied le battant.

La première pièce était complètement vide. Devlin se demanda si elle n'avait pas abrité les boîtes contenant les pièces à conviction plantées chez William Packard.

La seconde porte, en plus de la serrure, était équipée d'un gros verrou. Il décida de continuer par la troisième pièce en utilisant la même méthode. Elle contenait une table sur laquelle étaient disposés plusieurs armes à feu, des munitions et des explosifs. Devlin fit rapidement l'inventaire des munitions et vit plusieurs boîtes de balles de calibre .45 ; mais aucune arme correspondante. Sans doute Tubbs la portait sur lui.

Il retourna à la deuxième porte et, à l'aide de la pince, força la serrure. Mais le verrou tenait bon.

Sur l'établi, il trouva une scie circulaire équipée d'une rallonge. Il la brancha et découpa trois fentes autour de la serrure. Un coup appliqué sur la poignée suffit à détacher la serrure du reste du battant. Le carré de bois auquel elle était attachée tomba par terre.

Dès que la porte fut ouverte, Devlin comprit la cause de l'étrange pressentiment qui l'avait saisi en haut de l'escalier. La pièce était presque entièrement occupée par un énorme congélateur. Il entendait à présent nettement son ronronnement. Même si l'interrupteur n'avait pas marché quand il était entré, il avait inconsciemment entendu ce bruit. Un illogisme apparent qui ne s'expliquerait qu'à l'ouverture du congélateur.

Doucement, Devlin souleva le couvercle. Allongé tout au fond gisait le cadavre d'un homme. La soixantaine, vêtu d'un costume trois-pièces. Sa poitrine était ensanglantée. Des aiguilles de glace pointaient aux endroits où le sang avait gelé. Devlin fouilla les vêtements du mort. Il trouva un portefeuille avec un permis de conduire au nom de Roland Tubbs, domicilié à Chevy Chase dans le Maryland. Devlin supposa qu'il s'agissait du père de Rockland Tubbs, et d'après la grimace d'impatience figée sur son visage, il devina que le père avait préféré faire un dernier sermon à son fils plutôt que de le supplier de lui laisser la vie sauve.

La voix inquiète de Bonelli lui parvint soudain d'en haut :

– Mike, fit-il, tu ferais bien de monter.

Bonelli entendit Devlin monter l'escalier quatre à quatre. Il s'exclama avant même de le voir :

– J'ai son journal intime ! Hagstrom avait raison ! Tout y est !

Devlin se pencha sur l'écran tandis que Bonelli continuait :

– Voilà son récit du meurtre de l'assistant de laboratoire des centres de Sécurité sanitaire. Et ici, celui de son cambriolage de la compagnie pharmaceutique de Kansas City.

Devlin lut quelques lignes puis déclara :

– Tu peux aller à la fin. Voyons ce qu'il a écrit en dernier.

Bonelli fit rapidement défiler tout le document.

– C'est daté d'aujourd'hui.

Les deux hommes lurent ensemble le texte suivant :

```
Ce sera la dernière fois que j'écris avant
l'événement. J'ignore si je serai encore en vie
ce soir, mais peu importe puisque l'Histoire se
chargera de l'écriture de mon dernier chapitre.
Les Impitoyables ont refusé d'oublier le nom de
mon grand-père. En échange, je ne laisserai ni
Washington ni le monde oublier le mien.

                              Rockland Tubbs
```

Bonelli se tourna vers Devlin :

– Qu'est-ce qu'on va faire ?

– Je n'en sais rien, mais nous devrions rentrer à Washington. Combien de temps ça va prendre de copier le contenu de son disque dur sur des disquettes ?

– Pas longtemps.

– Je vais téléphoner à O'Hare pour le prévenir.

Devlin souleva le combiné et composa le numéro du chef de section. Pas de réponse ; il raccrocha, puis appela le standard du siège.

– Ici Mike Devlin. Vous pouvez me passer Tom O'Hare à son domicile ?

– O'Hare.

– Tom, ici Mike. Tony et moi on est dans le Maryland...

– Qu'est-ce que vous foutez là-bas ?

– On n'a pas le temps de t'expliquer, riposta vivement Devlin. Packard n'est pas le Tueur de la Liberté. C'est un autre raté de l'IMM, Rockland Tubbs. Il a maquillé son crime de façon qu'on accuse tout de suite Packard. À l'heure qu'il est, il est à Washington en train de mettre à exécution sa menace de vous-vous-soumettez-ou-alors...

– Où êtes-vous exactement ?

– Chez lui, dans sa maison. Tony a fouillé dans son ordinateur. Tout y est... tout.

– Qu'est-ce qu'il va faire ?

– C'est la seule chose qu'il ne dit pas. On va tout examiner pour voir si on peut trouver une piste.

– D'accord. Je fonce au bureau. Téléphonez-moi dès que vous avez quelque chose, ordonna O'Hare avant de raccrocher.

Bonelli demanda :

– Sait-on au moins à quoi ressemble ce Tubbs ?

– Bonne question. Pendant que tu termines ça, je vais chercher une photo.

Tandis que Bonelli se penchait de nouveau sur l'ordinateur, Devlin se rendit dans la chambre qu'il avait rapidement visitée quand il avait pénétré dans la maison.

Rien sur les murs. Pas de photo non plus sur les commodes. Il fouilla dans les tiroirs. Dans le placard, il regarda à l'intérieur de plusieurs boîtes à chaussures par terre et sur l'étagère. Toujours rien. Puis il remarqua un uniforme bleu marine pendu entre deux costumes. Dans l'espoir d'y trouver le logo d'un employeur, il le sortit. Accroché par un clip à la poche poitrine, il vit un badge, avec une photo d'identité. C'était un uniforme du service du matériel et des dépôts de l'Armée près de Baltimore. Le même que celui où ils avaient interrogé William Blake pour finalement l'éliminer de la liste des suspects. La photo montrait un blond qui approchait la trentaine, le regard d'une grande intensité et pétillant d'ironie. Le nom sur le badge était Walter Lessing. S'agissait-il vraiment de Tubbs ?

Devlin fouilla le plus vite possible le reste de la maison pour voir s'il ne trouvait pas autre chose. Mais le seul cliché qu'il dénicha était accroché dans la salle de séjour au-dessus d'une espèce de table de travail. Le portrait d'un homme dont la blondeur et la constitution générale rappelaient le jeune homme du badge. Il souriait avec la même expression méprisante que Lessing sur la photo d'identité.

Il entendit soudain Bonelli hurler :

– J'ai terminé, Mike !

Devlin revint dans le bureau en brandissant le badge :

– C'est tout ce que j'ai pu trouver.

– Lessing ? Tu crois que c'est Tubbs ?

– Tu te souviens de William Blake ?

– Le type du dépôt militaire ?

– C'est un badge de chez eux. Tubbs avait tout organisé pour être au courant au cas où nous remonterions jusqu'à son nom d'emprunt et cuisinerions William Blake. Excellent signal d'alarme. Notre visite a signé l'arrêt de mort de son propriétaire, Lloyd Franklin.

– Si tu es sûr que c'est lui, d'accord.

Le visage sur la photo paraissait soutenir le regard de Devlin.

– J'en suis sûr.

Tandis que Devlin fonçait sur l'autoroute 50 en direction de Washington, Bonelli examinait le contenu des disquettes sur son ordinateur portable.

– Bon sang, Mike, il y a au moins vingt-cinq fichiers. Qu'est-ce que je suis censé chercher exactement ?

– Je n'en sais rien. Lis-moi les intitulés.

– Ah, voyons : « Adresses, « Documents », « Frais », « Grand-Père », « Maison »…

— Regarde dans « Grand-Père », interrompit Devlin. Il racontait je ne sais plus quoi sur lui dans sa dernière page de journal.

Bonelli ouvrit le fichier.

– On dirait une biographie ou une nécrologie, dit-il en faisant défiler le texte. « Chapman L. Tubbs, né le 31 juillet 1918, mort le 1ᵉʳ août 1985. Capitaine de l'U.S. Army pendant la Seconde Guerre mondiale, stationné à Londres de 1944 à 1945. Accusé d'espionnage pour le compte des Allemands en 1946. D'après le rapport de la cour martiale, le capitaine Tubbs aurait renseigné l'ennemi pendant les attaques de V1 et de V2 contre l'Angleterre. Il aurait informé secrètement par radio les bases de départ allemandes installées dans le nord de la France, en particulier sur la justesse du tir des missiles et l'ampleur des dégâts causés. Grâce à lui, les Allemands ont pu améliorer le guidage de leurs engins. Il a été condamné à une peine de vingt-cinq ans de prison, mais libéré onze ans plus tard, en 1957. Lui survivent un fils et un petit-fils, Roland et Rockland Tubbs, de Chevy Chase, Maryland. »

Bonelli marqua une pause, puis poursuivit sa lecture :

« Cela n'est qu'un abrégé de la vie de mon grand-père que les journalistes ont imprimé dans leurs pages nécrologiques. Nous autres "survivants" nous avons dû faire face à la culpabilité de notre lignée. Roland a été obligé de prendre une résolution. Et pour prouver son patriotisme, il était prêt à sacrifier son fils unique – Rockland – pour en faire un héros, un grand héros américain, un diplômé de l'Académie navale des États-Unis. Ce devait être le dernier nettoyage des écuries du clan Tubbs. Mais une enquête a révélé ce qu'avait été son grand-père, et la troisième génération a été forcée de continuer à payer une dette vieille d'un demi-siècle.

« Cher Père, tu m'as poussé comme un malade à entrer à l'Académie d'Annapolis, mais tu ne t'es pas rendu compte que la meilleure volonté du monde ne pouvait pas changer les gènes d'un individu. Dommage pour toi, tu ne t'es jamais rendu compte que le comportement inscrit dans les miens avait sauté une génération.

« En fin de compte, Père, je t'ai donné la paix. Et, Grand-Père, j'ai repris le flambeau. Retour au point de départ, de la *Vergeltungswaffe* au *Brushfire*. »

Bonelli leva les yeux de son ordinateur.

– Qu'est-ce que c'est que ça, la *Vergeltungswaffe* ?

– Si mes souvenirs de cinéphile sont bons, la *Waffe*, comme dans *Luftwaffe*, veut dire arme. Je suppose qu'il s'agit du V1 ou du V2. Mais Dieu sait ce qu'est un *Brushfire* ! répondit Devlin en composant un numéro sur le téléphone portable.

– Le FBI de Baltimore.

– Ici Mike Devlin, du siège. Vous êtes l'agent de service ?

– Oui.

– Vous savez qui je suis ?

– Oui, je vous ai vu aux nouvelles.

– Bon. J'ai besoin qu'on me vérifie deux noms : Rockland Tubbs et Walter Lessing.

– Ne quittez pas.

Bonelli jeta un coup d'œil au compteur. Ils roulaient à cent trente. Il demanda à Devlin :

– Qu'est-ce qu'il a voulu dire en disant : « En fin de compte, Père, je t'ai donné la paix » ?

– Il a tué son père.

– Comment le sais-tu ? s'étonna Bonelli ; puis, avec une grimace d'horreur, il ajouta : C'est ça qui t'a retenu si longtemps au sous-sol ?

Devlin fit oui de la tête. L'agent de service à Baltimore reprenait la ligne.

– Rien sur Tubbs, mais il y a un 52B pour Walter Lessing, daté du mois dernier.

– Un 52B – c'est bien un vol de biens publics, non ?

– Attendez que je vérifie. J'ai le papier sous les yeux. Oui, vol de biens publics d'une valeur de plus de cinq mille dollars. Des armes et des explosifs.

– Vous pouvez me donner la référence ?

– Bien sûr, ne quittez pas.

Devlin se tourna alors vers Tony :

– Cherche Lessing et le père, Roland Tubbs. Regarde si on les a.

L'agent de Baltimore répondit :

– Apparemment, Lessing est employé de maintenance au service du matériel et des dépôts de l'Armée près de Baltimore. Il compte parmi la quarantaine d'employés qu'on a interrogés concernant ce vol.

– Qu'est-ce qu'on a volé exactement ?

– Hum, on dirait – non, c'est pas possible ! – un missile sol-sol du nom de *Brushfire*.

– Vous pouvez me lire ce que Lessing a répondu ?

– Rien de plus simple. L'interrogatoire tient dans un court paragraphe. Lessing affirme qu'il ne sait rien de ce missile et n'a aucune idée de qui pourrait bien être le coupable.

Après un moment de réflexion, Devlin avança :

– Il y a des précisions sur le fonctionnement de ce missile dans le dossier ?

– Je vais encore vous demander un instant.

Bonelli s'exclama :

– J'ai un Roland Tubbs. Il est un des propriétaires de véhicules qui se sont garés dans le parking de l'hôtel Raintree.

– Quel genre de véhicule ?

– Une camionnette Chrysler blanche. Immatriculée dans le Maryland, XX3184.

L'agent de service, à l'autre bout du fil, informa :

– Voilà, je l'ai. Le *Brushfire* est un missile sol-sol à guidage laser lancé sur trépied. L'armée l'a développé après la guerre du Golfe, pour tirer dans les bâtiments. Le détonateur peut être réglé à retardement de façon qu'il pénètre la structure du bâtiment avant d'exploser à l'intérieur, pour causer le maximum de victimes.

– Quelle est sa portée réelle ?

– Mille mètres.

— Et la charge militaire ?

— Voyons. Selon les spécifications, elle aurait un rayon de destruction deux fois supérieure à ceux qu'on a utilisés dans le Golfe.

— Rien d'autre ?

— Juste qu'il peut être tiré de nuit et lancé à partir d'un local fermé, comme un Bunker, par exemple.

— Appelle Tom O'Hare au siège et dis-lui que Tubbs se fait passer pour un certain Walter Lessing et qu'il a un missile. Dis-lui aussi qu'il conduit une camionnette Chrysler blanche, immatriculée dans le Maryland, XX3184. O'Hare ne sera pas là tout de suite. Mais ne te décourage pas. Il saura quoi faire.

— Tu sais où va le tueur ?

— Quelque part où il y a beaucoup de monde.

55

– Où diable va-t-on bien pouvoir chercher ? interrogea Bonelli, la main sur le tableau de bord, tandis que Devlin se faufilait à toute allure entre les voitures.

– Tu connais mieux la ville que moi. Où trouve-t-on beaucoup de gens réunis sous un même toit le mardi soir ?

– Tu penses à un match ou à un concert ? Je n'en sais rien. Après deux semaines passées enfermé avec toi dans ce bureau, je ne suis même plus sûr de l'année, répondit Bonelli. Mais une chose me semble bizarre. Pourquoi est-ce que le père de Tubbs n'a pas été interrogé s'il avait garé sa voiture au Raintree ?

– C'est le problème dont je te parlais l'autre jour avec ces pistes du genre « vite fait, bien fait ». Les seules personnes à avoir été interrogées ont été celles qui correspondaient au profil. Toutes les autres sont passées entre les mailles. Et on ne sait même pas depuis quand le père est mort. L'agent chargé de l'affaire l'a peut-être cherché en vain. D'ailleurs, cette histoire de camionnette paraît logique quand on y pense. Sinon il n'aurait pas pu transporter aussi discrètement l'assistant de laboratoire et un fauteuil roulant. J'aurais dû y penser.

Devlin aperçut le Washington Monument. Il passa le téléphone à Bonelli en disant :

– Téléphone au journal. Ils savent sûrement où l'on a des chances de trouver un gros rassemblement ce soir.

– Juste pour Washington ?

– Je n'en sais rien.

Bonelli était en train de composer le numéro, quand la voiture freina brutalement. Il y avait un bouchon.

– Qu'est-ce que c'est que ça, encore ? s'écria, Devlin.

– Sans doute un accident, fit Bonelli en se penchant pour allumer la radio. Je vais voir s'il y a des informations sur la circulation.

– Il y a peut-être un stade ou une salle de concert dans le coin, avança Devlin.

– Non, je ne crois pas. Mais, par contre…

Bonelli laissa sa phrase en suspens. Les deux hommes n'en revenaient pas. À la radio, au lieu de la musique, des publicités ou des interviews habituelles, leur parvenait un bourdonnement de voix ; c'était une émission en direct ; on aurait dit le murmure qui précède une conférence de presse.

– O'Hare a peut-être convoqué la presse, suggéra Bonelli. Ils vont prévenir tout le monde.

– C'est trop tôt, répondit distraitement Devlin, concentré sur la retransmission.

L'annonceur déclara :

– Comme vous le savez, mesdames, messieurs, le message présidentiel sur l'état de l'Union adressé au Congrès a lieu chaque année en général le quatrième jeudi de janvier. Sont présents non seulement le président et le vice-président, mais aussi le Congrès au complet, le cabinet, la Cour suprême et les chefs d'état-major des armées. C'est pourquoi le service de sécurité est ici impénétrable…

Devlin murmura :

– Le message sur l'état de l'Union.

– Mike, c'est impossible. L'année dernière, on nous a demandé au service de documentation d'effectuer des vérifications informatiques. Comme a dit ce type, la sécurité est impénétrable. Il y a un cordon de sécurité couvrant deux rues tout autour du Capitole. Personne n'est admis sans carte d'identité et invitation gravée.

– Deux rues font à peu près cinq cents mètres, ce qui veut dire que Tubbs doit se tenir à quatre rues s'il veut lancer le *Brushfire*. À quelle heure est arrivé le premier communiqué au *Real Deal* ?

– Il faut que je vérifie sur le rapport chronologique, répliqua Bonelli en tapant sur son clavier. Huit heures du soir.

Devlin consulta sa montre.

– On a dix minutes, décréta-t-il.

Il tourna brusquement le volant, se mit sur la bande d'arrêt d'urgence et appuya à fond sur l'accélérateur. Il prit le téléphone de Bonelli et composa le numéro du standard du FBI. Il eut rapidement l'agent de permanence.

– Ici Devlin. Baltimore vous a téléphoné ?

– Oui, Mike. Ils rassemblent tous les agents disponibles.

– Vous avez appelé le directeur ?

– Non, il est au Capitole, pour le message sur l'état de l'Union.

– C'est la cible. Vous pouvez les appeler immédiatement pour leur dire d'évacuer au plus vite.

– Mais tout le monde est déjà là. Vous êtes sûr de ce que vous avancez ?

Devlin jeta un coup d'œil à l'horloge du tableau de bord.

– Vous avez huit minutes, dit-il, puis il raccrocha.

Le dôme du Capitole, illuminé par des douzaines de projecteurs extérieurs, se profila devant eux.

Bonelli, d'une voix sans illusion, demanda pour la forme :

– Tu crois qu'ils vont évacuer ?

– Il y a là-dedans les plus grosses huiles du monde. Tu crois qu'ils vont écouter un agent de terrain de Detroit et un informaticien ?

Bonelli indiqua alors :

– Prends la prochaine à gauche. C'est un raccourci.

Le dôme s'élargissait à mesure qu'ils se rapprochaient.

– Raconte-moi ce que tu sais sur le système de sécurité ?

– Le discours est prononcé dans la House Chamber, la salle de réunion de la chambre des représentants, qui se trouve au nord – non, pardon, sur le côté sud. Cette salle est au premier étage.

– Je suppose qu'il y a une espèce de corridor entre la façade du bâtiment et la salle où ils se trouvent tous en ce moment ?

– Je n'en sais rien. J'ai jamais visité.

– Il y en a forcément une. Du point de vue de la sécurité, ce serait une folie s'il n'y en avait pas. Tubbs n'aurait pas besoin d'un détonateur à retardement s'il ne devait pas percer plusieurs murs.

Après un instant de réflexion, Devlin ajouta :

– Ça ne peut être que ça. Il va viser une fenêtre au premier étage. Le missile n'aura plus qu'à traverser les cloisons pour exploser dans la salle. Il faut chercher les meilleurs emplacements de tir.

Tandis que Devlin continuait à se faufiler entre les voitures, les deux hommes écoutèrent la radio, dans l'espoir d'apprendre que la House Chamber était soudain évacuée pour des raisons encore non divulguées.

– Tourne dans le 2ᵉ Rue, ordonna Bonelli. On va sûrement tomber sur le périmètre de sécurité est.

Devlin obtempéra, klaxonna deux fois derrière une voiture qui roulait lentement, puis la dépassa au risque d'emboutir les véhicules venant en sens inverse.

– Quand on se rapprochera, tu surveilles le côté droit. Moi je prends le gauche.

Ils traversèrent D Street et aperçurent les barrages de police sur leur droite. Derrière, le premier étage du Capitole semblait très proche.

Le bourdonnement à la radio devenait un véritable grondement. L'annonceur déclara :

– Vous allez bientôt entendre la voix du *Sergeant-at-Arms* [1], l'officier de police au service du Congrès.

– Mike ! Là, au milieu du premier étage – une fenêtre.

– Bon, maintenant, donne-moi un coup de main pour mon côté. Regarde si tu vois une camionnette blanche. Je suis sûr qu'il l'aura garée de la façon la plus discrète possible.

La voix du *Sergeant-at-Arms* annonça avec des accents théâtraux :

– Monsieur le président de la Chambre – Le cabinet présidentiel.

Pendant que l'annonceur nommait les membres du cabinet, Devlin ralentit au maximum et se mit à rouler carrément au milieu de la rue, forçant les voitures aussi bien devant que derrière lui à le contourner.

Finalement, les applaudissements se calmèrent : celui que tout le monde attendait était sur le point de faire son entrée.

Le *Sergeant-at-Arms* dit :

– Monsieur le président de la Chambre – le président des États-Unis.

---

1. Officier de police au service du Congrès. *(N.d.t.)*

56

– « Monsieur le président de la Chambre – le président des États-Unis », répéta Rockland Tubbs avec un mépris amusé. Il mima les applaudissements de l'audience que la radio déversait en crescendo dans la camionnette. Puis il vérifia une dernière fois l'illuminateur laser du missile. Il visait bien toujours la fenêtre du premier étage du côté est de la grande salle.

– Oui, fit-il, monsieur le président de la Chambre, faites donc entrer le président des États-Unis. Sa première parole sera sa dernière.

Sur la porte blanche de la camionnette était inscrit en lettres bleues le nom de la Potomac Electric Power Company, ce qui lui permettait de se garer pratiquement n'importe où. Pour le moment, elle était immobilisée au coin d'East Capitol Street, juste en face du barrage de police de la 2e Rue. La seule chose qui aurait pu attirer sur elle l'attention, en dehors du fait qu'elle avait ses portes arrière grandes ouvertes et le signal de détresse qui clignotait, était le rideau noir qui recouvrait l'ouverture à l'arrière, dissimulant totalement l'intérieur aux passants. En bas du rideau, un gros câble courait jusqu'à un trou dans la chaussée protégé par un petite barrière portable jaune.

Tapis derrière le rideau, le missile *Brushfire* attendait en position sur son trépied. Tubbs avait découpé un trou minuscule dans l'étoffe de façon à pouvoir pointer le viseur laser.

Les applaudissements s'évanouirent peu à peu pour laisser place à l'étape protocolaire suivante. Le président de la Chambre prit le micro :

– Messieurs les représentants, j'ai l'insigne honneur d'accueillir dans cette Chambre… le président des États-Unis.

S'ensuivit un véritable tonnerre d'applaudissements et d'acclamations.

Tubbs souleva un coin du rideau noir et s'assit sur un petit tabouret derrière le missile pour une dernière vérification.

– Dis plutôt, corrigea-t-il, j'ai l'insigne honneur d'accueillir dans cette chambre... la Mort.

À la radio, l'ovation se prolongeait.

– Grouillez-vous, connards. Il est pas si génial que ça, votre Président.

Finalement, les applaudissement se fatiguèrent.

– Allez, juste un mot, continua Tubbs.

On entendait à présent des bruits sourds tandis que le chef d'État s'asseyait.

La main de Tubbs s'avança vers le déclencheur. Le sentiment de l'irrémédiable s'était emparé de tout son être ; il était extatique. La grande salle était plongée dans un silence respectueux.

– Juste un mot, monsieur le Président, supplia impatiemment Tubbs.

Brusquement, sans crier gare, la camionnette fut secouée avec fracas par un énorme choc qui propulsa Tubbs contre la paroi. Le missile, tombant de son trépied, bascula en avant, rebondit sur le sol et bascula à l'extérieur par la porte arrière ; il s'arrêta un peu plus loin sur la chaussée, le nez au bord du trottoir.

Devlin mit la marche arrière et recula de quelques mètres. À l'instant où il bondissait hors de sa voiture, Tubbs tira dans sa direction cinq coups d'automatique. Devlin traversa la rue ventre à terre pour protéger Bonelli, cloué sans défense sur le siège du passager.

Tubbs disparut à l'arrière de la camionnette et rabattit le rideau. Se postant au coin de la rue, Devlin prit une bonne position de tir et attendit la prochaine volée de balles.

À sa grande surprise, la camionnette démarra dans un grincement de pneus et prit vers l'est.

Devlin remonta en voiture à toute allure.

– Ça va, Tony ?

Bonelli, d'une voix furieuse, répondit :

– Très bien. Allez, vite, on va se le faire, ce fils de pute !

Devlin envisagea un instant de prier Bonelli de descendre de la voiture, mais il craignait d'avoir à discuter. Il regarda l'enfilade de Capitol Street et vit que Tubbs bifurquait à droite. Il n'y avait pas de temps à perdre. Il se jeta au volant et se lança à la poursuite de la camionnette.

En prenant à droite à la suite de Tubbs, Devlin vit que ce dernier bifurquait à nouveau au carrefour suivant.

À mesure que la voiture gagnait du terrain sur la camionnette, le quartier devenait plus résidentiel. Ils tournèrent encore une fois. Devant, deux jeunes filles noires traversaient la rue. La camionnette esquissa un zigzag, comme si elle cherchait à les renverser. Devlin tira plusieurs coups de feu en l'air pour avertir les jeunes filles. D'un bond, elles s'écartèrent, juste à temps.

— Il faut que j'arrête ça, fit Devlin.

Bonelli le regarda sans cacher son inquiétude.

— Comment tu vas faire ?

Sa question sonnait plutôt comme une protestation. La voiture de Devlin collait à présent l'arrière de la camionnette.

— Au prochain virage, je vais le cogner sur le côté. Ça devrait lui faire faire un tonneau.

— Un tonneau ! Et à nous, qu'est-ce que ça va faire ?

— Je n'en sais rien. J'ai encore jamais essayé.

Tubbs tourna à gauche. Devlin donna un coup d'accélérateur et emboutit l'aile arrière droite de la camionnette. Juste ce qu'il fallait. D'autant plus déstabilisée qu'elle était lourde du haut, la camionnette se renversa sur le flanc gauche, roula sur le toit, puis glissa sur le côté droit.

Propulsée à vive allure au moment du choc, la voiture se mit à tournoyer sur elle-même dans le sens contraire des aiguilles d'une montre, accomplissant presque une rotation complète avant de heurter du flanc un poteau. Devlin ouvrit la portière.

— Trouve le téléphone portable et appelle le standard du siège. Donne-leur nos coordonnées.

Devlin entendit d'abord l'automatique de Tubbs, puis, une fraction de seconde après, le bruit sourd des balles frappant la porte arrière de sa voiture. Il tira rapidement quatre fois en direction de la camionnette et vit Tubbs, la tête ensanglantée, disparaître dans un immeuble abandonné.

Bonelli hurla :

— Attends les renforts, Mike !

Devlin se rua vers l'immeuble.

57

Devlin, collé contre le mur, ouvrit la porte d'un coup de pied, espérant déclencher une attaque. Comme rien ne venait, il jeta un bref coup d'œil à l'intérieur. Des bandes de lumière diffusées par les réverbères de la rue à travers les fenêtres brisées éclairaient l'immense espace d'une usine désaffectée. L'intérieur était tant bien que mal cloisonné par des murets en brique d'environ un mètre vingt de hauteur. Chaque section avait dû correspondre à une phase de la production. La porte de derrière était barricadée. Il n'y avait pas d'échappatoire.

Tubbs pouvait être caché à une demi-douzaine d'endroits. Devlin prit une profonde inspiration et s'avança sur le seuil, conscient que sa silhouette se découpait nettement dans l'embrasure de la porte. Il cria tout haut le dernier chiffre de son énumération :

– Mille !

Puis il plongea en avant. À cet instant précis, l'automatique de Tubbs émit une lumière brève et intense derrière un mur bas, à droite.

Plié en deux, Devlin se rua à l'arrière du bâtiment. Il était sur le point de bondir par-dessus un mur, quand il trébucha sur un vieux compteur électrique et s'étala de tout son long, écrasant sa main blessée. En touchant le sol, il se rappela de ne pas lâcher son arme, mais la douleur fit remonter comme un choc électrique tout le long de son bras et paralysa un instant les muscles de sa main. Le pistolet glissa dans le noir devant lui.

Tubbs, debout, traquait Devlin avec la mire de son pistolet. Il tira trois fois, forçant Devlin à abandonner son arme pour se réfugier derrière le muret. Devlin plongea pour la troisième fois en moins d'une minute, et atterrit sur le sol en ciment. Sa main lui faisait mal à hurler. Il la plia pour voir si elle n'était pas cassée. Elle était horriblement gonflée, mais tout semblait fonctionner.

Tubbs savait-il qu'il avait perdu son pistolet ? Dans ce cas, pourquoi n'approchait-il pas ? Il pensait peut-être que Devlin avait une arme d'appoint... celle qu'il avait justement prêtée à Bonelli.

La voix de Tubbs lui parvint de l'autre côté du mur.

— Devlin, c'est encore toi ?

— C'est drôle comme on n'arrête pas de se rencontrer.

— Comment tu m'as trouvé ?

— Ton grand-père m'a renseigné.

Tubbs resta un moment silencieux, puis :

— Tu as fouillé chez moi ?

— Ton père n'a pas protesté.

— Je ne sais pas qui je hais le plus en ce moment, lui ou toi.

— C'est pas un peu tard pour les compliments ?

Tubbs émit un rire bref.

— Avant que tout ça se termine, dis-moi, comment tu as su que c'était pas Packard ?

— S'il avait été le Tueur de la Liberté, il aurait prévu qu'on allait localiser son appel.

— Avoue que j'avais tiré le bon numéro. D'après vos techniques de profilage, il était le candidat parfait.

— Maintenant, c'est à moi de poser une question, dit Devlin. La liste de l'IMM faisait partie de ton plan ?

— Non. Après la bombe au département de la Justice, Packard devait se suicider. Lorsque le FBI allait fourrer son nez là-dedans, tout ça, y compris l'IMM, semblerait logique. Comment tu as trouvé l'IMM ?

— Grâce à Lofranco. Toutes ces fausses adresses situées autour de l'Académie navale lui ont paru louches. Et puis, bien sûr, il y a eu la devise de l'IMM dans ton dernier communiqué.

— Là, j'avoue, j'ai été un peu trop malin.

— C'est Lofranco qui a été malin.

Tubbs rit de nouveau :

— Ouais, jusqu'au moment où il est tombé sur moi.

Au souvenir des dernières paroles de Lofranco, le sang de Devlin ne fit qu'un tour. Il dut faire appel à toutes ses forces pour ne pas bondir.

— Packard était impliqué ? interrogea-t-il.

— Il avait tellement envie d'avoir un ami, il aurait fait n'importe quoi pour moi. Mais il n'avait aucune idée de ce que je préparais. Même quand j'ai posé mon pistolet sur sa tempe, il avait l'air content.

Tubbs se mit debout, face au muret derrière lequel se cachait Devlin.

– Bien, je suppose que tu as appelé à l'aide. Finissons-en rapidement.

– À quoi tu penses ?

– Je pense que tu seras d'accord pour dire que ce monde n'est pas assez grand pour nous deux. Que dirais-tu d'un duel comme dans le bon vieux temps ?

Devlin se demanda si Tubbs, le sachant désarmé, essayait de le faire sortir de sa cachette. De toute façon, il n'avait pas le choix : s'il refusait, il saurait qu'il n'avait pas d'arme et viendrait l'exécuter.

– Pourquoi est-ce que je ferais ça ? C'est toi qui as besoin de décamper.

Tubbs émit de nouveau son petit rire amer.

– Allons, tu ne vas pas laisser échapper l'occasion de devenir un héros. Vu tous les risques que je t'ai vu prendre, c'est ce que tu veux, hein ?

Comme Devlin ne répondait pas, il ajouta :

– Tu veux que je vienne te chercher ?

Devlin était obligé de bluffer :

– D'accord, mais d'abord je veux savoir combien il te reste de balles.

– Deux chargeurs pleins. Pourquoi ?

– Je ne sais pas combien il m'en reste dans celui-ci. J'en ai laissé tomber un tout à l'heure. Quand je me rappelle ce qui s'est passé au palais des Congrès, je pense que ce ne serait pas juste si tu ne me laisses pas le récupérer.

Tubbs se profila devant le muret en brique.

– C'est de bonne guerre. Je veux juste prendre ma revanche. C'est notre duel final, décisif. Ce n'est pas trop demander vu que tu m'as déjà virtuellement ôté la vie. C'est à charge de revanche.

Devlin savait qu'il devait maintenant s'avancer vers Tubbs. Et, soudain, la peur lui noua les tripes, lui donnant la nausée. Si Tubbs avait compris qu'il bluffait, il était mort.

– Allez, Mike, tu ne vas quand même pas m'obliger à nous ridiculiser en comptant jusqu'à trois, non ?

Devlin s'apprêtait à prendre ses jambes à son cou, quand il entendit :

– Un.

Puis un bruit de pas qui se rapprochait. Il n'avait pas le choix. Il se redressa de toute sa hauteur, sa main droite pressée contre sa cuisse comme s'il cachait une arme.

Sans quitter Tubbs des yeux, il contourna le muret. Il avait décidé de ne pas jouer les héros. Non, contrairement à l'allusion perfide de Tubbs, ils n'étaient pas dans *Le train sifflera trois fois*. Si seulement il avait eu son pistolet en main, il aurait tiré, pour tuer. Il se penchait en avant, cherchant à distinguer l'arme dans les ténèbres, quand Tubbs leva son pistolet et déclara :

– Tu n'as pas d'autre flingue ! Tu n'es pas prévoyant. Tu crois que je ne reconnais pas le bruit d'un flingue qui tombe par terre ?

Il dévisagea haineusement Devlin, mais n'enregistrant aucune réaction, il dit :

– Tu sais, j'ai pris un immense plaisir à trancher les doigts de Lofranco. Bien frais et croustillants. Et mon couteau est rentré à la base de son cerveau comme dans du beurre. Mais ce n'est rien comparé à ce que je ressens maintenant. J'ai quatorze balles dans ces deux chargeurs, et seule la dernière va te tuer. Je vais commencer par tes chevilles et remonter jusqu'à ta glande thyroïde.

Tubbs grimaça un sourire en abaissant son arme.

Devlin avait le choix : soit il se jetait sur son pistolet à quelques pas et serait certainement tué, ou il replongeait derrière le muret et risquait au mieux d'être blessé. Il décida de plonger sur son arme. Il plongea.

Un coup de feu déchira l'air. La consternation se substitua à l'arrogance sur le visage de Tubbs. Rockland Tubbs, l'homme qui voulait voler sa liberté à tout un pays, rendit la sienne en tombant raide mort sur le sol de l'usine désaffectée.

Juste derrière lui, calé contre le chambranle de la porte, son revolver à canon court encore pointé vers Tubbs, se tenait Tony Bonelli.

58

Il était presque 4 heures du matin quand Devlin signa son rapport officiel après avoir fait le serment d'usage. Les deux inspecteurs du service de la responsabilité professionnelle le cuisinaient depuis 23 heures. Comme il fallait s'y attendre, ils avaient haussé un sourcil désapprobateur quand il avait avoué non seulement avoir emmené Bonelli, un employé handicapé, en mission dangereuse, mais encore lui avoir confié une arme.

Quand ils lui avaient demandé pourquoi, il avait répondu qu'il ne savait pas vraiment. Il se rendait compte que le jugement le concernant n'allait pas être prononcé tout de suite, mais seulement dans plusieurs semaines, voire plusieurs mois. Selon le degré d'inflexibilité du Bureau. En théorie, en effet, il était coupable. D'un autre côté, le Tueur de la Liberté était bel et bien mort, et personne d'autre n'avait été blessé. Aussi ses infractions ne porteraient peut-être pas à conséquence, et après un sermon bien senti, avec un peu de chance, l'administration du FBI prononcerait un non-lieu.

Tom O'Hare attendait devant la salle d'interrogatoire.

– Alors, comment ça s'est passé ?

– Ils m'ont pas mal malmené jusqu'à ce que je te balance.

– Tu aurais pu. J'ai sacrément besoin de repos.

– Où est Tony ? s'enquit Devlin.

– Ils en ont fini avec lui il y a une heure. Je l'ai fait raccompagner chez lui.

– Comment il s'en est tiré ?

– Très bien. Bon sang, c'est un héros.

– Tu n'as pas besoin de me le dire ; sans lui, j'étais cuit.

– Il a dit qu'il te verrait demain aux obsèques.

– Je vais me coucher.

– Il te reste encore une chose à faire. Le directeur veut te voir.

La porte du bureau du directeur était grande ouverte. Bob August était assis à sa table, penché sur ses dossiers. Devlin frappa sur le chambranle.

— Vous vouliez me voir, monsieur ?

August se leva en disant :

— Comment va votre main ?

— Ça va.

August contourna sa table pour s'asseoir dans un fauteuil à côté de lui.

— Je vous ai demandé de monter parce que je tenais à vous remercier personnellement de ce que vous avez fait hier soir. Les gens qui entrent dans notre organisation ont l'espoir qu'un jour ou l'autre, ils pourront élucider une affaire importante. Peu d'entre nous réalisent ce rêve. Si Tubbs avait réussi son coup, ce pays serait à cette heure plongé dans le pire chaos.

— Il me semble qu'on pourrait être tous les deux en train de dire ça à Tony Bonelli.

— Je suis tout à fait d'accord avec vous. Je l'ai déjà remercié d'ailleurs, mais je voulais vous parler séparément à tous les deux, parce que j'ai une proposition à vous faire.

— Convoqué à 4 heures du matin dans le bureau du directeur. Est-ce vraiment légal ?

August partit d'un bon rire :

— Tout ce qu'il y a de plus légal. Un peu original, mais légal. Tout au long de cette enquête, vous avez montré que vous êtes capable de travailler seul et d'accomplir de grandes choses hors des sentiers battus du FBI. Vous avez la réputation d'être dans l'incapacité – ou tout simplement de refuser – les limites normalement admises. Certaines personnes penseraient que vous avez un problème, mais moi j'y vois l'origine de votre réussite, alors que d'autres restent ligotés par la procédure.

— On dirait que vous avez besoin d'un sacré service.

— J'ai parlé à Tom O'Hare. Nous pensons tous les deux qu'il y a quelque chose de rassurant dans l'idée que vous êtes là-bas dehors occupé à protéger les intérêts du Bureau. Alors, si vous êtes d'accord, on voudrait vous envoyer en mission très spéciale. Un peu comme dans notre dernière affaire. Vous ne seriez responsable que devant Tom et moi-même.

Comme Devlin se taisait, il poursuivit :

— Je sais que si cet état de choses se prolongeait, ce serait trop dur pour votre famille. Aussi vous demanderait-on votre accord avant chaque mission. Si c'était trop difficile pour vous à ce moment-là, vous seriez libre de refuser pour cette fois. En un mot, on a besoin de vous.

— Je voudrais en discuter avec ma femme.

— Bien. Je reste donc optimiste. Je sais que sans elle, vous n'auriez jamais réussi. Maintenant, comment pourrais-je vous remercier ?

— Dites-moi de rentrer chez moi.

— Si seulement je le pouvais… répondit August en souriant. Mais la Maison-Blanche a perdu quelques plumes dans cette affaire, alors ils veulent tirer le maximum de sa résolution. Préparez-vous au grand show.

— Ils vous ont, vous et l'attorney général, plus deux douzaines de porte-parole qui n'attendent que ce genre de chose. Ils n'ont pas besoin de moi.

— Ils pensent que vous avez un certain, euh…

— Un côté vieille Chevy bien cabossée ?

— Exactement. Comme dit notre bon vieux proverbe américain, ce que vous voyez, c'est que vous récoltez – vous êtes honnête et vous êtes travailleur. Et ces gens-là préfèrent que les histoires horribles aient des fins héroïques.

— Dans ce cas, j'ai une idée qui devrait satisfaire tout le monde.

59

La conduite intérieure grise prit le dernier virage avant le terminal de la Norhwest Airlines à l'aéroport National de Washington. Tom O'Hare était au volant ; auprès de lui était assis Bill Hagstrom. À l'arrière, se tenaient Devlin et Bonelli. O'Hare se retourna légèrement pour dire :

— Je ne comprends toujours pas comment tu as réussi à persuader le directeur de t'épargner ces conférences de presse.

— Je lui ai seulement récité les tirades que j'avais apprises par cœur. Elles pullulaient d'allusions à des érections…

— Et ça lui a fait peur ? ironisa Hagstrom. Il ne sait donc pas que les hommes qui en causent le plus sont ceux qui en ont le moins.

— Je vois que tu es un expert.

Hagstrom se tourna vers O'Hare :

— Qu'est-ce qu'est devenue la loyauté dans tout ça ? Je me souviens d'une époque où, quand on devenait une star, on était assez reconnaissant pour se laisser insulter. Je suis pour veiller à ce que cet ingrat ne rate surtout pas son vol.

En descendant de voiture, Bonelli tendit la main à Devlin :

— Merci, Mike.

— C'est moi qui dois te dire merci.

— C'était un super trip. Merci pour la balade.

— Merci pour la compagnie.

Devlin laissa son sourire dire le reste. Un sourire que Bonelli ne lui avait encore jamais vu : décidément, ce Devlin avait plus d'un tour dans son sac.

Tandis qu'il se postait à la fenêtre, elle s'approcha de lui par-derrière et lui enlaça la taille des deux bras.

— Tu dois être fatigué, dit Knox.

Mike Devlin continua à regarder dehors du haut de la fenêtre de l'hôtel. Il contemplait rêveusement les couleurs rassurantes de la rue et les attractions de Disney World.

– Les enfants dorment ?

– Profondément. Ils se sont amusés comme des fous aujour-d'hui.

Il se retourna et l'enlaça à son tour en disant :

– Moi aussi.

Knox regarda l'horloge.

– Allume la télévision. Je veux voir s'ils le repassent.

Devlin obtempéra, puis s'assit dans un fauteuil et la prit sur ses genoux. L'annonceur déclarait :

– Aujourd'hui, au cours d'une cérémonie à la Maison-Blanche, l'employé du FBI Anthony Bonelli a été félicité personnellement par le président, qui l'a qualifié de doublement courageux : non seulement pour avoir réussi à dominer son handicap, mais aussi pour avoir sauvé un nombre incalculable de vies en empêchant le Tueur de la Liberté de nuire pour toujours. Était aussi présent le directeur du FBI, Robert August. »

Le directeur monta sur le podium et déclara :

– Par ordre du président des États-Unis, avec l'entier accord du Congrès et de l'attorney général, il m'a été octroyé le pouvoir de nommer Anthony Bonelli, Agent Spécial du FBI.

Bonelli se hissa péniblement sur ses béquilles. Sous une véritable tempête de flashes, il reçut son insigne du FBI et serra la main du directeur. Un reporter hurla à son intention :

– Alors ça fait quoi, Tony ?

L'interpellé abaissa le regard sur son insigne pendant quelques secondes puis le fixa sur le reporter et répondit :

– Quand vous êtes handicapé, vous passez un temps fou à repenser à votre enfance, au temps où vous n'étiez pas encore handicapé, et à force, vous vous apercevez qu'une grande partie de la magie de l'enfance tient à la conviction que tous les rêves peuvent se réaliser. Le pire, quand vous êtes atteint comme moi de dystrophie musculaire, est de croire qu'aucun de vos rêves ne se réalisera jamais. Aujourd'hui, je crois, je suis de nouveau libre de rêver.

Knox ferma le poste en soupirant :

– Je suis vraiment heureuse pour lui. Et toi, Mike, tu rêves encore ?

Devlin reprit sa femme dans ses bras et la contempla longuement. Il l'embrassa doucement, savourant le doux et chaud baiser de ses lèvres.

– De quoi je pourrais encore rêver ?

REMERCIEMENTS

Merci à :

Gregg Schwarz pour son point de vue si particulier sur Washington, D.C., sans lequel il m'aurait été impossible de faire ce livre. Et merci à lui aussi pour avoir empêché le monde de périr d'ennui un nombre incalculable de fois quand il était déguisé en capitaine Bucko. *Brûlez le navire, capitaine !*

Bill Hagmaier dont l'étude de certaines affaires passées m'a inspiré maintes fois pour décrire les crimes perpétrés dans ces pages, et pour ses efforts inlassables afin de retrouver les enfants disparus dans notre pays.

Ma fille Larisa pour son travail minutieux tout au long du parcours, et pour avoir réussi à amener les membres de notre « clan » renvoyés de l'école à 15 ans jusqu'au club Phi Beta Kappa.

Leona Nevler pour son aide de tous les instants, et parce qu'elle est toujours là pour nous rappeler qu'il peut y avoir de l'élégance dans la fiction comme au-dehors.

David Rosenthal pour son oreille attentive, sa patience exquise et surtout pour son exaspérant mépris de la médiocrité.

Esther Newberg pour sa loyauté à toute épreuve et son honnêteté sans faille, et parce qu'elle continue à me donner le sens du risque, chose qui heureusement régit chaque moment de nos vies.